UNE LATINA AU JAPON

CRYSTINA CAOMBO

TOME 2 LA BELLE AUX YEUX EMERAUDE

TABLE DES MATIÈRES

REMERCIEMENTS

L'année dernière, je suis sortie de ma zone de confort pour réaliser un rêve de jeunesse. Ainsi mon voyage m'a amené à New York et Toronto. Au cours de mon périple en France et à l'étranger, des amis m'ont reçu chez eux. Je remercie donc toutes ces personnes qui m'ont tendu la main et m'ont encouragé. Des amis qui par leurs lumières ont éclairé ma route. Et pour finir, mon amour et toute ma gratitude à Dieu qui a su m'amener toutes ces belles rencontres dans ma vie.

Rauriie, Véronique, Jocelyne, Rosita, Jean and Bruce, Scott and Teresa, et tant d'autres…

1 UN NOUVEAU DEPART

Callie prit la fuite en embarquant dans le jet privé de la famille Ojiro, escortée par les gardes dans une planque sûre, gardée secrètement par le clan yakusa de monsieur Ojiro. Elle y resta trois mois. Un long mois dans l'attente et l'angoisse et deux autres mois dans la souffrance, en passant par plusieurs stades de dépression. Pendant son premier mois, elle reçut une lettre au sceau de la famille Ojiro qui lui annonçait l'annulation de son mariage avec Shiro. Étant donné qu'il n'y avait pas eu consommation -acte de pénétration intime- le mariage était annulé comme s'il n'avait jamais existé. Les avocats avaient gommé son nom sur l'acte de mariage en y inscrivant celui de Nanami à la place, comme si la date de son mariage était le jour où Callie avait prononcé ses vœux à Hawaï. Dévastée et n'ayant aucune nouvelle de Shiro, elle s'était laissé mourir à petit feu, refusant de s'alimenter. Les nuits étaient les plus atroces pour les deux gardes sous son service, ils devaient à tour de rôle veiller sur elle en lui administrant des calmants et des somnifères. Les cauchemars nocturnes la faisaient crier de douleur dans son sommeil, elle appelait inlassablement le nom de son époux toutes les nuits.

Un soir de juin, madame Ojiro vint visiter Callie, alertée par les gardes sur l'état précaire de leur protégée. Elle assista à la déchéance de son ex-belle-fille, en proie à une douleur trop grande emprisonnée dans le tréfonds de son jeune cœur. Elle en fut tellement attristée qu'elle versa quelques larmes en regagnant sa limousine, cachée loin des regards indiscrets. Madame Ojiro qui est d'ordinaire une personne froide en apparence, menant d'une poigne de fer son groupe d'actionnaires au Japon et en Corée du Sud, prit sous son aile Callie, en lui rendant régulièrement visite à son insu. Puis à la fin du mois de juillet, alors que la chaleur suffocante emplissait la maisonnée au fond des bois de la planque de Callie, elle la prit à part pour discuter. Amaigrie après ces trois mois passés dans la cabane, Callie faisait peine à voir. Elle afficha un visage grave quand elle vit madame Ojiro débarquer dans la maisonnée. Celle-ci l'emmena à l'ombre des arbres s'asseoir sur le petit banc accolé contre la maison. Elle essaya de parler avec douceur bien qu'elle ne soit pas coutumière de ce genre d'élan maternel.

— J'aurais dû vous protéger plus tôt en vous affiliant un garde du corps à l'université. Cela aurait évité votre agression, déclara-t-elle avec un regard compatissant. On a retrouvé le cube et dissous une partie de la Confrérie, vos jours ne sont plus en danger.

Pendant que madame Ojiro faisait son laïus, Callie resta silencieuse, fixant la ligne verdoyante de la lisière de la forêt. Madame Ojiro, remarquant son attitude effacée, lui prit les mains dans les siennes.

— Comment va Shiro ? demanda Callie en regardant ailleurs pensivement.
— …
— Je vois… dit-elle en baissant la tête tristement.
— N'espérez plus Callie… soupira madame Ojiro, il faut faire votre deuil… vous allez devoir être un peu plus forte, il est temps pour vous de revenir à Kobe. Il faut vous endurcir davantage sinon vous ne tiendrez jamais le coup !
Callie la dévisagea, scandalisée.

— Comment voulez-vous que je fasse mon deuil si je vis au quotidien au même endroit que lui et Nanami ! Vous ne pouvez pas me faire ça… c'est cruel ! répondit-elle en haussant le ton, les yeux remplis de larmes.
— On n'a pas eu le choix Callie, on a eu le couteau sous la gorge. Sachez que Shiro a tenu trois semaines, mais nos actions ont chuté de

65 % ! Je sais ce que vous pensez, que ce ne sont que des chiffres, mais c'est considérable pour un gros groupe comme le nôtre. Je vous avoue que l'on remonte doucement la pente… on a bien failli être ruinés !

— Vous avez vendu notre amour contre des billets… que me reste-t-il… je ne suis plus rien sans Shiro.

— Je suis désolée, Callie… répondit Sayuri Ojiro d'une voix émue, vous allez devoir accepter des propositions de mariage pour vous sortir la tête de l'eau. Vous êtes ruinée !

— Quoi ? Et l'argent personnel que Shiro m'a pris, où est-il ?

— On ne peut plus le débloquer, maintenant il est au nom de Nanami et de Shiro.

Callie poussa un sacré juron sous le nez de madame Ojiro. Le garde déposa un rafraîchissement sur la table à côté du banc.

— Et si je refuse de me marier ?

Madame Ojiro esquissa un sourire en regardant Callie, les yeux pétillants de fierté.

— Vous ne seriez pas « Callie » sans votre sens des négociations ! J'avoue que j'aimerais bien vous garder près de moi au bureau, ensemble on formerait une belle équipe !

Callie lui rendit son sourire en constatant le nouveau visage de son ex-belle-mère.

— Je pensais à tort que vous ne m'aimiez pas ou que vous ne m'appréciiez pas…

— Je ne suis pas très démonstratrice même avec mes enfants, je ne l'ai jamais été ! répondit-elle en tapotant sa main contre la sienne, mais je vous respecte, Callie. Alors que me proposez-vous en sachant que vous devrez quand même accepter ma proposition ?

Callie soupira longuement en réfléchissant à ce qu'elle pourrait vouloir pour sa vie, tout en essayant de négocier quelque chose qui satisferait tout le monde. Au bout de quelques minutes, elle prit sa décision.

— J'accepte votre proposition à deux conditions : je veux retrouver mon métier de chorégraphe, ainsi je pourrai gagner ma vie correctement, puis je veux choisir mon futur époux. Je suis majeure à présent, ma date d'anniversaire est passée, je n'ai plus aucune famille, je veux être libre de mes choix !

— Je savais que nous arriverions à trouver une entente ! répondit Sayuri Ojiro en affichant un sourire satisfait. Cependant, il vous est interdit de quitter le Japon et vos cours de danse se feront à la propriété. Ensuite, les rendez-vous matrimoniaux se feront avec ceux d'Arisa, la petite sœur de Nanami, qui vit aussi chez nous. Que dites-vous de revenir demain ou après-demain ?

Callie souffla un coup en réalisant pleinement son choix.

— D'accord, mais avant je dois aller voir mes amis à Tokyo, j'ai besoin qu'ils me fassent un peu de pub pour relancer ma carrière. Et autre chose… je veux avoir une suite située à l'opposé de Shiro et Nanami, ajouta-t-elle en baissant les yeux sur ses mains.

— Cela va sans dire ! Rassurez-vous, je ferai le nécessaire ! Oh j'oubliais… les deux gardes du corps devront rester avec vous en permanence où que vous soyez ! C'est ma dernière recommandation.

Le marché fut conclu en un serrement de main. Madame Ojiro repartit aussitôt dans sa limousine, mais avant qu'elle ne monte à l'intérieur, elle fut arrêtée par Callie qui se jeta dans ses bras. Surprise et peu coutumière des élans affectueux, elle se laissa pourtant étreindre.

— Merci ! lui chuchota Callie à l'oreille.

— Vous pouvez m'appeler par mon prénom désormais, maintenant que nous sommes amies, déclara madame Ojiro. Je ne vous l'ai jamais dit, mais vous êtes la filleule de mon défunt époux.

— Tonton Oyo était vraiment mon oncle ?

Sayuri Ojiro émit un petit rire amusé. Elle dégagea une mèche de cheveux sur le front de Callie.

— Vos parents biologiques avaient désigné mon mari en tant que parrain et votre mère adoptive en tant que marraine. C'est pour cette raison qu'il venait vous voir enfant. En outre, il était chargé de déchiffrer les phrases secrètes du coffre. Donc, d'une certaine manière, vous avez encore de la famille, Callie ! Je ne vous laisserai pas… ajouta-t-elle avec douceur tandis que Callie émue par son discours, acquiesçait en silence.

Dès que madame Ojiro fut partie, elle prépara le peu d'affaires qu'elle avait puis prit la route en direction de Tokyo, pour faire une « surprise » à Azako. Trois mois plus tôt, on l'avait fait partir si vite, qu'elle n'eut pas le temps de prendre quoi que ce soit, pas même son portable. En cet après-midi de ce début de mois d'août, il lui semblait que tout était possible, qu'un nouveau chapitre s'ouvrait de nouveau avec de belles promesses en perspective. Elle allait reprendre sa vie en main, en redevenant chorégraphe professionnelle. Elle savait que c'était sa voie, son chemin pour sa guérison intérieure. D'avoir passé ces trois mois de déprime l'avait endurcie, mais elle redoutait de revoir Shiro et Nanami dans la même pièce qu'elle.

Accompagnée par ses deux gardes du corps, qu'elle avait surnommé avec humour : Tic et Tac, elle prit la route vers la propriété d'Azako. Le temps était magnifique, il avoisinait les 35 °C. Tac était le mentor de Tic, un peu plus vieux et plus baraqué que son jeune collègue, ils s'étaient pris d'affection pour elle, lui vouant leur vie pour la protéger. Tous les jours durant ces trois mois, ils avaient veillé sur elle, à son bien-être et à ses coups de déprime, en restant silencieux à ses côtés. Discrets et bienveillants, ils prenaient leur rôle très au sérieux, avisant régulièrement leur groupe de yakusa des progrès sur son état de santé émotionnel.

Quant au bout d'une heure, la voiture gravit la colline de Kami-Ozaki, son cœur s'emballa dans sa poitrine, se demandant si Azako serait là et s'il pourrait accepter sa requête. Par chance, quand elle descendit de l'auto, sa moto était garée juste devant le portail. Le majordome en livrée vint ouvrir la porte dès qu'il entendit le carillon et, la reconnaissant l'invita à rejoindre Azako dans le salon de jeu au premier étage. Dès qu'il la vit, son visage s'illumina et un grand sourire étira ses lèvres fines. Il était habillé en pantacourt et portait un tee-shirt rouge, cette couleur rehaussait son teint hâlé.

— Désolée d'arriver à l'improviste, mais je n'ai plus de portable, s'excusa-t-elle aussitôt.
— Non ce n'est pas grave Callie, tu sais bien que tu es la bienvenue ici ! répondit-il avec douceur en jaugeant son regard en profondeur. Je suis content de te revoir !

Elle acquiesça silencieusement en restant en retrait. Lentement, il s'approcha d'elle comme un secouriste près d'un animal blessé, puis l'enlaça tendrement. Elle resta ainsi contre lui, pendant un moment, respirant son odeur rassurante et familière dans son cou, et resserra son étreinte.

— Tu m'as beaucoup manqué Azako… c'est bon de te revoir ! souffla-t-elle, émue contre son cou.
— On s'est beaucoup inquiétés à ton sujet, on ne savait pas où tu étais. Shiro nous a tout raconté… je suis désolé Callie.
Son cœur se serra douloureusement en l'entendant prononcer le nom de Shiro et quelques larmes vinrent mouiller ses joues. La gorge serrée, elle ne put articuler aucun mot. Azako sentant son désarroi l'emmena s'asseoir sur le sofa. Il essuya délicatement les perles d'eau sur son visage puis l'embrassa sur le front.

— Tu as maigri… dit-il tristement.
— Oui, mais ça va aller mieux maintenant ! répondit-elle en esquissant un sourire. J'ai besoin de ton aide…
— Demande-moi tout ce que tu veux Callie ! la coupa-t-il aussitôt en lui prenant les mains.
— Une nouvelle vie commence pour moi, je vais reprendre mon métier de chorégraphe et j'ai besoin d'un coup de pouce pour relancer ma carrière.
— J'ai exactement ce qu'il te faut Callie ! On a un concert de prévu demain soir avec des artistes japonais et Kpop pour une association caritative. On te fera de la pub !
— Ah c'est génial, merci ! exulta-t-elle tout à coup.
Azako la reprit dans ses bras, en riant de la voir reprendre des couleurs en un instant, retrouvant sa Callie, douce et joyeuse.

— Je peux rester chez toi jusqu'à demain ?! demanda-t-elle.
— Quelle question… bien sûr Callie, je te l'ai dit, tu es ici chez toi ! Qu'est-ce que tu comptes faire après ?!
— Je dois repartir sur Kobe dans la maison familiale des Ojiro.
Devant son air abasourdi, elle lui raconta toute sa vie, bravant le secret de sa naissance. Elle était lasse des secrets et Azako était son meilleur ami. Elle estimait qu'il devait connaître sa véritable identité, lui faisant

une confiance inébranlable.

— Voilà tu sais tout maintenant ! Mais garde-le pour toi, n'en parle pas encore à Nao. Je prends le risque de vous mettre en danger tous les deux. C'est peut-être égoïste de ma part, mais tu fais partie de ma famille toi aussi ! Un jour, quelqu'un m'a dit que la famille, c'était les amis chers à notre cœur et toi… tu es cher au mien, tu vaux de l'or.
Touché par ses paroles, Azako ne put réfréner une larme qui glissa sur sa joue. Comme un geste de tendresse, elle l'essuya du bout de son doigt.

— Tu vas accepter des propositions de mariage alors ?! Se hasarda-t-il en pouffant pour cacher son embarras.
— Euh oui c'est le deal, mais j'ai élaboré un petit stratagème pour refroidir les futurs prétendants ! rit-elle. Je ne suis vraiment pas prête à ressauter le pas !
— Qu'est-ce que tu vas faire ? demanda-t-il en s'attendant au pire.
Elle se leva tout à coup en mimant une mini scène comique, en louchant et se courbant en deux comme une personne âgée qui marche. Il éclata de rire à gorge déployée en l'entendant parler en zézayant. Ensuite, à la demande de Callie, il appela Nao pour qu'il se joigne à eux. Pendant qu'ils l'attendaient, il appela l'organisateur du concert pour inclure Callie dans le spectacle. Quand il raccrocha, il afficha un visage grave.

— Y a un petit problème Callie… va falloir que tu chantes une chanson si tu veux y participer.
— Oh, mais je ne sais pas chanter… dit-elle sidérée.
— Oh si tu sais ! Tu as une jolie voix suave et légèrement grave, répondit-il rêveusement, ta voix est aussi sensuelle…
— Que ta danse ! Oui tu me l'as déjà dit, le coupa-t-elle blasée en levant les yeux au ciel. Tu sais jouer du piano ?!
Il acquiesça en affichant un sourire malicieux. Elle lui montra la chanson qu'elle allait interpréter pour le lendemain soir et lui demanda de la coacher vocalement. Il accepta avec joie. Il la dirigea au rez-de-chaussée où un magnifique piano blanc à queue ornait un petit salon de musique. Pendant qu'ils répétaient, Nao fit son entrée et souleva Callie de terre qui, surprise, poussa un petit cri. Il lui proposa aussi de

danser une bachata pour le jour J afin que sa publicité soit grandiose.

— On aura qu'à danser deux bachatas, une avec Nao et l'autre avec moi ! s'empressa d'ajouter Azako l'air de rien.
— Ça ne va pas être de trop ?! questionna Callie en fronçant les sourcils.
Nao regarda à ce moment même Azako avec un petit sourire en coin tout en roulant des yeux.

— On aura qu'à se limiter à une seule chanson, comme ça, tu pourras danser avec Callie ! ajouta-t-il vers son ami en lui donnant un coup de coude dans les côtes.
Tout à coup, comprenant leur petit jeu, Callie éclata de rire en se moquant gentiment d'eux.

Dans l'après-midi, pendant qu'elle choisissait les musiques pour leurs prestations de danse, Nao et Azako s'éclipsèrent en douce chacun de leur côté. Soudain, elle se retrouva dans le noir. Au même instant, elle entendit les garçons chanter à tue-tête « Joyeux anniversaire ». Nao apporta un gâteau avec des bougies et Azako déposa sur la table une boîte emballée dans un papier décor.

— Fais un vœu ! clamèrent-ils à l'unisson.
Callie se concentra un instant et souffla ses bougies. La lumière revint sous les applaudissements de ses amis, elle déballa son cadeau.

— Oh merci !! s'exclama-t-elle en découvrant un téléphone portable dernier cri, rose avec des diamants incrustés sur la coque, où un cœur était dessiné avec leurs initiales A C N au centre. Je vous adore mes amours !
Ce qui finit par les faire rougir éperdument. Ainsi, toute la soirée et le lendemain, ils répétèrent les pas de danse et de chant pour être au top pour le soir même. Durant sa prestation vocale, elle dut prendre sur elle pour ne pas flancher, car la chanson était triste et reflétait intensément ses émotions et ce qu'elle vivait au plus profond de son cœur. Azako et Nao, émus par les paroles, essayèrent du mieux qu'ils purent de la soulager et lui prodiguèrent la tendresse qui lui avait fait tant défaut pendant ces longs mois d'absence.

Le lendemain, aux alentours de 18 h, elle se pomponna et se mit à son avantage, voulant donner le meilleur d'elle-même. Pendant ces deux jours, elle oublia un instant ces trois mois de galère en compagnie de ses deux meilleurs amis, qui la firent rire aux éclats et gonflèrent à bloc son cœur fatigué. Comme elle n'avait pas de jolis habits à se mettre pour la soirée, elle opta pour un jean slim avec un cache-cœur blanc noué aux dos qui révélait son piercing diamant sur sa peau dorée, puis chaussa ses Louboutin. Quand elle descendit rejoindre les garçons, ils la complimentèrent pour sa mise en beauté et la rassurèrent sur ses habits simples qui mettaient son corps en valeur et la rendait si sexy.

La salle de spectacle était grandiose et déjà, les tables se remplirent de leurs invités de marque. L'association caritative qui organisait cette soirée était en l'honneur d'une grande famille prestigieuse de hafus : des gens métissés d'un autre pays avec le Japon. En coulisse, Callie entourée jalousement par Tic et Tac ainsi qu'Azako et Nao, se préparait mentalement à interpréter sa prestation vocale pendant que les groupes défilèrent sur la scène. Au détour d'une allée, elle se retrouva nez à nez avec Dak Ho qui était venu avec son groupe de Kpop. Il lui présenta chacun des membres de son groupe qui étaient aussi stylés et beaux garçons que les groupes à la mode coréenne. Ils étaient fringants et arboraient un sourire enjôleur vers elle. L'ambiance dans les coulisses était détendue, et tout le monde s'amusait gaiement, un verre à la main en faisant connaissance les uns avec les autres.

Puis vint le tour d'Azako et Nao d'interpréter leur dernier tube. Subitement, Callie reconnut les premières notes de la chanson de EXILE Atsushi « *Just the way you are* ». Alors qu'Azako chantait les premières paroles au micro, Nao saisit Callie par la main et l'avança sur la scène. Ils chantèrent cette chanson sentimentale dans leur langue, en la regardant transis d'amour. Les feux des projecteurs étaient braqués sur elle. Intimidée et rougissante, elle leur lança un regard étincelant faisant briller ses yeux en amande vert intense. Azako et Nao, la saisissant par la main, la firent tourner sur elle-même en dansant, tout en chantant avec leur micro, devant les yeux fascinés de tous les invités, en jouant un jeu de scène romantique. Elle riait tout en leur souriant, en faisant virevolter ses cheveux bruns aux mèches miels qui encadraient un visage d'une étonnante beauté. Quand la chanson fut finie, ils lui baisèrent la main puis firent sa présentation.

— Bonsoir, ce soir on voudrait vous présenter notre meilleure amie Callie qui est chorégraphe, annonça Nao fièrement en levant sa main vers elle.
— Alors si vous voulez apprendre à danser, contactez-la sur son site K-Ombo ! poursuivit Azako en donnant les coordonnées du site internet.
Callie sur le devant de la scène remercia silencieusement les invités de la salle en se baissant gracieusement avec respect puis Azako l'invita à se joindre à lui au piano. La lumière se tamisa, Callie se centra gravement sur sa chanson d'Emma Bale dont le titre émouvant était « *All I want* ».

Son interprétation était remplie d'émotion. Les yeux brillants, elle chanta merveilleusement bien cette chanson triste de sa voix légèrement grave à la tessiture éraflée. Au refrain, sa voix monta d'un ton en entonnant : « Si tu m'aimais, pourquoi m'as-tu quitté… ». Le son du piano résonnant dans la salle emplissait les lieux d'une douce musique nostalgique où sa voix suave donnait des frissons et emplissait la salle d'une mélancolie amoureuse. Les larmes dans ses yeux vert intense, elle fixa un point d'horizon dans le fond de la pièce quand la chanson se finissait par ses maux douloureux sur les mots « Je trouverai quelqu'un comme toi… Comme toi… » Au moment où les dernières notes se terminaient, un silence gênant fit place soudainement comme pour laisser à la jeune artiste le temps de se remettre de ses émotions. Les applaudissements retentirent quand Callie esquissa un sourire attendrissant vers le public en ajoutant une réplique qui fit sourire tendrement tous les invités.

— Je crois que j'ai plombé l'ambiance… !
Azako et Nao, attendris par sa prestation touchante et sa dernière réplique pleine d'humour, rirent de bon cœur et l'étreignirent dans leur

bras ensemble. Subitement, l'organisatrice de la soirée vint les rejoindre sur scène et semblait toute désolée.

— Je suis vraiment, vraiment confuse, mais il va ne falloir interpréter qu'une seule danse, car on est surbooké ce soir ! annonça-t-elle en repartant aussi vite qu'elle était venue.

— OK ! répondit Callie en se plaçant au centre de la scène. Qui danse avec moi ?!

— C'est moi ! crièrent ensemble Azako et Nao sous les rires tonitruants de la salle.

— Bon dépêchez-vous de choisir, on n'a pas toute la soirée ! dit Callie devant leurs têtes déconfites.

Comme ils n'arrivaient pas à se décider et qu'il fallait agir rapidement, Callie prit les commandes aussitôt.

— Bon on a qu'à jouer à pile ou face ! Qui a une pièce ?! demanda-t-elle en se tournant vers le public. Désolée, je suis fauchée ! ajouta-t-elle avec humour en montrant les poches vides de son jean.

Pendant que les invités riaient en se moquant ouvertement des deux garçons sur la scène, une jeune fille aux yeux clairs donna un yen à Callie. Elle la remercia poliment, puis lança lestement la pièce en l'air et la rattrapa d'un coup sec sur son bras.

— Laissons le destin décider ! Qui prend pile ?! dit-elle en regardant le résultat discrètement.

— Pile… Euh non, face ! cria Azako.

— Tu es sûr de toi ?! ajoute-t-elle malicieusement du coin de l'œil.

— Tu triches Callie, tu regardes Azako ! rouspéta Nao en faisant la moue.

Callie éclata de rire à gorge déployée, suivie par la salle entière qui assista à une bagarre amoureuse entre les deux jeunes hommes voulant à tout prix danser avec la jeune-fille.

— Mais qu'est-ce que je fais avec deux idiots pareils ! les taquina-t-elle. Allez, viens Nao !

Alors qu'il s'avançait fièrement vers elle, Azako fit la moue de son côté, affichant un visage tout tristounet. Callie ne put s'empêcher de rire de nouveau en levant les yeux au ciel, puis s'avançant vers Azako lui chuchota à l'oreille ; son sourire revint instantanément. Tout le monde se demandait ce qu'elle avait bien pu lui raconter pour faire apparaître ce sourire rêveur à ses lèvres. Par faute de temps, la veille, elle avait appris à Nao la chorégraphie de Kiko et Christina sur la bachata d'Emma Heesters – « *The truth untold* ».

Quand la musique égrena ses premières notes, Callie et Nao, au milieu de la scène, firent quelques pas synchronisés puis, lorsque le drum de la bachata se mit à battre, Nao se tournant vers elle, lui saisit les mains en glissant leurs têtes lestement sous leurs bras tendus. Naturellement, ils s'étreignirent en une danse sensuelle où leurs corps se mouvaient tout en volupté dans un jeu de séduction mêlant tendresse et complicité. Callie ondulait son corps gracieusement contre Nao, qui la dirigeait tantôt vers lui ou tantôt sur le côté. Quand leurs corps s'entrechoquaient d'une vague sensuelle avec leurs visages à quelques centimètres l'un de l'autre, Nao était aux anges, les yeux pétillants de désir et de fierté de pouvoir entrer en communion avec elle devant la foule de spectateurs. Il coinça son genou entre ses cuisses tandis qu'elle ondulait langoureusement contre lui en posant sa main sur son torse, puis se cambra en arrière sensuellement laissant Nao caresser son ventre plat en donnant une pulsation pour la faire se relever. Elle équilibrait, tout en finesse, ses cambrements laissant retomber ses cheveux en une jolie cascade dorée. Leur danse était en harmonie, par leurs gestes, leurs regards et leurs sourires ; ils entrèrent en connexion l'un envers l'autre. Personne ne put rester insensible face à cette danse si belle où la relation entre Callie et Nao rendait leur prestation parfaite et en symbiose.

Quand la chanson se termina, Nao et Callie étaient enlacés tendrement se touchant le front doucement. Puis il lui donna un baiser sur le nez avec grâce et délicatesse, faisant pétiller ses yeux d'ambre, sous les acclamations du public qui debout, les applaudissait en hurlant et en sifflant d'admiration.

Après le spectacle, Callie reçut des propositions de la part de plusieurs groupes de Kpop, puis aux alentours de 23 h, après avoir embrassé ses amis en se promettant au plus vite de se revoir, reprit la route avec ses gardes du corps vers Kobe. Elle arriva à destination vers quatre heures du matin ; la propriété était silencieuse et une petite appréhension vint assombrir son cœur quand elle pénétra dans la maison. Le majordome la conduisit à l'autre bout du premier étage où était son ancienne suite avec Shiro. Elle y retrouva toutes ses affaires intactes et bien rangées dans le dressing. La suite était spacieuse avec un petit salon à même la chambre à coucher et une grande salle d'eau avec une baignoire sur pied. Éreintée par ce long trajet en Audi, elle se coucha dans son lit avec une anxiété grandissante et un pincement au cœur en pensant qu'à quelques mètres d'elle, se trouvait Shiro avec Nanami dans leur lit.

Le lendemain matin, le soleil emplissait la chambre d'une couleur dorée, inondant de lumière le visage ensommeillé de Callie. Les yeux mi-clos, elle émergea doucement de sa nuit mouvementée. Au bout de quelques minutes, elle se leva en décidant de prendre sur elle, de ne pas se laisser submerger par les émotions tristes qui emplissaient son être puis prit une bonne douche chaude. « *Quand je repense à ma vie avec Shiro, j'ai comme l'impression d'avoir fait un cauchemar, que je vais bientôt me réveiller à ses côtés et me rendre compte que tout ceci n'était qu'un mauvais rêve. Mais quand je me réveille réellement, il n'est pas là, je suis seule avec ma peine et mes rêves de vie avec lui ont pris la fuite. Comment vais-je pouvoir m'en sortir... De les voir tous les deux chaque jour, en plus ils attendent un bébé...* » Elle essaya de réfréner les larmes qui lui montaient aux yeux, mais en vain, elle les laissa couler tandis que l'eau chaude coulait à flots sur son corps amaigri.

Une fois propre, elle s'habilla avec son combi short blanc floral en mousseline légère qui donnait à sa silhouette une ligne sexy avec ses épaules dénudées, puis se coiffa en un chignon bohème. Elle chercha son parfum aux effluves vanillés en furetant dans tous les coins de la chambre sans le trouver. Elle enfila ses nu-pieds et se maquilla légèrement pour se donner bonne mine. Une fois prête, elle se mira une dernière fois dans le miroir de la salle de bain avant de partir déjeuner dans la salle de séjour. « *Allez go, je suis prête à tous les affronter !* » souffla-t-elle en se donnant du courage. « *J'ai une nouvelle vie maintenant, je vais faire ce que j'aime le plus au monde : danser ! Et je dis merde à tous ceux qui me mettront des bâtons dans les roues, je vais me battre et être heureuse !* » Prenant ses oreillettes, elle arrangea sa playlist avec le nouveau portable que ses meilleurs amis lui avaient offert puis descendit d'un pas assuré de l'étage, en priant inconsciemment de ne croiser personne.

2 ENNEMIE

La veille de sa venue, madame Ojiro fit une déclaration à toute la tablée réunie pour le dîner dans la salle de séjour.

— Demain à midi, Callie revient chez nous.
— Comment va-t-elle ?! s'empressa de demander Shiro.
— Elle est fragile. J'attends que chacun de vous la ménage…
— Quoi ?! Elle revient ?! la coupa aussitôt Nanami en affichant un visage blême.
Madame Ojiro la toisa violemment en pinçant ses lèvres fines.

— Laissez-la tranquille ! C'est la filleule de mon mari, elle mérite notre égard et elle est aussi importante que vous ! répondit-elle en haussant le ton. Elle vient de passer les pires mois de sa vie, nous lui devons au moins cela !
Vexée, Nanami se carra dans son siège et crispa ses mâchoires de colère. Madame Ojiro reprit la parole en se radoucissant.

— Elle va reprendre son métier de chorégraphe ici, à la propriété, et elle a accepté de rencontrer de potentiels époux en même temps qu'Arisa. Hanaé, je compte sur vous, pour l'aider à reprendre ses marques.
Alors qu'elle acquiesçait, tout le reste du repas se déroula dans un silence mortuaire.

* * *

Quand Callie arriva dans la salle de séjour, tout le monde était déjà attablé et semblait attendre sa venue. Tous levèrent leur visage vers elle. Cependant Callie les ignora et salua silencieusement et respectueusement madame Ojiro en se baissant à la japonaise puis s'assit en retrait des invités, à quelques chaises vides plus loin. Pendant que le majordome servait les convives, Callie s'effaça et contemplait droit devant elle la terrasse donnant sur la piscine, évitant au maximum de croiser le regard de quiconque. Le repas se déroula en silence, personne ne sachant comment l'aborder. Elle arborait un visage fermé, tourné vers la terrasse quand madame Ojiro prit la parole :

— Tu as reçu des contrats de danse Callie ?!
— Oui ça commence… dit-elle en fixant son regard vers elle. Grâce au concert d'hier soir, j'ai reçu plusieurs propositions de groupe de la Kpop. J'attends leurs appels maintenant.
— Ah oui qui ça ?! demanda aussitôt Arisa, la petite sœur de Nanami. Sans la regarder, Callie la snoba ouvertement et fixa son regard de nouveau sur la terrasse en silence. Au bout de quelques minutes, qui lui semblèrent durer un siècle, Nanami reformula la question de sa sœur. Aussitôt, elle se tourna vers elle et la fixa droit dans les yeux en remarquant le regard profond de Shiro la dévisager juste à côté.

— Ne faites pas « ami-ami » avec moi, parce que ça n'arrivera jamais, d'accord ?! N'essayez pas ; je ne suis pas votre amie et je ne le serai jamais, dit-elle froidement sans sourciller, glaçant la pièce aussitôt.
— Tu me dois le respect ! s'énerva Nanami en pointant son doigt vers elle, rouge de colère.
Callie émit un petit rire amusé et esquissa un sourire narquois.

— Ne sais-tu pas que le respect ne se demande pas ? Il se donne en retour, à la mesure du respect que l'on donne, répondit-elle tranquillement. T'en as eu pour moi quand tu m'as volé mon mari ?! ajouta-t-elle froidement.
Nanami voulut répliquer en sentant la colère lui monter au visage, mais elle fut interrompue par le portable de Callie qui émit une sonnerie d'un groupe à la mode. Interloquée, elle riva son regard sur le numéro inconnu qui s'affichait.

— Mochi Mochi ! dit-elle en décrochant et en se levant de table.
Tout en répondant au téléphone, Shiro contemplait Callie se mouvoir légèrement vers la baie vitrée du séjour donnant sur la terrasse. Il remarqua avec tristesse son état amaigri et la lueur sombre de ses yeux brillants lorsqu'elle parlait avec Nanami, tout en l'ignorant ouvertement.

— Quoi ?! Tu me proposes de sortir avec toi contre un contrat d'un million de Yens ?! répondit-elle sidérée. Sortir au cinéma ou sortir genre s'embrasser ?!
Au bout d'une minute, elle raccrocha, s'adressant avec véhémence à son interlocuteur devant la famille Ojiro, qui tendait une oreille attentive à sa conversation.

— Tu sais quoi… ?! Tu me déçois vraiment ! Je refuse ta proposition, salut !
Soufflant de dépit, elle se rassit à table en roulant des yeux.

— Tu as refusé un contrat d'un million de Yens juste pour un baiser ! Faut pas que tu fasses ta difficile, tu n'as pas d'argent ! se moqua Nanami.
Callie soudain, regarda d'un air entendu madame Ojiro qui était aussi sidérée qu'elle par les propos de Nanami.

— Déjà, je danse. Je bouge mon corps sur des musiques chaudes avec des positions plus que suggestives. Alors si je commence à accepter les propositions salaces contre de l'argent, je vais vraiment passer pour une salope. Et ça, je ne veux pas, je mérite le respect et j'ai ma dignité ! Malgré tout ce que tu peux penser ! C'est la jalousie qui te fait parler comme ça ou l'envie ?!
— N'importe quoi ! s'indigna Nanami. Je ne suis pas jalouse de toi !
— De toute façon, il va rappeler et me proposer le contrat sans compromis !
— Comment tu peux être aussi sûre de toi ?! demanda Arisa. Tu es prétentieuse !
— Non, loin de là… Mais je suis bonne dans tout ce que je fais ! Mon métier, c'est mon gagne-pain et ma passion, ils ont plus besoin de moi que moi j'ai besoin d'eux ! répondit-elle avec un sourire sardonique.
Alors qu'elles voulaient répliquer, le téléphone de Callie résonna. Elle

reconnut le numéro de Dak Ho.

— Alors, tu veux me proposer autre chose ?! demanda-t-elle, regardant les sœurs Suzuki, en souriant malicieusement. Hum… Hum… OK je préfère comme ça, envoie-moi le contrat par fax pour que je puisse l'étudier rapidement et si cela me convient, on fixe le rendez-vous pour demain, ça te va ?! ajouta-t-elle en raccrochant. Et voilà ! dit-elle en regardant Nanami. J'espère que tu as appris la leçon. Il ne faut jamais céder aux propositions malsaines des garçons contre un peu d'argent sinon, on ne te respectera jamais !
— Combien il te propose alors ?! demanda aussitôt madame Ojiro pour calmer les tensions.
— Le double ! répondit-elle en exultant de joie. Pour seulement une semaine de travail avec le groupe en entier. Par contre, je pourrai occuper la terrasse pour mes cours, ils sont cinq en tout ?!
Madame Ojiro acquiesça fièrement et lui envoya un grand sourire. Celle-ci les quitta en cours de repas, prétextant l'urgence de préparer la venue du groupe. Alors qu'elle sortait dignement de la pièce en silence, ils l'entendirent, ensuite, crier de joie en regagnant l'étage, ce qui fit rire de contentement Shiro, sa mère et Hanaé.

Au bout d'un quart d'heure, elle revint avec ses gardes du corps, les bras chargés d'habits de danses.

— Allez Tic et Tac, dépêchez-vous, emmenez le paravent sur la terrasse. Attendez… dit-elle en essayant d'ouvrir la porte coulissante qui bloquait.
Shiro vint à sa rencontre, allant à son secours immédiatement. Croisant son regard pénétrant, ses bras chargés s'échappèrent. Elle laissa tomber les vêtements à ses pieds. Son menton se mit à trembler et quelques larmes vinrent, malgré elle, mouiller ses yeux. Alors qu'ils se regardaient profondément en silence, Shiro ne put résister à la prendre dans ses bras follement. Il respira fougueusement sa peau nue dans son cou. Aussitôt, devant ce geste rempli d'amour, elle éclata en sanglots faisant trembler son corps de spasme douloureux. Tout cet élan de tendresse amoureuse fit remonter en eux les souvenirs d'un amour passionné, du temps passé ensemble, de leurs étreintes romantiques et

érotiques dans le respect de l'autre. La voix nouée par les larmes, Shiro lui déclara sa flamme devant la tablée entière :

— Je t'aime Callie, je n'aime que toi et je n'aimerai jamais personne autant que je t'aime !
Tandis qu'ils pleuraient dans les bras l'un de l'autre, l'émotion de leurs retrouvailles envahit la salle de séjour. Hanaé ne put, elle aussi, réfréner ses larmes et madame Ojiro émue par ce gâchis sentimental, accusa le coup en partant dans ses appartements. Les sœurs Suzuki, quant à elles, étaient blêmes et affichaient un visage haineux à l'encontre de Callie. Soudainement, Shiro prit la main de Callie et s'enfuit hors du séjour en courant. Il l'entraîna dehors rejoindre sa voiture de sport.

— Où vont-ils ?! s'alarma Nanami en se levant de table, touchant son ventre arrondi.
Stupéfaits, les convives se dévisagèrent. A cet instant, la Bugatti vrombit férocement hors de la propriété. Les sœurs Suzuki pestaient de rage. Akira sortit de table immédiatement en aviser sa mère à son bureau. Hanaé priait intérieurement que cette fuite ne fasse pas de tort à Callie.

La Bugatti Shiron dévala à vive allure les kilomètres les séparant le plus loin possible de Nanami et de tout ce qui avait causé leur rupture. La tête posée contre l'épaule de Shiro, elle l'enlaçait pendant qu'il conduisait, oubliant leur triste sort un instant, faisant comme si tout ce qui leur était arrivé n'existait pas. Il s'arrêta bientôt dans un petit hôtel, sans prétention aucune, au bord de l'autoroute, puis, réglant sa note à l'office, il emmena Callie dans la chambre. Ils se pressèrent l'un contre l'autre à la hâte, s'arrachant leurs vêtements tout en s'embrassant passionnément.

— Je veux que tu sois mon premier, je veux que ce soit toi pour ma première fois ! dit-elle les yeux brillants de larmes.
— Et moi je veux être ton dernier, je veux être avec toi toute ma vie ! répondit-il avec fougue tout en l'embrassant fiévreusement.
Haletants de désir, ils firent l'amour pour la première fois avec tendresse et empressement, avec tous les sentiments amoureux qu'ils

avaient l'un pour l'autre. Dans un dernier cri de jouissance, Shiro cria son nom, tandis que Callie secouée par tant d'émotion d'amour lui criait des « je t'aime » en pleurant dans ses bras. Puis allongés, l'un sur l'autre, apaisés, ils reprirent leur souffle tout doucement.

— Qu'est-ce qu'on va devenir ?! demanda-t-elle en lui caressant avec tendresse le visage.
— Enfuyons-nous loin de tout… répondit-il avec un sourire attendrissant, rendant brillant ses yeux noirs.
— Dans une île déserte, loin de toute civilisation ?! rit-elle en le dévorant de son regard vert intense.
— J'irai pêcher dans l'océan pour te nourrir… sourit-il rêveusement.
— Et je te cuisinerai de bons petits plats sur le feu de bois…
— Et on fera l'amour toute la journée… sourit-il malicieusement en lui volant un baiser.
— Bon, quand est-ce qu'on part ?! pouffa-t-elle.
Soudainement, son visage devint grave. Ils se dévisagèrent et bientôt Shiro baissa les yeux tristement.

— C'est un beau rêve, n'est-ce pas ?! ajouta-t-elle en réfrénant les larmes qui lui piquaient les yeux.
— Callie… dit-il la voix rauque enrouée par l'émotion. Callie, je t'aime tellement… !
— Je sais… sanglota-t-elle contre son cou. Mais je ne veux pas être ta maîtresse… je veux redevenir comme avant, je veux être ta femme… !
Resserrant son étreinte, il l'embrassa de nouveau tendrement et lui refit l'amour, lentement, en prenant tout son temps, en savourant chaque seconde. De tous les sentiments d'amour enfouis au plus profond de leur être, ils se donnèrent sans retenue, sans penser à demain, vivant le moment présent intensément. En fin d'après-midi, endormis l'un contre l'autre, le téléphone de Shiro résonna dans la chambre d'hôtel plusieurs fois d'affilé, quand il décrocha, son visage devint aussi blanc que la neige. Réveillant Callie, ils partirent en trombe de l'hôtel et foncèrent en direction de la clinique de Kobe où quelques mois plus tôt, Callie avait pris sa pilule.

— Le bébé est vraiment de toi ? demanda-t-elle alors que Shiro appuyait sur l'accélérateur de sa voiture.

— Je ne sais pas, il faut attendre qu'il soit né pour pratiquer un test d'ADN.

— Et si… il n'est pas de toi… ?!

Il se tourna brièvement vers elle, la regarda gravement et lui prit la main.

— Je divorce direct et je t'épouse !

Rassurée, elle espéra au plus profond de son être que ce soit le cas, que ce bébé ne serait pas le sien, qu'elle pourrait de nouveau vivre au côté de Shiro. L'espoir revint en elle comme une vague de chaleur inondant son cœur meurtri en le guérissant tout à la fois. Arrivé à la clinique, Shiro demanda à l'accueil la chambre de sa femme, puis avec Callie, monta à l'étage de la nurserie. Dans le couloir de la salle d'attente, la famille Ojiro était toute réunie avec les parents de Nanami. Quand le père Suzuki vit Shiro avec Callie, il fut rempli d'une telle colère qu'il l'agressa verbalement :

— Où étiez-vous pendant que ma fille accouchait, pesta-t-il rageusement. Avec cette traînée ?! ajouta-t-il en toisant Callie du regard.

— Comment va-t-elle, l'enfant est né ?! demanda-t-il aussitôt sans porter attention au père de Nanami.

— Oui, votre fils est né ! répondit-il avec emportement. Et vous avez intérêt à vous occuper de ma fille ! Par votre faute, elle a accouché prématurément !

Sitôt dit, Shiro partit de ce pas rejoindre Nanami dans sa chambre, laissant Callie le cœur au bord des larmes. Hanaé, toujours préoccupé par son bien-être, lui prit la main gentiment et la ramena à la propriété. Alors que la limousine filait à toute allure, Hanaé reprit les mains de Callie pour lui parler en douceur en essayant de mesurer ses paroles :

— Callie, l'enfant est de Shiro…

— Quoi, mais Shiro m'a dit qu'il fallait attendre qu'il soit né pour faire le test !

— Non, Shiro n'est pas encore au courant… mais Madame Ojiro a demandé à faire le test avant qu'il se marie…

Blême, Callie mit subitement ses mains sur sa bouche, n'en croyant pas ses oreilles. Elle écarquilla ses grands yeux verts dans le vide. Ses yeux se remplirent d'eau en réalisant que son espoir était mort définitivement.

— Nooon… ! cria-t-elle déchirée de l'intérieur.
— Je suis désolée Callie… gémit Hanaé en serrant Callie tout contre elle. J'aurais tellement aimé que tu sois avec Shiro et que tu restes ma belle-sœur…
Elles pleurèrent ensemble dans les bras l'une de l'autre pendant tout le trajet. Callie était effondrée, elle accusa le coup péniblement en repartant dans sa chambre ce soir-là, pleurant amèrement toutes les larmes de son corps. Tic et Tac, derrière la porte de sa suite, l'entendirent sangloter toute la nuit et redoutèrent que leur protégée ne succombe encore une fois dans la dépression. Ils étaient profondément tristes pour elle et décidèrent d'un commun accord de la soutenir plus étroitement que les derniers mois dans la cabane.

Le lendemain, tôt dans la matinée, Callie était déjà sur la terrasse avec tout son matériel installé pour son cours avec le groupe, quand Hanaé et madame Ojiro prirent leur petit déjeuner. Elle était assise, dos au séjour, avec son petit short blanc et son sweat à capuche assorti qui faisait ressortir sa peau hâlée d'un éclat doré, et écoutait en boucle la chanson « *Shalow* » de l'album du film « *a star Is Born* ». Cette chanson lui donnait les larmes aux yeux et quand la chanteuse criait son émotion au refrain, elle voulait aussi crier son désespoir. Elle savait que désormais, plus rien ne serait pareil, que sa vie certes allait changer, mais qu'elle le ferait sans la personne la plus chère à son cœur. Elle savait aussi qu'il fallait qu'elle fasse le deuil de cette personne et en l'occurrence, le deuil d'une vie qu'elle n'aura jamais à ses côtés. Le cœur gros, elle laissa couler ses larmes sur ses joues, en ramenant ses genoux vers elle sur la chaise. Hanaé vint la rejoindre sur la terrasse. Elle posa sa main compatissante sur son épaule et murmura à son oreille des paroles apaisantes. Callie baissa sa musique et se tourna vers elle en acquiesçant, essayant de sourire malgré son regard baigné de larmes. Puis s'essuyant les yeux, elles repartirent ensemble prendre leur petit déjeuner.

— Callie, ce matin Shiro revient avec Nanami et leur bébé… Sois courageuse ! C'est difficile pour tout le monde…
Callie opina silencieusement face à madame Ojiro en réfrénant les larmes de frustration qui tiraillaient son âme.

— Les rendez-vous matrimoniaux commenceront dès la semaine prochaine. Les jeunes hommes attendront au séjour et ils devront choisir avec laquelle ils veulent faire connaissance, la plupart ont déjà pris rendez-vous avec Arisa.
Elle acquiesça de nouveau silencieusement devant son affirmation. Respirant un bon coup, madame Ojiro fixa son attention sur elle.

— Je dois m'absenter aujourd'hui pour préparer la petite fête de la naissance du fils de Shiro qui aura lieu demain, ajouta-t-elle avec hésitation. Il y aura toute la famille de Nanami et quelques amis.
— Je vous laisserai en famille dans ce cas, je resterai dans ma chambre…
— Callie, tu fais aussi partie de la famille, répondit Hanaé en douceur.
— Oui, mais… ce sera trop dur d'y assister, dit-elle la voix enrouée par l'émotion. Je ne serai pas la bienvenue… Si le père de Nanami me voit, vous allez tous être dans l'embarras.

À 10 h tapante, un grand ciel bleu monté d'un soleil éblouissant dardait déjà ses rayons lumineux sur la terrasse quand le groupe de Dak Ho la rejoignit. Ils étaient cinq beaux garçons, fringants et stylés dans la vingtaine, en tenue décontractée. Ils portaient des jeans à la mode avec des chemisettes de marque et arboraient des sourires charmeurs vers elle. Le groupe voulait qu'elle leur apprenne les pas de diverses danses latines en vue de faire une tournée en Amérique du Sud. Elle planifia avec eux un calendrier avec les jours de la semaine et les différentes danses qu'ils allaient pratiquer, puis commença à leur apprendre les bases de la bachata sous les supplications des garçons qui avaient assisté à sa performance sur scène, lors du concert. Elle aligna les cinq garçons face au séjour tandis qu'elle exécutait les pas sur une bachata lente et romantique de C. Daniel « *Ahora qué te vas* » puis, voyant que Dak ho se débrouillait plutôt bien, elle entreprit de faire une petite chorégraphie. Dak Ho accepta avec joie, mais remarquant que les quatre autres faisaient la moue, elle se rit d'eux gentiment en les rassurant qu'elle leur apprendrait les mêmes pas en vue de danser avec elle. Ils étaient si fous de joie qu'elle se demanda sérieusement, si ce contrat n'était pas une mascarade pour pouvoir juste se trémousser contre elle. Soudain, au moment où elle se retournait pour lancer la musique, Shiro et Nanami apparurent dans le séjour. Main dans la main, le couple se présentèrent avec leur bébé. Le choc fut si brutal qu'elle se retourna aussi sec, essayant de retenir ses larmes sous son menton tremblant. Dak Ho qui connaissait Shiro et qui était au courant, comme la moitié du Japon de son remariage, comprit la situation délicate que vivait Callie. Il lança aussitôt la musique et prenant gentiment sa main, entreprit une bachata tout en langueur en l'étreignant dans ses bras pour la consoler sans éveiller les soupçons de Shiro sur son abattement. Elle pleura dans ses bras en bougeant lentement la bachata tout contre lui sans se retourner vers le séjour. Au bout de quelques minutes, elle le remercia de son geste plein de délicatesse et s'essuya les yeux. Ils bougèrent en faisant des passes et des figures multiples qui enchantèrent les jeunes garçons, puis prise dans le jeu, elle dansa avec chacun d'eux en leur apprenant les pas dans la gaieté et la légèreté tant et si bien, qu'elle en oublia sa peine pendant ces quelques heures. Au bout de deux heures, Hanaé avertit Callie qu'ils pouvaient tous venir se restaurer à leur déjeuner. Le groupe accepta avec joie tandis que Callie redoutait de passer à table.

— Ça va aller Callie ?! demanda Dak ho, voyant dans ses yeux une lueur d'appréhension.
— Je n'ai pas le choix de toute façon ! dit-elle en plissant un demi-sourire. En tout cas ton contrat venait à point nommé ! Merci Dak Ho… ajouta-t-elle en lui souriant sincèrement.
— J'aimerais bien t'embrasser, tu me fais trop craquer… Mais je n'ai pas envie que ton ex-mari m'extermine ! rit-il malicieusement en entrant dans le séjour.
Elle éclata de rire, à sa suite, levant les yeux au ciel.

— Oh j'y pense tu n'as pas mis tes jolis yeux aujourd'hui ?! lui demanda-t-elle, faisant référence à ses lentilles de couleur alors qu'ils prenaient un siège à la table.

Il pouffa de sa blague en la mangeant du regard, sous les yeux noirs de Shiro qui crispait ses mâchoires de colère depuis qu'il avait assisté à son cours sur la terrasse. Callie prit une grande inspiration, puis fit face à Nanami et Shiro.

— Félicitations pour votre bébé ! leur dit-elle respectueusement, en les regardant droit dans les yeux, puis les baissa aussitôt quand Nanami lui envoya un sourire ironique.

« Je la félicite cette courge et elle se moque de moi ! J'ai envie de la tuer !!! » s'énerva-t-elle intérieurement tout en affichant un visage impassible. Au cours du repas, les garçons du groupe s'extasièrent de leur cours avec Callie, en affirmant qu'elle dansait divinement bien.

— Depuis que je t'ai vu danser au concert avec ton petit ami, j'ai immédiatement demandé à ma prod de t'engager ! dit avec enthousiasme un des garçons.

— Euh… Ce n'est pas mon petit ami ! rectifia Callie embarrassée, c'est mon meilleur ami.

— Oh… C'est l'autre alors, le brun ?! demanda-t-il aussitôt.

— Non, c'est aussi mon meilleur ami, dit-elle gênée en sentant le regard de Shiro peser sur elle.

— Tu es célibataire alors ?! demanda un autre garçon.

Elle acquiesça en marmonnant un oui tandis que les garçons se regardèrent en gloussant.

— Tu sais que la vidéo de ta prestation a fait le buzz sur internet ? rajouta Dak Ho fièrement. Tu as fait sensation, surtout en chantant.

— Quoi ?! répondit-elle sidérée. Ma chanson a fait le buzz ou c'est la danse ?!

— Les deux ! clamèrent à l'unisson les garçons à table, Callie rougit éperdument. Tu nous as volé la vedette ! Rit un autre garçon. Tu devrais peut-être te lancer dans la chanson, tu cartonnerais avec ta voix sensuelle… rajouta Dak Ho taquin.

Elle éclata de rire n'y croyant pas le moins du monde tout en roulant des yeux. Subitement Shiro se leva de table et actionna une télécommande. Le mur en face de la table s'ouvrit comme par magie sur un grand écran plat. Il demanda au groupe de lui montrer les vidéos de la soirée du concert. En deux trois mouvements, il trouva la vidéo qui s'intitulait « Il était une fois, deux idiots amoureux et une fille » et tous regardèrent la séquence à partir de la chanson qu'avaient interprétée Azako et Nao pour Callie jusqu'à sa danse avec Nao. Quand la bande arriva sur sa chanson, Callie se sentit mal à l'aise, en se voyant si triste à travers l'écran. Elle zyeuta Shiro qui traduisait mentalement les paroles et qui était si ému ; ses yeux étaient brillants et il semblait retenir ses larmes. Une goutte cependant franchit la barrière de ses yeux et roula sur sa joue. Callie sentit son cœur se déchirer à cet instant même ressentant sa peine tout comme la sienne. Quand la chanson fut finie, il s'essuya discrètement la joue. Les convives assistèrent à la scène comique de ses amis. Ils pouffèrent en se moquant d'eux, sauf Shiro qui affichait un visage sombre. Lorsqu'il découvrit la danse ultra sensuelle de Callie avec Nao, enlacé tendrement, il durcit son visage, crispant ses mâchoires et ses poings, rendant ses phalanges blanches par tant de fureur ressentie.

— Ça ne m'étonne pas que tu aies fait le buzz, Callie. Tu danses vraiment comme une chatte en chaleur ! se moqua Akira.
— Fais attention à ce que tu lui dis ! menaça Shiro vers son frère.
Subitement, le groupe de Dak Ho se tut sentant une tension électrique envahir la pièce.

— Je me pose la question, c'est tout ! Comment se fait-il que vous ayez autant attendu avant de faire l'amour quand tu vois comment elle se déhanche ?!
Un silence obscurcit le séjour en un instant en s'appesantissant, libérant la haine et la colère de chacun.

— Regarde Callie, Shiro n'a pas attendu avec Nanami, ils l'ont fait plus d'une fois après ton départ ! surenchérit Akira, alors que Shiro baissait les yeux.
— Comment se fait-il que tu sois au courant ?! répondit-elle tranquillement pendant qu'elle se levait impassiblement à sa rencontre. Ça te fait bander de mater les caméras de surveillance ?!
Brusquement, en se rapprochant de lui, elle planta brutalement son

couteau dans sa main qui reposait sur la table. Akira cria de douleur. Elle lui leva son visage et s'assis lestement à califourchon sur ses genoux, en lui faisant face, sa bouche à quelques centimètres de la sienne. Akira ne bougea plus. Il était fiévreux et haletant, ses yeux brillèrent de désir. Elle savait qu'elle avait toute son attention désormais.

— Dorénavant quand je serai dans la même pièce que toi, ne t'avise plus de me regarder ou de m'adresser la parole, dit-elle fermement en le fixant tout en entourant ses mains contre son visage. Si je te tolère, c'est parce que tu es le fils de mon parrain. Mais si tu insistes, c'est à tes risques et périls… dit-elle froidement en le dévisageant. La prochaine fois, c'est dans ton trou du cul que je le planterai et crois-moi, je n'irai pas de main morte ! Pendant ces trois mois, j'ai appris à me servir d'une arme et à lancer quelques couteaux. A ta place je regarderais derrière toi quand tu me croiseras, on ne sait jamais, un coup peut si vite partir !
Très vite, elle se releva d'Akira et empoigna sauvagement sa longue chevelure.

— Maintenant, dis pardon à ton frère pour tout le mal que tu lui as fait ! dit-elle en regardant Shiro qui la dévisageait, découvrant une nouvelle facette de sa personnalité.
Comme il semblait pétrifié par sa fureur subtile, elle lui redemanda en tirant sur ses cheveux violemment.

— Pppardon Shiro… !
— Mieux que ça connard ! cracha-t-elle avec dégout.
— Pardon Shiro ! cria-t-il soudainement.
Alors qu'elle le relâchait en enlevant d'un coup sec le couteau de sa main, il jura de douleur, la traitant grossièrement. C'en fut trop pour Shiro qui s'élança sur son frère avec rage.

— Arrête ta femme m'a déjà réglé mon compte ! cria Akira pour se défendre.
— Mais ce n'est plus ma femme, à cause de toi ! cria-t-il en le repoussant violemment hors de sa chaise. Elle ne sera plus jamais à moi… ! Elle va se marier avec un autre que moi… comment veux-tu

que je vive sans elle ?! hurla-t-il de douleur en fléchissant les genoux à terre, écrasé par le chagrin. Tu m'as enlevé la seule personne que j'aimais et qui me rendait meilleur ! rajouta-t-il la voix enrouée par l'émotion.

Pendant que Nanami quittait la table précipitamment en sanglotant, Callie se jeta dans les bras de Shiro.

3 RÉVÉLATION

Dans un bureau du building de la famille Ojiro du 20ème étage, Sayuri, une tasse de thé à la main, finissait de signer quelques documents quand la secrétaire lui signala un appel de monsieur Suzuki.

— Bonjour, justement je voulais finaliser avec vous quelques détails pour la soirée de demain, dit-elle tranquillement.
— Je veux qu'elle parte ! cria monsieur Suzuki fou de colère.
— Qui donc ?! interrogea Sayuri Ojiro stupéfaite par la vive réaction de son interlocuteur.
— Votre ex-belle-fille ! Mais pourquoi diable, est-elle chez vous ?! Elle perturbe ma fille !
— Voyons, calmez-vous… elle est la filleule de mon défunt époux et elle n'a plus de famille.
— Je m'en fiche Sayuri, je veux que cette traînée quitte immédiatement votre maison ou…
— Ou quoi Atsuji ?! se fâcha-t-elle brusquement. Vous avez voulu que j'annule le mariage de mon fils et je l'ai fait ! Vous voulez quoi encore, qu'il aime votre fille ?!
Devant son silence, elle poursuivit aussitôt :

— Le contrat de mariage n'incluait pas les sentiments, je suis navrée pour vous, mais il faudra vous y faire !
Monsieur Suzuki mouché en plein vol ne savait plus quoi répondre, il pestait dans sa barbe. Madame Ojiro se ressaisit et lui parla plus en douceur pour calmer les tensions :

— Écoutez, la semaine prochaine Callie va rencontrer de potentiels époux, dès qu'elle trouvera un riche mari, tout rentrera dans l'ordre.
Une fois sa discussion terminée, elle enleva ses lunettes en soupirant longuement sur son fauteuil en cuir, les yeux dans le vide. Elle appela son assistante à la rejoindre dans son bureau :

— Quelles seraient les probabilités d'une faillite de la société avec les chiffres actuels ?!
— Elles seraient catastrophiques, madame Ojiro. Après le scandale de votre fils, avec tout le respect que je vous dois, s'excusa l'assistante, le peu d'actionnaires qu'il nous reste, reprendraient leur argent et quitteraient l'entreprise.
Sayuri Ojiro soupira une nouvelle fois de dépit en remettant ses lunettes à grosses armatures.

— Callie a-t-elle reçu quelques propositions de mariage ?!
— Non madame Ojiro. Votre belle-fille, excusez-moi, votre ex-belle-fille, rectifia l'assistante embarrassée, n'attire pas les riches familles japonaises : elle n'a pas de dot, ni d'argent et c'est une étrangère…
— Donnez-moi la liste des époux potentiels pour Arisa Suzuki, s'il vous plaît, demanda madame Ojiro, contrariée.
Pendant que l'assistante repartait dans son bureau en lui remettant la liste, madame Ojiro, étudiant les noms, composa un numéro dans son téléphone.

Dans la propriété familiale, Shiro était en train de se remettre de ses émotions avec Callie dans le salon. Monsieur Suzuki l'appela et l'enguirlanda comme il se doit, en lui faisant la morale et en le menaçant de démolir l'entreprise familiale s'il ne s'occupait pas de sa fille correctement. Au même instant madame Ojiro, alertée par Hanaé sur l'incident du déjeuner, apparut au salon. Elle leur demanda de les suivre à son bureau immédiatement, suivie d'Akira. Elle prit son siège, affichant un visage grave, tandis que les trois protagonistes étaient debout devant le bureau. Akira, tel un enfant gâté se plaignit, en accusant Callie de lui avoir sauvagement poignardé la main.

— Silence Akira ! tempêta sa mère. Tu es l'aîné de la famille, tu devrais montrer l'exemple d'une conduite irréprochable ! Shiro, tu dois rejoindre Nanami dans ta suite et rester auprès d'elle. S'il arrive un autre problème, l'entreprise ne survivra pas !

Alors qu'il acquiesçait gravement en baissant tristement la tête, Callie prit aussitôt la parole :

— Ma présence ici ne fait qu'aggraver la situation ! Laissez-moi repartir à Tokyo avec Tic et Tac, ma carrière est relancée et je n'ai plus besoin de me marier.

— Callie... gémit Shiro en la prenant dans ses bras.

— Non Callie, je dois respecter le vœu de mon époux et puis... Tu fais partie à part entière de notre famille ! Je ne te délaisserai pas, je te l'ai dit. Si la Confrérie te retrouve... Je n'ose même pas y penser ! dit-elle troublée.

— Mais on se fait du mal avec Shiro, on s'aime ! Et Akira me déteste ! répondit-elle en haussant le ton, la voix éraflée par l'émotion.

— Laissez-nous ! dit-elle à Akira et Shiro.

Pendant qu'ils quittaient la pièce, madame Ojiro pria Callie de s'asseoir en face d'elle sur un siège. Elle prépara deux tasses de thé avec la bouilloire électrique qui reposait sur une desserte, puis une fois que le thé fut suffisamment infusé, en versa dans deux tasses en porcelaine fine.

— Akira ne te déteste pas, Callie.

— Alors pourquoi s'est-il acharné depuis le début à nous faire du mal à Shiro et moi ! dit-elle incrédule. Il a quand même contacté la Confrérie pour me tuer et Callaghan est mort à cause de lui ! ajouta-t-elle les yeux brillants de colère.

— Ce n'est pas lui qui nous a trahis...

Devant ses yeux ronds de stupéfaction, elle poursuivit aussitôt :

— Il s'est fait manipuler par une maîtresse qui était une espionne de l'ordre de la Confrérie. Quand il s'en est rendu compte, il était trop tard ! Il s'est accusé du tort, parce qu'Akira est ainsi, il se reproche encore la mort de son père. Il souffre, tu sais...

— Je ne comprends toujours pas pourquoi il m'en veut Sayuri...

Madame Ojiro secoua la tête dans la négative, bouleversée par son aveu.

— Mon mari s'absentait beaucoup et voyageait à travers le monde pour découvrir de nouveaux dialectes qui le rapprocheraient du cube avec Akira. Quand il est mort, Akira était à ses côtés… soupira-t-elle les yeux dans le vide. Il était prévu depuis ta naissance, que le 1er fils de Callaghan ou de mon mari t'épouse, pour assurer la lignée du Sang Royal. Après la première trahison en Irlande, Hazel s'est enfuie avec toi et c'est mon mari qui vous a aidé à changer d'identité et vous a protégé. Comme Callaghan t'a cru morte, il a fiancé son fils, il ne restait plus que mon fils, Akira.

Estomaquée par ce récit, Callie était sans voix de constater que son avenir sentimental était édicté depuis sa naissance. « *Akira ?! Je l'ai échappé belle !* »

— Akira était au courant qu'il devait m'épouser ?!

— Oui, il savait depuis ses voyages qu'il travaillait pour ta cause afin de te sauver la vie ! Mais… Le père d'Hanaé, qui est un très bon ami de notre famille depuis longtemps, se trouvait dans une mauvaise posture. Alors mon mari est revenu sur sa parole dans son testament, préférant qu'Akira reprenne les responsabilités familiales et qu'il épouse Hanaé.

— Donc si je comprends bien, Akira m'en veut parce qu'il n'a pas pu m'épouser, alors il a orchestré mon agression à l'université avec les photos compromettantes et la complicité de Nanami.

— Callie… Akira ne sait pas aimer. C'est aussi ma faute… je ne suis pas maternelle, soupira-t-elle navrée. Il est exclusif ! Je pense qu'il est en réalité jaloux de son frère. Il a tenté de faire annuler ton mariage en jouant sur la clause de non-infidélité…

— Mais comme Shiro m'aimait, ça n'a pas marché et entre temps, Nanami s'est rendu compte qu'elle était enceinte ! s'exclama vivement Callie en comprenant subitement la situation. Mais la première fois que j'ai vu Akira, il ne savait pas qui j'étais. Comment se fait-il qu'il n'était pas au courant ?

— Le jour de ton mariage, il était en voyage en Corée du Sud. J'ai profité de cette aubaine que tu sois à Hawaï pour précipiter ton mariage sans qu'il soit là…

— Ho… Vous avez été maligne ! rit Callie amusée. Je suis contente que vous m'ayez parlé franchement, tout s'éclaire enfin !

— Tu vois Callie, je peux paraître froide et distante et c'est vrai que je ne suis pas facile, mais on a toujours veillé sur toi. Alors, sois courageuse et reste avec nous, on est la seule famille qui te rattache à tes origines.

— Merci… mais c'est dur ! J'aime Shiro de tout mon être et de le voir avec Nanami et leur bébé… ça me crève le cœur ! répondit-elle les larmes aux yeux.

— Je sais… Et j'en suis désolée…

En sortant du bureau de madame Ojiro, Callie réfléchissait à sa discussion avec elle. *« Je suis soulagée de connaître ce bout de vérité sur les Ojiro, mais il y a quand même quelque chose qui ne colle pas dans cette histoire. Comment se fait-il que Nanami se soit rendu compte qu'elle était enceinte au bout de 4 mois de grossesse ?! A-t-elle fait un déni ?! Et Akira… Ce gros pervers ! Heureusement que je ne me suis pas marié avec lui, il m'aurait violée, à coup sûr le soir de nos noces ! Oh j'y pense… Faut que j'aille à tout prix au sous-sol ! Je n'ai pas envie que ce gros con me mate à poil dans ma chambre. »*

Aussitôt dit, elle descendit les marches du sous-sol jusqu'au bureau des caméras de surveillance de la propriété familiale. En entrant dans la pièce, elle fut stupéfaite. La salle était aussi grande que son ancienne chambre à la pension Asuka et face à elle un grand écran plat couvrant toute la partie du mur, montrait chaque pièce de la propriété. *« Tu m'étonnes, on voit tout ! »* Ses yeux se fixèrent sur sa suite vide. Elle appuya sur quelques boutons de la console pour éteindre les caméras de surveillance, l'écran devint noir subitement. *« Cool, j'ai réussi ! »* Soudain, son regard se figea, son cœur battait à tout rompre, la suite de Shiro était devant ses yeux.

Fébrilement, elle toucha l'écran tactile et l'image engloba tout le pan du mur. Shiro était allongé sur le lit, en face à face, avec Nanami : ils se parlaient. Cette image suffit à lui faire monter les larmes aux yeux, se souvenant de leur étreinte au petit matin de sa fuite, de leurs baisers volés au tout début de leur mariage, de la tendresse qui émanait de chacun de leurs gestes. Tout à coup, Nanami se colla contre Shiro et l'embrassa éperdument ; elle pleurait. Callie assista en direct à leur étreinte. Elle aussi pleurait de voir une autre femme voler la tendresse de Shiro, lui arracher ce qu'elle avait de plus beau dans ses bras. Soudainement, leur embrassade devint plus passionnée et l'inévitable se produisit, laissant Callie effondrée sur le sol de la pièce. La douleur ressentie était pareille à des aiguillons d'abeille lui martelant la poitrine. « *Nooon ! Je veux mourir !* » gémit-elle en déguerpissant au plus vite du poste de surveillance. En montant à toute vitesse l'étage, elle croisa Akira qui en redescendait. Elle se jeta désespérément sur lui, en tambourinant de coups de poing son torse.

— Calme-toi Callie ! rugit-il en lui retenant les bras, ne comprenant pas son état hystérique.
— Je veux mourir ! Lâche-moi Akira ! sanglota-t-elle, le visage ravagé par la souffrance intérieure. C'est ta faute, pourquoi tu as provoqué tout ça, hein ?! ajouta-t-elle en sentant ses pieds se dérober sous elle.
Alors qu'elle pleurait amèrement, en faisant tressauter son corps douloureusement, il s'agenouilla à côté d'elle et posa sa main sur ses épaules, ne sachant que dire.

— Mon Dieu que ça fait mal de voir ça… ! pleurnicha-t-elle d'une toute petite voix saccadée.
— Tu as vu quelque chose que tu n'aurais pas dû voir… dit-il hésitant, en mesurant ses mots doucement.
Elle approuva en versant des larmes silencieuses, tout en se calmant progressivement, pendant qu'Akira continuait à lui caresser les épaules. Puis se levant lentement, elle partit rejoindre sa chambre piteusement, sans dire un mot, laissant Akira la suivre du regard pensivement.

Le jour suivant, Callie évita soigneusement les pièces où Shiro et Nanami se trouvaient. La veille, elle n'avait pas assisté au dîner et ce jour-là, elle avait pris son petit déjeuner dans sa suite, puis avait entraîné le groupe toute la matinée sur de la salsa. Elle avait décidé de ne pas participer à la soirée de la naissance du fils de Shiro, Tenshi, qu'elle snobait chaque fois qu'elle croisait le landau au séjour. En fin d'après-midi cependant, on frappa à sa porte, une tête brune et une autre blonde à l'embrasure lui sourirent malicieusement.

— Hey mes amours, je ne savais pas que vous veniez ?! dit-elle joyeusement.

Allongée sur le lit en robe légère, elle leur fit signe de venir près d'elle. Ils s'exécutèrent aussitôt : Nao sauta sur le lit et l'étreignit, Azako, rougissant, s'allongea à ses côtés.

— Ça me fait trop plaisir de vous voir… Vous êtes venus féliciter Shiro et Nanami ?! dit-elle légèrement ironique.

Ils acquiescèrent embarrassés en scrutant ses yeux brillants.

— Allez change-toi, revêts ta plus belle robe et descends avec nous ! répondit Nao en lui souriant gentiment.

— Non, je n'en ai pas envie, désolée les gars ! Le père Suce kiki ne me le pardonnerait pas.

— Suce kiki ?! demandèrent Azako et Nao ne comprenant pas ce mot. Quand Callie leur expliqua la blague subtile de ce jeu de mot français, ils ne purent s'empêcher de rire à gorge déployée, puis finirent par un grand fou rire tous ensemble, en en avoir mal au ventre jusqu'en avoir les larmes aux yeux. Une fois calmés, Nao et Azako la pressèrent pour la faire changer d'avis.

— Mes parents sont là, ils veulent te voir !

— Ta mère… répondit-elle en regardant Nao du coin de l'œil.

Il éclata de rire en rougissant éperdument, Callie lui donna des coups de coude dans les côtes.

— OK je viens ! Mais si la soirée se passe mal, on part s'amuser ailleurs ! Qu'en dites-vous ?!

— Oui, on pourrait même rester une demi-heure et partir en douce juste après ! s'excita plein de joie Nao.

– Yes ! Faisons ça alors, allons faire la fiesta ensemble ! exulta Callie.

Alors qu'elle se douchait, Azako et Nao préparaient leur soirée festive. En sortant de la salle d'eau avec la serviette enroulée autour d'elle, ils se retournèrent sur son passage, rouges comme une tomate.

— Pff je ne trouve rien à me mettre ! souffla-t-elle de dépit. J'ai que des robes sexy, le père Suce kiki va faire une attaque ce soir ! pouffa-t-elle.

— Attends, on va choisir pour toi ! dirent-ils exaltés. Va te coiffer et te maquiller en attendant.

Pendant qu'elle se lissait les cheveux comme des baguettes, elle les entendait se disputer sur sa tenue. « *Pff... Quels idiots ces deux-là !* » Rit-elle. Ses cheveux avaient poussé durant ces trois mois, lui arrivant jusqu'à mi-dos. Elle se maquilla en accentuant d'un trait noir son regard, le rendant plus intense, puis mit du gloss sur ses lèvres pulpeuses. Une fois prête, les garçons lui tendirent une robe longue vert olive, fendue jusqu'à la cuisse, très sensuelle avec un décolleté en cœur et un dos nu.

— Vous vous foutez de moi ?! Vous voulez ma mort ce soir ?! Bon Nao, dès qu'on descend tu m'amènes voir tes parents directement et après on s'en va !

La robe était dessinée sur elle comme une seconde peau et lui allait comme un gant sous son corps élancé, mettant en valeur ses fesses sensuelles et sa poitrine rebondie. Quand elle se présenta aux garçons, ils restèrent bouche bée par sa beauté saisissante. Ses cheveux tombant sur ses épaules en une jolie cascade brune aux grosses mèches miel encadraient un regard éblouissant. Ils descendirent ensemble les marches de l'étage fièrement, en tenant chacun une main à Callie. Les garçons, pas en reste de leur beauté, étaient fringants et portaient chacun un costume de marque cintré et slim ; bleu nuit pour Nao où sa chevelure blonde contrastait en lumière sur sa tenue et taupe pour Azako rendant son regard noisette ténébreux avec ses cheveux en pétard.

Quand ils arrivèrent dans la salle de séjour, où la fête se prolongeait sur la terrasse de la piscine, les convives se retournèrent sur leur passage ; les trouvant à la fois beaux et sexy. Les parents Imai étaient tranquillement installés dans les fauteuils du salon avec les Ojiro lorsqu'ils les virent passer devant eux.

— Callie ! entendit-elle derrière elle.
En se retournant gracieusement, ses cheveux virevoltèrent d'un éclat doré encadrant un minois époustouflant, faisant rougir de colère les Suzuki juste à côté.

— Qu'est-ce qu'elle fait là ?! rouspéta monsieur Suzuki.

— Tenez votre langue, elle n'a pas besoin d'entendre vos sarcasmes ! intervint madame Ojiro, en envoyant un grand sourire à Callie qui s'avançait légèrement vers eux.

Callie salua poliment à la japonaise les Ojiro et les Suzuki puis embrassa à la française les Imai en les enlaçant chaleureusement.

— Hey vous m'avez manqué vous deux ! dit-elle faisant pétiller ses grands yeux verts lumineux.

— Ho, Callie, tu es magnifique ! s'extasia Erika.

— Merci, rit Callie embarrassée, c'est les garçons qui ont choisi ma tenue ce soir.

Azako et Nao souriaient de bonheur à ses côtés. Quand ils tournèrent leurs regards vers Shiro, celui-ci les fixa d'un regard sombre, fanant aussitôt leur sourire.

— Nao m'a dit que la vidéo du concert avait fait un carton sur le net, félicitations Callie ! lui dit-elle en lui prenant les mains. Tu pourrais peut-être nous montrer ta danse, qu'est-ce que tu en penses Sayuri ?! demanda-t-elle en regardant madame Ojiro.

Callie fit les yeux ronds et la grimace vers Nao qui pouffa de rire.

— Euh… Je ne crois pas que ce soit approprié pour ce soir ! déclina-t-elle poliment. Vous n'avez qu'à voir la vidéo sur internet !

— Mais si Callie, je veux te voir danser avec mon fils ! répondit-elle taquine. En plus, tu es de nouveau célibataire… ajouta-t-elle en lui adressant un clin d'œil.

Callie ne put s'empêcher d'éclater de rire de la voir si insistante, Nao rougissait jusqu'aux oreilles. « J'en étais sûre, ta mère veut nous caser ! » murmura-t-elle à son oreille en gloussant.

— Bon, c'est pas tout ça, mais il faut qu'on y aille ! dit-elle en tirant les mains de ses amis. Allez à bientôt ! lança-t-elle en partant.

— Attendez, ne partez pas… !

Ils se retournèrent instantanément ensemble. Callie leva les yeux au ciel en se retournant vers Shiro.

— Où allez-vous ?! demanda-t-il à ses amis.

— Euh… on va… hésita Azako.

— On va faire la fête ailleurs, continua aussitôt Callie, désolée Shiro, mais c'est trop pour moi cette soirée…

— Reste ici, je ne veux pas que tu partes ! répondit-il expéditivement en la fixant de ses grands yeux noirs.

Tous les invités et sa famille, qui étaient à côté d'eux, se turent devant sa voix directive, sentant de l'orage grondé dans l'air.

— Écoute Shiro, moi aussi, il y a plein de choses que je ne veux pas que tu fasses ! Mais je dois faire avec ! répondit-elle fermement en le fixant à son tour, puis se radoucissant ajouta. Mais ne t'inquiète pas, quoi qu'il se passe, ce sera toujours toi que j'aime ! Bon… Salut la compagnie ! dit-elle en levant sa main en l'air, lui tournant le dos.

Shiro resta interdit en considérant Callie s'éloigner avec ses amis, d'une démarche sensuelle, faisant rouler ses hanches gracieusement.

Le lendemain matin, Callie se prépara tranquillement dans sa suite avant de partir rejoindre ses amis dans le séjour. La veille, ils avaient passé la soirée à rire et à s'amuser. Callie avait joué avec eux à des jeux de mots français en pariant des claques ou des gages s'ils perdaient ou des bisous s'ils arrivaient à bien prononcer des mots en français. « *Au final, ils ont reçu plus de claques que de bisous.* » rit-elle. « *Mais ça fait du bien de rire. On a trinqué à ma vie de merde, surtout quand j'ai déclaré que je ne voulais plus m'apitoyer sur mon sort, que j'allais m'amuser, profiter de la vie, en leur mentionnant que j'avais un métier que j'aimais et des amis en or. Ils repartent aujourd'hui. Je me rends compte que, dans mon malheur, j'ai de la chance d'avoir rencontré des amis tels que Nao et Azako. Ils sont géniaux, je les adore ! Et demain, le train-train de ma vie pourrie pourra recommencer… ! Allez n'y pensons plus, demain est un autre jour !* » se rassura-t-elle.

Une fois prête, avec sa tenue de tango : une robe noire à frange avec un bustier en lamelles argentées, elle rejoignit les convives à la table du séjour. La journée allait être chaude, un beau soleil à la terrasse lui fit de l'œil. Elle embrassa à la française les garçons à table, sous les yeux désapprobateurs de la famille Suzuki.

— Tu es belle ! la salua Azako en rougissant.

— Tu ne t'es pas parfumée aujourd'hui, même hier j'ai remarqué que tu n'en portais pas, fit remarquer Nao en lorgnant sa tenue de danse.

— Je ne retrouve plus mon parfum, il a dû se perdre lors du déménagement. Tant pis, j'attendrais de recevoir mon chèque pour m'en racheter un autre, dit-elle en s'asseyant à côté de Nao.

— Tu aurais dû me le dire ! s'exclama vivement Azako. Je t'aurais offert ton parfum préféré pour ton anniversaire.

Callie rit en ébouriffant sa tignasse tendrement.

— Tu sais bien que je ne suis pas comme ça… Et puis le portable est plus important que le parfum. Merci encore, mes amours pour ce joli cadeau, dit-elle plein de tendresse dans la voix, je vous aime !

Ils rougirent éperdument de l'entendre dire ces dernières paroles tandis que le reste de la tablée était choqué de sa remarque trop personnelle en public.

— Callie, tu as reçu des cadeaux pour ton anniversaire, on les a rangés quelque part, dit soudainement Hanaé en se levant de table. Attends, je vais te les amener !

— Ah bon ?! s'étonna Callie, surprise qu'on ait pensée à elle. Ça ne presse pas, Hanaé, ne t'inquiète pas ! lui répondit-elle trop tard.

— Callie, tu as reçu deux demandes en mariage hier, tu les recevras en rendez-vous la semaine prochaine ! dit madame Ojiro.

Callie fronçant les sourcils se tourna vers ses amis subitement.

— C'est vous ?!

Ils firent non de la tête en riant.

— Je crois que Shiro nous tuerait sur-le-champ si on osait te demander ta main ! rit Nao en se tenant les côtes.

— Ben oui, c'est compréhensible et puis par respect pour lui, je ne lui ferais jamais ça ! dit-elle en considérant Shiro qui la dévisageait éperdument.

— Ils viennent quand, Sayuri, les… demandeurs ?! demanda-t-elle en grimaçant.

— Normalement, lundi et mardi. Ils t'ont vu hier et… tu leur as fait bonne impression… répondit en hésitant madame Ojiro en constatant l'air ébahi de Callie.

— Ben faudra d'abord qu'ils acceptent mes conditions avant de les rencontrer !

Toute la tablée resta coite devant sa remarque.

—Tes conditions ?! Répéta madame Ojiro en écarquillant les yeux déconcertés sur elle.

— Oui, j'ai prévu une liste de vœux, s'ils rentrent dans le cadre de mes souhaits, ils pourront me rencontrer. Comme ça, je ne perds pas mon temps, et ils ne perdent pas le leur non plus ! répondit-elle gaiement en souriant largement.

Shiro et les garçons rirent sous cape de sa remarque subtile. Le reste de la tablée était sous le choc d'une telle affirmation pleine d'aplomb.

— Vous pensez que vous pouvez faire votre difficile ? rouspéta monsieur Suzuki. Vous n'avez pas un sou et vous n'êtes même pas une Japonaise. Qui voudrait de vous franchement ?

— Hé bien pas grand monde en fait, mais ce n'est pas grave, je préfère attendre plutôt que de prendre le premier venu même s'il est blindé de tune ! le moucha-t-elle d'un sourire.

Monsieur Suzuki était hors de lui que cette étrangère prétentieuse lui réponde de la sorte. Sa femme à côté lui chuchotait de se calmer. Madame Ojiro sentant le pire arriver se crispait sur son siège.

— Il est hors de question que vous restiez ici plus longtemps ! Vous allez accepter les propositions de mariage et vous en aller, je ne tolère pas votre présence indécente qui attriste ma fille ! s'insurgea-t-il tout à coup.

Madame Ojiro voulut relever la remarque acerbe d'Atsuji Suzuki, mais Callie la fixant lui fit signe de ne rien dire. Tandis que la pièce se refroidissait à vue d'œil, glaçant de colère les Ojiro, monsieur Suzuki en remit une couche :

— Je vous préviens que si cette traînée continue à faire pleurer ma fille, je la renverrai moi-même d'où elle vient ! rugit-il.

— Vous ne m'aimez pas ?! répondit Callie calmement en le fixant. Je vous rassure, moi non plus. Ce que vous avez fait est pitoyable, vous usez de chantage avec l'entreprise des Ojiro pour arriver à vos fins. Vous pensez que l'argent achète tout ?! rit-elle avec ironie. Le respect, l'intégrité et l'amour ?! Ces choses-là, vous ne les obtiendrez jamais avec des billets. Regardez, votre fille est mariée avec mon ex-mari, vous avez gagné ! dit-elle en mimant un bravo. Mais pensez-vous qu'elle est heureuse d'être avec un homme qui ne l'aimera jamais ?!

— Comment osez-vous ! s'insurgea-t-il.

— Ne me coupez pas la parole, c'est mal poli monsieur ! lui intima-t-elle fermement. Oh oui, certes, pour lui faire plaisir, Shiro ira même jusqu'à lui donner, de temps à autre, un coup de bite pour la rassurer et pour ne pas s'attirer vos foudres sur l'entreprise. Mais ça n'engage aucun sentiment d'amour !

Stupéfaction totale dans le séjour, on aurait pu entendre une mouche voler d'autant que ces dernières paroles lancées crument firent mouche. Callie poursuivit son allocution en fixant le père de Nanami droit dans les yeux sans se démonter :

— Eh bien vous savez quoi ?! Sa vie de merde, je n'en voudrais pas pour rien au monde ! Je préfère prendre mon temps et me marier avec une personne qui m'aime, plutôt que de forcer la main à quelqu'un qui ne m'aimera jamais, juste pour être avec lui ! Chacun ses priorités ! dit-elle ironiquement. Mais vous ne l'emporterez pas au paradis, monsieur Suzuki, un jour vous vous étoufferez avec votre argent ! lui cracha-t-elle.

— Ce sont des menaces ?! demanda-t-il rouge de colère.

— Méfiez-vous d'une femme en colère, monsieur Suzuki, vous m'avez volé ma vie ! Un jour où l'autre, tout le mal que l'on fait se paie et tous vos petits billets verts ne pourront pas vous sauver !

Monsieur Suzuki se pinça les lèvres avec contrariété. Elle profita de son état hébété pour se lever de table, en se penchant respectueusement en avant et partit à la terrasse préparer son cours de tango. Au bout de quelques minutes, Azako et Nao la rejoignirent, elle était en train de choisir sa playlist pour le cours. Ils étaient fiers d'elle, de son allocution pleine de bon sens.

— C'est quoi qui vous a plu le plus ?! dit-elle malicieusement. Quand j'ai parlé de coups de bite ?!

Ils éclatèrent de rire à gorge déployée.

— En tout cas, tu lui as bien envoyé dans les dents ! dit Azako impressionné.

— Ouais… mais, on verra bien les conséquences de mon impudence.

À mon avis, il ne va pas en rester là et c'est les Ojiro qui vont en pâtir encore ! répondit-elle tristement en baissant la tête.

— Oh ne t'inquiète pas… la rassura Nao en levant tendrement son visage vers lui. Tu as dit la vérité.

— Ouais, mais elle n'est pas toujours bonne à dire… enfin, on verra bien ! répondit-elle en plissant à demi les lèvres.

À l'heure du déjeuner, le groupe repartit ravi de leur cours de tango où Callie leur avait appris les pas de « *take the lead* », la chorégraphie du film avec Antonio Banderas. La table du séjour était joliment décorée d'une nappe blanche en dentelle anglaise avec des pétales de rose rouge et blanche en guise de chemin de table et de beaux verres en cristal. Callie fixa les pétales de rose pensivement « *on dirait les roses de mon mariage avec Shiro* » se dit-elle avec un petit pincement au cœur.

— Callie, viens t'asseoir on va manger, l'invita Hanaé aimablement.

— Attends, je vais me changer d'abord ! répondit-elle pendant qu'elle se retourna sur Shiro posté derrière elle.

— Non, reste… tu es belle comme ça, lui susurra-t-il en la considérant follement.

— Merci… répondit-elle en se mordillant la lèvre tout en rougissant éperdument.

En passant près d'elle pour rejoindre Nanami attablé, il frôla sa main contre la sienne, la faisant tressaillir de plaisir. Puis on la fit asseoir entre Azako et Nao et juste en face de Shiro avec Nanami « *Super, comment être mal à l'aise en 5 secondes…* »

—Y a pas le père Suce kiki ? Chuchota-t-elle à Nao qui ne put réfréner un rire.

— Non, ils sont partis ce matin ! dit Azako qui s'était penché pour l'écouter parler.

Ils se regardèrent un instant en faisant pétiller leurs yeux de chenapans et éclatèrent de rire. Soudain, son téléphone se mit à résonner, quand elle décrocha, la personne au bout du fil souhaitait que Callie lui apprenne une danse pour son mariage prochain.

— Pour quelle date ?! demanda-t-elle en se levant prendre de quoi écrire.

En revenant à table avec un bloc note et un stylo, elle demanda à la personne de répéter son nom.

— Excusez-moi, mais je n'ai toujours pas saisi votre nom, demanda-t-elle alors que la personne répétait. Attendez, vous allez répéter, mais avant, je vais mettre le haut-parleur, dit-elle en demandant à la tablée de se taire.
— Muangcharoen, dit la jeune femme.
— OK bon, ce n'est pas grave ! répondit Callie n'ayant rien compris en retenant un rire. Euh… Donnez-moi votre nom de jeune-fille alors, ce sera plus simple…
— Amane Matsushime.
— Très bien, demain on peut se rencontrer pour en parler autour d'un verre. Le premier rendez-vous avec les conseils est gratuit, ensuite vous êtes libre d'accepter ou non mes conditions.
— Oh je suis ravie, c'est tellement rare de nos jours les personnes sympathiques !
— Juste pour info, comment m'avez-vous trouvée : sur mon site ou…
— Non, la coupa-t-elle, c'est un ami qui m'a parlé de vous. Il m'a dit que vous étiez très belle et que vous dansiez magnifiquement bien. Il vous a vu au concert ! poursuivit-elle exaltée. Vous êtes célibataire ?!
Callie coupa aussitôt le haut-parleur, très embarrassée.

— Donc demain à 14 h au Hight Kobe, ça vous va ?! demanda Callie sans répondre à la question de son interlocutrice.
Au bout de deux minutes, elle raccrocha.

— Apparemment elle roule sur l'or ! Rit Callie. Demain, elle vient en jet privé.
— Amane Matsushime ?! Mais c'est le mariage du siècle, et toi tu ne savais pas, bien sûr ?! Pourquoi je me pose la question, tu es pauvre ! s'insurgea Arisa.
Callie éclata de rire suite à sa remarque en entraînant avec elle Azako et Nao.

— Mais qu'est-ce que je m'en fous de qui elle est ! C'est une cliente, rien de plus et je ne vais pas changer ma façon d'enseigner parce que c'est madame de quelque chose ! Rit-elle. Bon, c'est cool, je vais avoir du boulot pour la semaine prochaine !
— Matsushime ?! poursuivit Sayuri. Eh bien, je suis impressionnée

Callie, tu vas décrocher un contrat d'une des plus prestigieuses familles japonaises ! Même moi j'en serai honorée ! avoua-t-elle. Nous sommes aussi invitées au mariage, c'est en septembre, c'est cela ?
Callie acquiesça, tandis que le majordome servait les plats à chacun des convives.

— La semaine prochaine, j'ai rendez-vous avec un milliardaire issu de cette famille ! se félicita Arisa en arrangeant ses nattes derrière elle.
— Eh bien je m'en bats les cacahouètes ! chuchota Callie à Azako et Nao qui explosèrent de rire.
Elle se mordit la lèvre pour ne pas rire, sentant le regard inquisiteur de Nanami peser sur elle.

— Aujourd'hui on fête ton anniversaire ! déclara Shiro en lui souriant tendrement.
— Oh… Je ne sais pas si je mérite tant d'égards. Vous n'auriez pas dû vous donner tant de peine. Ce n'est pas grave de toute façon, il est passé depuis longtemps…
Shiro la regarda, à ce moment-là, avec tant d'amour et de tendresse qu'elle sentit son cœur fondre instantanément, faisant briller ses yeux intensément. À la fin du repas, un énorme fraisier avec des bougies fit son entrée sous la chanson de bon anniversaire, qu'on déposa devant Callie et Shiro.

— Fais un vœu ! clamèrent ses amis.
Avant de fermer les yeux, elle fixa son regard vers Shiro silencieusement, lui transmettant par la pensée, tous ses sentiments d'amour et le vœu le plus cher et le plus fou qu'elle puisse souhaiter au fond de son cœur, puis fermant les yeux un instant, souffla sur ses dix-huit bougies sous les applaudissements de toute la tablée. Ensuite, on plaça devant elle des présents, il y avait plusieurs boîtes, dont une de France qu'elle reconnut immédiatement.

— Je vais ouvrir celui-là ! dit-elle gaiement en le montrant. Il vient de Tina.
En ouvrant le cadeau, elle découvrit plusieurs choses à l'intérieur. Soudain, elle tira sur un bracelet qui se révéla être des menottes quand elle les leva en l'air.

— Je vais la tuer ! dit-elle rougissante, tandis que les hommes à table riaient de bon cœur. Puis en sortit un petit canard en plastique noir avec un nuage de plume rose autour du cou. Hooo Tina !! cria Callie en posant le canard sur la table qui vibra atrocement. Euh… comment ça s'éteint cette chose ?! demanda-t-elle en le jetant à Nao.

Puis soudain, elle vit quelque chose de très intéressant qu'elle leva fièrement devant tout le monde.

— Oh Tina, je t'adore ! exulta-t-elle pleine de joie en ouvrant la boîte en métal de son parfum préféré du Buste de J.P. Gaultier

— Mets-en Callie ! insistèrent les garçons.

Elle s'en vaporisa le poignet et son décolleté. La salle de séjour fut embaumée aussitôt par son doux parfum vanillé. Soudain Nanami, toisant Shiro sévèrement, lui flanqua une gifle en plein visage, tachant de rouge vif sa joue blanche. Sous le choc, tout le monde dévisagea Nanami et Shiro. Il se frotta la joue en affichant un regard glacial vers sa femme.

— Comment as-tu osé ?! cria-t-elle les larmes aux yeux. Tu es un monstre, Shiro !

Pour toute réponse, il haussa les épaules en la regardant froidement. Nanami levant les yeux vers Callie pinça ses lèvres fines en la regardant d'une façon méprisante :

— Même si Shiro me fait du mal, tu ne l'auras jamais ! dit-elle d'un ton mauvais. Il est à moi ! Alors, tu peux faire ta maligne et dire ce que tu veux sur ses coups de bites, en attendant, c'est avec moi qu'il couche toutes les nuits ! ajouta-t-elle en faisant briller ses yeux pleins de sarcasme.

Callie touchée en plein cœur, se souvenant de leurs ébats dans la salle du poste des caméras de surveillance, sentit des larmes lui piquer les yeux. Subitement, elle quitta la table sans dire un mot, la voix nouée par l'émotion, sentant un mal la ronger de l'intérieur.

4 UNE RENCONTRE

Alors que Callie quittait la table précipitamment, Hanaé courut à sa rencontre dans les escaliers de l'étage. Elle la rattrapa juste au moment où elle franchissait la dernière marche.

— Callie… l'appela-t-elle navrée, agrippant son épaule tremblante.
Sans se retourner, Callie s'arrêta net sur place, le visage baigné de larmes silencieuses.

— Elle a raison, Hanaé ! Je ne l'aurai plus… c'est fini ! sanglota-t-elle. Il faut que je me rende à l'évidence, mais je n'y arrive pas ! J'ai toujours ce foutu espoir ancré au plus profond de mon coeur qui me dit de continuer d'espérer…
— Callie… je suis désolée !
— Je les ai vus, Hanaé… dit-elle gravement en sentant un trou béant emporter son cœur jusqu'au fond de l'abîme. Je les ai vus faire l'amour… et ça fait mal ! Même si je sais qu'il m'aime, ça me tue un peu plus chaque jour ! J'ai plus le choix, il faut que je fasse mon deuil maintenant… sinon, je ne donne pas cher de ma peau…
Émue, Hanaé l'entoura dans ses bras, ne sachant que dire, et versant des larmes de tristesse pour elle. Au bas des marches, les garçons et Shiro, bouleversés par son aveu, rebroussèrent chemin.

Le lendemain, Callie se prépara pour son rendez-vous avec sa cliente. Elle était restée dans sa chambre toute la journée de la veille. Azako et Nao l'avaient embrassée avant de repartir à Tokyo, puis après son cours avec le groupe, elle était remontée directement dans sa suite. Elle opta pour une tenue chic et sobre, la journée allait être chaude et elle voulait faire bonne impression à sa potentielle cliente richissime. Elle enfila sa robe en fourreau noire avec son dos nu en dentelle, se maquilla puis se parfuma généreusement de son doux parfum vanillé et monta dans l'Audi avec Tic et Tac en direction du Hight Kobe. À son arrivée, elle alla directement sur la terrasse, contempler la vue époustouflante de l'océan pacifique, se remémorant la dernière fois où elle était venue, avec un petit pincement au cœur. Un petit vent malicieux vint caresser ses cheveux qui virevoltèrent gracieusement sur ses épaules quand une voix féminine derrière elle lui demanda poliment si elle était bien en rendez-vous. En se retournant vivement, elle se retrouva en face d'une splendide jeune femme brune au teint de porcelaine qui lui demanda respectueusement de rentrer à l'intérieur à ses côtés.

Installée confortablement à une table en face de la baie vitrée, la jeune femme accompagnée par un jeune homme à casquette, lui expliqua son souhait de faire une surprise, à son mariage, pour son époux en dansant sur un thème romantique. Callie, professionnelle jusqu'au bout des ongles, lui fournit d'innombrables conseils en lui montrant en vidéo, sur son ordinateur portable, les différentes danses qu'elle pourrait lui enseigner. La jeune femme était ravie des conseils avisés de la chorégraphe tandis que le jeune homme, à ses côtés, pianotait, la tête baissée sur son portable, durant tout son entretien. « *Il est bizarre ce type, il a descendu sa visière de sorte que je ne puisse pas voir son visage, il se cache ou il me snobe ?!* » se demanda Callie. Soudain, une voix familière vint la sortir de sa rêverie en se plantant juste à côté d'elle.

— Quelle surprise madame Callie Ojiro ! s'exclama joyeusement le patron du restaurant, faisant se retourner les clients attablés à côté d'eux.
Blême, Callie sentit les larmes lui venir. Le chef cuisinier comprenant son erreur s'excusa aussitôt :

— Oh je suis navré Callie… pardon, je ne voulais pas vous faire de la peine ! s'excusa-t-il de nouveau.

— Ce n'est rien ! le rassura- t-elle en lui souriant gentiment.

— J'ai appris ce qui vous était arrivé et…

— Oui j'imagine que tout le Japon est au courant ! le coupa aussitôt Callie, très embarrassée devant sa cliente qui levait vers elle un visage ébahi.

— Pour me faire pardonner, je vous offre vos consommations ! dit-il tout sourire en se penchant vers elle.

— Non, ce n'est pas la peine, je vous assure… ! répondit-elle, mal à l'aise.

— Si, si j'insiste ! Vous êtes mon interprète favorite et cela me fait plaisir de vous revoir ! pria le chef cuisinier en repartant.

Un petit silence apparut instantanément rendant la négociation du contrat de danse tendue. La cliente, mal à l'aise, se tourna vers elle d'un air désolé.

— C'est vous alors qui avez subi l'humiliation d'une annulation de mariage ?!

Callie acquiesça silencieusement vers elle quand un murmure survint à ses oreilles aussitôt.

— Regarde, c'est elle, la mariée déchue ! La fille que Shiro Ojiro a délaissée pour Nanami Suzuki, son grand amour.

Callie resta coite d'entendre ce mensonge sortir de la bouche d'inconnus.

— Il paraît qu'elle a tout fait pour les séparer ! Pauvre Nanami…

Callie se retourna vers la table qui lançait des rumeurs infondées et leur jeta un regard froid. Puis, considérant sa cliente un court instant, se ressaisit en tentant le tout pour le tout.

— Écoutez, toutes les rumeurs ne sont pas vraies et je ne vais pas me justifier auprès de vous. Mais je comprendrais que vous refusiez mon contrat de danse pour ne pas entacher votre réputation, alors je vais vous laisser réfléchir tranquillement à tête reposée, dit-elle posément en se levant de table. Appelez-moi quand vous aurez pris votre décision ! Ajouta-t-elle en souriant et en ne montrant, en aucun cas, sa frustration.

Pendant qu'elle sortait dignement du restaurant avec ses gardes du corps, elle pressa le pas ensuite vers l'ascenseur en s'y engouffrant rapidement. Soudain, le jeune homme à casquette se précipitant vers elle en tenant le portable qu'elle avait oublié sur la table, l'appela alors que la porte se refermait. Il eut juste le temps de glisser le téléphone dans la main de Tic quand la porte se referma sur Callie en pleurs, recroquevillée sur elle-même au fond de la cabine.

Sur le chemin du retour, une colère grandissante prenait de l'ampleur dans l'esprit de Callie. Elle enrageait et pestait contre Nanami d'avoir fait courir des bruits calomnieux à son sujet dans tout le Japon. « *Y en une qui va bouffer mon poing dans sa gueule quand je vais rentrer ! La salope !* » tempêtait-elle au fond d'elle-même. Quand l'Audi l'arrêta sur le pas de la porte d'entrée, elle courut à travers la propriété à sa recherche.

Nanami était tranquillement installée sur un transat avec les Ojiro, un verre à la main. Dès qu'elle la vit arriver en trombe, en hurlant son nom, elle se leva aussitôt de son siège.

— Si je ne décroche pas mon contrat à cause de toi, je te préviens que je vais te rendre la vie impossible ! rugit Callie, devant tous les Ojiro surpris de sa fureur. Non seulement tu me prends mon mari, mais en plus tu me dénigres sur tout Kobe en balançant des rumeurs mensongères !
Akira et Shiro, s'étant levé de leurs sièges, se tenaient de part et d'autre des jeunes-filles en colère.

— Ce n'est pas moi Callie ! lança innocemment Nanami en souriant sournoisement.
Callie joua sur le même ton d'innocence que Nanami pour la faire sortir de ses gonds, voulant provoquer une bagarre.

— Je sais pourquoi tu m'as agressée hier… dit-elle tout sourire. C'est parce que Shiro a besoin de sentir mon parfum sur toi pendant qu'il te baise !
Elle fit mouche aussitôt, car Nanami était verte de rage.

— Je vais te tuer salope ! hurla-t-elle tout à coup rouge de colère.

49

— Viens, je t'attends… ! répondit Callie en position d'attaque, levant ses poings en l'air tout en s'avançant graduellement vers elle.

— Calmez-vous ! vociférèrent Akira et Shiro ensemble.

Soudainement, Callie se rapprochant de Nanami envoya un crochet du gauche de toutes ses forces. À ce moment même Akira s'élançant vers Nanami, tendit sa main devant son visage et reçut le poing sur sa main. Le coup fut si violent que la main d'Akira s'écrasa sur le nez de Nanami en un instant. Tandis qu'elle hurlait en se tenant son nez pissant le sang, Shiro retenait Callie à bras le corps.

— Aïe ! s'exclama de douleur Akira en tenant sa main déjà meurtrie par le coup de couteau de Callie. Ça fait mal ! Tu as un sacré coup du gauche, Callie ! dit-il impressionné en lui décochant un sourire amusé.

— Calme-toi, Callie, dit doucement Shiro à son oreille sentant qu'elle se crispait.

— Je vais la tuer un jour ou l'autre ! pleura de rage Callie en considérant Nanami se plaindre auprès de madame Ojiro.

— Non, tu ne le feras pas… dit-il en la retournant doucement vers lui. Callie, elle est la mère de mon fils ! Ajouta-t-il fermement.

Soudain, elle se détacha de ses bras, écarquillant ses yeux larmoyants vers lui.

— Oui, c'est ça le problème… c'est ta famille désormais et moi… je ne suis plus rien ! lâcha-t-elle en pleurant.

À ses mots, elle s'en retourna vivement et repartit en courant dans sa suite tandis que Shiro, la suivant du regard, retenait ses larmes.

Jusqu'à la fin de la semaine, Callie était restée, la plupart du temps enfermée dans sa suite. Le groupe de Dak Ho était parti en tournée en Amérique du Sud, satisfait et heureux de ses cours puis le dimanche, trois jours après son altercation avec Nanami, elle avait reçu une réponse favorable de la part d'Amane Matsushime. Durant ces trois jours, elle avait préparé sa liste de vœux pour ses entretiens matrimoniaux. Elle était prête à recevoir des propositions de mariage à ses conditions seulement. Hanaé était passé la voir plusieurs fois pour s'assurer de son état émotionnel avec gentillesse et égard en l'invitant au séjour, mais Callie refusait catégoriquement de se joindre à eux lors des repas.

Lorsque le début de la semaine débuta, Callie descendit dans le séjour à l'heure du petit déjeuner et déposa, à côté de l'entrée de la terrasse, un écriteau sur pied avec ses conditions puis s'installa à la terrasse, tranquillement. Curieux, tout ce petit monde voulait connaître ses directives et tous se levèrent un par un pour lire son écriteau, pendant que Callie préparait son cours en attendant mademoiselle Matsushime.

« Pour pouvoir me rencontrer : 1) Je n'ai pas d'argent ni de famille riche. 2) Vous devez savoir danser. 3) Vous devez savoir parler au moins 3 langues étrangères parfaitement. 4) Je suis une étrangère : n'essayez pas de me changer ou de me conformer, respectez-moi ! 5) Je mange avec une fourchette, pas de baguette. N'essayez pas de m'apprendre : plusieurs ont essayé et ont échoué ! 6) Si vous arrivez à accepter ces 5 points, je vous recevrais avec plaisir sinon passez votre chemin ! »

— Elle n'y va pas par quatre chemins ! lança Akira en riant tout en se rasseyant.
— Au moins, elle est honnête ! ajouta Hanaé en venant vers lui.
— Personne ne voudra d'elle avec ces conditions ! se moqua Nanami.
— Elle est pauvre, qui voudrait d'elle ! railla Arisa vers sa sœur.
Shiro lut le panneau avec sa mère silencieusement, sans dire ou ajouter une remarque. Il contempla quelques instants Callie derrière la baie vitrée, songeusement en esquissant un sourire attendrissant puis rejoignit sa famille à table. À l'heure du déjeuner, Hanaé demanda à Callie de se joindre à eux pour manger, elle accepta pour lui faire plaisir en s'asseyant à côté d'elle. Au cours du repas cependant, les passions se déchaînèrent à son encontre, par des moqueries et des grincements de dents.

— Callie, tu as reçu d'autres propositions de danse ?! demanda Sayuri pour la décrisper.
— Oui, j'ai reçu une proposition d'un groupe de Kpop mondialement connu pour une tournée en Amérique que j'ai refusée ! s'exclama-t-elle sur un ton ironique. J'ai vraiment une vie pourrie !

— Qui ça ?! demanda très intéressée Arisa.

— BTS !

— Hein ?! dirent tous ensemble le reste de la famille impressionnée.

— Ouais, non seulement ils sont trop canon, mais en plus ils sont super sympas ! ajouta-t-elle, blasée.

— Pourquoi tu n'as pas accepté ! Tu es folle, une chance pareille ! s'insurgea Nanami.

— Tu serais partie une bonne fois pour toutes ! rit sournoisement Arisa.

— C'est parce que j'ai le mal de l'air, répondit Callie en roulant des yeux.

Shiro et Akira rirent sous cape du mensonge de Callie. Nanami se retourna vers Shiro à ce moment-là :

— Pourquoi elle ne peut pas quitter le pays réellement ?! Dites-moi la vérité, je veux savoir ! intima-t-elle soudainement.

— Cela ne te concerne pas Nanami ! répondit madame Ojiro en haussant le ton.

— Elle ne sortira jamais de nos vies, si je comprends bien ! ajouta-t-elle pleine de ressentiment dans la voix. Sans compter sur ses conditions stupides ! Mon père t'a trouvé un prétendant, il n'est pas très riche, mais il accepterait de t'épouser pour te rendre service !

Tout le monde se dévisagea, à ce moment-là, bouche bée de la proposition mesquine de Nanami.

— C'est gentil à ton père d'avoir pensé à moi, tu lui enverras mes sincères salutations avec toute ma gratitude, lui sourit innocemment Callie. Mais je préfère choisir mon futur époux moi-même !

— Choisir ?! Parce que tu penses que tu auras le choix ?! Tu t'es vue ?! Tu n'es rien ! railla méchamment Arisa. Aujourd'hui, je rencontre mon milliardaire et quand je serai mariée avec lui, je te ferai déguerpir au plus vite du Japon !

— Ça suffit ! vociféra madame Ojiro.

Ce qui fit aussitôt fondre le sourire d'Arisa et Nanami. Puis plus calmement et fermement ajouta :

— Je vous interdis de lui parler de cette manière, vous lui devez le respect ! Si je vous entends encore une fois Arisa, vous repartirez chez vos parents et vous Nanami, ce n'est pas parce que vous êtes mariée à mon fils que cela vous donne le droit de tout savoir sur la vie de ma filleule !

Le silence revint immédiatement, Callie remercia Sayuri d'un hochement de tête respectueusement tandis que les deux sœurs ne pipèrent mots durant le reste du repas.

En début d'après-midi, les jeunes prétendants en costume chic s'installèrent progressivement dans la salle de séjour et dans le salon. Tous attendaient leur rendez-vous avec Arisa Suzuki, fiévreusement, tandis qu'Hanaé les amenait un par un au premier étage dans le bureau de madame Ojiro. Callie sans se presser, habillée avec son combi-short fleuri dénudé aux épaules, traversa le séjour avec sa tablette et se dirigea promptement à la terrasse, en regardant discrètement les têtes des soupirants d'Arisa. Les visages se levèrent à sa rencontre, alors qu'elle s'installait tranquillement dos au séjour en composant le numéro de Tina. Les soupirants, subjugués par sa beauté, se pressèrent autour de l'écriteau, puis repartirent s'asseoir déçus, en constatant qu'elle n'avait pas toutes les qualités requises pour un mariage avantageux.

Pendant qu'elle parlait avec Tina en français, elle lança sa playlist de bachata pour avoir un peu d'intimité. Au fur et à mesure de la conversation, Callie se lâcha et craqua complètement, versant des larmes de tristesse, lui racontant sa misérable vie.

— … Je suis fatiguée d'être toujours en colère après elles, je ne me reconnais plus Tina, j'ai l'impression de survivre et de gâcher ma vie ! J'ai envie de sourire à nouveau, de rire sans me prendre la tête, j'ai besoin de reprendre le cours de ma vie sans pleurer sur mon sort sans arrêt, sanglota-t-elle. J'ai dix-huit ans et j'ai l'impression d'être une vieille aigrie, je ne veux pas finir comme ça… ! J'ai envie que quelqu'un me serre si fort dans ses bras, que tous les morceaux brisés en moi se collent et que je puisse de nouveau respirer…

— Ho Callie… ça reviendra t'inquiètes pas !

— Tu crois qu'un jour j'arriverais à aimer quelqu'un aussi fort que Shiro ?! Que l'amour peut survenir plusieurs fois dans une vie ?!

— Mais oui ! Regarde-moi, je suis avec un mec tous les mois !

Callie rit soudainement en éclatant de rire à travers ses larmes.

— Pff... mais toi, tu n'es jamais tombée amoureuse ! Qu'est-ce que je te raconte mes malheurs, t'y connais rien ! rit Callie, en reprenant des couleurs.

— Au moins, je t'ai fait rire morue !

— Tu sais de quoi j'ai besoin, là, maintenant ?! De chocolat... tu sais, des fraises trempées dans du bon chocolat. Ça me remonterait direct le moral, ça ferait comme un gros câlin d'amour !

— Ha toi et le chocolat ! se moqua Tina. Tu en manges à chaque fois que tu es en manque de câlin. Pourtant tu es belle, tu arriverais à trouver quelqu'un qui te fasse des câlins !

— Ouais, pff... tu sais quoi... j'ai l'impression d'être une vache !

Tina pouffa de rire en lui demandant la raison de cette comparaison.

— Ben oui tu sais, une vache à la foire aux bestiaux ! Tu verrais le séjour, il est rempli d'acheteurs ! Remarque, je suis tranquille avec les conditions que j'ai placées, il y a personne qui va venir m'embêter ! dit-elle en riant alors que Tina lui souriait malignement. Rien que le premier point où je mentionne que je suis fauchée, tu peux être sûre que rien qu'avec ça, personne ne franchira cette porte !

Soudain un grincement derrière elle la fit sursauter, sans se retourner, elle stoppa net sa conversation avec Tina, qui surprise en voyant son visage devenir blême, lui demanda ce qu'elle avait.

— J'ai entendu un bruit de chaise derrière moi, je crois qu'il y a quelqu'un, Tina !

— Lève la tablette que je te dise ! lui lança-t-elle vivement.

Callie s'exécuta aussitôt en levant la tablette.

— Oh putain oui, y a quelqu'un ! rit Tina.

— Oh mince, je dois avoir les yeux tout rouges ! s'exclama Callie, dépitée.

— Ah oui, on dirait un lapin albinos ! se moqua Tina.

Callie ne put, elle aussi, se réfréner de rire aux éclats.

— J'ai mes lunettes de soleil sur la table, tu peux diriger mon bras, je vais essayer de les attraper sans me retourner, dit-elle en levant la tablette d'une main tout en tendant son autre bras vers la table derrière elle.

— Oui... à gauche, encore un peu... non... Oui !

— Merci morue, je vais te laisser...

— Non attends, montre-le-moi avant ! rouspéta Tina.

Callie fit la moue en mettant les lunettes. Quand elle se retourna, elle se retrouva face à un jeune homme brun qui la dévisageait éperdument. Il était habillé en décontracté chic avec un pantalon chino rouge clair, en basket et en chemisette de lin, il arborait un sourire charmeur. Celle-ci tourna la tablette discrètement pour que Tina le voie, sa réaction la fit rougir de honte.

— Oh putain, il est canon !

— Bonjour ! dit-elle en japonais au jeune-homme. Je suis en communication, je suis à vous dans deux minutes.

Elle reprit aussitôt sa conversation avec Tina en français.

— Ouais bon… il ne casse pas des briques non plus ! En plus, il porte des lentilles de couleurs !

Le jeune-homme se gratta la gorge d'un air renfrogné.

— Je vais te laisser Tina, il a l'air d'avoir envie que ça se finisse au plus vite ! Bisous ma morue, à plus ! raccrocha-t-elle aussitôt.

Ils se regardèrent sans mot dire un instant, puis au bout de quelques minutes, elle se lança :

— Pourquoi tu portes des lentilles, tu n'aimes pas le naturel ?!

— Ce n'est pas des lentilles ! dit-il sans la quitter des yeux.

Callie se mit à rire, n'y croyant pas un seul instant. Tout à coup, elle se leva de sa chaise et se posta devant lui en se penchant à quelques centimètres de son visage. N'arrivant pas à voir à cause de ses lunettes de soleil, elle se les retira aussitôt. Leurs yeux se fixèrent intensément. Elle saisit son visage entre ses mains, et tourna sa tête du côté de la lumière pour mieux scruter ses yeux gris clair tandis que surpris par son geste si direct, le jeune-homme tressaillit aussitôt.

— Attends ne bouge pas… lui dit-elle en essayant de capter la lamelle de lentille dans ses yeux.

Subitement en se relevant trop rapidement, elle sentit sa tête lui tourner, lui donnant un vertige.

— Oh je ne me sens pas bien… dit-elle en se tenant la tête pendant qu'elle tombait à la renverse sur le jeune homme.

Sans perdre une minute, le jeune homme, la rattrapant au vol, la serra tout contre lui fermement. Enveloppée dans ses bras, Callie trembla immédiatement. Sentant son état fébrile, il l'étreignit encore plus fort, puis doucement desserra ses bras. Ils se dévisagèrent, les yeux dans les yeux à quelques centimètres l'un de l'autre. Quand il la redressa, elle était sur ses genoux, un tantinet embarrassée.

— Euh… je pense que ce sont tes vrais yeux… dit-elle gênée tout à coup.

Il acquiesça en rougissant. En se relevant, elle s'installa de nouveau sur sa chaise silencieusement, intriguée par ce jeune-homme.

— Tu veux qu'on se revoie ?! dit le jeune homme directement.
— Non… dit-elle hésitante.
— Ok… répondit-il en soupirant tout en se dirigeant vers la sortie.

Lorsqu'il fut parti sans un autre mot, elle tenta de se remettre de ses émotions en se raisonnant. Soudainement, ses yeux s'écarquillèrent sur une veste rouge clair accrochée à la chaise. « *Oh il a oublié sa veste ! Vite… Je dois le rattraper !* » se dit-elle. Aussitôt, elle s'élança hors du séjour à sa poursuite. Pendant qu'elle était dehors, une Pagani Huayra sortit de la propriété en se dirigeant vers le poste de contrôle ; reconnaissant le conducteur, elle se rua vers lui. À l'arrêt devant la barrière, le jeune homme laissa passer la Bugatti Chiron bleu royal de Shiro qui s'arrêta aussi pour admirer la voiture sportive en arrivant à son côté. Soudainement, le jeune-homme entendit Callie crier en venant à sa rencontre, en tendant sa veste rouge. Il arrêta le moteur, puis descendit de l'auto quand les portes se levèrent vers le haut.

— *Hey*, dit-elle reprenant son souffle, tu as oublié ta veste !
— Merci… dit-il en venant vers elle. Tu ne veux toujours pas me revoir ?! redemanda-t-il avec un sourire éblouissant.
— Non… tu n'es pas mon type, dit-elle en rougissant.
— Ça tombe bien, toi non plus ! lança-t-il aussitôt en la fixant.
— Oh… c'est ce que je me disais… dit-elle embarrassée en partant.
— En fait, ce que je voulais dire… dit-il pendant qu'elle se retournait une nouvelle fois vers lui. C'est que les brunettes aux yeux verts, c'est…

tellement banal !

Tandis qu'elle lui souriait, elle rit en rougissant faisant pétiller ses yeux verts.

— Bon, ben… salut ! dit-elle en repartant.

Le jeune-homme accrocha un sourire à ses lèvres en la suivant des yeux. Shiro, toujours stationné à son côté, fronçant ses sourcils noirs, lui jeta un regard sombre en repartant se garer chez lui.

De retour à la propriété, Callie resta dans sa suite toute la soirée sans descendre au dîner familial. L'après-midi, le bébé de Shiro et de Nanami était au séjour ou sur la terrasse et ne supportant pas de les voir en famille, elle décida de rester cloîtrée dans sa suite. La nuit cependant, elle entendit des pleurs de bébé. Elle tourna et se retourna dans son lit, mais en vain, elle n'arrivait plus à s'endormir. Tout doucement, elle sortit de sa chambre pour voir ce qu'il en était avec ce bébé pleurnicheur.

En s'arrêtant devant la porte entrouverte de la chambre d'enfant, la pièce était déserte « *ben, elle est où sa mère ?! Son gosse pleure et il est tout seul ?! Pff… C'est quoi ces parents !* » s'indigna-t-elle en entrant dans la nurserie. Depuis l'arrivée de l'enfant, Callie l'avait ouvertement ignoré à chaque fois qu'elle se trouvait au même endroit que lui. Elle ne supportait pas de voir cet enfant ; ça lui faisait mal. Cet enfant était la cause de son annulation de mariage et de sa séparation avec Shiro. Inconsciemment, elle lui en voulait d'avoir gâché sa vie, ses rêves, son bonheur avec son époux. En s'approchant près du berceau, elle regarda pour la première fois ce bébé et son cœur qui n'était pas mauvais tressaillit en l'observant « *il n'est pour rien dans toute cette histoire, c'est un être innocent…* ». Ils se regardèrent silencieusement jusqu'à ce que Callie craque devant ses yeux larmoyants qui la fixaient éperdument et qu'elle le prenne dans ses bras.

— Hey, c'est quoi ces larmes de crocodile ?! lui parla-t-elle doucement en le berçant. Tu n'arrives pas à dormir toi aussi ?!

Fasciné par ses yeux verts, le bébé la regardait avec ses grands yeux bridés en gazouillant, en tendant sa petite main sur sa joue. Callie lui fit un sourire à travers ses larmes, en embrassant affectueusement sa petite menotte.

— Tu veux que je te dise un secret ?! murmura-t-elle. J'aime ton papa très fort et toi tu ressembles à une petite saucisse ! rit-elle.

Elle resta avec lui, en le berçant et en lui parlant jusqu'à ce qu'il s'endorme dans ses bras, puis le reposa délicatement en l'embrassant tendrement sur le front. Ainsi, toutes les nuits jusqu'à la fin de la semaine, elle passait le voir à l'insu des Ojiro, en le berçant, lui parlant, lui faisant des câlins et même en chantant des berceuses françaises, tout en l'ignorant le reste de la journée.

Le samedi en fin de semaine, Callie descendit guillerette prendre le repas du midi avec toute la famille, elle se sentait un peu mieux et était un peu moins mal à l'aise quand elle se retrouvait avec Shiro et Nanami dans la même pièce qu'eux et leur bébé. Hanaé était ravie de la voir et madame Ojiro lui demanda si ses rendez-vous matrimoniaux se passaient bien.

— Euh… j'ai eu un rendez-vous seulement ! dit-elle.
— C'est tout ?! dit madame Ojiro, sidérée. Et comment se prénomme-t-il ?!

Callie soudain éclata de rire en mettant ses mains devant sa bouche en fronçant les sourcils.

— Eh bien, j'ai oublié de lui demander !
Devant leurs têtes ébahies, elle poursuivit aussitôt, indifférente :

— De toute façon, il ne va pas revenir, je lui ai dit que je ne voulais pas le revoir ! rit-elle de nouveau.

Madame Ojiro soupira de dépit tandis qu'Hanaé, Akira et Shiro riaient discrètement.

— Et toi, Arisa, raconte-nous, poursuivit Sayuri espérant avoir une bonne nouvelle.
— J'ai reçu vingt prétendants et cinq d'entre eux, ont retenu l'attention de mes parents, répondit-elle fièrement en regardant Callie.

— Et ton milliardaire ?! demanda Akira. Qu'est-ce qu'il te propose ?!

— Il n'est pas venu… dit-elle en faisant la moue. Et il n'a même pas prévenu de son absence ! ragea-t-elle tout à coup.

— Peut-être qu'il a eu un empêchement, Arisa. Tu sais les hommes riches sont très occupés ! la rassura sa sœur en lui caressant les épaules. De plus, il paraît qu'il a refusé toutes les propositions de mariages qu'on lui a proposés jusqu'à présent ! À mon avis, dès qu'il viendra te voir, avec la proposition de papa, il acceptera de t'épouser !

Rassurée Arisa leva vers sa sœur un visage rayonnant tandis que Callie levait les yeux au ciel.

— Callie, tu viens avec nous cet après-midi, on part tous chez les Suzuki passer le week-end ? demanda Hanaé gentiment.

— Euh… hésita-t-elle. J'ai beaucoup de travail en ce moment, mentit-elle, c'est partie remise !

« *Ils rêvent là ou quoi ?! Chez les Suce kiki ?!* » À ce moment-là, son regard croisa celui de Shiro, elle lui fit la grimace des yeux qui louchent et il ne put s'empêcher de rire.

— Tu ne vas pas t'ennuyer toute seule ?! Si tu veux, je reste avec toi ! proposa gentiment Hanaé.

— Non, ne t'inquiète pas, je dois faire des vidéos pour mon blog et je profiterai du beau temps pour me baigner et prendre des couleurs ! Amusez-vous, passez un bon week-end en famille ! répondit-elle en prenant congé.

Aussitôt le majordome se présentant au séjour apporta une boîte noire enveloppée d'un gros ruban rouge.

— Le livreur est passé, madame Ojiro, le présent est pour, je cite : « la fille de la terrasse » !

Tout le monde se retourna unanimement vers Callie.

— Ben ça peut être pour n'importe qui après tout, je ne suis pas la seule à être tout le temps sur la terrasse ! se justifia-t-elle.

— Ah ! Il est précisé, je cite : « la brunette aux yeux verts » ! poursuivit le majordome.

— Ah oui là, c'est bien pour moi… ! rit-elle, embarrassée.

Le majordome donna le présent à Callie. Elle revint à table et prit tout son temps pour enlever le ruban puis ouvrit la boîte rigide. Son contenu lui fit pousser des cris de joie. À l'intérieur, dans un contenant réfrigéré, se trouvaient de grosses fraises au chocolat joliment décorées. Elle leva une fraise devant ses yeux pétillants et l'engouffra goulûment dans sa bouche.

— Hmm... c'est trop bon ! s'exclama-t-elle la bouche pleine pendant que tout le monde avait les yeux rivés sur elle. Quelqu'un veut goûter ? demanda-t-elle poliment.
— Oui, mais elles sont trop grosses ! répondit Hanaé.
Callie prit des fraises en les découpant en deux sur la longueur puis les distribua à la tablée. Arisa s'exclama vivement, suivi par sa sœur. Elles étaient estomaquées de la provenance des fraises chocolatées inscrite sur la boîte.

— Ça vient de la nouvelle boutique d'un célèbre cuisinier français à Tokyo ! dit Arisa.
— Qui t'a envoyé les fraises, Callie ?! demanda doucereusement Nanami.
Callie ouvrit la petite enveloppe accrochée à la boîte, et fut stupéfaite de lire un numéro de téléphone avec le message « appelle-moi ! » Elle pouffa de rire aussitôt.

— Alors c'est qui ?! s'impatienta Shiro en la fixant de son regard sombre.
— Je ne sais pas, la note n'est pas signée, il y a juste un numéro à rappeler ! répondit-elle en levant les yeux au ciel.
Puis fronçant les sourcils en considérant la boîte, elle se mit à réfléchir à haute voix en se demandant sérieusement qui aurait bien pu lui envoyer ce présent.

— Voyons, qui saurait que j'adore les fraises au chocolat à part Azako, Yuki, Tina… Oh non ! s'exclama-t-elle rouge de honte en plaquant ses mains devant sa bouche.

5 CÂLINS ET CHOCOLAT

Dès que la famille Ojiro fut partie en week-end à Tokyo avec le jet privé, Callie s'installa confortablement à la terrasse en maillot de bain. Il faisait un temps splendide en ce mi-août, et l'air était bon, chaud et réconfortant. Elle savoura cette tranquillité en allumant sa musique préférée aux rythmes chauds latino, puis nagea un peu dans l'eau limpide de la piscine. En fin d'après-midi, elle vêtit sa robe chemise en crochet blanche ajourée sous son maillot et se prélassait sur sa chaise face au séjour un rafraîchissement à la main, écoutant sa musique bachata et feuilletant un magazine de mode en s'imaginant porter telles ou telles robes de grands couturiers avec les talons hauts en entourant pour s'amuser ses modèles préférés. Alors qu'elle fermait les yeux et renversait sa tête brune en arrière, avec sa chaise en équilibre, en allongeant sensuellement ses jambes galbées sur la table, elle entendit la porte coulissante de la baie vitrée s'ouvrir.

— Hum... qui c'est qui est là ? demanda-t-elle les yeux fermés.
— Pourquoi tu ne m'as pas appelé ?
Elle fut si surprise en reconnaissant la voix du jeune homme du rendez-vous, que lorsqu'elle voulut se redresser, la chaise bascula en arrière. Aussitôt le jeune homme la saisit juste à temps, avant que sa tête ne heurte le sol, en posant sa main sous son crâne. Allongé à ses côtés, il lui adressa un sourire ravageur faisant pétiller ses yeux clairs à quelques centimètres de sa bouche. Choquée, elle se laissa relever en douceur

tandis qu'ils se dévisageaient follement. « *Qu'est-ce qu'il m'arrive, c'est le soleil qui me tape sur la tête ou la chaleur de l'été qui me rend toute…* » se disait-elle pendant qu'il la dévorait des yeux.

— Tu es revenu… ?! dit-elle en se rasseyant en face de lui.
Il acquiesça en silence.

— Tu veux boire quelque chose ?!
— Je boirai dans ton verre… répondit-il en lui souriant espièglement. Sitôt dit, elle plaça son grand verre de thé glacé au milieu de la table sans le quitter des yeux en l'inspectant de long en large. Il portait cette fois-ci, un jean, un tee-shirt rouge avec le logo de Ferrari révélant ses pectoraux et un bout de trait noir tatoué sur son avant-bras.

— Je m'appelle…
— Non ! dit-elle catégoriquement en fixant son regard sur sa casquette ou un grand « J » était brodé. Ne me dis pas ton nom !
— Pourquoi tu ne veux pas connaître mon nom ? demanda-t-il, intrigué.
— Parce que ça gâcherait tout ! Apprenons à nous connaître sans étiquette… je m'en fiche de qui tu es, en fait ! Tu peux être vendeur de voitures ou millionnaire, je m'en contrefiche, disons que ce n'est pas important pour moi !
— Et qu'est-ce qui est important pour toi ?! demanda-t-il, amusé.
— Des choses essentielles à la vie, des valeurs… tu vois Ji ?! dit-elle en riant.
— Ji ?! répondit-il en fronçant ses sourcils bruns.
— Ça te va bien comme prénom, tu ne trouves pas ?! dit-elle en lui montrant sa casquette. Alors comme ça, tu comprends le français ?! ajouta-t-elle en le regardant du coin de l'œil.
Il acquiesça en pouffant et en rougissant faisant briller son regard malicieux vers elle.

— Tu as lu mon écriteau et tu n'as pas d'objection particulière… demanda-t-elle tandis qu'il répondait dans la négative. Tu sais danser ?! Sans attendre sa réponse, elle monta le volume de la musique qui diffusait le titre « *Dusk Till Dawn* » de Zayn version bachata, et se plaça à côté de la piscine. Elle lui fit signe de venir vers elle. Pendant qu'il s'exécutait, elle dansa langoureusement à ses côtés, en l'observant discrètement bouger son corps mince sur toutes les coutures.

— Je suis agréablement surprise… dit-elle rougissante en souriant.
Dès qu'il entendit son compliment, il entreprit de danser avec elle, et la colla contre lui comme les danseurs latins, avec une main sur sa taille tandis qu'elle se laissait faire en entourant son bras autour de son cou. Alors qu'ils dansaient collé-serré, en jouant un petit jeu de séduction avec leurs regards malicieux, une abeille capricieuse vint perturber leur attraction.

— Ne bouge pas ! dit-il sentant Callie se débattre.
— Faut surtout pas qu'elle me pique, je suis allergique ! répondit-elle en reculant vers le bord de la piscine tout en se démenant tandis qu'il tentait de la retenir.
Sans crier gare, en sentant qu'elle tombait dans la piscine, elle l'entraîna avec elle en le tirant par son tee-shirt, éclaboussant l'eau par-dessus le bain. Quand elle remonta à la surface, elle zyeuta les alentours sans l'apercevoir. Paniquée, elle piqua la tête sous l'eau et alla le récupérer au fond du bassin. Elle le remonta vers les marches de la piscine et écouta son cœur battre. JI, inconscient, respirait encore. Soulagée, elle sortit du bain précipitamment et appela à la rescousse Tic et Tac. Elle leur demanda de monter le jeune-homme dans sa suite. Alors qu'ils le portaient, elle étala une grande serviette sur le drap de son lit en leur indiquant de le poser dessus délicatement, puis leur demanda d'être discret afin de ne jamais ébruiter cette rencontre.

« Bon qu'est-ce que je fais, je le déshabille ou je le laisse avec ses vêtements trempés ?! » hésita-t-elle. *« Bon tant pis, je le désape sinon il va attraper la mort ! »* Ni une, ni deux, elle entreprit de le dévêtir en commençant par lui enlever ses mocassins, puis tant bien que mal son tee-shirt *« Ah, j'en étais sûre, il est tatoué ! »* sourit-elle en pouffant discrètement. *« Si Tina était là, elle me traiterait de coquine ! »* rit-elle de nouveau puis hésita encore une fois longuement : *« j'enlève son pantalon ?! »* se dit-elle embarrassée. Elle décréta que c'était indispensable, vu qu'elle avait déjà entrepris de

lui enlever le reste de ses habits. Une fois déshabillé, elle lui laissa son boxer et le couvrit avec la couette puis elle se doucha tranquillement.

Au bout de quinze minutes, elle ressortit de la salle d'eau avec sa serviette enroulée autour d'elle. Curieuse, alla voir le bel endormi sur son lit. Alors qu'elle se penchait pour écouter sa respiration, la couette s'ouvrit brutalement et elle fut propulsée dans les bras du jeune homme en deux trois mouvements. Surprise, elle poussa un petit cri. La couette se rabattit en un instant, et se retrouva enveloppé dans les bras de Ji au-dessus d'elle. Rouge comme une écrevisse, elle le dévisageait. Il avançait progressivement ses lèvres sur les siennes et lui déposa un doux baiser. Le cœur à tout rompre, elle se laissait embrasser tandis qu'il l'étreignait tendrement *« mais tu es folle, Callie réveille-toi et bouge de là ! »* se sermonnait-elle. Sitôt, elle se dégagea lentement de ses bras.

— N'aie pas peur, je ne vais pas te violer… chuchota-t-il en la reprenant dans ses bras et en se plaçant sur le côté en face à face.
Intimidée par le jeune homme, Callie tout en le fixant intensément, resta muette. Ji lui saisit délicatement le visage.

— Laisse-toi aller, je te respecterai, je veux seulement te faire un câlin… murmura-t-il.
Elle acquiesça timidement en rougissant éperdument. Il l'enlaça tendrement en lui enlevant sa serviette puis l'embrassa de nouveau sur ses lèvres pulpeuses délicatement, en faisant attention à ne pas la brusquer.

Pendant qu'ils s'embrassaient langoureusement, le désir monta malgré eux. Ji haletait, ses yeux clairs brillaient de mille feux.

— Arrête-moi Callie, dis-moi si tu veux que j'arrête de t'embrasser maintenant, dit-il haletant de désir. Parce que j'ai vraiment envie de te faire l'amour tout de suite…
Pour toute réponse, elle se colla contre lui, et l'embrassa de plus belle, brûlante de désir, dévorée par un feu inconsumable. Ils se donnèrent l'un à l'autre sans retenue aucune, comme si leurs corps étaient

connectés, reliés par un seul et même sentiment d'abandon. Elle jouit plusieurs fois d'affilée tandis que ses cris de plaisir décuplaient l'appétit de Ji encore plus intensément. Puis dans un dernier coup de reins, il jouit à son tour en tremblant d'émotion. Éreinté, l'un et l'autre par leurs ébats, ils s'endormirent aussitôt, enlacés tendrement.

À la nuit tombée, Callie se réveilla la première. Elle sortit aussitôt du lit se reprendre une douche. Elle repensait à son ébat et culpabilisait vis-à-vis de Shiro. Alors que la douche continuait de couler, elle appela Tina sur le champ en enfilant sa nuisette légère aux motifs fleuries.

— Oh Tina, si tu savais ce que j'ai fait ! pouffa-t-elle en même temps qu'elle s'en voulait, se rendant compte qu'elle était complètement perdue. Figure-toi que j'ai eu un coup d'un soir en journée !
Tina piqua un fou rire de l'entendre parler de la sorte tout en étant heureuse pour elle qu'elle puisse enfin se lâcher.

— Arrête, c'est pas marrant ! rouspéta-t-elle doucement pour ne pas réveiller Ji.
— Alors t'as pris ton pied !
— Oh lala oui ! Mais j'ai l'impression de trahir Shiro… ajouta-t-elle tristement.
— Pff, tu n'es plus mariée Callie et tu as le droit d'avoir quelqu'un dans ta vie !
— Hum tu as raison.
— Callie… arrête de culpabiliser ! Tu ne fais rien de mal, tu es libre, tu es belle, profite, vis quoi ! En plus, tu as de la chance, tu es tombé sur un étalon ! rit-elle.
Callie pouffa à son tour en rougissant puis s'en retourna dans son lit. Elle alluma la lampe de chevet de son côté et admirait Ji qui dormait à point fermé sur le ventre. Elle lui caressa doucement sa tête brune, ses cheveux étaient coupés courts et en pétard au-dessus puis scruta l'arête de ses yeux « *C'est drôle, on dirait qu'il est européen ?!* » s'étonna-t-elle. « *Ses yeux ne sont pas trop bridés comme les coréens ou les japonais, ils sont plus ouverts, un peu comme les miens en amande. Peut-être qu'il a fait de la chirurgie ou qu'il est métissé ? C'est peut-être pour ça qu'il a les yeux clairs !* » Tandis qu'elle l'inspectait

pensivement, il ouvrit un œil vers elle et l'enlaça aussitôt en respirant son parfum dans son cou.

— Tu as faim ? demanda-t-elle.
— Oui j'ai encore faim… pouffa-t-il contre son cou, la faisant rire aussi.
— Allez hop, sors du lit, on va manger, j'ai trop faim ! répondit-elle en se dégageant de ses bras.
Pendant qu'il s'exécutait et enfilait son boxer, elle se retourna tout à coup très embarrassée. Ji parut amusé de sa réaction. Elle l'entraîna dans la cuisine déserte.

— Voyons ce qu'il y a dedans ?! dit-elle en ouvrant le grand frigo.
— Voyons ce qu'il y a dedans… répondit-il malicieusement en glissant ses mains sous sa nuisette.
— Garde tes mains dans tes poches ! lança-t-elle rougissante en prenant une part de fraisier de son anniversaire.
En se retournant vers lui, elle fit la grimace en sentant le gâteau.

— Sens, j'ai l'impression qu'il a une drôle d'odeur !
Comme il approchait son nez, en fronçant des sourcils vers le gâteau, elle l'emplâtra avec et éclata de rire.

— Ah… tu veux jouer à ça ?! dit-il la bouche et le nez couvert de crème fouettée.
Sans se faire prier, il lui courut après dans la cuisine, elle poussait des cris de rire, en lui lançant des bouts de gâteau sur le torse. Au bout d'un moment, de course vaine, il ne bougea plus de place et attendit qu'elle s'approche suffisamment près de lui. Joueuse, elle se rapprocha en riant sentant sa victoire quand soudainement il attrapa le reste de gâteau dans ses mains en l'entourant dans ses bras.

— Je t'ai eue ! dit-il amusé, le regard pétillant de malice.
Fascinés l'un par l'autre, ils se dévisagèrent follement en silence. Il l'embrassa en craquant complètement devant son minois époustouflant et ses grands yeux verts en amande. Leurs étreintes devinrent de plus en plus passionnées, tant et si bien qu'il la plaqua fougueusement contre le mur de la cuisine en lui soulevant les fesses

puis, prit de frénésie la pénétra aussitôt. Tandis qu'elle poussait un petit cri de surprise jouissif, il la pilonna en haletant fiévreusement comme affamé de son corps ; ils atteignirent l'orgasme rapidement. Éreintés et essoufflés, ils se regardaient en gloussant, faisant pétiller leurs regards embrasés.

De retour dans la suite, Callie et Ji avaient allumé la télévision et mangeaient un plateau de victuaille tout en essayant de faire connaissance.

— Je peux te poser une question ? demanda-t-il sérieusement.
— Une seule alors ! rit-elle.
— Pourquoi tu as eu une annulation de mariage ?! demanda-t-il directement.
Estomaquée par sa question personnelle si soudaine son sourire se fana aussitôt.

— Comment tu le sais ?! demanda-t-elle suspicieusement à son tour en fronçant les sourcils.
— Tu t'appelles Callie et tu vis chez la famille Ojiro. J'en ai déduit que c'était toi… hésita-t-il.
— Que c'était moi… la mariée déchue ?! sourit-elle ironiquement en le fixant. Oui c'est moi ! t'as gagné ! dit-elle en mimant un bravo.
— Excuse-moi, je ne voulais pas te blesser ! s'empressa-t-il en lui caressant son visage triste.
— Non ça va, tu as le droit de savoir après tout… ! répondit-elle blasée.

Puis prenant une grande inspiration se lança :
— J'ai eu une annulation de mariage parce que Nanami Suzuki était enceinte de quatre mois et que j'étais vierge !
Devant son air effaré, elle poursuivit :

— C'est passé comme une lettre à la poste. L'avocat a gommé mon nom sur l'acte de mariage en y inscrivant celui de cette garce comme si je n'avais jamais existé… le jour où j'ai perdu mon mari, j'ai aussi perdu mon père adoptif… j'ai passé les trois derniers mois les plus pourris de toute ma vie ! ajouta-t-elle les yeux dans le vide.
Bouleversé par son aveu, il la prit tout de suite dans ses bras en lui demandant pardon de s'être montré indiscret.

— Mais pourquoi tu vis chez eux ?! s'exclama-t-il vivement.

— Ji, je répondrai à cette dernière question et après… ne me demande plus rien s'il te plaît, dit-elle en se mordant la lèvre tandis qu'il acquiesçait gravement. En tout cas, pas tout de suite ! dit-elle en remarquant sa mine déçue qui lui rendit aussitôt son sourire. Je vis chez eux parce que c'est la seule famille qu'il me reste… le père de Shiro était mon parrain.

— Ah ?! dit-il, étonné. Merci d'avoir répondu honnêtement Callie.

— Oh par contre demain, tu partiras avant qu'ils arrivent ! s'empressa-t-elle d'ajouter.

— Tu veux garder notre rencontre secrète ?!

— Oui… c'est beaucoup trop tôt… laisse-moi du temps, dit-elle gênée. De toute façon, tu ne reviendras pas ! pouffa-t-elle tout à coup. Puis constatant son air ébahi rajouta aussitôt :

— Je n'ai pas beaucoup d'expérience, mais… une fille qui fait l'amour à sa première rencontre, généralement le gars ne revient jamais !
Il pouffa de rire subitement devant sa réflexion, faisant briller son regard gris clair vers elle.

— À ton tour de me poser une question ! demanda-t-il en lui prenant la main.

— Hum… as-tu une fiancée cachée ou une copine qui t'attend quelque part ou des enfants cachés ?! répondit-elle en le regardant du coin de l'œil.

— Non ! répondit-il catégoriquement. Pas de fiancée ni d'enfants. Je prends toujours mes précautions ! ajouta-t-il en la fixant intensément. Tu as d'autres questions ?!

— Non, rit-elle, pas pour le moment monsieur Ji !
Le lendemain après le déjeuner, Callie raccompagna le jeune homme à sa voiture. Le temps s'était obscurci et un orage soudain grondait au loin.

— Bon, ben à la prochaine ! dit-elle sans trop y croire en s'éloignant.
Il s'élança vers elle et l'embrassa longuement en l'étreignant tendrement. Il la considéra une dernière fois en soupirant, puis repartit de la propriété en faisant vrombir sa Pagani Huayra gris clair.

Comme le temps était à la pluie, Callie fit le tour de la propriété en commençant par la cuisine et la terrasse, ne voulant laisser aucune trace de la visite-surprise de Ji, puis elle avait une nouvelle fois demandé à Tic et Tac de protéger sa vie privée. Ils acquiescèrent en rougissant « *Oh mince qu'est-ce qu'ils ont ?! Ils m'ont entendu dans la cuisine hier soir à coup sûr !* » rougit-elle à son tour. Ensuite, elle voulait s'assurer que les caméras de surveillance dans sa chambre étaient bien éteintes. « *Enfoiré d'Akira, je suis sûre que c'est encore lui qui a rallumé les caméras de ma suite. Je n'ai pas le choix, il faut que je les neutralise à la source.* » En effaçant les images du week-end de toute la propriété, elle visualisa mentalement les emplacements des caméras dans sa chambre, puis une fois mémorisés, repartit dans sa suite.

Le début de la semaine commença avec un beau soleil radieux, réchauffant la terre humide de la veille. Dans la matinée, Callie s'était levée un peu tard, sautant son petit déjeuner, elle arriva juste à temps pour son rendez-vous avec Amane Matsushime à la terrasse. Elle avait opté pour une tenue décontractée, un short blanc en dentelle avec la chemise assortie à manche courte, contrastant sur sa peau dorée. « *Quel week-end ! Je suis épuisée ! Cet après-midi tranquille, piscine et farniente !* » Alors qu'une heure s'était écoulée, Amane, fatiguée de sa danse intensive, lui demanda de faire une pause. Elles s'installèrent confortablement sur les transats face à la piscine et Callie demanda au majordome de leur apporter des rafraîchissements.

— Qu'est-ce que vous en dites Callie, si pour le prochain cours, vous veniez chez moi ?! Vous pourriez même passer la fin de la semaine jusqu'au week-end ! De plus, mardi soir j'organise une réception avec quelques amis et j'aimerais beaucoup que vous soyez là !
— Vraiment ?! Mais on a rendez-vous mercredi seulement…
— Ne vous inquiétez pas, on fera le cours le mercredi et les jours suivants vous aurez quartier libre. C'est comme si vous passiez des vacances !
— C'est vrai que c'est exactement ce qu'il me faudrait ! Mais ça me gêne, vous êtes sûre que je ne dérangerai pas ?!
Amane éclata de rire, un joli son cristallin sortit de sa bouche fine.

— Vous savez, je vous apprécie beaucoup… je ne le propose pas à tout le monde ! Mais je sens que vous êtes un peu comme moi. Il est vrai que je suis issue d'une famille riche, mais nos valeurs sont les mêmes ! dit-elle en faisant pétiller ses yeux noirs vers elle.

— Merci, ça me touche vraiment ce que vous me dites ! Dans ce cas, j'accepte ! répondit-elle joyeusement.

À l'heure du déjeuner, Callie était aux anges de la proposition inattendue de sa cliente tandis que les tensions à table étaient palpables. Shiro affichait un regard froid et Nanami était silencieuse, cependant elle remarqua que ses lèvres étaient pincées, comme si elle couvait une grande colère. « Il y *a de l'eau dans le gaz on dirait !* » rit-elle intérieurement. Le repas se passa en silence, Callie interrogeait du regard Hanaé, ne comprenant pas ce qui se passait, mais voyant qu'elle n'osait pas se prononcer, l'air de rien débuta la conversation :

— Vous avez passé un bon week-end à Tokyo ?! demanda-t-elle en faisant un tour de table visuel.

— Oui, merci Callie, répondit au bout d'une minute madame Ojiro en se grattant la gorge.

« Mince, il y a vraiment eu un drame ! Qu'est-ce qu'il s'est passé ?! »

— Demain soir je pars pour toute la semaine en vacances ! dit-elle joyeusement pour détendre l'atmosphère.

Tout le monde la dévisagea soudainement. Elle éclata de rire, heureuse d'avoir enfin leur attention.

— Tu pars où ?! demanda madame Ojiro.

— J'ai été invitée par ma cliente à passer la semaine chez elle à Tokyo.

— Chez Amane Matsushime ?! Essaya de se contenir Nanami, visiblement en colère.

— Oui ! Je suis trop contente, elle est super sympa cette fille ! Elle organise une réception demain soir, répondit-elle avec un grand sourire.

Sitôt, l'ambiance retomba lourdement.

— Bon, qu'est-ce qui se passe, quelqu'un est mort ?! Pourquoi vous faites tous la tête tout d'un coup ?!

— Cela ne te regarde pas, tu n'es pas de la famille ! lança vivement Arisa. Tu serais trop contente, déjà que maintenant tu te vantes d'avoir une super amie richissime alors que tu ne vaux rien ! Je me demande vraiment ce qu'elle te trouve ?!

— OK pas grave, je m'excuse alors, s'inclina-t-elle en se levant de table. Je vous laisse en famille, alors !

« C'est vrai qu'elle a dit des choses blessantes, mais bizarrement ça ne me fait pas grand-chose ! » se dit-elle en repartant dans sa suite préparer sa valise pour le lendemain soir. En montant les marches de l'étage, elle les entendit se disputer dans le séjour. Elle hésita un instant, se demandant si elle n'était pas un peu trop indiscrète, mais la curiosité l'emporta sur tout le reste.

— Arisa, je ne le répéterai pas, arrêtez de vous en prendre à Callie ! Elle ne vous a rien fait bon sang ! s'emporta madame Ojiro, perdant tout son sang-froid. Elle mérite d'être heureuse et d'avoir une vie ! Si seulement vous pouviez avoir ses qualités… renchérit-elle verte de rage.

Callie fut stupéfiée de l'entendre parler d'elle de la sorte, en de si bons termes, même si elle reconnaissait qu'elle l'avait mal jugé au début de son mariage avec Shiro.

— Nanami, vous avez tout fait pour avoir mon fils, maintenant qu'il est à vous, assumez ! Vous saviez très bien comment il était avant de rencontrer Callie. Vous pensiez qu'il allait se comporter avec vous de la même manière qu'elle ?! pesta Sayuri. Vous avez brisé leur mariage et mis fin à leur amour !

Subitement Nanami se mit à sangloter en se cachant le visage entre ses mains.

— Il est hors de question que ma société coule à cause de vos jalousies ! ragea Sayuri rouge de colère. Je ne permettrais pas que vous ruiniez le travail de toute ma vie ! Alors que ce soit bien clair, arrêtez de vous plaindre à votre père, car si je suis ruinée, vous aussi vous le serez !

Tandis que la séance familiale prenait fin, Callie monta au pas de course dans sa suite. *« Ho mince, Shiro… »* songea-t-elle tristement. *« Il est en train de perdre sa vie… Moi qui me plains d'avoir une vie pourrie, lui c'est pire ! »* s'indigna-t-elle. *« Il se retrouve marié avec une fille qu'il n'aime pas, un enfant dans les bras pour le reste de ses jours !* » Pleura-t-elle de rage « *je ne veux pas qu'il vive comme ça, il mérite tellement mieux, mon pauvre amour…* » Pendant qu'elle se lamentait pour Shiro, Tic frappa à sa porte et lui demanda de descendre au séjour immédiatement.

Tout le monde buvait le thé tranquillement, le majordome lui remit une boîte avec une housse à vêtements.

— Pourquoi vous me donnez ça ?! demanda-t-elle surprise.
— Le livreur est passé… répondit-il en se grattant la gorge, embarrassé.
— Encore ! s'exclama Callie, dépitée.
— Qu'est-ce que c'est Callie, ouvre-le donc ! s'excita Hanaé, tellement heureuse de voir que son admirateur secret lui offre des cadeaux.
Callie se gratta la gorge aussi. « *Je suis sûre que le majordome n'est pas dupe ! Ho non, j'espère qu'il n'a rien balancé, j'ai oublié de lui dire de se la boucler ! Ho Ji qu'est-ce que tu m'as envoyé encore !* » se dit-elle nerveusement, en posant la boîte et la housse sur la table devant la tablée. Elle décida de l'ouvrir à peine et de jeter un coup d'œil furtif au cas où ce serait trop personnel. « *Mdr imagine que c'est des petites culottes !* »

— Qu'est-ce que tu fais Callie, t'en mets du temps, ouvre-le complètement au lieu de regarder à l'intérieur tout doucement ! rit Akira.
— Bon, ne me pressez pas sinon je l'ouvre dans ma chambre ! pouffa-t-elle à son tour un tantinet embarrassé.
Quand elle ouvrit la boîte, elle fut littéralement sidérée du contenu, la laissant sans voix. Elle découvrit effarée une paire de talon aiguille de chez Louboutin, sa marque préférée et une robe somptueuse dans la housse. « *Calme-toi Callie, il ne faut surtout pas éveiller les soupçons de personnes, sois égale à toi-même !* » se dit-elle en grimaçant.

— Alors ?! dit tout le monde impatiemment à des degrés différents de contentement et de mécontentement.

— Tadaaaan ! dit-elle en levant fièrement les Louboutin brillantes.
— Hein ?! dirent ensemble Nanami et Arisa blêmes. C'est… c'est… balbutia Arisa en regardant Callie avec des yeux exorbités.
Callie rit de leurs réactions hébétées.

— Ben quoi, c'est des chaussures ! dit Callie, n'y voyant là rien d'extraordinaire.
— Tu es idiote ?! s'indigna Nanami. C'est une série limitée de la collection mariage qui doit sortir l'année prochaine ! Et toi, tu tiens dans ta main cette œuvre d'art, une chaussure unique en Crystal Swarovski, alors que tu n'y connais rien ?! enragea-t-elle. Qui t'envoie tous ces cadeaux hors de prix ?!
— Je ne te dois rien Nanami et ce ton ne me plaît pas ! répondit Callie fermement sans élever la voix. À part si tu veux faire un échange ?! Soudain très intéressée, elle leva vers elle un visage conciliant.

— Je te les donne… si tu me rends Shiro ! pouffa-t-elle devant sa mine éberluée. Alors, tu les veux vraiment ou pas ?! insista-t-elle malicieusement en regardant son ex-mari qui la fixait éperdument les yeux brillants d'amour.
— Je ne te le donnerai jamais, je te l'ai dit ! cria-t-elle hors d'elle.
— On peut, peut-être, trouver un arrangement ? dit-elle innocemment. Je prends juste ses yeux et sa bouche, parce que j'aimais la façon qu'il avait de me regarder et sa bouche était douce, pleine de baisers tendres.
— Je t'ai dit non ! s'offusqua-t-elle indignée par ses propos.
Toute la tablée avait les yeux rivés sur Callie, se demandant ce qu'elle avait derrière la tête pour parler ainsi de sa vie privée avec Shiro.

— Alors donne-moi une main, je te laisse l'autre ! répondit Callie en se retenant de rire. Parce que j'aimais quand il me prenait la main, ça voulait dire « elle est à moi ! » et ça me plaisait, ajouta-t-elle avec un tendre sourire.
— Tu ne comprends vraiment rien, je t'ai dit non ! cria-t-elle de nouveau, les yeux ulcérés.
— Alors pas quelque chose de physique, je ne prends que ses bons côtés ! renchérit Callie promptement.
— Non et non ! cria-t-elle de nouveau.
Madame Ojiro et Hanaé souriaient discrètement comprenant enfin où Callie voulait en venir.

— OK, je ne prends que ses défauts alors ! Il était jaloux… très jaloux, dit Callie avec un sourire nostalgique, les yeux dans le vague. Mais j'aimais ça, parce que je me sentais en sécurité et protégée.

Nanami soudain s'arrêta de parler. Estimant que Callie se moquait d'elle, elle resta silencieuse en pinçant ses lèvres fines.

— Alors, tu le veux tant que ça Shiro ?! Tu es sûre que tu ne veux pas faire d'échange ?! insista Callie, feignant l'innocence en rangeant les chaussures dans la boîte.

Nanami la toisa violemment, elle était rouge de colère. Shiro considérait Callie follement avec émotion, ses yeux noirs brillaient de larmes, il les essuya discrètement d'un revers de main.

— Tu sais Nanami, quand on aime vraiment quelqu'un, on le prend en entier. Pas seulement, ce qu'il nous plaît ou ses qualités, on prend le reste aussi. Ce qui nous plaît moins, les défauts, les lacunes. C'est simple… On prend tout ou rien ! J'ai eu beaucoup de chance, j'ai eu le meilleur de Shiro. Je suis désolée que tu n'aies que le pire ! Mais si tu l'aimes vraiment et que vraiment tu le veux, alors dans ce cas… ferme ta gueule, arrête de te plaindre qu'il te trompe, accepte-le complètement et sois heureuse ! Puisque vraiment, c'est lui que tu veux !

La bouche béante de stupéfaction, Nanami resta sans voix de sa remarque pertinente.

Tranquillement, Callie prit congé. Elle envoya un clin d'œil malicieux à Sayuri Ojiro, qui lui rendit son sourire en la suivant du regard fièrement.

6 VOYAGE EN TOSCANE

Malgré les tensions de la veille Callie était aux anges de passer quelques jours de vacances chez Amane. Elle avait négocié avec madame Ojiro qu'exceptionnellement elle irait seule, sans être accompagnée de ses gardes du corps, ne voulant en aucun cas attiser la curiosité de sa cliente à son égard. Elle monta donc, en fin d'après-midi en tenue de soirée, dans l'avion privé qu'Amane Matsushime avait fait affréter pour elle. Pour l'occasion, elle s'était apprêtée élégamment avec la longue robe rouge à dos nu, descendant outrageusement en V jusqu'à sa colonne vertébrale et dessinant sensuellement ses fesses, puis enfila ses nouvelles Louboutin. Les cheveux lissés et ses yeux fardés façon charbonneux, elle s'installa confortablement dans l'avion, impatiente d'arriver au plus vite. « *Ça tombe plutôt bien cet ensemble que Ji m'a envoyé, j'espère que je ne vais choquer personne pour la réception de ce soir ! Quand les Ojiro m'ont vue avec la robe, j'ai cru qu'ils allaient faire une crise cardiaque !* »

Aux alentours de vingt heures, la limousine la conduisit sur les hauteurs de Tokyo dans une résidence grandiose surplombant l'océan pacifique. Callie fut impressionnée lorsqu'elle descendit de l'auto. Devant elle, une grande propriété blanche et moderne, illuminée par des chemins de lumière tamisée avec des baies vitrées immenses et un jardin à couper le souffle. « *Quand les sœurs Suce kiki disaient qu'ils étaient riches, elles ne plaisantaient pas ! Tu m'étonnes qu'elles étaient vertes de rage que j'y passe du bon temps !* » se dit-elle en s'avançant vers la porte d'entrée à double battant.

Avant qu'elle n'eût le temps de sonner à la porte, celle-ci s'ouvrit miraculeusement en grand devant un hall d'entrée imposant, orné de grandes plantes exotiques et d'un large escalier en marbre dans le fond de la pièce.

— Bonsoir mademoiselle, s'inclina un majordome anglais dans la cinquantaine en livrée, veuillez me suivre s'il vous plaît, la réception est par ici.

Pendant qu'elle acquiesçait en le suivant, elle fut troublée par l'immensité et la magnificence des lieux. Tout était agencé avec distinction et raffinement. Il la conduisit à l'extérieur de la maison vers une terrasse surplombant une piscine à débordement qui donnait sur l'étendue océanique du pacifique sud. À son arrivée, elle fut accueillie chaleureusement par Amane qui portait avec élégance une somptueuse robe blanche en satin. Elle lui présenta son fiancé et quelques amis. Avec grâce et délicatesse, Callie se baissa respectueusement à leur rencontre puis bavarda avec ses hôtes, passant ainsi une agréable soirée.

En cours de soirée, Callie alla se planter devant la balustrade de la terrasse, à l'écart des invités de la petite fête, pour avoir un peu de tranquillité et pour savourer la vue océanique quand soudain son téléphone vibra. « Je te manque ?! » lut-elle en ouvrant le message de Ji. Un sourire se matérialisa aussitôt sur ses lèvres, la laissant rêveuse un instant. Puis regardant à nouveau son portable, elle se tâta pour lui répondre tout en se mordillant la lèvre et en pouffant discrètement. Subitement elle reçut un autre message : « Tu veux un câlin ?! » Elle sourit une nouvelle fois en rougissant éperdument rendant son regard plus brillant. Un autre message arriva aussitôt : « Tu es belle dans ta robe… » Soudain, elle écarquilla ses yeux effarés sur son téléphone et se retourna vers la fête en scrutant les alentours quand, sur sa gauche, elle l'aperçut. Il s'avançait vers elle en la considérant follement tandis qu'elle le détaillait. Il portait élégamment un ensemble *slim* bleu foncé rendant son regard plus perçant et il avait sa coupe en pétard qui lui donnait ce petit côté rebelle qui la faisait tant craquer. Alors qu'elle lui souriait, il lui prit à son insu sa main en l'attirant aussitôt à lui.

— Alors, tu veux un câlin ?! dit-il en la fixant éperdument.

Elle acquiesça en rougissant. Il approcha ses lèvres des siennes et l'embrassa doucement, puis il l'emmena en dehors de la fête d'un pas pressé, à l'extérieur de la propriété.

— Où m'emmènes-tu Ji ?! Et comment savais-tu que j'étais ici ?!

— C'est une surprise ! répondit-il en lui lançant un clin d'œil malicieux.

Soudain une grande bourrasque vint souffler furieusement la chevelure de Callie qui dû mettre sa main devant son visage. Ji l'aida à monter dans un hélicoptère qui attendait sur la pelouse. Il s'assit à l'arrière à côté d'elle en la ceinturant et en lui posant un casque sur la tête. Les yeux brillants d'excitation, elle contempla pleine de joie la vue époustouflante de Tokyo illuminée dans la nuit.

— C'est magnifique ! s'extasia-t-elle, les yeux pétillants sur la ville.

— C'est toi qui es magnifique ! dit-il en la dévorant des yeux.

Elle rit de sa remarque et lui vola un baiser.

— Tu es fou, où m'emmènes-tu ?!

— Tu verras ! répondit-il en saisissant son visage entre ses mains et en l'embrassant.

Au bout de dix minutes, l'hélicoptère les déposa dans un petit aéroport où un avion à quai les attendait. En montant à l'intérieur, Callie s'extasiait en constatant qu'il était bien plus luxueux et plus grand que celui des Ojiro. Ji lui fit la visite complète en lui montrant au fond de l'avion une chambre grandeur nature avec une salle de bain et un salon. Soudain, elle paniqua en entendant le bruit du moteur de l'avion.

— Ji, tu me fais quitter le pays ?!

— Qu'est-ce qui t'arrive, n'aie pas peur, tu as le mal de l'air ?!

— Ji… je ne peux pas quitter le pays ! Je suis désolée, mais…

Elle considéra le regard rempli d'incompréhension de Ji.

— Je ne peux pas te le dire…

— Calme-toi Callie, fais-moi confiance, dit-il avec douceur en la prenant dans ses bras. Il ne t'arrivera rien de grave. L'avion est sécurisé et j'ai des gardes du corps en permanence avec moi.

— OK, je te fais confiance, mais ne me demande pas pourquoi j'ai réagi de cette manière, d'accord ?! répondit-elle en le fixant de ses yeux brillants.

Une fois apaisé par un gros câlin dans les bras de Ji, Callie se sentit plus détendue et plus sereine. La tendresse bienvenue de ses bras la tranquillisait tandis que l'avion continuait sa trajectoire dans un lieu inconnu.

— Il faut que je prévienne Amane ou elle est déjà au courant que tu m'as enlevé ?! demanda-t-elle, un sourire en coin.

Pour toute réponse il éclata de rire, faisant briller ses yeux de filou puis l'emmena dans la chambre à coucher. Elle s'installa sur les draps pendant qu'il servait du champagne dans deux coupes.

— Je ne bois pas d'alcool Ji…

— Oh… décidément, je ne fais que des gaffes ce soir !

— Non, ne t'inquiète pas, dit-elle en prenant son visage entre ses mains en douceur, c'est normal, on ne se connaît pas encore très bien !

— Alors, faisons connaissance… dit-il en s'allongeant à côté d'elle tout en commençant à la déshabiller.

Le lendemain matin, une douce musique classique réveilla en douceur Callie qui ouvrit ses yeux sur Ji au-dessus d'elle. Il la contemplait déjà depuis quelques minutes.

— Tu as bien dormi ?! lui demanda-t-il en caressant son visage.

— Hmm… oui, sourit-elle, on est arrivés ?!

— Oui ! Viens, prenons une douche ensemble…

Alors que le jet d'eau chaude emplissait la salle d'eau d'un nuage de fumée blanche, Ji s'accroupit sous Callie lui donnant du plaisir avec sa langue sur sa partie intime. Haletante, elle savoura cette douce délectation en poussant des petits cris de plaisir. Excité par sa voix suave, il la posséda aussitôt et ils firent l'amour avec ardeur et tendresse, dévorés par un même désir fou.

Un temps splendide les guettait quand ils sortirent de l'avion. L'air était chaud et un grand soleil éblouissant dardait ses rayons lumineux sur une rutilante Ferrari 599 rouge décapotable. Avec galanterie Ji ouvrit la portière à Callie en lui volant un baiser au passage, ce qui la fit rire instantanément, puis une fois les valises mises dans le coffre, il fit vrombir le bolide sur la route sinueuse.

— Devine où l'on est ?! demanda-t-il malicieusement en filant à toute allure.

Le paysage était magnifique. Vallonné et très étendu avec ses champs de lavande, de vigne, ses meules de foin et cette chaleur sèche de saison qui brûlait cette terre du sud. Au loin, elle aperçut une ville à l'architecture colorée, taillée dans la roche au milieu de la mer. Ébahie, elle resta la bouche ouverte pendant quelques secondes, aucun son ne pouvait en sortir.

— J'y crois pas… tu m'as emmenée en Italie ! exulta-t-elle en poussant un cri de joie.

Il éclata de rire de la voir si heureuse. Ses yeux pétillaient de fierté en la voyant si belle devant ce décor qui lui allait si bien. Bientôt ils arrivèrent dans le village flanqué sur la roche, il ralentit la Ferrari et se gara devant le théâtre.

— On est en Toscane et là nous sommes à Positano. Je vais te présenter à quelqu'un à qui je tiens énormément, dit-il en ouvrant sa portière.

— Tu m'as bien dit que tu n'avais pas de fiancée ni d'enfant ?!

— Non, ce n'est pas ce que tu crois, je vais te présenter à ma mère, répondit-il en la prenant dans ses bras devant son air effaré.

— Quoi, tu me présentes déjà à ta mère ?! Mais je vais savoir comment tu t'appelles alors !

— Non, dit-il les yeux pétillants, elle ne m'appelle jamais de mon nom Japonais !

Callie se sentit mal à l'aise et rougit éperdument se sentant d'un coup très timide.

— Ne t'inquiète pas, elle n'est pas méchante ! Tu vas voir que tu as des points communs avec elle, dit-il en lui donnant un baiser.

— Tu me mets la pression… ce n'est pas rien une mère. J'ai l'impression de passer une audition !

Il pouffa de sa remarque puis l'entraîna dans le théâtre où des petites filles en tutus rose clair exécutaient des entrechats. En passant par les coulisses, Callie était fascinée par la scène grandiose dans laquelle une dame européenne, en tenue de danse classique et tenant une canne donnait le ton pour l'exercice des sauts de chat. Quand Ji s'avança sur la scène la dame fut transfigurée. Son visage s'illumina d'un grand sourire faisant briller ses yeux gris clair. Elle s'élança vers lui, en boitant légèrement de la jambe droite, soutenue par sa canne.

— *Il Mio Angelo* ! dit-elle pleine d'amour dans la voix.

Ji lui parla en italien sans accent, comme s'il était né en Italie. Callie en fut agréablement surprise et assista à leur étreinte pleine de tendresse. « *Une mère avec son enfant… Ça fait longtemps que je n'ai pas vu autant d'élan de tendresse ! Cela fait chaud au cœur et me rend triste à la fois, ou suis-je juste émue et touchée par l'amour que l'on ressent quand on est aimé par un parent. Dans trois semaines, cela fera un an jour pour jour que maman m'a quittée…* » pensa-t-elle tristement le regard dans le vide.

— Callie… ça va ?! demanda Ji en japonais en enroulant son bras autour de son épaule.

— Pardon, oui, excusez-moi, j'ai eu un moment d'absence, dit-elle en italien de sa voix suave et sensuelle. Bonjour madame ! salua-t-elle poliment.

La dame lui rendit sa politesse en l'étudiant de long en large discrètement tandis que Ji était impressionné de l'entendre parler en italien.

— Mon fils m'a dit que vous êtes chorégraphe, savez-vous danser le classique ?! demanda-t-elle d'un ton solennel.

— Oui madame, répondit Callie un tantinet nerveuse devant la stature autoritaire de la mère de Ji. J'ai commencé la danse classique à six ans.

— Il y a des pantoufles dans le vestiaire, allez-vous changer et montrez-moi ! dit-elle sur un ton de défi faisant pétiller d'un éclat argenté ses yeux clairs.

Callie acquiesça à la dame, puis s'en retourna dans les coulisses. « *Oh putain ! Elle me rend nerveuse ! Pff… Ji, ce soir pas de câlin !* » Une petite fille lui montra une tenue de danseuse étoile qu'elle enfila avec des collants noirs et un tutu assorti en plumes noires puis elle chaussa des pantoufles. Quand elle apparut sur la scène, la dame lança la musique du « *lac des Cygnes* » de Tchaïkovski. Tout en finesse et en souplesse, Callie s'exécuta sur le plancher en faisant des pointes, mimant tout en grâce par sa gestuelle les battements d'ailes du cygne jusqu'à son trépas sur le sol, rendant justice à cette danse pleine de sensibilité et d'émotion. Quand ce fut fini, les petites filles l'applaudirent et Callie se relevant les remercia d'un sourire, puis en se tournant vers la dame, elle vit dans le fond de ses yeux une petite mélancolie.

— Merci Callie, vous m'avez fait revivre de beaux souvenirs… dit émue la maman de Ji.

Puis se tournant vers son fils elle lui dit avec tendresse :

— Je te donne ma bénédiction, tu peux l'épouser !

Callie resta coi un instant « *Hein ?!* » Devant son air hébété, Ji éclata de rire, rendant ses yeux brillant de mille feux.

— Change-toi Callie, on va déposer nos valises chez ma mère et ensuite on ira manger des *linguines alla marinara* !

Tandis qu'elle se rhabillait, son esprit vagabondait. « *Donc c'était ça ce voyage, il voulait la bénédiction de sa mère ?! Mais, on se connaît à peine, il est fou !* »

Ji embrassa sa mère en lui disant « à ce soir ! » puis il amena Callie à la voiture.

— Donc ta mère est Italienne et ton père est Japonais ?!

— Oui. Ma mère était danseuse étoile, elle dansait à travers le monde, c'était une danseuse reconnue dans le milieu de la danse classique. C'est de cette façon qu'elle a rencontré mon père. Puis elle a eu un accident sur scène, un projecteur est tombé sur sa jambe… alors, elle a dû arrêter la danse…

— Oh… c'est tellement triste… je suis consciente que ce sont les risques de ce métier, les chutes et les accidents, c'est pour cette raison que je me suis attachée aux études, au cas où cela m'arriverait. Cela a dû être un terrible choc pour elle… dis-moi, c'est ta mère qui t'a appris à danser, alors ?!

— Oui, c'est elle qui m'a initié. Je pense que j'aime danser à cause d'elle, c'est dans mes gênes ! rit-il. Et qu'as-tu fait comme études ?!

— Langues étrangères !

— Oh je comprends alors…

— Tu comprends quoi ?! dit-elle malicieusement, sentant la blague de Ji arriver à grande vitesse.

Il éclata soudain de rire, faisant pétiller ses yeux de chenapan.

— Pourquoi tu me fais tant craquer… !

Elle éclata soudainement de rire en rougissant.

— Tu me dragues là ou quoi ?!

Cette fois-ci ils éclatèrent ensemble de rire, embrasant leurs yeux malicieux, rendant leur relation plus complice et pleine de tendresse. Ce jour-là, ils passèrent la journée à visiter le village à pied en passant par d'innombrables ruelles escarpées et sinueuses, se promenant main dans la main sur le port où de petites embarcations étaient alignées sur la plage. La journée se passa relativement vite et le soir ils retrouvèrent la mère de Ji au dîner. La mère de Ji habitait dans une magnifique villa blanche sur les hauteurs de Positano, avec une terrasse donnant sur la mer méditerranée à couper le souffle par tant de splendeur. Alors qu'ils mangeaient tranquillement sur la terrasse la discussion dévia sur Callie, et Lucia, la mère de Ji, voulut connaître quelques détails de sa vie.

— Dites-moi Callie, qu'est-ce qu'une jeune danseuse de votre envergure, avec ce large répertoire fait au Japon ? Je m'interroge vraiment ! Vous pourriez aller dans n'importe quel autre pays, surtout avec votre talent de traductrice. Combien de langues pratiquez-vous ? demanda-t-elle, avide d'en savoir plus sur sa potentielle belle-fille. Vous avez été mariée à ce qu'on m'a dit ? Votre famille vient de quel pays ?

— Maman, doucement avec les questions, ne commence pas à lui faire peur… dit Ji pour calmer les ardeurs de sa mère sentant Callie devenir nerveuse.

— Oh je m'excuse Callie… c'est la première fois que mon fils me présente officiellement sa petite-amie. Je réagis comme ma mère quand elle a rencontré pour la première fois mon ex-mari, je suis affreuse ! Excusez-moi encore ! ajouta-t-elle, contrite.

Callie rit de sa remarque gentiment, la détendant un peu plus, Ji lui caressait sa main sous la table.

— Je ne vous en veux pas, c'est normal que vous vouliez en savoir plus sur moi. Avec Ji, on apprend encore à se connaître.

— Ji ?!

« *Oups mince !* » se dit Callie en faisant une petite grimace vers Ji. Aussitôt il expliqua à sa mère les raisons qu'avait Callie de ne pas connaître son nom de famille lors de leur premier rendez-vous matrimonial.

— Je suis épatée Callie, vous me plaisez de plus en plus ! Alors, parlez-moi, d'où venez-vous ?!

— Je suis Française mais je ne connais pas mes origines puisque j'ai été adoptée à ma naissance.

— Dans ce cas je me ferais un plaisir de rencontrer vos parents adoptifs en France, ça fait longtemps que je n'ai pas visité Paris ! lança-t-elle nostalgiquement.

Callie se crispa soudainement et posa sa main sur sa bouche, retenant ses larmes qui voulaient couler.

— Callie… ça va ?! demanda Ji en considérant ses larmes dans ses yeux verts.

Elle éclata en sanglots subitement.

— Pardon… dit-elle tandis que Ji la prenait dans ses bras.

— Oh, j'ai dit quelque chose qui vous a blessée ?! Je suis confuse… ajouta Lucia en sortant de table rapidement.

Quand elle revint, elle lui tendit un mouchoir en papier.

— Je suis désolée, dit Callie en esquissant un sourire vers Lucia. Mon père adoptif est mort il y a trois mois et ma mère, l'année dernière… renifla-t-elle.

— Non c'est moi qui suis navrée, Callie ! Pardonnez-moi. À partir de ce soir, j'arrête avec mes questions ! ajouta-t-elle vivement.

Puis se radoucissant, elle ajouta avec tendresse :

— Vous me parlerez lorsque vous serez prête…

Callie acquiesça et lui rendit son tendre sourire.

Le reste de la semaine se passa agréablement. Ji était aux petits soins pour Callie, la gâtant de multiples façons en l'amenant faire les boutiques ou dîner dans de somptueux restaurants gastronomiques. Callie lui avait appris à danser la bachata sous l'œil avisé de Lucia qui coachait son fils et le sermonnait quand il n'était pas sérieux. À sa demande, ils dansèrent sur une chanson d'amour « *mi bendicion* » de J. L. Guerra, son chanteur préféré, puis le samedi soir, ils partirent ensemble à Naples assister à une représentation du ballet de « *Casse-noisette* ». Quand ce fut l'heure des adieux, Lucia prit à part Callie en l'entourant de ses bras avec tendresse et lui murmura à l'oreille une proposition qui la fit rougir. Le dimanche soir, dans l'avion qui les ramenait au Japon, Callie était nostalgique en pensant à sa semaine en Italie. Le dépaysement l'avait fortifiée. Elle repensa à leurs longues escapades sur la plage et à leur dîner romantique aux chandelles dans une crique privatisée où des photophores illuminés jonchaient le sol sableux, tamisant leur étreinte sous les étoiles amalfitaines.

— Merci, Ji, pour ces vacances sublimes, dit-elle apaiser dans ses bras, alors qu'ils étaient allongés sur le lit.

— Tu n'es pas trop déçue que je t'aie enlevée de chez Amane ?!

— Un bourreau comme toi, je veux bien tous les jours me faire kidnapper ! rit-elle, faisant pétiller ses yeux verts intenses vers lui.

— Je pourrais te kidnapper pour toujours, méfie-toi ! dit-il en baisant son épaule nue.

— Humm… je vais y réfléchir… ! dit-elle pendant qu'il lui caressait les seins.

Allongé derrière elle, Ji tressaillit de plaisir en sentant Callie s'abandonner entièrement à ses caresses sur ses tétons pendant qu'il embrassait langoureusement son cou. En jouissant de plaisir, elle se cambra sensuellement contre lui, lui offrant sa croupe ondulante. Haletant et fou de désir, il la pénétra en cuillère en lui soulevant la cuisse tout en la maintenant contre lui. Ils jouirent ensemble dans une explosion d'extase puis éreintés, ils s'endormirent l'un contre l'autre, tendrement.

Quand ils arrivèrent à Tokyo, ils étaient attendus par Amane et son fiancé pour le déjeuner à la terrasse. Amane lançait des regards complices à Ji en pouffant de le voir si heureux.

— Alors Callie cette semaine s'est bien passée ?! demanda-t-elle en souriant largement.

Callie éclata de rire en rougissant, faisant briller ses yeux plus intensément.

— Vous m'avez bien eue ! Oui, c'était magique ! dit-elle en regardant Ji qui la considérait follement.

Après le déjeuner, Ji déposa Callie devant le jet privé d'Amane.

— Tu as des cours cette semaine ?!

— Non, c'est le calme plat, mais je compte faire de la publicité pour promouvoir ma carrière, je vais y réfléchir cette semaine. Merci encore, Ji, j'ai passé une des meilleures semaines de ma vie !

Il la prit dans ses bras, la serrant fortement contre lui et l'embrassa longuement en fermant les yeux.

— On pourrait peut-être officialiser notre rencontre Callie, on pourrait se voir sans se cacher.

— Non Ji, pas encore c'est trop tôt, dit-elle embarrassée.

— Pourquoi Callie ? demanda-t-il en fronçant des sourcils alors qu'elle soupirait.

— Écoute, c'est tendu en ce moment chez les Ojiro et…

— C'est à cause de lui… la coupa-t-il aussitôt, faisant référence à Shiro. Tu l'aimes encore ?!

Elle se mordilla la lèvre, elle soupira de nouveau en le considérant droit dans les yeux.

— Ça ne serait pas juste pour lui que je sois heureuse, alors qu'il est coincé dans ce mariage malheureux. Ça lui ferait trop de mal !

— Tu culpabilises parce que tu es bien avec moi ?!

— Ji… Shiro est jaloux, excessivement jaloux ! Même avec ses deux meilleurs amis. Si Shiro te voit avec moi, m'embrasser, il sera prêt à en découdre avec toi. Si j'agis ainsi c'est aussi pour éviter qu'il te blesse. Je l'ai déjà vu à l'œuvre et je peux te dire qu'il peut vraiment être très violent !

Alors qu'il se rembrunissait, elle prit son visage entre ses mains en le fixant éperdument, les yeux brillants.

— Ji… s'il te plaît, laisse-moi encore un peu de temps. Mais on peut se voir quand même, ajouta-t-elle malicieusement en souriant.

Il leva vers elle un regard interrogateur.

— Tu pourrais passer en cachette et c'est moi qui te kidnappe dans ma chambre toute la semaine ! dit-elle en s'accrochant à son cou.

Il pouffa de sa remarque en l'étreignant contre lui puis l'embrassa de nouveau longuement.

De retour dans la propriété des Ojiro, Callie monta directement dans sa suite, épuisée par son long voyage en avion. Elle décida de snober le dîner, préférant se reposer pour être plus en forme le lendemain. « *Après une semaine de rêve avec Ji, je n'ai vraiment pas envie de voir les pétasses Suce kiki.* » Elle sentait une petite mélancolie la submerger en pensant à Ji. « *Qu'est-ce que c'était bien de se sentir normale, de ne plus penser à rien, d'être une fille de dix-huit ans comme toutes les autres ! Et qu'est-ce que c'était bien d'être dans ses bras… Qu'est-ce que je me sens bien avec lui… ! Ji… Il me manque déjà...* » Quand elle fut douchée et couchée, elle eu du mal à s'endormir malgré sa fatigue. « *Qu'est-ce que je suis en train de fabriquer ?! Pourquoi n'ai-je pas réussi à lui parler de mes sentiments pour Shiro ?! Si je l'aime ? Oui pour toujours...* » pleura-t-elle soudain. « *Si je suis bien avec Ji et que j'ai envie de plus avec lui ?! Oui... Qu'est-ce qui m'arrive, je suis complètement perdue... !* »

7 SECRET DÉVOILÉ

Dans un manoir à Tokyo, un homme dans la cinquantaine en costard cravate attendait la visite de son fils avec grande impatience dans son bureau. Quand la porte s'ouvrit enfin sur Ji, il leva un visage contrarié vers lui.

— Viens t'asseoir, j'ai à te parler ! dit-il d'une voix directive, tandis que Ji s'exécutait. Tiens, c'est le dossier de ta chorégraphe ! lança-t-il vivement en déposant un classeur rouge devant lui.

Égal à lui-même et impassible Ji jeta un coup d'œil au classeur, mais en l'ouvrant il fut stupéfait.

— Mais il n'y a rien, il est vide ! s'exclama-t-il en fronçant des sourcils interrogateurs vers son père.

— Exactement... cette fille est un fantôme ! répondit le père. Il n'existe aucune Callie Delacourt dans le monde, excepté au Japon.

— Mais c'est impossible ! cria Ji, incrédule, en se levant de sa chaise. C'est sûrement une erreur !

— Tu sais autant que moi que notre équipe de détectives est fiable à 100 % ?! Rassis-toi ! commanda-t-il d'un ton sévère. Je ne t'ai pas envoyé faire tes études à l'étranger pour que tu reviennes et que tu t'amouraches d'une fille dont on ne connaît rien et qui n'est même pas issue de notre pays ! Pour ta propre sécurité, tu devrais ne plus la fréquenter.

Ji se leva de nouveau en tapant du poing la table.

— Il est hors de question que je fasse cela ! cracha-t-il en fixant son père. Elle ne connaît pas mon nom, ce n'est pas une fille intéressée par ma fortune et elle me dira qui elle est quand je lui demanderai sa main !

* * *

Le lendemain matin, après une nuit agitée peuplée de rêves d'Italie sous les étoiles amalfitaines, Callie se leva avec une petite mélancolie dans l'âme. Elle se reprit une douche aux senteurs de pamplemousse pour se stimuler et se réveiller de son anxiété puis s'habilla simplement avec un *legging* gris anthracite qui moulait ses fesses sensuelles et une chemisette rose clair sans manche nouée sous la poitrine révélant entièrement son ventre et elle chaussa ses escarpins. Elle se fit ensuite une queue de cheval, se maquilla légèrement pour se donner bonne mine et se parfuma généreusement. Elle était enfin prête à affronter sa journée et le petit déjeuner familial dans le séjour. Quand elle arriva, tout le monde la salua d'un hochement de tête. Elle s'assit en bout-de-table, largement en retrait de tout ce petit monde, affichant un petit visage tristounet. Alors qu'elle mangeait pensivement en silence, Hanaé s'inquiéta en l'observant.

— Tu vas bien Callie, ta semaine de vacances s'est bien passée ?

Perdue dans ses pensées, Callie n'entendit pas sa question, Hanaé répéta une nouvelle fois.

— Oh désolée Hanaé, j'étais ailleurs, dit-elle en rougissant. Oui excellente !

— Tu n'es pas contente de rentrer ?! ironisa Arisa.

— Si bien sûr, quel bonheur de te revoir Arisa ! répondit Callie dans le même ton qu'elle. Vous m'avez tant manqué cette semaine ! dit-elle en adressant un clin d'œil à Hanaé qui riait aussi sous cape.

— Alors c'était comment chez eux ?! demanda Sayuri.

— Magnifique… ! soupira-t-elle le regard ailleurs en souriant dans le vide.

Madame Ojiro et Hanaé se regardaient entre elles avec un sourire complice qui n'échappa pas à Nanami Suzuki.

— Tu as rencontré le frère d'Amane ?!

— Son frère… ?! Non, je ne l'ai pas vu. Il est comment ?!

— Je ne sais pas, il vient de rentrer de ses voyages universitaires à l'étranger.

Elle se tourna vers sa jeune sœur :

— C'est sûrement pour ça Arisa qu'il n'est pas venu à ton rendez-vous matrimonial. Il n'est pas encore rentré !

Alors que Callie était de nouveau partie ailleurs dans ses pensées, Akira lança une remarque pertinente :

— C'est bizarre Callie, mais depuis que tu es partie cette semaine, tu n'as plus reçu de cadeaux.

— Oh ben tant mieux ! répondit-elle embarrassée.

En se levant pour sortir de table, gênée de la tournure que prenaient les questions, le majordome vint à sa rencontre.

— Votre rendez-vous est arrivé ! dit-il en se grattant la gorge.

— Hein, mais je n'ai pas de rendez-vous ! répondit-elle étonnée fronçant les sourcils.

— Votre cours de bachata de ce matin, insista-t-il en lui faisant de gros yeux.

Tout à coup Ji apparut dans le séjour en jean moulant avec une chemise noire cintrée. Dès qu'elle le vit, son cœur s'arrêta de battre alors qu'il s'approchait d'elle. En se penchant légèrement, il lui chuchota :

— Respire Callie.

D'un coup, elle relâcha l'air qu'elle avait emmagasiné dans sa poitrine, comme si sa rencontre avec Ji lui donnait l'oxygène dont elle avait besoin.

— Ah oui… dit-elle embarrassée. La semaine dernière, je suis partie en voyage… chez une amie, se reprit-elle vivement, rougissante en se mordant la lèvre, et j'ai complètement oublié votre rendez-vous !

— Non, ce n'est pas grave, dit-il d'un ton égal en la fixant de ses yeux flamboyants, j'ai apporté mes chansons.

— Oh… très bien ! répondit-elle tout en se contenant pour ne pas flancher, voyant que tout le monde les observait. Euh… allons… sur la terrasse ! bafouilla-t-elle.

Quand elle referma la porte coulissante de la terrasse, tout le monde se dévisagea en silence avec un petit sourire en coin tandis que Shiro affichait un regard glacial.

— Qui c'est ce type ! cracha-t-il froidement.

— Aucune idée ! lança Akira en se retenant de rire.

Soudainement ils entendirent de la musique résonner de la terrasse, une douce ballade romantique de Juan Luis Guerra dont le titre très poétique était « *Mi Bendicion* ». Shiro se leva de sa chaise promptement, suivi par Akira. Petit à petit tout le monde vint se poster devant la baie vitrée pour contempler ce couple très complice exécuter une bachata sensuelle avec tendresse et ravissement.

Callie était aux anges, elle avait du mal à se contenir et à rester professionnelle lorsqu'elle bougeait avec Ji. Quand elle dansait avec lui, elle ne pouvait s'empêcher d'avoir des gestes tendres à son égard, de lui caresser le torse ou le cou affectueusement. Lorsqu'ils avaient commencé à danser, elle lui avait fait un peu plus tôt des recommandations, lui demandant de ne pas se comporter comme en Italie, de ne pas toucher ses fesses mais sa taille ou son ventre. Alors qu'ils dansaient la chorégraphie, leurs visages se rapprochaient furieusement à quelques centimètres, faisant rougir éperdument Callie qui souriait de bonheur à Ji à chaque rapprochement. Tandis que Ji suivait tous ses gestes d'un regard amoureux, ses yeux gris clair brillaient intensément. Quand la chanson fut finie, ils restèrent enlacés tendrement, leurs visages se touchant, comme connectés sur une même fréquence des sentiments, pendant qu'une autre chanson de la playlist de Ji égrenait « *Rosa* », du même artiste.

— Ils sont ensemble ?! demanda Arisa, interloquée en se rasseyant à table.

— Aucune idée… ! répondit Akira pensivement. Mais ça pourrait expliquer pourquoi la bande enregistrée de l'avant-dernier week-end a été effacée, rit-il soudain. Callie nous cache quelque chose à mon avis !

Pendant toute la matinée, Callie resta auprès de Ji et au bout de deux heures de danse, Hanaé vint les rejoindre sur la terrasse.

— Vous resterez déjeuner avec nous ?! proposa-t-elle gentiment à Ji qui interrogeait Callie du regard.

— Oui, il reste, répondit Callie.

— Tu es prête alors ?! lui demanda Ji en prenant sa main.

— D'accord, ce sera plus simple pour se voir. Et puis… ils ont dû se rendre compte de quelque chose… dit-elle en rougissant. Par contre, tu leur dis bien que tu t'appelles Ji, je ne veux surtout pas savoir comment tu t'appelles parce que sinon ils vont tout gâcher !

— Promis ! répondit-il en la prenant dans ses bras et en lui volant à la dérobée un baiser.

— Oh filou ! rit-elle en le repoussant doucement. Tu fais attention à ne pas m'embrasser devant Shiro… il va prendre un sacré coup aujourd'hui… ajouta-t-elle tristement en baissant la tête.

— *Hey* ne t'inquiète pas, dit-il en levant tendrement son visage vers lui. Je me comporterai bien !

Au moment où ils franchirent le séjour, main dans la main, tous les Ojiro étaient déjà attablés, rendant Callie un poil nerveuse, elle évitait de croiser le regard de Shiro posé sur elle. Hanaé plaça Ji à côté d'elle, dans la même rangée que son mari et que Callie, tandis qu'en face de lui se tenaient Nanami, Shiro et Arisa. Madame Ojiro salua le jeune homme respectueusement :

— Vous enverrez mes amitiés à votre père.

— Je n'y manquerai pas ! répondit-il aussitôt en la saluant.

Callie leva soudain les yeux au ciel en soufflant de dépit, ce qui fit rire discrètement Ji. À l'instant où le majordome servit les plats, les questions fusèrent de part et d'autre de la tablée. Tous voulaient à tout prix connaître ce prétendant dont madame Ojiro avait omis de préciser le nom.

— Vous vous êtes rencontrés comment ? demanda Shiro en fixant Callie.

— Au rendez-vous matrimonial d'il y a un peu plus de deux semaines, lui répondit-elle gênée, elle tourna son regard vers Ji qui lui souriait malicieusement.

— Pour toi c'était ta première fois, mais pas pour moi ! dit-il devant son air ahuri.

— Hein vraiment ?! lui répondit-elle en fronçant des sourcils. Où m'as-tu vu pour la première fois, alors ?!

Ji pouffa tout à coup tandis qu'elle réfléchissait.

— Le concert… ça ne peut-être que là !

Il acquiesça aussitôt en faisant briller ses yeux de chenapan. Elle pouffa à son tour en levant les yeux en l'air.

— Comment vous appelez-vous ?! demanda Shiro en le considérant froidement.

— Ji.

Devant leur stupéfaction, il ajouta rapidement :

— Callie ne veut pas savoir mon nom. Elle veut apprendre à me connaître sans étiquette.

— Ça te ressemble bien Callie, ajouta Hanaé en lui souriant fièrement. Tu n'es pas quelqu'un d'intéressé, tu aimes les gens riches ou pauvres, tu t'en moques et c'est tout à ton honneur !

— Vous êtes au courant qu'elle est pauvre ! dit mielleusement Arisa.

— Oui ! Mais l'argent n'est pas un problème pour moi ! la moucha-t-il tandis qu'elle faisait la moue en regardant Callie d'un air blasé.

— Donc c'est vous qui avez envoyé tous ces cadeaux coûteux ?! demanda Nanami en pinçant ses lèvres fines.

Il acquiesça, Callie se pencha à son oreille et lui murmura :

— Les deux sœurs Suzuki me détestent, elles me pourrissent la vie depuis que je suis ici. Alors méfie-toi quand tu leur réponds !

Il acquiesça de nouveau en lui prenant sa main sous la table. Subitement Nanami fronçant ses sourcils noirs posa une question déterminante :

— Quand vous êtes venu au rendez-vous, c'était réellement pour Callie ou vous aviez rendez-vous avec quelqu'un d'autre ?!

Ji hésita soudainement et regarda Callie qui parut, sur le coup, désorientée.

— Pour être honnête, j'avais un rendez-vous avec votre sœur. Mais quand j'ai reconnu Callie sur la terrasse, j'ai préféré avoir un entretien avec elle.

Se tournant vers Callie qui était ébahie par ses révélations, il ajouta tendrement :

— Je ne te l'ai jamais dit, mais c'est toi que j'ai choisie, depuis la toute première fois où je t'ai vue à ce concert.

Soudain, Arisa devint à la fois blanche, rouge et violette, en passant par toutes les couleurs de frustration, de rage et de haine et se mit à bafouiller en regardant Ji :

— Vous… vous êtes…

Elle se tut aussitôt devant le regard glacial de madame Ojiro qui émit un son de gorge.

Callie pouffa discrètement en se penchant vers Ji :

— Elle est complètement à la masse ! Qu'est-ce qu'il lui prend ?!

Ji, qui savait exactement ce qu'Arisa voulait dire, se tut également.

— Vous avez quel âge ?! demanda Akira pensivement.

— J'ai 24 ans.

Callie se tourna une nouvelle fois vers Ji et lui murmura malicieusement :

—Tu es si vieux que ça ?!

Après le repas, Callie et Ji montèrent dans la suite, prétextant qu'elle voulait lui montrer sa chambre. Dès que la porte fut refermée et gardée jalousement par Tic et Tac, Ji se pressa aussitôt contre elle en l'embrassant éperdument.

—Tu m'as manquée cette nuit… murmura-t-il tandis qu'elle gloussait de joie.

— Tu as amené ta valise ?! Demanda-t-elle, caressant son cou. Parce que c'est mon tour de te kidnapper !

— Oui, mais… il faut que je demande la permission à madame Ojiro, par politesse. Tu m'attends ici, je reviens !

— Reviens vite et en un seul morceau… ! répondit-elle vivement.

— Ne t'inquiète pas Callie, il ne va pas me toucher, dit-il en lui saisissant son visage tendrement.

Il l'embrassa de nouveau et fila aussitôt. Alors qu'il se dirigeait dans le couloir, Hanaé l'intercepta et l'amena au bureau de madame Ojiro où Akira et Shiro l'attendaient de pied ferme. Madame Ojiro l'invita poliment à s'asseoir tandis que ses enfants restaient debout à l'observer.

— Akira, Shiro laissez-nous ! commanda-t-elle.

— Non ! dirent-ils ensemble.

— Je veux entendre ce qu'il a à dire, continua Shiro fermement, c'est de Callie dont il est question !

Ji fit signe à madame Ojiro qu'il acceptait sa demande, ce qui apaisa pour un temps les tensions.

— Très bien, dans ce cas je ne veux aucune dispute ! lança fermement madame Ojiro en regardant son fils qui acquiesça aussitôt.

Puis s'adoucissant considéra Ji :

— Votre père m'a appelée hier soir pour avoir des renseignements sur Callie.

— Oui, je m'en suis douté, j'ai eu aussi une discussion avec lui hier, c'est pour cette raison que je suis là.

— Sachez que je ne lui ai rien dévoilé sur ma filleule. Avant de vous dire qui elle est, j'aimerais d'abord connaître vos intentions envers elle.

— Je veux l'épouser ! répondit-il aussitôt le regard brillant. J'ai déjà la bénédiction de ma mère ; Callie l'a rencontrée cette semaine en Italie.

Soudain, Shiro rouge de colère l'empoigna par le col de sa chemise.

— Tu l'as emmenée en Italie, enfoiré ! cracha-t-il furieusement. Tu l'as mise en danger !

— Shiro ! cria sa mère. Si tu ne te calmes pas tout de suite, tu t'en vas !

Miraculeusement, Shiro s'adoucit. Il le relâcha sur-le-champs, mais n'en perdit pas de sa fureur, il le toisait froidement. Impassible, Ji remit sa chemise en place puis interrogea madame Ojiro :

— Mon père sera plus difficile à convaincre, j'ai besoin de connaître les raisons de l'identité secrète de Callie pour le rassurer.

Subitement Akira se mit à rire de sa voix grave.

— Et si votre père refuse ?! Le passé de Callie peut en rebuter ou au contraire en faire rêver plus d'un !

— Même sans son consentement, j'épouserai Callie ! répondit vaillamment Ji en se tournant vers lui. Jusqu'à présent, j'ai refusé toutes les propositions de mariage arrangé, je sais ce que je veux, et c'est elle ! Ma fortune ne dépend pas entièrement de mon père, mais j'aimerais qu'il soit de mon côté.

Madame Ojiro interrogea ses enfants du regard pour avoir leur approbation puis Hanaé servit le thé, pendant que Sayuri narrait l'histoire des origines de Callie.

Au bout d'une heure, Callie s'impatientait dans sa suite et s'inquiétait. *« Qu'est-ce qu'il fait, il en met du temps ! »* Elle décida d'aller à sa rencontre. Comme elle s'approchait du bureau de madame Ojiro, elle entendit les voix d'Akira et de Ji. Elle ouvrit brusquement la porte les faisant tous se retourner vers elle.

— Qu'est-ce qui se passe ici ! dit-elle fermement en les considérant froidement. Qu'est-ce que vous êtes en train de manigancer ?! ajouta-t-elle tandis qu'ils baissaient tous la tête.

— Callie, viens t'asseoir, suggéra Hanaé pour la tempérer.

— Ji, tu as demandé la permission à Sayuri pour savoir si tu pouvais rester cette semaine ?! demanda-t-elle fermement.

— Euh…

— Sayuri, Ji reste avec moi cette semaine dans ma suite. Cela vous pose un problème ?! demanda-t-elle vivement.

Sayuri donna son approbation. Shiro se rapprocha d'elle et l'attira à lui promptement.

— Tu couches avec lui ?! dit-il en essayant de contenir sa colère alors qu'elle se dégageait.

— Shiro, je ne te trompe pas. On n'est plus mariés ! dit-elle en le fixant droit dans les yeux.

— Tu ne peux pas me faire ça… Callie ?! Je t'aime et tu m'aimes encore ! s'énerva-t-il tout à coup.

En entendant ses mots qui fusèrent comme une gifle, Callie bouillonna, sentit une colère trop longtemps refoulée jaillir dans tout son être.

— Tu ne sais pas ce que j'ai vécu pendant ces trois derniers mois dans la cabane, Shiro ! Tu ne sais pas combien de fois j'ai voulu mourir ! cracha-t-elle, la voix éraflée par l'émotion. Et toi pendant ce temps, tu baisais Nanami dans notre lit et plein d'autres filles, alors que je mourais de chagrin ! Je ne t'ai pas jugé une seule fois depuis que je suis revenue… alors ne le fais pas pour moi !

Silence général dans la pièce où tout le monde n'osait plus parler. Shiro bouleversé et frustré essayait de la reprendre dans ses bras, mais Callie recula aussitôt, encore une fois.

— Tu veux quoi Shiro, poursuivit-elle en larmes, tu veux que je reste là à t'attendre ?! Combien de temps ?! lui demanda-t-elle tandis qu'il la regardait silencieusement, le visage tourmenté par une grande souffrance. Dix ans, vingt ans ?! Jusqu'à ce que Nanami se fasse écraser par un bus et que tu te sois tapé toutes les filles du Japon ?! Veux-tu que je sois ta maîtresse, vivant dans l'ombre de cette garce ?! Tu veux vraiment ça pour moi, Shiro ?!

En se tournant vers madame Ojiro, elle essuya les larmes de ses joues et prit la main de Ji :

— Ne nous attendez pas pour dîner ce soir, je reste dans ma chambre avec Ji.

De retour dans sa suite d'un pas pressé, Callie se jeta dans les bras de Ji. Avec tendresse, il la porta dans ses bras tandis qu'elle sanglotait et s'allongea à côté d'elle sur le lit, la serrant tout contre lui. Quand elle fut calmée, il l'embrassa doucement sur les lèvres et lui demanda si elle allait mieux.

— Je suis désolée Ji, mais il fallait que je lui dise… dit-elle la voix enrouée. J'ai été dure, mais il le fallait…

— Non, tu as très bien fait, répondit-il en caressant son visage tendrement. Il faut qu'il tourne la page de votre histoire et qu'il te laisse partir… avec moi, ajouta-t-il d'un sourire rassurant.

— Pourquoi ça a mis autant de temps dans le bureau de madame Ojiro ?!

Ji resta silencieux tout à coup, ne sachant pas comment lui dire qu'il était au courant de toute sa vie.

— Ne t'inquiète pas, rien de méchant. Tu me fais confiance ?! lui demanda-t-il tandis qu'elle acquiesçait. Je t'en parlerai bientôt.

— On prend un bain en attendant ce soir, demanda-t-elle l'air de rien alors que Ji pouffait de sa proposition coquine, comme ça on sera tout propres puisqu'on doit rester dans la suite toute la soirée… !

Aussitôt elle se leva en direction de la salle de bain, actionna le robinet de la grande baignoire sur pied, versa quelques gouttes de bain moussant aux effluves de vanille, puis installa ses bougies à la lavande en mettant de la musique douce. En revenant dans la chambre, elle commença à le déshabiller lentement tandis qu'il riait de la voir si entreprenante. Une fois dans le bain, elle s'allongea complètement sur lui et l'embrassa tendrement. Les yeux pétillants de désir, Ji haletait alors qu'elle glissait ses mains sur son sexe et le caressait langoureusement, le faisant gémir de plaisir, tout en entremêlant sa langue avec la sienne. Fou de désir, le cœur battant à tout rompre, il lui souleva les hanches et l'empala aussitôt sur son érection. Elle se cambra, offrant ses seins à ses lèvres, tout en ondulant sur lui. Quand ils jouirent ensemble, les yeux dilatés par une douce ivresse, ils constatèrent avec éclats de rire que le sol était détrempé par leur étreinte passionnée.

Après avoir dîné et refait l'amour dans leur suite, Callie s'éveilla dans la nuit en entendant les pleurs de Tenshi. Tout doucement, elle sortit de son lit en faisant attention à ne pas réveiller Ji qui dormait dans ses bras et se dirigea en nuisette vers la nurserie. Shiro qui avait passé le reste de la journée et le soir dans sa suite était dans le séjour, plongé dans l'obscurité, à broyer du noir en pensant à Callie, à ses paroles intransigeantes et à leur passé empreint d'amour et de passion. Soudain, il entendit son enfant gazouiller et la lumière s'allumer dans la cuisine. En s'avançant à l'embrasure de la porte, il fut surpris de voir Callie s'occuper de son fils, alors qu'il avait remarqué depuis son arrivé qu'elle l'ignorait le reste du temps. À ce moment même Ji se réveilla, constata l'absence de Callie à ses côtés et entreprit de la chercher.

Pendant qu'elle avait Tenshi dans les bras, elle s'affairait dans la cuisine à lui préparer son biberon tout en lui parlant pour arrêter ses pleurs. Le bébé s'était habitué à la voir souvent, la voix suave de Callie l'apaisait quand elle lui parlait en lui offrant tout son amour. Quand le biberon fut chaud, Callie le testa sur son poignet, puis une fois à température convenable, elle remonta à la nurserie. Elle s'installa sur la chaise à bascule pendant qu'elle donnait à boire à ce petit être innocent qui, tout en se restaurant, posait sa menotte sur sa joue.

— *Hey* tu n'es qu'un gourmand ! sourit Callie les yeux brillants de félicité.

Une fois le biberon bu, elle accrocha une serviette sur son épaule et posa le bébé tout contre pour lui faire faire le rot en caressant tendrement son dos.

— Allez, fais-moi ton rot de champion du monde, ma petite saucisse ! rit-elle.

En le reprenant dans ses bras pour qu'il s'endorme, l'enfant fit soudain un rôt phénoménal qui la fit éclater de rire. En posant sa main sur sa joue, Tenshi gazouilla de joie en poussant des exclamations de bonheur pendant qu'elle lui mangeait sa menotte. Comme il commençait à s'endormir, elle lui parlait en ouvrant son cœur en entier, comme elle le faisait si souvent :

— Tu sais aujourd'hui, j'ai fait beaucoup de peine à ton papa, dit-elle en versant des larmes tout en caressant sa petite tête.

Soudain l'enfant gazouilla.

— Quoi, tu veux savoir si je l'aime toujours ?! Oui, pour l'éternité… renifla-t-elle en s'essuyant les yeux. Mais il faut aller de l'avant ! sourit-elle à l'enfant qui gazouilla de nouveau. Quoi, tu veux que je te parle de Ji ?! Il est magnifique… il est si… et tellement… sourit-elle en pouffant béatement. Il me fait trop craquer ! Tu veux que je te dise un secret ?! Il est en train de réparer mon cœur et je crois que je suis amoureuse de lui ! Chut, tu ne dis rien, hein ?! rit-elle alors que Tenshi gazouillait dans ses bras. Il est temps de faire dodo ma petite saucisse…

Elle le berça tendrement dans ses bras en fredonnant l'air « *let me love you* », la chanson que Shiro lui avait dédicacée quatre mois plus tôt. Shiro et Ji, cachés à l'embrasure de la porte, l'espionnaient depuis le tout début. Elle coucha l'enfant dans son berceau et se dirigea vers eux. Ils s'éclipsèrent aussitôt dans leur chambre à pas de loup, chacun de leur côté.

8 SUSPICION

Le lendemain matin, un soleil radieux filtrait à travers les persiennes de la chambre. Callie s'éveilla tout en douceur et se tourna du côté de Ji. Elle tâta sa place et allongea son bras en travers du lit. Aussitôt, elle ouvrit les yeux en constatant avec effarement qu'il n'était pas avec elle. Rapidement, elle se dégagea des draps, fureta dans la suite et lui envoya un message « Où es-tu ?! » A son grand désarroi, son portable affichait 11 h. Il lui répondit dans la foulée qu'il était au séjour. Soulagée, elle se prépara afin de le retrouver au plus vite. Elle vêtit sa robe blanche à grosses fleurs roses et bleues à grosses bretelles, se maquilla et laissa ses cheveux bruns et miel onduler librement, puis elle descendit au séjour. Ji était sur la terrasse aux côtés de Shiro et d'Akira, tandis que les femmes étaient de l'autre côté de la piscine à se prélasser sur les transats. « *Cool la vie franchement !* » pensa Callie en allant les retrouver « *ils sont potes maintenant ?!* » s'étonna-t-elle en les entendant discuter automobile.

— Bonjour ! salua-t-elle aux jeunes hommes en prenant son téléphone.

Elle se posta derrière Ji et posa sa main sur son épaule.

— *Hey* Azako, ça me fait plaisir de t'entendre !

— Tu connais un certain Mamoru Sato ?! demanda-t-il aussitôt.

— Oui, c'est mon ancien résident de la pension Asuka. Pourquoi ?!

— Je pense que tu devrais venir au plus vite à Tokyo pour son exposition.

— C'est quand ?! dit-elle en s'asseyant entre Ji et Shiro.

— Toute la semaine ! On a été invités pour la soirée d'avant-première avec Nao. Tu devrais venir ce soir pour l'ouverture officielle !

— Qu'est-ce que tu as vu Azako, dis-moi tout ! répondit-elle vivement, captant l'intérêt des jeunes-hommes.

— Euh… ça m'étonnerait que ça te plaise Callie…

Soudain, elle fronça les sourcils et devint blême. Elle raccrocha et pestait dans sa barbe contre son ami de son ancienne résidence.

— Qu'est-ce qui se passe Callie ?! demanda Shiro promptement alors qu'elle faisait la moue, complètement dépitée.

— Il faut que je parte à Tokyo au plus vite, dit-elle en soupirant. Un ancien résident fait une exposition de peinture, et il paraît qu'il y a tout un pan qui m'est consacré… Souffla-t-elle de nouveau.

— Il était amoureux de toi lui aussi ? demanda Shiro, effaré.

— Pff, mais non ! Ils ne sont pas tous amoureux de moi, arrête un peu Shiro ! C'est juste qu'il m'aimait bien. Il m'a offert des gravures et il a même créé un manga où il raconte ma vie depuis que je suis au Japon.

— On part tout de suite ! déclara Ji en se levant de sa chaise.

— Attends j'ai faim, je n'ai pas déjeuné ce matin ! répondit-elle en tirant son bras pour qu'il s'asseye.

— On y va tous ensemble ce soir, sinon ?! proposa Akira aux garçons.

— Ça ne va pas non, je viens aussi ! Je ne vous laisserai pas seul avec Ji, vous allez le dévergonder et le dévier du droit chemin ! rouspéta-t-elle.

Les jeunes hommes éclatèrent de rire pour sa remarque vindicative, ils se regardèrent d'un air taquin.

— On y va tous les quatre ce soir, ça te convient Callie ?! demanda Ji.

— Oui ! Je vais appeler Nao pour qu'il vienne avec Azako et on se fait une méga soirée !! exulta-t-elle.

Soudain elle entendit les pleurs de Tenshi dans le séjour.

— Tiens la petite saucisse est réveillée ! dit-elle en partant à sa rencontre.

— La petite saucisse ?! dit Akira hilare à Shiro. Elle appelle ton fils la petite saucisse ?!

Alors qu'elle prenait l'enfant dans ses bras, elle revint s'asseoir tranquillement à sa place tout en appelant Nao.

— Hey mon ange ! Ce soir on vient à Tokyo…

Ji fit signe à Shiro : « mon ange ?! » dit-il, pinçant ses lèvres. Shiro tapa sur son épaule, un sourire en coin.

— Faudra t'y habituer, mon vieux ! Callie a deux meilleurs amis qui sont fous amoureux d'elle.

— Tu veux dire les deux mecs du concert ?!

— T'inquiète pas, il y en a un de moins dans la liste… Je l'ai expulsé du pays pour avoir été trop entreprenant avec elle ! ironisa-t-il.

— Shiro, tu sais où pourrait être mon ancien portable ?! demanda Callie. Il lui répondit par la négative. Il faut que j'appelle Colleen, ça fait longtemps que je n'ai pas eu de ses nouvelles, ajouta-t-elle en partant reposer le bébé dans son landau.

— Lui aussi fais attention, c'est un grand charmeur ! La veille de notre mariage, il lui chantait une chanson d'amour ! cracha Shiro.

— Shiro franchement, qui ne tombe pas sous le charme de Callie ? dit Akira en riant. Souviens-toi au Hight Köbe !

— Qu'est-ce qui s'est passé là-bas ? demanda Ji, intéressé.

Alors qu'Akira racontait en détail la ronde des serveurs et la négociation de Callie avec le patron, Ji contemplait Callie se mouvoir dans le séjour. Avec une certaine nostalgie, Shiro se remémorait ce temps de bonheur passé auprès d'elle. Callie vint les rejoindre, elle lança sa musique sur de la bachata.

— Ça ne vous dérange pas ? demanda-t-elle poliment.

— Tu pourrais m'apprendre à danser la bachata Callie ?! demanda Akira.

— Mes cours coûtent trop cher pour toi !

— Mais je suis riche ! dit-il amusé.

— Je m'en fiche de ton fric ! Je ne t'apprendrai jamais, tu n'es qu'un gros pervers ! répondit-elle alors qu'il riait aux éclats. D'ailleurs, je sais que c'est toi qui as rallumé les caméras de ma chambre il y a deux semaines !

— Ah non ce n'est pas moi ! répondit-il en regardant son frère.

Shiro baissait la tête en retenant un rire tandis que Callie lisait un message de Tina. Tenshi se remit à pleurer dans son berceau.

— Dis donc tu pourrais t'occuper de ton fils un peu ! lui lança-t-elle tandis qu'il se levait. Non c'est bon, j'y vais, il a faim sûrement, je vais lui préparer son bib !

Elle partit prendre soin de l'enfant, Shiro et Ji la suivaient des yeux.

— Elle fera une mère formidable… dit Shiro tendrement.

Akira regardait Nanami de loin, en train de se prélasser sans faire attention aux pleurs de son fils. Au bout de quelques minutes, Callie revint en donnant le biberon à Tenshi. Comme à son habitude, Le bébé reposait sa main sur sa joue et semblait captivé par son regard. Elle se mit à rire subitement en se souvenant d'une anecdote qui lui était arrivé dans un magasin à Tokyo. Elle narra aux jeunes hommes, ce fameux jour, où une petite fille était venue à sa rencontre pour lui demander à quel rayon elle avait acheté ses yeux verts. Ils rirent ensemble de l'innocence pleine de tendresse des enfants.

— Tu veux des enfants, Callie ?! demanda Ji soudainement.

— Euh oui… 7 ou 8 ! répondit-elle tandis qu'ils éclatèrent de rire. Mais pas maintenant, je suis encore jeune, j'ai envie de profiter de ma jeunesse. Et toi ?!

— Oui, si c'est avec toi… ! répondit-il en rougissant.

Callie s'assombrit tout à coup, fanant sa joie. Ji se rapprocha d'elle, lui demandant la raison de son visage triste.

— Ji… Il y a encore des choses que tu ne sais pas sur moi. Si un jour j'ai un enfant, je ne voudrais pas qu'il ait la même vie que moi. Je voudrais qu'il vive en faisant ce qu'il aime, qu'il se donne toutes les chances d'être normal et de réussir sa vie, sans passer sa vie à…

Elle soupira longuement comme si le poids du monde entier reposait sur ses épaules et baissa le regard sur l'enfant

— Ce n'est rien, ne t'en fais pas, je vais bien, ajouta-t-elle en posant sa main sur sa joue, lui souriant le voyant attristé.

— Callie…

— Je crois qu'on va passer à table ! dit Akira fortement pour couper la parole à Ji.

— Ah cool, j'ai trop faim ! dit-elle en regardant Tenshi. J'ai si faim que je pourrais te manger ! gloussa-t-elle alors que le bébé gazouillait de joie.

Shiro était attendri par son élan maternel envers son fils. Elle se tourna vers lui :

— Shiro, tu vas devoir économiser pour offrir des cours de danse à ton fils ! Parce qu'il se débrouille plutôt bien, je lui ai appris quelques pas.

Aussitôt dit, elle calla le bébé contre elle, en chantant du M. Jackson sur « *Bad* » et mima les gestes avec les pieds et les bras de Tenshi. Elle lui fit faire du moonwalk en jouant comme l'artiste la scène mythique où il place sa main entre ses jambes. La démonstration était si rigolote que les jeunes hommes ne purent s'empêcher de rire aux éclats jusqu'en avoir les larmes aux yeux pendant que les femmes Ojiro revenaient dans le séjour.

— Qu'est-ce que tu fais avec mon bébé ! se fâcha Nanami, en le reprenant des bras de Callie. Je t'interdis de le prendre, c'est notre bébé avec Shiro, pas le tien !

— Si tu t'en occupais plus souvent, elle ne serait pas obligée de se lever pour en prendre soin ! lança Shiro furieusement, lui clouant le bec.

Vexée par ses paroles, elle monta avec son fils directement dans sa suite, en sanglotant. Callie se rapprocha de Ji et lui prit la main. Il se cala derrière elle en la prenant par la taille.

— On sera de bons parents, tu verras… ! murmura-t-il à son oreille.

Elle se retourna face à lui et lui murmura à son tour :

— Avant on va s'entraîner, d'accord ?!

Ils rirent ensemble, se regardant malicieusement. Pendant le déjeuner, Callie remarqua l'absence d'Arisa, ce qui l'étonna.

— Arisa n'est pas là ?! demanda-t-elle à madame Ojiro. Ce n'est pas qu'elle me manque, loin de là ! Mais je me posais juste la question.

— Elle est partie à Tokyo pour un rendez-vous, répondit-elle.

— Oh, ça y est, elle a enfin pu avoir son rendez-vous avec son milliardaire ?! se moqua-t-elle. C'est triste quand même… Même si c'est un petit rondouillard tout moche et boutonneux elle l'épousera quand même, parce que c'est le genre de fille à tomber amoureuse de son argent plutôt que de sa personne !

Soudainement toute la tablée se mit à glousser. Callie se tourna vers Ji qui était devenu rouge tant il riait aux éclats.

— N'empêche, j'ai intérêt à commencer à faire ma valise, parce que si elle l'épouse vraiment, elle va m'expulser du Japon ! ironisa-t-elle tandis que Ji lui demandait la raison. Oh c'est ce qu'elle m'a sorti la dernière fois.

Elle l'imita et gesticula comme Arisa en copiant sa petite voix, montrant sa méchanceté sous les rires de la tablée.

— Franchement, c'est une famille horrible et son père j'espère qu'il va payer pour tout ce qu'il nous a fait ! ragea-t-elle tout à coup. Excusez-moi Sayuri, mais si j'avais beaucoup d'argent je pense que je lui ferais un sale coup qui le ruinerait direct !

— Qu'est-ce que tu ferais, Callie ?! demanda-t-elle, intéressé.

— Humm… je pense qu'il faudrait agir avec lui de la même manière qu'il agit : sournoisement et avec beaucoup d'ingéniosité ! répondit-elle avec un petit sourire en coin.

— À quoi tu penses ?! demanda Akira en fronçant les sourcils.

— Eh bien en premier lieu, il faudrait l'appâter avec quelqu'un de célèbre qui est très riche. Mais comme on ne connaît personne et qu'on ne veut surtout pas attirer de noises envers cette potentielle personnalité, on pourrait prendre un parfait inconnu et le rendre public ! Faire courir une rumeur, sur la haute importance de cette personne riche et bien côtée en bourse. L'idéal serait de prendre un étranger, comme Colleen par exemple, parce que lui c'est un vrai requin en affaires et qu'il sait charmer les gens.

— Tu veux dire le tromper, mais comment faire courir la rumeur ?! demanda Sayuri, subjuguée par ses propos.

— C'est facile, voyons ! dit-elle avec malice. Le bouche-à-oreille… on connaît du monde, non ?! Une fois la rumeur lancée, il faudrait arranger une rencontre, lors d'une soirée, entre cette personne et monsieur Suzuki. Vénal comme il est, et rapace, il voudra à tout prix accaparer cette personne qui lui fera des confidences sur une petite société qui va exploser en bourse sous peu.

— Mais comment trouver cette petite société sans mouiller personne ?! demanda aussitôt Akira, captivé par son récit.

— C'est simple, voyons ! dit-elle amusée, alors que tout le monde la fixait, stupéfié et conquis à la fois. Il suffit de trouver une vraie compagnie d'un pays étranger dont personne n'a jamais entendu parler ou d'en inventer une. Vous voyez, ce serait en réalité une société-écran ! Ensuite, le faux riche lui dirait qu'il faut qu'il place, comme lui, toutes ses billes, sans hésitation, et le tour est joué ! jubila-t-elle. On récupère son fric, ni vu ni connu, et il est ruiné ! En plus, il ne pourra pas porter plainte parce que c'est un pays étranger. Il n'aura aucun moyen de se retourner !

Stupéfaction totale dans le séjour, tous les Ojiro se dévisagèrent, époustouflés par l'intelligence de Callie.

— Et s'il veut des garanties avant de placer ses billes, comment fait-on ?! demanda Ji fasciné par le génie de Callie.

— Oh la la, vous n'avez pas beaucoup d'imagination ! se moqua-t-elle en riant. Déjà, il faut l'enjoliver cette société, en créant un faux site Web et un numéro de téléphone sans taxe. Ensuite, il faudrait que le faux riche lui montre un faux relevé de compte avec les mises qu'il a déjà gagnées. Par contre, il faudrait qu'il lui fasse la totale pour l'amadouer. C'est pour cette raison que je vois très bien Colleen faire ça, lors d'une autre soirée avec d'autres faux riches, genre avec des filles chaudes, des cigares, et de l'alcool à volonté. L'idéal, ce serait une soirée déguisée où les faux riches doivent porter un masque pour donner vraiment l'illusion d'un cercle très fermé, réservé exclusivement à quelques privilégiés. Et s'il n'est toujours pas convaincu et qu'il veut se déplacer en personne pour rencontrer le dirigeant de la société-écran, on monte un bateau, on la fait cette fausse société, avec de faux travailleurs du pays en question ! Mais franchement, le coup du cercle fermé réservé à une élite de riche, ça marcherait du tonnerre ! dit-elle exaltée. C'est comme ça qu'on les aura les garanties et le père Suzuki ne pourra pas résister ! Il va se sentir tellement puissant que c'est là qu'on pourra « lui mettre bien profondément ! » ajouta-t-elle en français, faisant rire aux éclats Ji et Akira.

— Callie sérieusement, où vas-tu puiser toutes ces informations ?! demanda Akira, stupéfié.

— Dans une cabane au fond des bois, Akira !

Akira fut profondément troublé, ainsi que tous les Ojiro attablés. Elle se reprit aussitôt pour ne pas alarmer Ji à ses côtés.

— On ne me surnomme pas petit génie pour rien ! dit-elle en se moquant d'elle-même, d'ailleurs, comment va-t-il, vous avez des nouvelles ?! demanda-t-elle à madame Ojiro. Je m'inquiète pour lui…

— Qui est-ce, Callie ?! demanda Ji se souvenant de ce que Shiro lui avait dit un peu plus tôt.

— C'est l'associé direct de mon père adoptif. Mais je pense que maintenant c'est lui le patron, ou Jullian, je ne sais pas. Il m'a sauvé la vie plus d'une fois, c'est un ami de confiance. Ne t'inquiète pas, il n'est pas amoureux de moi ! lui répondit-elle, caressant sa joue le sentant suspicieux.

Shiro émit un son de gorge en roulant les yeux, n'y croyant pas le moins du monde.

Après le repas, madame Ojiro se retira dans son bureau avec Akira passer quelques coups de fil tandis que Callie montait dans sa suite enfiler le maillot de bain que Ji lui avait offert en Italie. Quand elle redescendit dans le séjour, Shiro et Ji étaient installés sur les transats en face de la piscine. Ils furent éblouis par sa beauté latine. Elle portait un maillot deux pièces rouge brésilien avec des cordons d'attache entourant sensuellement sa poitrine jusqu'à ses hanches. Elle s'avançait vers eux d'une démarche légère, telle une nymphe sortie d'un rêve érotique. Shiro qui était en train de boire à ce moment-là laissa échapper tout le contenu de son thé glacé sur son torse. Ji avait la bouche béante d'admiration. Callie essaya de retenir son rire devant leurs faciès rougissants. Shiro essuya le thé sur son transat et l'invita à prendre sa place, de sorte que les jeunes hommes soient chacun à son côté. Alors qu'elle s'installait tranquillement, Hanaé se présenta devant elle avec un petit sourire malicieux et déposa la tablette sur ses genoux. Callie écarquilla ses yeux en reconnaissant l'interlocuteur sur l'écran. Elle fut si bouleversée qu'elle mit ses mains tremblantes devant sa bouche.

— Salut beauté ! dit Colleen ému devant les larmes de Callie.

Subitement, elle éclata en sanglots, de grosses gouttes sortirent de ses yeux vert intense. Inconsolable, elle pleura tout son saoul libérant ainsi, toute la peine emmagasinée dans ses tripes depuis son dernier appel juste avant sa fuite dans la cabane. Devant son état de détresse, Ji posa sa main rassurante sur son dos tandis que Shiro essayait de retenir ses larmes.

— Je croyais que tu m'avais oubliée ! dit-elle entre deux sanglots.

— Non Callie, jamais je ne pourrais t'oublier ! répondit-il en reniflant. Je suis désolé Callie, pour tout ce qui t'est arrivé avec Shiro… je sais que cela a dû être pénible dans ta cachette pendant ces mois.

Pour toute réponse, elle acquiesça la bouche fermée, versant encore des larmes, tandis que Shiro en entendant son nom, sentit son cœur se serrer en comprenant que ses dernières larmes étaient pour lui.

— Callie, je suis désolé pour mon silence, mais depuis la dernière attaque… il y a eu du remaniement à l'Agence, j'ai dû reprendre les rênes de la société et je n'ai pas eu un seul instant à moi pour t'appeler. De plus, le temps que les yakusas retrouvent le cube et suppriment une partie de la confrérie, on ne pouvait pas te joindre. C'était trop risqué, toute notre communication était sur écoute.

— Oui, je me doute Colleen, répondit-elle enfin apaisée. C'est juste que… tu m'as beaucoup manqué et que j'étais très seule là-bas et que j'ai failli en crever de chagrin tant c'était dur sans Shiro. Mais maintenant ça va mieux, ajouta-t-elle en souriant à travers ses larmes éparses, j'ai rencontré quelqu'un à un rendez-vous matrimonial.

— Merde, j'arrive trop tard encore ! dit-il d'un demi-sourire. Tu vas l'épouser ?

— Je ne sais pas… peut-être ! Il m'a emmenée en Italie la semaine dernière et il m'a présenté sa mère… elle est conquise ! Elle m'a dit en confidence qu'elle aimerait que je dise Oui à son fils et que je revienne en Italie l'épouser !

— Attends ne bouge pas ma beauté, je reviens !

Il réapparut à l'écran avec sa guitare sèche et s'installa sur un tabouret à la manière d'un musicien de flamenco. Il posa vers Callie un regard plein de tendresse.

— Cette chanson, elle est pour toi… lança-t-il avec un sourire charmeur tandis qu'il accordait sa guitare.

Shiro plissa un sourire narquois dès qu'il entendit les premières notes de guitare égrener la douce musique. Ji leva les yeux au ciel en pinçant ses lèvres. Colleen entonna une chanson d'Ed Sheeran dont le titre était « *One* ». Il chantait d'une voix suave et douce, tout en regardant les cordes de sa guitare et Callie qui lui souriait gentiment. La chanson parlait d'elle-même, elle n'avait pas besoin d'autres mots futiles pour exprimer la profondeur des sentiments d'un amant pour l'élue de son cœur et Ji, qui comprenait parfaitement l'anglais, s'aperçut dans les premières paroles que Callie avait parlé de lui à son ami. Car la chanson débutait par « Dis-moi que tu as refusé l'homme qui demandait ta main parce que tu m'attendais… » Alors que la chanson finissait, Colleen envoya un sourire plein de charme à Callie qui éclata de rire.

— Colleen, se lança-t-elle hésitante, merci, mais…

Elle attrapa aussitôt la main de Ji et l'attira à elle.

— Je te présente Ji, c'est mon amoureux ! dit-elle rougissante en irlandais.

— Ha… salut Ji ! salua Colleen en anglais un poil embarrassé.

— Tu aurais dû me dire qu'il était là ! maugréa-t-il dans sa langue tandis qu'elle riait aux éclats.

— Ho, mais, il n'y a pas que lui ! dit-elle en tirant la main de Shiro vers elle.

— Hey salut mon pote ! lança Colleen en anglais en lui envoyant un clin d'œil. Bon, ben… je vais te laisser ma beauté !

— Colleen, attend… je ne te l'ai jamais dit, mais… merci de m'avoir sauvée en Irlande et merci d'avoir toujours veillé sur moi ! ajouta-t-elle, pleine de douceur.

Touché par ses paroles, il resta silencieux un moment en regardant ailleurs pour refréner ses larmes. Puis levant de nouveau ses yeux brillants vers elle, lui fit un sourire désarmant.

— On ne t'appelle pas le Joyau pour rien Callie. Tu es vraiment un diamant rare, une fleur que beaucoup veulent s'arracher. Mais si un jour ton Ji te fait pleurer, moi je serais toujours là pour toi… !

— Colleen… sourit-elle en le regardant avec gentillesse. Au fait, Jullian va bien ?!

— Il est papa ! répondit-il fièrement devant sa tête ébahie. Attends, je vais te montrer la photo du bébé.

Il revint au bout de quelques minutes, avec une photo de famille de Christine à la maternité avec à ses côtés son mari et leur adorable poupon.

— C'est un garçon, ils l'ont appelé Callaghan !

Callie fixa la photo, en essayant de sourire tout en regardant Jullian exhiber fièrement son tout petit enfant.

— Je sais que ça doit te faire bizarre, mais il est heureux maintenant avec Christine. Elle est tombée enceinte peu de temps après le mariage. Il n'a pas chômé ce Jullian ! rit-il soudain.

— Tu leur enverras mes félicitations. Il est né quand le bébé ?! demanda-t-elle, intriguée.

— Ho, il y a eu des complications, il est né il y a trois semaines. Normalement, ils le récupèrent la semaine prochaine !

Quand sa conversation fut terminée, elle resta pensive quelques secondes les yeux dans le vide. Puis quand elle revint à elle, elle s'aperçut que Ji et Shiro étaient toujours assis sur son transat, à la considérer follement.

— Alors, il n'est pas amoureux de toi hein ?! ironisa Ji.

Callie se leva promptement du transat en riant aux éclats.

— Pff… c'est un grand charmeur, c'est tout ! répondit-elle en s'agenouillant au bord de la piscine tout en l'arrosant d'eau.

— Tu cherches les ennuis, on dirait ?! rit Ji en s'approchant de la piscine tandis qu'elle l'inondait d'eau tout en riant.

De retour dans sa suite au bout d'une heure de batifolage, Callie prépara sa soirée mondaine. Elle avait envie d'impressionner Ji avec une jolie tenue. En cherchant une jolie robe dans son dressing, son esprit vagabondait, elle pensait à nouveau à son idée de vengeance contre monsieur Suzuki.

« *Si seulement, madame Ojiro avait le courage de le faire, tout rentrerait dans l'ordre pour eux, la société retrouverait son prestige d'antan. Mais il y a quand même quelque chose qui me chiffonne depuis le début dans cette histoire et c'est toujours avec la même personne, Nanami ! Je ne comprends toujours pas pourquoi elle a attendu si longtemps pour déclarer sa grossesse à Shiro. Elle est tombée enceinte en janvier si mes calculs sont bons, à ce moment-là on n'était pas mariés… elle a accouché à 7 mois de grossesse alors ! La petite saucisse est née 2 mois avant terme comme Christine ?!* » s'étonna-t-elle soudainement.

« *Je dois me faire des films, faut que j'arrête de la suspecter juste parce que je ne l'aime pas ! Pff… mais en même temps, pourquoi aurait-elle essayé de séduire Shiro alors qu'elle pouvait l'avoir plus tôt avec sa grossesse ?! Et si cette histoire de grossesse était en réalité là pour cacher quelque chose de plus gros… ?! »* Debout, face au dressing, son esprit bouillonnait tandis qu'elle regardait fixement droit devant elle.

« Et si tout ceci n'était qu'un prétexte pour les ruiner ?! Alors ça signifierait que le père Suce kiki aurait programmé celà bien avant qu'elle soit enceinte… Ou a-t-il profité de cette occasion pour s'en mettre plein les poches aux dépens de la société Ojiro… » Pendant qu'elle était perdue dans ses pensées, elle sentit des bras s'enrouler autour d'elle. Ji respirait son parfum dans son cou et y déposait des petits baisers tendres, tout en la maintenant contre lui. Elle défit ses mains aussitôt et se retourna face à lui ; son visage était à la fois blême et en colère.

— Qu'est-ce qu'il y a Callie ?! s'inquiéta-t-il tout à coup.

— Il faut que j'aille voir madame Ojiro au plus vite ! Il y a quelque chose qui m'est apparu soudainement en repensant à toute cette histoire ! Et si c'est vraiment ce que je crois, il va prendre très cher cet enfoiré de Suzuki ! ragea-t-elle.

9 DUEL ENTRE LE PASSÉ ET L'AVENIR

Une heure avant de partir à Tokyo pour l'exposition de Mamoru Sato, Callie fut introduite dans le bureau de madame Ojiro avec, à sa demande, la présence d'Akira. Quand elle pénétra dans le bureau, une petite appréhension vint assombrir son esprit. Elle se demandait si ses suspicions étaient le fruit de son imagination ou réellement la vérité pure et dure. Mais elle voulait tenter le tout pour le tout pour éclaircir cette situation pénible que vivait la famille Ojiro, depuis plusieurs mois déjà. Alors qu'elle s'avançait, Sayuri appuya sur un bouton sous son bureau et lui demanda de s'asseoir sur le fauteuil en face d'elle. Ji, qui avait accompagné Callie devant la porte du bureau, fut rejoint par Shiro qui l'entraîna au sous-sol dans la salle des caméras de surveillance. L'écran était noir, mais ils entendirent toute la conversation.

— Ma mère se trompe tout le temps, dit Shiro en riant, elle appuie toujours sur le mauvais bouton ! Elle oublie que le bouton juste à côté sert à éteindre aussi le son !

— Tu es malin ! répondit Ji en donnant une tape sur l'épaule de Shiro.

Alors qu'ils s'installaient confortablement sur des sièges, la conversation débuta par Callie qui s'élança aussitôt dans le vif du sujet :

— Sayuri, je m'interroge depuis longtemps sur les réelles motivations de monsieur Suzuki à vouloir vous ruiner. Je n'ai pas encore la réponse, mais il y a une chose dont je suis certaine, c'est la manière avec laquelle il s'y est pris pour le faire !

— Tu penses qu'Atsuji a eu le projet de me ruiner ?! répondit-elle septique.

Intriguée tout de même en considérant Callie qui semblait sûre d'elle, Sayuri poursuivit aussitôt :

— Mais comment s'y serait-il pris à ton avis ?

— Vous ne vous êtes jamais posé la question, pourquoi Nanami ne s'est pas manifestée avant lorsqu'elle a su qu'elle était enceinte ?! Pourquoi avoir attendu quatre mois ?! Surtout qu'au départ, quand Akira a fomenté sa vengeance, elle a essayé de séduire Shiro. Pourquoi se serait-elle donnée tout ce mal alors que ça aurait été si simple de déclarer sa grossesse à Shiro bien avant. Elle l'aurait eu avant qu'il ne soit marié avec moi !

Alors qu'elle parlait, madame Ojiro devenait de plus en plus blanche en s'interrogeant sur les raisons du comportement de sa belle-fille.

— J'avoue que je ne me suis jamais posé la question, Callie… tout s'est enchaîné si vite… mais maintenant que tu en parles, je me la pose réellement...

— Akira, poursuivit Callie, dis-moi franchement et sois honnête s'il te plaît. Lorsque tu as voulu te venger de ton frère, est-ce que c'est Nanami qui t'a contacté ou c'est toi qui en as pris l'initiative ?

Devant son silence, elle ajouta aussitôt :

— Shiro est sorti avec plein de filles ! Pour annuler mon mariage tu avais le choix des candidates ! Je sais que vous avez travaillé ensemble pour détruire notre mariage, tu as pisté le téléphone de Shiro, tu as orchestré mon agression avec les photos compromettantes et je sais pourquoi tu l'as fait ! Mais ce que tu diras peut-être déterminant pour la suite de mon enquête.

— Répond Akira ! rouspéta madame Ojiro.

— C'est elle ! Les photos compromettantes et le téléphone c'est moi, mais pour ton agression je te promets Callie que ce n'était pas moi !

— Quoi ?! Mais comment une des filles de mon agression a pu avoir les photos, alors ?!

Akira prit appuis sur le bureau et demeura dans le silence. Callie s'approcha de lui alors qu'il prenait appui sur le côté droit du bureau.

— Akira, dit-elle en douceur, je sais pourquoi tu as fait ça… tu devais m'épouser ! Je comprends que pour toi ça a dû être frustrant d'avoir servi ma cause pendant des années, pour à la fin, ce soit Shiro qui m'épouse !

— Tu devais être à moi ! cria-t-il soudain en plein désarroi.

— Akira, relança sa mère excédée, dis-nous exactement ce qu'il s'est passé !

Il soupira longuement en regardant le vide, puis son regard se porta vers Callie qu'il considéra profondément :

— Quand tu t'es mariée avec mon frère, l'erreur que tu as faite Callie, c'est d'avoir demandé une clause pour non-infidélité. J'ai tout fait dans un premier temps pour te déstabiliser en te révélant la nature frivole de Shiro, mais tu t'es accrochée et Shiro est tombé amoureux de toi ! s'emporta-t-il tout à coup. Ensuite, c'est Nanami qui m'a contacté quand elle a su que Shiro revenait à l'université. On a conçu un plan avec les photos compromettantes, mais au départ ce n'était pas comme ça que ça devait se passer ! s'emporta-t-il de nouveau. Ton agression je n'y suis pour rien, je te le promets Callie ! cria-t-il les yeux exorbités en lui agrippant le bras.

— Euh… lâche-moi Akira, dit-elle tout doucement. Je te crois, calme-toi… insista-t-elle en le tempérant.

— Désolé… ! ajouta-t-il confusément en la relâchant.

— Maintenant c'est clair, Sayuri ! dit-elle en se rasseyant. Voilà ce que je pense : Nanami a tout fait pour tomber enceinte de Shiro parce qu'elle le voulait et son père a profité de cette chance pour vous faire tomber. Il a attendu patiemment que l'on se marie avec Shiro pour que le scandale soit énorme ! De plus, je soupçonne Nanami d'avoir attendu pour savoir si le bébé était un garçon, pour s'assurer qu'il soit le premier héritier de la famille. Maintenant, j'ai une question pour vous Sayuri : est-ce que vous avez remarqué, avant ce scandale, des pertes significatives d'argent dans votre société ?!

Sayuri se mit à réfléchir, elle se leva promptement vers son secrétaire et fouilla dans une pile de dossiers. Elle revint, posa un classeur noir sur son bureau et le feuilleta avidement. Soudain au bout de quelques minutes, elle releva la tête, complètement dépitée.

— Tu as vu juste encore une fois Callie ! À quoi tu penses alors ?! s'empressa-t-elle de demander.

— Je pense que vous vous faites berner avant même que cette histoire avec Nanami n'ait commencé ! Désolé Sayuri… ajouta-t-elle devant son visage blême. Comment expliquez-vous qu'une grosse société comme la vôtre ait pu perdre autant d'argent pour une simple histoire de fesses de votre fils ? Vos actionnaires connaissent votre famille depuis longtemps ! Il y a forcément quelqu'un à l'intérieur de l'entreprise qui veut profiter de cette histoire pour s'en mettre plein les poches et qui est de mèche avec le père Suzuki ! J'ai une autre question Sayuri, où sont partis vos anciens actionnaires ?! Je vous le donne en mille ! Je suis sûre qu'ils sont allés enrichir la société du père Suzuki !

Rouge de colère et emplie d'une rage folle, madame Ojiro saccagea son bureau en un instant. Elle balaya d'un geste vif tous les dossiers et autres babioles empilées dessus, qui s'envolèrent avant de s'écraser bruyamment sur le sol.

— Je vais le mettre en pièce ce satané Atsuji ! cria-t-elle hors d'elle, en larmes.

Une fois sa discussion terminée, Callie repartit dans sa suite se préparer pour la soirée. « *Quel choc de la voir dans cet état !* » pensa-t-elle tristement en se douchant, « *mais au moins c'est plus clair maintenant, elle sait qu'elle s'est fait piéger royalement par cet homme. Espérons maintenant qu'elle obtienne justice et que ce connard paie pour tout le mal qu'il a engendré ! Et Akira... quel gros malade ce type ! Et dire que je devais l'épouser ?! Il n'y connaît vraiment rien en amour ! Tu aurais dû être à moi a-t-il dit, comme si j'étais un chiot ou un objet. Je sais ce qu'est le véritable amour pour l'avoir expérimenté. Yuki... il m'aimait tellement, il avait un amour si pur pour moi qu'il a préféré que je sois heureuse avec Shiro plutôt que d'être avec lui ! Bon, ça va faire du bien cette petite sortie, au moins ça va me changer les idées !* » Tandis qu'elle sortait de la salle d'eau avec sa serviette enroulée autour d'elle, Ji la rejoignit dans sa chambre. Il l'attira tout contre lui en l'embrassant éperdument.

— Je t'ai manqué tant que ça ?! dit-elle, accrochée à son cou.

— Tu es incroyable ! Tu n'es pas seulement magnifique, tu es intelligente et tu es si sexy... ! ajouta-t-il en lui retirant sa serviette.

— Dis donc filou, tu n'essaierais pas de m'endormir avec de belles paroles pour abuser de moi ?! répondit-elle du coin de l'œil.

Il éclata de rire, faisant briller ses yeux de chenapan tandis qu'il s'allongeait sur elle sur le lit.

— J'ai envie de toi... murmura-t-il en l'embrassant et en la caressant tendrement.

— Tu vas te lasser de moi, à force...

— Ah non... jamais... tu es tout ce que j'aime... et bien au-delà de toutes mes espérances... ! haleta-t-il, plein de désir.

— Dans ce cas, tu vas devoir attendre avant d'espérer quoi que ce soit ! rit-elle, se retirant de ses bras. Allez oust à la douche ! Faut que je m'habille.

— Allez oust à la douche ?! répondit-il en se déshabillant à la hâte. Très bien madame… dans ce cas !

Il souleva Callie prestement dans ses bras et l'amena sous la douche avec lui. Pendant qu'il se pressait tout contre elle pour lui faire l'amour, elle lui murmura entre deux gémissements de plaisir : « Tu n'es qu'un vilain garçon… »

Aux alentours de vingt heures, la rue de Shibuya était noire de monde. La galerie d'art, où étaient exposés les tableaux de Mamoru Sato, était remplie de journalistes et de personnalités publiques. Tous avaient un carton d'invitation à l'entrée des vigiles. Une vieille chanson de Paris égrenait ses notes de jazz dans la salle, des serveurs en livrée offraient des coupes de champagne aux invités. Pour l'occasion Callie s'était élégamment apprêté. Elle portait une robe blanche en soie légère avec ses Louboutin brillantes. Le résultat était parfait. La robe offrait un dos nu relié par un gros nœud sensuellement attaché derrière la taille. À la vue des journalistes présents dans la galerie, Ji fit un signe discret à Shiro pour lui murmurer quelque chose à l'oreille tandis que Callie discutait avec Nao et Azako, puis fila en douce à l'intérieur de la galerie.

— Callie viens, on va passer la soirée ailleurs. Ji s'occupe de tout à la galerie, dit Shiro en prenant Callie par la taille.

— Non, je veux y aller aussi ! se dégagea-t-elle en y allant.

— Callie, tu ne pourras pas entrer, il faut présenter son carton d'invitation ! insista Shiro en la reprenant par la taille.

— C'est ce qu'on va voir ! répondit-elle aussi sec en partant devant.

— Elle est plus têtue qu'une mule ! soupira Akira en esquissant un sourire.

Quand ils la rejoignirent, Callie se tenait devant les vigiles. Elle aperçut à travers la baie vitrée un tableau qui la représentait trait pour trait.

— Sans invitation vous ne pouvez pas entrer mademoiselle, dit un des jeunes vigiles.

— Ah oui… ?! répondit-elle en leur faisant signe de se retourner. Je pense que je n'ai pas besoin de carton, qu'en pensez-vous ?!

Les vigiles s'y prirent à deux fois, dévisageant à la fois Callie et le tableau. Au moment de franchir l'entrée de la galerie, Callie se tourna vers ses amis et leur lança pleine d'assurance :

— Laissez-les entrer, ils sont avec moi !

Une fois à l'intérieur, elle se faufila vers le fond de la galerie où un énorme tableau la représentant était exposé au centre du mur, entouré par différentes gravures au fusain d'elle dans différentes postures. Elle fut stupéfiée. Le grand tableau était une peinture à l'huile d'une grande précision, montrant seulement son visage avec son regard vert étincelant qui crevait l'espace. Quand elle se retourna, son visage derrière la toile était saisissant, à tel point que ses amis étaient fascinés d'admiration. Shiro s'avançant devant l'écriteau sous le tableau lut à haute voix la description :

— La Belle aux yeux émeraude. Prix : cent millions de Yens ! s'exclama-t-il vivement.

— Tu vaux ton pesant d'or, Callie ! s'extasia Akira, les yeux rivés au tableau.

— Où est passé Ji ?! s'interrogea-t-elle à haute voix tout en revenant sur ses pas.

Tout en longeant l'allée où des peintures à son effigie ornaient le mur, elle vit un attroupement d'invités dans le fond de la pièce. Intriguée et curieuse, elle se dirigea à leur rencontre. Au centre des journalistes, elle aperçut Ji aux côtés de belles femmes souriantes qui riaient à ses côtés. Shiro qui l'avait rejointe se tenait près d'elle tandis qu'elle fixait Ji gravement.

— J'en étais sûre qu'il plaisait aux femmes… dit-elle contrariée.

J'espère qu'il n'est pas comme toi, qu'il n'a pas des ex folles dingues prêtes à me tuer parce que je ne supporterai pas une nouvelle mésaventure !

Au moment où elle se détournait tristement de sa vue en rebroussant chemin, une main la saisit. Surprise, en se retournant ses cheveux bruns aux grosses mèches miel virevoltèrent tel un éclat d'or dans les mouvements d'ailes d'une colombe. Ji la tint dans ses bras tandis que les flashs des journalistes les inondaient d'une aura brillante.

— Où partais-tu comme ça ?! lui demanda-t-il en la dévorant des yeux.

— Ji… hésita-t-elle. J'ai eu ma dose avec Shiro, des ex et des femmes jalouses qui veulent ma peau. Donc… si…

Avant qu'elle n'eût fini de parler, il l'embrassa éperdument devant la foule d'invités amassés autour d'eux.

— Ji… l'arrêta-t-elle d'une main sur son torse, tu sais bien qu'au Japon, s'embrasser en public…

— Je ne suis qu'à moitié Japonais Callie, la coupa-t-il d'un sourire éblouissant, alors ils me pardonneront !

Aussitôt il l'entraîna hors de la galerie d'art, suivi par Shiro et ses amis. Dans un restaurant branché de la capitale ils s'installèrent sur les fauteuils capitonnés en face d'une table remplie d'amuse-gueules raffinés, un verre à la main. L'ambiance était détendue et Callie riait aux éclats des blagues de Nao et d'Azako sur leurs précédentes tournées.

— Tu lui as dit que tu ne devais pas boire d'alcool ?! demanda Nao.

— Ah ça suffit avec ça ! répondit-elle en poussant Nao qui riait aux éclats.

— Oui, elle m'a juste dit qu'elle ne buvait pas d'alcool, mais je n'en connais pas la raison ! répondit Ji en arborant un grand sourire vers

Callie.

Les garçons se retenaient de rire devant la tête déconfite de Callie qui craqua au bout d'un moment en les rouspétant.

— Oké, vous avez gagné ! capitula-t-elle devant leurs faciès goguenards. Je ne bois pas d'alcool parce que ça me rend très amoureuse… Et ne me demande pas comment je le sais ! répondit-elle en pointant son doigt vers lui.

— Depuis quand tu t'en es aperçue Callie ? demanda-t-il.

Nao se tassait dans le fond de son siège. Un frisson parcouru son échine.

— Je répondrai à cette question et après c'est fini ! Je ne répondrai qu'en la présence de mon avocat ! plaisanta-t-elle. Ça fait 10 mois que je le sais !

— Hein ?! dirent Nao et Shiro ensemble, devant son éclat de rire.

— C'était qui l'heureux chanceux Callie ? demanda Nao, dépité.

— Je ne vous dirai rien ! lança-t-elle en rougissant.

Shiro se mit à réfléchir en comptant les mois dans sa tête, soudain, il leva un visage contrarié vers elle.

— Ne me dis pas que c'est ce crétin de Colleen ! dit-il d'un regard sombre.

Callie refréna un rire nerveux en se mordant la lèvre.

— Non, pas lui Callie !

Ce qui finit par la faire rire aux éclats.

— Comment ça s'est passé alors ?! demanda Akira, intéressé.

— Alors dis-le ?! s'exclamèrent ensemble tous les jeunes hommes devant son silence.

— Non, je ne vous dirai rien ! J'emporterai ce secret dans la tombe ! Bon, j'ai dévoilé une confidence maintenant c'est à vous ! dit-elle en levant un regard espiègle. C'est le deal !

Alors qu'ils s'amusaient gaiement dans la bonne humeur et les éclats de rire, le téléphone de Ji retentit. Callie le scrutait de loin sur toutes les coutures, s'extasiant sur sa beauté tout en se mordillant la lèvre. Azako sourit tendrement de la voir si heureuse après tout ce temps de malheur dans sa vie. Au bout de quelques minutes, Ji revint et l'amena un peu plus loin. Il lui signifia qu'il devait partir au plus vite régler une affaire urgente et qu'il ne rentrerait pas avec elle à Kobe. Déçue, elle le regarda s'éloigner du restaurant avec un petit pincement au cœur.

Quand la soirée se termina, tard dans la nuit, ils repartirent dans le jet privé des Ojiro à Kobe. Shiro, installé à côté d'elle, se remémorait avec nostalgie le voyage de retour après leur mariage tandis que Callie, tournée vers lui, le considérait profondément. Quand il s'en rendit compte, ils se regardèrent dans les yeux en silence. Submergée par une émotion subite de se retrouver à ses côtés, elle ne put s'empêcher de verser une larme. Shiro essuya délicatement du bout du doigt la perle humide en rapprochant son visage du sien. Les yeux brillants, ils se contemplèrent en silence à quelques centimètres l'un de l'autre, la gorge nouée par la mélancolie de leur amour respectif.

Quand l'avion fut à quai, Shiro déposa un doux baiser sur ses lèvres et l'entoura dans ses bras. Ils repartirent ensemble rejoindre Akira dans la limousine. Au moment où ils se séparèrent dans le couloir de l'étage, Shiro la plaqua contre le mur à côté de sa suite.

— Non Shiro… je ne veux pas tromper Ji au tout début de notre relation. Je ne pourrais pas le regarder en face, dit-elle doucement en le repoussant.

Alors qu'il insistait en l'entourant de ses bras et en se pressant tout contre elle, elle le repoussa une seconde fois.

—Ne me tente pas Shiro, s'il te plaît… l'implora-t-elle en chuchotant. Je vais craquer je le sais et je ne le veux pas. Je veux lui être fidèle !

Il se retira immédiatement et posa son front contre le sien.

—Pardon… murmura-t-il en refrénant ses larmes. Je t'aime Callie…

—Je sais, je t'aime aussi… lui dit-elle en posant la main sur sa joue.

Elle se retira promptement dans sa suite d'un pas pressé. Cette nuit-là, seule dans son lit, elle pleura toutes les larmes de son cœur ouvert encore une fois par une brèche créée par la frustration de ses sentiments envers Shiro et Ji. « *Je les aime tous les deux… Je suis horrible !* »

Le lendemain matin, madame Ojiro fit une réunion dans son bureau avec la présence de ses enfants et d'Hanaé. Elle avait les traits fatigués, son visage trahissait sa nuit blanche et sa journée de la veille à se ronger les sangs et à éplucher tous ses comptes de la société avec l'aide de son assistante à Kobe. D'un ton solennel, elle leur révéla ce que Callie avait découvert sur le transfuge de leur société avec l'aide de monsieur Suzuki. Shiro, qui avait assisté en catimini à la discussion avec Ji, feignit l'ignorance en affichant un regard sombre tandis qu'Hanaé était dans tous ses états. Avant que la réunion ne se termine, elle jeta le journal du matin sur son bureau à la vue de tous.

—Je compte sur votre discrétion, dit-elle fermement, c'est bien compris ?!

Ils acquiescèrent unanimement avant de sortir du bureau. Au même instant le téléphone se mit à sonner, Sayuri soupira en se remettant de ses émotions et répondit en se centrant en une pose calme. Alors que son interlocuteur vociférait de fureur, elle plissait sa bouche de colère, en se concentrant à ne pas s'énerver, à rester maîtresse d'elle-même.

— Atsuji, laissez ma filleule tranquille, cela ne vous regarde pas ! répondit-elle fermement.

— Je ne comprends pas comment cette traînée, cette petite orgueilleuse a pu voler la place qui était due à ma fille Arisa ! Son père a refusé le contrat que je lui proposais !

En entendant cela, Sayuri eu un sourire satisfait et tout à coup la peine qu'elle avait au fond d'elle-même s'évanouit instantanément, cédant la place à une joie machiavélique.

— Atsuji, calmez-vous ! tempéra-t-elle.

— Sayuri, j'exige que votre ex-belle-fille refuse sa proposition de mariage ! Il pourrait vous en coûter cher ! fulmina-t-il.

À ses mots, rouge de colère, elle lui raccrocha au nez, crispant ses mâchoires et les poings.

À cette heure de la matinée alors qu'un grand soleil surplombait un ciel bleu magnifique, Callie se leva, pas très en forme. Elle s'habilla simplement en jogging, et décida de faire du sport de relaxation sur la terrasse avant le petit déjeuner. Comme elle se concentrait sur son tapis en mousse avec de la musique douce, Hanaé la rejoignit en constatant son visage tiré.

— Tu vas bien, Callie ? demanda-t-elle en s'asseyant sur une chaise en face d'elle. Tu as l'air triste. Tu veux qu'on en parle ?

Callie arrêta ses exercices et la fixa profondément. Ses yeux se remplirent de larmes. Hanaé, telle une grande sœur, s'agenouilla à côté d'elle et la prit dans ses bras tendrement.

— Qu'est-ce qui t'arrive Callie, tu n'es pas heureuse avec Ji ? demanda-t-elle doucement.

— Oui, je suis heureuse. Dans mon malheur, je me rends compte que j'ai rencontré quelqu'un de merveilleux juste après Shiro. Mais…

— Mais… tu aimes toujours Shiro, affirma Hanaé en essuyant les larmes de ses joues. Je comprends ce que tu ressens Callie, pour l'avoir vécu aussi,

— J'ai peur, Hanaé ! répondit-elle en reniflant. J'ai peur que mon amour pour lui remplace celui que j'ai pour Shiro ! Parce que ça voudrait dire que je vais devoir l'oublier et ça je ne le veux pas, parce que Shiro c'est l'amour de ma vie ! craqua-t-elle en versant des larmes. Je l'aime tellement si tu savais !

— Oui, je le sais Callie… mais ne t'inquiète pas, tu ne vas pas l'oublier, répondit-elle émue en essuyant ses larmes. Tu l'auras toujours dans ton cœur et lui t'aura toujours dans le sien, peu importe le temps et l'espace. Le vrai amour ne s'en va jamais ! Et avec Ji, que ressens-tu ?

— Ji… il est en train de recoller les morceaux de mon cœur, il me fait renaître ! J'oublie qui je suis quand je suis avec lui. Je me sens normale. Y a plus de quête, plus de Joyau et bon sang, que ça fait du bien ! renifla-t-elle en lui souriant.

Hanaé, tout en la serrant dans ses bras une nouvelle fois, sourit avec empathie.

— Tu es amoureuse de lui ! lui dit-elle en lui souriant gentiment, tandis que Callie acquiesçait. C'est normal que tu sois prise entre deux feux, Shiro fait partie de ton passé et tu l'auras toujours dans ton cœur, c'est pour cette raison que tu te sens perdue. Alors que Ji fait partie de ton avenir ! Laisse-toi aller Callie, lâche prise… tu verras, dans quelque temps ça ira mieux pour toi…

Soulagée de la compréhension d'Hanaé, Callie lui prit les mains. Elles allèrent se restaurer dans le séjour.

Madame Ojiro était restée dans ses appartements ainsi qu'Akira. L'ambiance était très tendue, Shiro regardait sombrement son assiette alors que Nanami semblait aller mieux. Elle considéra Callie longuement ; un sourire mielleux étira ses lèvres.

— Ji n'est pas là ?! demanda-t-elle doucereusement.

— Non, il est parti régler une affaire urgente, répondit-elle en plissant un demi-sourire. Il va vite revenir !

Nanami se mit à rire soudainement, son regard fourbe tourné vers elle.

— Ne te fais pas trop d'illusions Callie, il ne reviendra plus ! se moqua-t-elle en lui souriant, faisant sortir de leur inertie Shiro et Hanaé.

— Pourquoi tu es si méchante avec elle ! Tu lui as pris Shiro, tu as eu tout ce que tu voulais. Alors pourquoi tu t'acharnes encore sur elle ?!

Callie fut surprise de la vive réaction d'Hanaé : elle, si calme et toujours si dévouée pour les autres, fixait Nanami d'un regard plein de ressentiment.

— Ce n'est pas de la méchanceté Hanaé. Je suis seulement réaliste ! Comment expliques-tu qu'une fille comme elle a pu s'attirer un homme aussi…

— Ferme-là ! cria violemment Shiro en frappant du poing la table, faisant sursauter les jeunes femmes. Tu es la personne la plus détestable que je n'ai jamais rencontrée. Tu ne lui arrives même pas à la cheville et tu oses la critiquer ?! se moqua-t-il avec mépris. Tu me dégoûtes… !

— Tu vas le regretter Shiro, dit-elle d'un ton mauvais en se levant de table, vous allez tous le regretter ! déclara-t-elle férocement en quittant le séjour.

— Mince, elle va se plaindre auprès de son père ! blêmit Callie. Il faut qu'on le mette en place ce plan de vengeance ! dit-elle assurée en regardant Shiro et Hanaé. Sinon, il va réussir à vous ruiner totalement !

Aussitôt, Shiro sortit de table rejoindre Nanami dans sa suite.

Pendant que Callie et Hanaé débattaient sur le sujet à la fin du petit déjeuner avec une bonne tasse de thé, Shiro revint en panique, avec le bébé en pleurs dans les bras.

— Callie s'il te plaît, tu peux t'en occuper ?

Perplexe, en sortant de table, elle remarqua des griffures sur ses bras et sur son beau visage.

— Qu'est-ce qui s'est passé Shiro ? demanda-t-elle affolée en mettant sa main sur sa joue.

— Prends le bébé Callie, s'il te plaît ! la pria-t-il les yeux brillants.

Au moment où elle prit l'enfant contre elle pour le calmer, ils entendirent un hurlement hystérique dans la maison. Tous les Ojiro sortirent de leurs suites ou de leurs bureaux, tandis que Shiro s'élançait dans les escaliers avec Hanaé sur ses talons. Ce qu'ils virent dérouta tant Shiro qu'il devint fou en une seconde. Il flanqua une gifle si violente à sa femme qu'elle s'écroula sur le sol immédiatement.

10 CONFRONTATION

Une demi-heure avant… Quand Shiro se précipita dans sa suite, il surprit sa femme au téléphone en pleine conversation avec sa jeune sœur.

— Non, ce n'est pas possible Arisa, il a refusé le contrat de papa ! s'écria-t-elle, le journal de ce matin ? Non, je ne l'ai pas vu. Quoi ?! Il va demander la main de cette garce ?!

En entendant cela, Shiro lui prit le téléphone des mains et le fracassa furieusement contre le mur de toutes ses forces. Il s'envola dans les airs en mille éclats de bris de verre et de plastique.

— Qu'est-ce que tu fais ?! s'écria-t-elle en colère.

— Toi, qu'est-ce que tu veux ?! cria-t-il en la prenant fermement par les épaules. C'est ça que tu veux ?! demanda-t-il en la troussant et en la poussant sur le lit.

— Shiro, qu'est-ce que tu fais ?! Tu veux me faire l'amour après ce que tu m'as dit tout à l'heure ?! dit-elle en colère.

— Non, je ne t'ai jamais fait l'amour Nanami, je te baise c'est tout ! dit-il en déboutonnant sa braguette tout en la maintenant fermement sur le lit. C'est ça que tu veux, que je sois à toi… ?!

— Shiro, je t'aime… pleurnicha-t-elle tout à coup en se dégageant de ses bras.

— Non, tu ne m'aimes pas, tu veux que je t'appartienne comme un chien en laisse ! cria-t-il. Tu sais à qui je pense quand je te baise ?! poursuivit-il avec mépris tandis qu'elle sortait du lit blême et tremblante. C'est à Callie que je pense à chaque fois que je suis sur toi…

Alors qu'il lui parlait avec dédain, elle se jeta sur lui en le rouant de coups. Il la repoussa sur le lit en s'aplatissant sur elle tout en lui retenant les bras.

— Maintenant je vais te baiser, laisse-toi faire puisque tu me veux tellement ! dit-il d'un ton mauvais.

— Arrête Shiro, arrête ! le supplia-t-elle en larmes.

Il se retira immédiatement de Nanami et reboutonna son pantalon en se plaçant debout face à elle tandis qu'elle était recroquevillée sur le lit en pleurs.

— C'est ça que tu veux pourtant… pourquoi tu pleures ?! Tu me veux, non ?! dit-il sournoisement.

— Non pas comme ça… pleura-t-elle. Je veux que tu m'aimes !

— Ça n'arrivera jamais… tu as tout fait depuis le début pour me séparer d'elle. Et maintenant que je l'ai perdue, elle va se marier avec un autre que moi ! cria-t-il bouleversé. Tu as détruit ma vie ! Et tu veux que je t'aime ?! rit-il avec morgue. Tu me dégoûtes tellement qu'à chaque fois que je te baise, je dois me concentrer et rêver d'elle !

Rouge de colère, elle s'élança sur lui en le frappant comme une hystérique au visage. Il la repoussa une nouvelle fois sur le lit en rapprochant son visage du sien.

— Qu'est-ce que tu vas faire, tu vas appeler ton père et te plaindre encore ?! Non seulement tu m'as bien eu en tombant enceinte, tu m'as tout pris, mais en plus ton père ruine ma famille ?! lui cracha-t-il.

Réveillé par les cris dans la suite, Tenshi se mit à pleurer. En se relevant, Nanami le retint par les bras.

— Aime-moi Shiro et je ne dirai rien à mon père ! le défia-t-elle, les yeux brillants.

— Il n'y a qu'une seule femme dans mon cœur et c'est Callie ! Je n'aimerai qu'elle jusqu'à ma mort ! répondit-il ému en retenant ses larmes tout en se dégageant furieusement de ses mains.

Alors qu'il prenait l'enfant contre lui, elle se rua sur Shiro et le frappa de plus belle.

— Si ton père nous ruine, Nanami, je divorce direct ! lui cria-t-il en se retournant vers elle. Et j'épouserai Callie !

— Non, tu ne peux pas faire ça ! Nous avons notre bébé ! cria-t-elle en larmes.

— Tu ne t'en occupes jamais de Tenshi ! Il sera beaucoup plus aimé par elle que par toi !

— Si tu fais ça… fulmina-t-elle.

— Quoi, qu'est-ce que tu vas faire ?! la coupa-t-il furieusement en la fixant méchamment tout en retenant sa main qui voulait le frapper. Tu vas me pourrir la vie ?! Ça, tu le fais déjà si bien ! Tu vas me ruiner ?!

— Non, ce n'est pas ce que mon père…

Avant qu'elle n'eût le temps de finir sa phrase, il sortit immédiatement de la suite en amenant son fils au séjour. Folle de rage, elle devint hystérique en un instant et saccagea tout sur son passage. Elle s'engouffra comme une forcenée dans la suite de Callie. Elle fouilla dans son dressing, envoyant valser ses robes et ses accessoires de danse en travers de la pièce pour enfin trouver ce qu'elle cherchait. Elle retira furieusement la robe de mariée de la housse et regagna sa suite. Brutalement, elle fracassa le parfum du Buste de J-P Gauthier sur la robe, que Shiro lui avait donné juste après qu'elle soit arrivée, et craqua une allumette. Le parfum, en explosant sur le sol en marbre de la suite, dégagea une odeur sucrée tandis qu'elle reçut un bris de verre sur la joue qui la fit hurler de rage.

Alertés par son cri, Shiro et Hanaé accoururent et devant ce spectacle affligeant Shiro perdit tout son sang-froid, tant et si bien qu'il lui envoya une gifle d'une telle force que Nanami s'écroula sur le sol.

— Il ne faut pas que Callie voie ça Shiro ! dit Hanaé en tentant d'éteindre le feu qui avait brûlé une bonne partie de la robe de mariée. Déjà que ce matin, elle pleurait…

— Pourquoi elle pleurait ? C'est… à cause de moi ?

Elle leva son visage baigné de larmes vers lui en acquiesçant, puis voyant son visage tourmenté par la souffrance, elle posa sa main compatissante sur son bras.

— Elle t'aime encore Shiro… elle se sent juste perdue dans ses sentiments entre toi et Ji…

Madame Ojiro arrivait en courant dans la suite, constatant les dégâts elle blêmit, rien qu'en s'imaginant la scène de fureur de monsieur Suzuki s'il apprenait que Shiro avait frappé sa fille. Elle releva Nanami et l'emmena à la salle d'eau panser sa plaie à la joue et soigner sa bouche en sang tandis qu'Akira se retira aussitôt de la chambre, totalement dépassé par cet événement. Shiro, assis sur le lit, se tenait le crâne, il était dans tous ses états. Il s'agenouilla devant la robe de mariée et pleura de rage en prenant dans ses mains les restes de tissu encore intacts aux parfums vanillés de Callie.
— Elle m'aura tout pris cette pute ! ragea-t-il en larmes.
Madame Ojiro, plus lucide que jamais, revint dans la chambre et installa Nanami sur le lit. Elle lui donna un sédatif pour la calmer et prit les choses en main aussitôt.
— Hanaé, allez dans la suite de Callie et vérifiez que tout est en ordre ! Il ne faut en aucun cas éveiller ses soupçons sur ce qui vient de se produire, ordonna-t-elle, puis se tournant vers son fils, elle le considéra longuement. Shiro, tu vas calmer tes nerfs dans mon bureau !
Voyant qu'il ne réagissait pas, elle le prit par les épaules en le fixant gravement.
— Va nous attendre dans le bureau, il faut que je te parle tout de suite, c'est bien compris ?! Toi aussi Hanaé, préviens Akira.
Alors qu'il acquiesçait en silence, elle sortit aussi de la chambre en demandant au majordome de s'occuper du ménage.

Au bout de vingt minutes, ils se pressèrent tous dans le bureau de Sayuri. Shiro s'était enfin calmé et affichait un visage glacial. Madame Ojiro, en s'asseyant sur son siège, demanda à Hanaé de servir le thé. Elle semblait nerveuse et redoutait que son entretien cause du chagrin à son fils, mais elle n'avait pas d'autre choix.
— Le père de Ji m'a appelée ce matin, il souhaite nous rencontrer le plus tôt possible pour conclure un pacte d'alliance. Hier soir, il a refusé le contrat de mariage d'Arisa Suzuki. Atsuji m'a appelée ce matin en rogne pour me demander de refuser de donner Callie, au risque de faire du tort à notre société.
— Quelle enflure ! Il veut tout avoir ! s'insurgea Akira.

— Qu'allons-nous devenir s'il nous ruine ?! s'inquiéta Hanaé.

— Je ne cèderai pas aux caprices de ce rapace, quitte à perdre encore des actionnaires ! s'emporta madame Ojiro. Callie a déjà assez souffert d'avoir perdu Shiro, alors je ne vais pas encore la sacrifier au pilorie pour cette vermine ! Nous partons tous demain à Tokyo fixer la date de son mariage. Shiro... je sais que ce que je te demande est très dur pour toi... mais tu dois laisser Callie partir. Il faut la ménager, elle sera bientôt une des héritières les plus riches du pays ! Le contrat doit être conclu le plus tôt possible avant que les journaux et les fauteurs de troubles ne s'en donnent à cœur joie pour détruire cette union. C'est bien compris pour tout le monde ?!

— Euh... une question... Callie n'est toujours pas au courant de qui il est, ni que demain, on décidera à sa place de son destin ! Vous croyez qu'elle va le prendre comment ?! demanda Akira en esquissant un sourire entendu à toute la tablée.

Devant tout ce remue-ménage, Callie qui s'inquiétait au séjour, remonta les escaliers de l'étage avec le bébé et le déposa dans son berceau. Dès qu'elle revint dans le couloir, elle vit Shiro redescendre l'étage en courant, complètement abattu.

— Shiro, qu'est-ce qui se passe ?! s'affola-t-elle en le suivant.

Alors qu'il quittait la propriété, elle s'élança à sa poursuite à toute jambe.

— Shiro, arrête-toi ! cria-t-elle de nouveau en lui agrippant le bras.

Quand il se retourna, son visage trahissait un grand désarroi, des larmes silencieuses coulaient sur son beau visage. Le cœur chaviré de le voir tant en peine, elle se jeta aussitôt dans ses bras. Devant cet élan plein de bons sentiments, Shiro éclata en sanglots en la serrant désespérément contre lui. Troublée de le voir dans cet état d'abattement, elle versa aussi des larmes tout en lui caressant le dos pour le consoler. Quand il se calma enfin, elle l'amena par la main dans le jardin en longeant un petit chemin en pierres blanches, juste en face du bâtiment où étaient stationnées les automobiles luxueuses, puis ils s'assirent sur un petit banc en bois. Comme il restait silencieux à côté d'elle en regardant fixement devant lui, elle tenta de le faire rire pour amener un sourire sur son visage attristé.

— Tu veux que je te paie un café ?! demanda-t-elle en lui souriant gentiment.

Il la considéra longuement, se remémorant ce jour où elle lui avait dit la même chose pour le détendre après sa confrontation au restaurant de Kobe. Le pari fut gagné, car il esquissa un sourire en levant les yeux au ciel, puis il lui prit la main. Il y déposa un baiser tout en la regardant.

— Tu seras toujours dans mon cœur Callie, quoi qu'il arrive… dit-il ému en ravalant ses larmes. Même si tu dois épouser Ji… tu seras à jamais en moi, pour le reste de ma vie.

— Toi aussi Shiro… larmoya-t-elle soudain en entendant ces mots. Je t'aimerai toute ma vie… je ne pourrai jamais t'oublier, dit-elle dans un souffle alors que sa voix se brisait.

Il se retourna de nouveau vers elle et essuya les larmes de ses joues en fixant profondément son regard vert intense puis l'enlaça en embrassant tendrement son front. Il laissa ses lèvres appuyées contre sa peau quelques instants, cristallisant dans la mémoire de son cœur cette dernière étreinte et partit rejoindre sa voiture pendant que Callie resta assise silencieusement à le suivre du regard. Subitement, elle se leva du banc, totalement bouleversée par ses mots qui résonnaient en elle comme un adieu à leur amour respectif.

— Shiro ! sanglota-t-elle en s'élançant vers lui.

Elle attacha ses bras autour de son torse tandis qu'il restait immobile, les perles d'eau roulant sur ses joues.

— Tu es mon plus grand amour, Shiro ! dit-elle avec émotion en resserrant son étreinte. Si seulement…

Elle laissa sa phrase en suspens ; les mots sont parfois si inutiles face à la douleur ressentie, et elle savait qu'il comprenait ce qu'elle voulait dire. Il enleva ses mains de son torse délicatement, avec toute la tendresse dont il faisait preuve envers elle depuis le tout début de leur mariage et ouvrit sa portière. Il partit comme l'éclair de la propriété. Il fit vrombir sa Bugatti Shiron et dévala les kilomètres à vive allure, versant des larmes amères. Il s'arrêta devant le petit hôtel où un mois plus tôt, il avait amené Callie et pleura dans sa voiture en écoutant une triste et émouvante chanson d'adieu de K-Will « *miss miss and miss* » qui retraçait intensément ses sentiments envers elle en se remémorant tous les moments de bonheur passés ensemble.

Quand Callie regagna la propriété, elle passa toute la journée dans sa suite à se morfondre sur son passé et son amour pour Shiro. Elle était totalement chamboulée par ces paroles qui résonnaient en elle tel un adieu définitif à ses rêves de vie avec lui, à tous ses souvenirs, ses instants de bonheur dans ses bras, son amour si passionné et sa tendresse infinie empreinte de respect. Elle savait qu'il n'y avait plus aucun espoir pour eux de revenir ensemble depuis longtemps. Mais de le voir dans cet état de détresse émotionnelle, lui donner sa bénédiction pour Ji, sonnait la fin de cette attente qui malgré tout était toujours présente dans son coeur et la tenait debout.

En fin d'après-midi, après une bonne douche relaxante, elle relativisa en prenant sur elle. Elle repensa à sa vie et à Ji, à ses sentiments naissant envers lui. « *Le livre de ma vie est de nouveau ouvert sur une page vierge. Aller de l'avant ne signifie pas oublier ce qui a été vécu, mais prendre les bons souvenirs et se les ancrer au plus profond de son âme, pour ne jamais, jamais oublier les personnes qui ont compté, qui nous ont fait grandir et montré les belles choses de la vie. L'amour, le vrai... Je l'aurai vraiment vécu avec Shiro. On s'aime, mais on ne peut pas être ensemble... C'est cruel ce que la vie me fait endurer.*
Mais d'un autre côté, quand je sentais que j'avais tout perdu et que ma vie partait de travers, j'ai rencontré Ji. Il me fait me sentir de nouveau bien. Il panse mes blessures et colmate les brisures de mon coeur avec sa tendresse et son amour ?! Je m'avance peut-être un peu trop, il n'est peut-être pas amoureux » soudain le doute s'insinua en elle « *il a l'air en tout cas... Bon on verra bien ! Dans tous les cas, il faut que je lui parle de ma vie. Je prends le risque de le perdre avec mon histoire de famille et du cube maudit. Qui voudrait s'embêter d'une fille qui doit se cacher continuellement d'une bande de fous qui tels des vampires, veulent s'emparer de mon sang ? Les Ojiro étaient bien obligés puisque tonton Oyo est mon parrain. Mais Ji...*
Il faut que je lui parle et le plus tôt sera le mieux ! Je lui dois au moins d'être honnête sur mes sentiments envers lui et Shiro... Je ne connais pas encore toute sa vie, mais j'ai l'impression que j'y gagne plus que lui avec moi. » Alors qu'elle rêvassait les yeux clos, allongée sur son lit, la porte s'ouvrit tout doucement sans qu'elle s'aperçoive de quoi que ce soit. Soudain, elle sentit des lèvres baiser

sa bouche. En un instant, elle ouvrit les yeux sur Ji, penché au-dessus d'elle qui la contemplait d'un sourire attendrissant. Avant qu'elle n'eût le temps de parler, il l'embrassa éperdument en l'enlaçant fougueusement.

— Tu m'as manqué... lui susurra-t-il à son oreille. Que dirais-tu si je t'emmenais en voyage ?

— Maintenant ?!

Il acquiesça d'un sourire malicieux faisant pétiller ses yeux clairs vers elle.

— Ji... il faut que je te parle avant, dit-elle en le considérant gravement.

— Oh... généralement quand on dit ça sur ce ton, ce n'est jamais rien de bon ! répondit-il en s'asseyant sur le lit.

— Non... ce n'est pas... hésita-t-elle en soupirant, ne sachant pas comment aborder le sujet. C'est juste qu'il faut que je te dise quelque chose sur moi et peut-être que cela va te faire fuir...

Elle s'arrêta soudainement et baissa la tête tristement. Le sourire de Ji revint aussitôt sur ses lèvres.

— Je t'écoute, dit-il en levant tendrement son visage vers le sien, dis-moi ce qui te tracasse.

Elle soupira de nouveau et s'assit contre la tête de lit en le considérant sérieusement.

— Je vais te révéler quelque chose sur moi, sur ma famille, mes origines, mais si tu sens que c'est trop pour toi et que tu ne le supporterais pas... je ne t'en voudrai pas, si tu t'en vas. Je comprendrai... çà n'est pas que je veux que tu partes, se reprit-elle vivement, mais tu as le droit de connaître certains détails de ma vie avant d'aller plus loin dans notre relation...

Elle se gratta la gorge nerveusement en le regardant timidement. Ce qui amena de nouveau le sourire à Ji qui la trouvait si touchante de vouloir s'exprimer sur sa vie. Il acquiesça pour lui signifier qu'il avait bien compris sa requête.

— Je ne m'appelle pas Callie Delacourt et je ne suis pas française. Mon véritable nom est Kassandra Sohanne Snateva. Ma mère était Brésilienne et mon père était Azerbaïdjanais, je ne sais pas comment ils se sont rencontrés, mais... ils étaient mordus d'histoire et parcouraient le monde à la recherche d'objets rares. Mon arrière-grand-père a conçu un cube qu'il a scellé de son sang.

Elle se mit à rire tout à coup.

— Je sais, ça peut paraître tiré d'un film à la Spielberg, mais c'est vraiment la vérité. Tous les gens qui naissent avec les yeux verts dans ma famille peuvent ouvrir ce coffre. Le hic, c'est que je suis la seule survivante qui peut le faire et c'est pour cette raison que je vis au Japon chez les Ojiro. Ils me protègent depuis ma naissance d'un groupe d'illuminés qui veut s'emparer de mon sang.

— Et que contient ce coffre ? l'interrogea Ji en feignant l'ignorance.

— Euh… je ne sais pas ! Peut-être qu'il est vide… mon arrière-grand-père était féru d'archéologie, mais peut-être aussi qu'il était fan de film comique et qu'il n'a rien mis dedans ! rit-elle nerveusement. À en croire Colleen, il devrait s'y trouver une relique très ancienne du temps du Christ.

— Et tu pourrais en mourir si tu ouvrais ce coffre ? demanda-t-il gravement.

— C'est une possibilité, oui ! Il y a des phrases et des signes gravés sur le cube. Si on arrive un jour à les décoder, ça pourrait peut-être me sauver la vie…

— Merci de ta confiance, Callie et de m'avoir dit la vérité sur toi. Mais… cela ne change rien pour moi, dit-il en levant vers elle un regard amoureux. J'ai craqué sur toi la toute première fois où je t'ai vue sur scène quand tes amis ont chanté leur chanson. Et depuis que je te connais, j'ai envie d'être à tes côtés continuellement. J'aime ton corps, tes formes, mais aussi toi… tu es intelligente et tellement… et si… rit-il faisant pétiller ses yeux malicieux. Je suis tombé amoureux de toi… éperdument… ajouta-t-il plus sérieusement les yeux brillants.

Callie devint aussi rouge qu'une pivoine en entendant sa déclaration d'amour. Elle tenta de se dominer pour lui faire réaliser pleinement ce que cela impliquait d'être avec elle.

— Mais tu sais dans quoi tu t'engages d'être avec une fille comme moi, Ji ?! Ce n'est pas juste un petit problème que j'ai… je suis recherchée ! Tu pourrais même être en danger ! insista-t-elle en le fixant profondément. Il y a beaucoup de personnes chères à mon cœur qui sont mortes pour protéger ce cube et ma vie ! Et le risque c'est que si un jour on a des enfants et qu'ils ont les yeux verts, eux aussi devront se cacher ! Tu es vraiment conscient que je ne suis pas une fille normale, mais plutôt une fille à problèmes ?! Tu aimes voyager et tu es quelqu'un de très indépendant, crois-tu que tu pourrais vivre en autarcie avec une fille qui freine ta vie ?!

— Tu veux combien d'enfants au fait… sept, huit ?! répondit-il en la prenant dans ses bras. Toi non plus, tu ne sais pas qui je suis Callie ni quels moyens j'ai à ma disposition pour te protéger !

— Oh… mais rien ne presse, on a le temps… ! sourit-elle.

— Tu ne veux toujours pas connaître mon nom ?! demanda-t-il surpris.

— Ben, tu es Ji, c'est suffisant non et puis… ce n'est pas comme si on allait se marier demain ! Laissons les choses se faire naturellement…

Il baisa son cou et en profita pour la humer fiévreusement en glissant ses mains sous son tee-shirt.

— Tu veux m'emmener en voyage, alors ?! dit-elle en ne perdant pas le nord tandis que Ji leva les yeux au ciel en pouffant.

— Amane nous invite chez elle ce soir jusqu'à la fin de la semaine.

— Ah oui ?! dit-elle surprise. Elle est gentille cette fille. Tu… es sorti avec elle, enfin tu la connais depuis longtemps ?

— Oh non, je ne suis jamais sorti avec elle et oui, je la connais depuis très longtemps ! dit-il en se retenant de rire. Alors, tu es d'accord ?

Tandis qu'elle acquiesçait, il lui demanda de faire sa valise pendant qu'il sortait de la suite avec son téléphone à la main.

Dans son bureau de Kobe, au 20ème étage, madame Ojiro préparait avec ses avocats sa rencontre avec monsieur Matsushime pour le lendemain, quand sa secrétaire lui signala un appel de celui-ci.

— Bonsoir, mon fils veut annuler notre alliance pour demain matin, annonça-t-il.

— Il ne veut plus l'épouser ?! s'étonna Sayuri, complètement dépité.

— Non, ce n'est pas cela… Mais votre filleule ne veut toujours pas connaître son identité et veut prendre son temps avant de se marier ! Je trouve cela très louable de sa part, mais le temps presse ! D'autant que les journalistes m'assaillent de part et d'autre, il faut leur donner raison, avant que les mauvaises langues se délient et que les journaux à scandale fassent des gorges chaudes de toute cette histoire. Alors je reporte notre entrevue pour demain dans la soirée !

— Vous allez prévenir votre fils que vous maintenez cette réunion contre son gré ?! grimaça Sayuri.

— Non, ce n'est pas la peine, ils seront là et ce sera une occasion en or pour signer les documents, ils n'auront pas d'autre choix !

Alors qu'elle préparait sa valise en fouillant dans son dressing de jolies tenues à emporter, elle tomba sur la grande housse champagne à moitié ouverte. Machinalement, elle remonta la fermeture quand elle sentit que la housse s'aplatissait contre la paume de sa main. Intriguée, elle l'ouvrit complètement et fut stupéfaite de constater qu'elle était vide. Frénétiquement, elle fouilla tout son dressing à la recherche d'une autre housse ou de sa robe de mariée qui aurait été mal rangée par une femme de ménage. Au bout de dix minutes de recherches infructueuses, elle sortit vivement de sa suite, le cœur battant dans sa poitrine, en bousculant sans le faire exprès Ji sur son passage.
— Callie, qu'est-ce qui se passe ?! demanda-t-il surpris par son air hagard.
— Pardon Ji, mais quelqu'un m'a pris quelque chose de très important dans mon dressing, répondit-elle agacée en cherchant du regard le majordome.

En descendant les marches de l'étage à vive allure, elle l'aperçut avec un plateau se diriger dans la cuisine. Un gros sac de poubelles traînait devant l'entrée avec une soubrette prenant sa pause thé. En s'avançant d'un pas tranquille, elle lui demanda poliment si elle avait fait le ménage récemment dans sa chambre et où elle avait mis sa robe de mariée.
— C'est mon premier jour aujourd'hui, madame Ojiro, et oui, ce matin j'ai fait le ménage dans votre chambre. La robe de mariée est là dans la poubelle, répondit-elle en se baissant respectueusement.
— Comment ?! Pourquoi avez-vous mis ma robe à la poubelle ?! cria tout à coup Callie en fouillant furieusement le sac.
— Vous vous... bégaya-t-elle apeurée. Vous l'avez brûlée ce matin, madame, s'inclina-t-elle de nouveau.
Soudain, Callie sortit du sac des morceaux à moitié calcinés de sa robe de mariée aux motifs fleuris sur la traîne. Blême, elle comprit tout à coup le comportement troublant de Shiro ce matin même. Une rage indescriptible l'envahit à ce moment, prenant toute la place dans son esprit, ses poings se crispèrent à mesure que la colère

emplissait tout son être. Elle courut de toutes ses forces vers l'étage et fonça dans la suite de Nanami sans frapper au préalable à la porte.

— Pourquoi tu as fait ça ?! hurla-t-elle, faisant accourir Ji et Shiro dans la suite.

Nanami était allongée sur le lit, Callie remarqua sa bouche enflée et le bleu sur la joue.

— Tu n'avais pas le droit de toucher à ça ! cria-t-elle en lui jetant au visage les morceaux brûlés de sa robe de mariée.

À moitié endormie par les sédatifs, Nanami afficha un visage défait par la tristesse. Le masque tombé, elle était telle qu'elle, sans méchanceté apparente, une jeune femme bafouée et rejetée par son époux.

— Il ne m'aimera jamais Shiro… pleura-t-elle. Il me l'a dit… C'est toi qui seras toujours dans son cœur…

— Tu n'avais qu'à pas me le prendre ! s'écria Callie en larmes, plongée dans un état d'abattement total de désespoir. On était heureux et toi tu as tout gâché !

— Callie, calme-toi… dit doucement Shiro en posant sa main sur son épaule, tandis qu'elle dévisageait avec morgue Nanami tout en s'apercevant qu'elle était dans un état second.

— Je te hais de tout mon être, Nanami… tu m'as pris le dernier souvenir que j'avais de Shiro ! ragea-t-elle en larmes, la voix éraflée par l'émotion. Tu mérites tout ce qui t'arrive !

11 LA PROMESSE

De retour dans sa suite, après cette altercation avec Nanami, Callie s'essuya les yeux avec le mouchoir que lui tendait Ji. Elle osait à peine croiser son regard, se rendant compte qu'elle devrait s'expliquer sur son comportement et ses sentiments envers Shiro. Ji la prit dans ses bras et la serra tout contre lui, la sentant si vulnérable et si triste ; elle se laissa aller contre lui, surprise qu'il soit si attentionné malgré la scène plus que suggestive et sa vive réaction avec Nanami.

— Je suis désolée Ji… dit-elle bouleversée, que tu aies assisté à ça… c'était ma robe de mariage avec Shiro…

— Chut… ne t'inquiète pas Callie. Viens, assieds-toi…

Il s'allongea sur le lit avec elle, l'enlaçant tout en l'embrassant sur le front et en lui caressant le dos.

— Tu vois, je t'ai prévenu… je suis une fille à problème… dit-elle en le dévisageant, les yeux brillants de larmes. Pardon Ji… tu dois te poser des tas de questions et je veux être honnête envers toi.

Il lui envoya un sourire désarmant en la contemplant amoureusement, faisant briller ses yeux intensément vers elle, puis l'embrassa sur ses lèvres tendrement.

— Tu n'as pas besoin de t'expliquer Callie. Je sais que tu as beaucoup souffert ces derniers mois. On t'a arrachée le cœur et volé ta vie. Tu sais, les souvenirs ne sont pas seulement immortalisés dans les objets, les plus beaux sont généralement gravés à jamais dans notre cœur, répondit-il en la considérant intensément.

Touchée par cette vérité, elle caressa son visage délicatement et l'embrassa sur ses lèvres avec douceur.

— Tu es incroyable, Ji… dit-elle en le fixant profondément de son regard vert intense. Pourquoi je me sens tellement bien quand je suis avec toi ?

— C'est parce que tu es amoureuse de moi ! répondit-il malicieusement, alors qu'elle piqua un fard instantanément. Ta valise est prête ? demanda-t-il tandis qu'elle acquiesçait. Alors, partons vite d'ici !

Après avoir passé les trente minutes de vol en jet privé dans les bras de Ji, il l'amena à la majestueuse propriété d'Amane Matsushime. Le soir était tombé, une belle lune rousse gravitait au milieu de la Voie lactée, clairsemée d'étoiles brillantes. Callie était plus détendue devant un bon repas aux chandelles sur la terrasse de la piscine à débordement.

— Ça lui arrive souvent à Amane d'inviter des amis à sa table alors qu'elle n'est pas là ?!

— Elle me fait confiance Callie, on se connaît depuis très longtemps, lui sourit Ji.

Ses yeux brillaient intensément, savourant cette douce quiétude en compagnie de Ji.

— Merci, Ji… de me prendre telle que je suis, avec toutes mes faiblesses et mes imperfections…

— Tu es parfaite Callie, tu as juste été blessée profondément, dit-il avec douceur en lui prenant la main.

— Je ne t'ai jamais posé la question, mais… je sens que tu as beaucoup de maturité dans tes paroles, tu comprends ce que je ressens comme si tu lisais en moi. Tu as été blessé toi aussi par une femme ou par des événements dans ton passé ?

— Non.

— Ne me dis pas que tu n'es jamais tombé amoureux toi aussi ?! dit-elle interloquée en le dévisageant alors qu'il pouffait.

— À part avec toi… non, jamais, répondit-il avec un sourire rougissant.

— Alors comment se fait-il que tu me comprennes si bien ? demanda-t-elle.

— J'ai grandi en ayant eu tout ce que je voulais, mais j'ai aussi été bien éduqué par ma mère. On se parlait beaucoup. Elle a beaucoup souffert dans sa vie : elle a divorcé de mon père et quand elle s'est remariée, elle est devenue veuve. Je l'ai vue dans ses pires moments, alors je suis en mesure de comprendre ce que tu as vécu, répondit-il en la fixant avec douceur. Tu as d'autres questions ?!

— Oui ! dit-elle embarrassée. Tu sais, je t'ai dit l'autre soir que j'avais eu ma dose des femmes jalouses et…

— Personne ne viendra t'embêter Callie, la coupa-t-il aussitôt, je ne laisserai personne te faire du mal !

— Oh… et t'en as eu beaucoup de… hésita-t-elle en rougissant, non c'est bon, oublie, je ne veux pas savoir ! rit-elle en observant son air malicieux.

Allongée sur le divan moelleux de la terrasse, après le dîner, à contempler les étoiles scintillantes dans les bras de Ji, Callie rêvassait tout doucement, comme apaisée par sa tendresse bienveillante. Ji fixant le ciel pensivement lui posa une question inattendue :

— Qu'est-ce que tu aimerais si tu en avais la possibilité ?

— Tu veux dire, là, maintenant ?! dit-elle en se tournant vers lui tandis qu'il acquiesçait.

Elle se mit à réfléchir et à imaginer ce dont elle aurait besoin dans l'immédiat, puis se lança au bout de quelques instants, en accrochant un sourire rêveur à ses lèvres tout en regardant le ciel étoilé :

— Humm… j'aimerais… partir en voyage. Mais pas juste une semaine ou deux. Partir pour une durée indéterminée. Me vider la tête, parce que je me rends compte que je suis fatiguée de tout ce qui s'est passé ces derniers temps.

— Et où partirais-tu en premier ? l'interrogea-t-il en se tournant vers elle.

— En France pour commencer. Ça va bientôt faire un an que j'en suis partie et ça me manque. J'aimerais revoir Tina au Pays basque et déposer des fleurs sur la tombe de ma mère adoptive…

— Et tu partirais seule ?! demanda-t-il l'air de rien en regardant le ciel.

— Non… tu viendrais avec moi ! répondit-elle en rougissant. Qui c'est qui me ferait des câlins, sinon ?! Les fraises au chocolat c'est bon, mais… je préfère tes bras et tes baisers, ajouta-t-elle les yeux pétillants de malice.

À ses mots, il se tourna vers elle, le regard plongeant dans le sien éperdument et la considéra longuement. Il l'enlaça tout contre lui, posant son front tout contre le sien et fermant les yeux.

— C'est exactement ce que j'espérais que tu répondes ! dit-il exalté.

— Que tes baisers soient meilleurs que le chocolat ?! répondit-elle d'une voix suave pleine de désir.

— Callie… dit-il en embrassant ses lèvres douces, tu fais fondre mon cœur…

Tout en caressant sa tête brune affectueusement, Callie se laissa étreindre fougueusement par Ji qui l'embrassa passionnément. Le désir montant progressivement, il glissa sa main sous sa robe légère et caressait ses cuisses offertes, remontant jusqu'à sa petite culotte.

— Ji si Amane revient… on est chez elle !

— Ne t'inquiète pas Callie, elle ne rentre pas ce soir… murmura-t-il en lui enlevant son sous-vêtement.

Il fouilla sa partie intime délicatement en accentuant son geste sur son clitoris, la faisant gémir de plaisir, tout en l'embrassant ardemment.

— Humm… oui… ! glapit-elle.

Excité par ses gémissements, Ji haletait, il déboutonna son jean en vitesse et enleva son boxer. Son sexe en érection était prêt à exploser de plaisir. Il la pénétra aussitôt en la soulevant dans ses bras. Adossé contre le divan, ses mains glissées sous la robe de Callie, il l'étreignait contre lui pendant qu'elle le chevauchait avec langueur, le rendant fou de désir. Le plaisir ressenti était décuplé par un sentiment de profonde volupté donnant un délicieux vertige des sens. Avec émotion et ivresse, ils jouirent ensemble en parfaite connexion l'un avec l'autre.

Le lendemain matin, le soleil était au rendez-vous, inondant de ses rayons lumineux la terrasse de la piscine dont Ji et Callie avaient pris possession, en dansant une bachata ultra sensuelle sur la chanson très chaude de Romeo Santos ft. Ozuna « Sobredosis ». Leurs sourires complices, leurs gestes tendres, le corps de Callie qui ondulait vers Ji en vagues sensuelles, donnaient l'impression d'une parfaite symbiose tout en harmonie. Elle irradiait de bonheur et se déhanchait voluptueusement vers Ji qui accompagnait tous ses gestes amoureusement. Amane, son fiancé et ses parents au-dessus de la terrasse, surplombant la piscine, prenant leur petit déjeuner, admiraient ce couple en train d'interpréter leur danse avec émerveillement.

— Ils vont bien ensemble ! s'exclama Amane, ravie.

— C'est donc elle, la Belle aux yeux émeraude ?! s'étonna monsieur Matsushime. L'artiste qui l'a peinte a été fidèle à son modèle…

— Comment s'appelle cette danse ?! demanda madame Matsushime un tantinet choquée. C'est un peu…

— C'est de la bachata, maman ! rit Amane devant la stupéfaction de sa mère. C'est une danse latine. Je te l'ai dit pourtant que Callie était chorégraphe !

— Une danseuse… ?! Ton fils a su choisir sa future épouse, on sait comment ! dit-elle à son mari qui émit un sourire nostalgique.

— Chut… ils arrivent ! dit doucement Amane. Alors surtout, pas de maladresse avec Callie, appelez Yohei : Ji, c'est bien compris ?!

Ce matin-là, Callie s'était habillée simplement, en jean pantacourt avec un petit haut blanc mettant en valeur sa poitrine rebondie et son corps sensuel. Ji était assorti à ses vêtements, en jean avec une chemisette blanche, ils s'avancèrent, main dans la main, leurs visages rayonnants de félicité. Amane se leva à leur rencontre :

— Callie, je te présente mes parents ! dit-elle joyeusement en les désignant.

Callie les salua respectueusement en se penchant gracieusement à la Japonaise tandis que Ji avançait un siège à ses côtés. Intimidée tout de même par leur prestance et leur élégance, elle resta silencieuse.

— Mon fils m'a d…

Soudain, Amane fusilla du regard son père en lui faisant une grimace pour qu'il se taise alors que Callie était occupée à se servir un croissant.

— Oh, c'est vrai, vous avez un fils, dit-elle en reportant son regard sur lui, il n'est pas là ?

— Euh… non, répondit-il embarrassé, il est en voyage !

— Vous le connaissez ? demanda l'air de rien Rama, le fiancé d'Amane, amusé de cette situation cocasse.

— Non, répondit Callie, mais j'en ai entendu parler.

Puis voyant leurs visages interloqués tournés vers elle, elle poursuivit aussitôt :

— Arisa Suzuki avait rendez-vous avec lui, mais il n'est jamais venu, rit-elle tout à coup. Elle en a fait tout un scandale pendant des jours ! Il est à l'université ?!

— Oui Callie, répondit Ji malicieusement, et ce n'est pas un petit rondouillard !

Soudain, elle piqua un fard monumental en mettant ses mains sur sa bouche tout en retenant un rire, tandis que Rama et Amane ne s'en privèrent pas en éclatant de rire sous l'incompréhension des parents d'Amane. À la fin du petit déjeuner, une fois que les parents furent partis, ils en vinrent à parler du mariage prochain d'Amane et de Rama. Celui-ci montrait fièrement des photographies de sa famille et de ses jeunes sœurs en âge de se marier. Amane expliqua à Callie qu'ils allaient en premier lieu célébrer leur mariage au Japon, puis dans un second temps, ils partiraient dans le pays natal de Rama en Thaïlande pour y vivre. Callie était en totale admiration devant les photos de ses jeunes sœurs.

— Elles sont magnifiques ! s'extasia-t-elle. De vraies beautés ! J'imagine que si ton frère les voit, il va vite s'empresser d'en épouser une !

Amane riait en regardant Ji qui levait les yeux au ciel tout en prenant Callie par la taille.

— Vous serez les bienvenus chez moi quand vous viendrez me rendre visite dans ma nouvelle maison !

— Elles seront là les petites sœurs au mariage ?! dit Callie tout en regardant Ji qui pouffait de rire.

— Callie, tu n'as pas à t'en faire pour Ji. Je pense que pour lui, tu es sa merveille ! répondit Amane en lui souriant gentiment, ce qui finit par faire rougir Callie. Il n'a d'yeux que pour toi !

— Tu es jalouse ?! demanda Rama, taquin.

— Je n'ai jamais eu l'occasion de l'être. Mais…

— Mais… ?! dit Amane en prenant les mains de Callie tout en riant joyeusement. C'est normal quand on est amoureuse !

Cela fit rougir encore plus Callie qui arrêta de respirer, n'osant plus croiser le regard de Ji. « Respire Callie… » Murmura Ji en resserrant son étreinte tout en lui glissant ces quelques mots à l'oreille. Elle reprit sa respiration aussitôt sous le regard pétillant de Ji qui eut un sourire entendu avec Amane.

— Callie, à partir de maintenant, tu restes avec moi jusqu'à ce soir ! exulta Amane. Je fête mon enterrement de vie de jeune fille et ce soir, on se retrouve tous ici pour la réception avec les garçons d'honneur !

— Oh… merci de m'inviter ! répondit-elle en souriant à Amane puis se tournant vers Ji le regarda d'un air déçu. Donc, ce soir…

— Je serai là, ne t'inquiète pas ! répondit Ji en lui volant un baiser.

Alors que les jeunes hommes les laissèrent, Amane invita Callie dans sa suite. Elle fut émerveillée par son dressing qui était immense avec des tenues griffées de grands créateurs, tels que Dior, Petra Flannery ou Rachel Zoé et des tas de chaussures avec des sacs assortis. En fin de matinée, elles partirent dans un restaurant chic à Tokyo rejoindre les trois demoiselles d'honneur, puis dans l'après-midi firent ce que toutes les jeunes femmes rêvent de faire. Elles s'installèrent confortablement dans un luxueux Ryokan, un établissement traditionnel japonais, au milieu d'un jardin splendide où elles profitèrent ensemble de l'Onsen et des massages prodigués par des personnes du métier. On les chouchouta comme il se doit, en offrant des manucures et des pochettes cadeaux de produits de beauté de chez Dior, puis en fin d'après-midi, en les coiffant et les habillant élégamment pour la soirée. Amane était constamment avec Callie, durant tout ce temps. Elle lui proposa de choisir ses tenues préférées sur une barre coulissante énorme, où des modèles étaient présentés, puis elle fut coiffée par un célèbre coiffeur.

Durant l'Onsen, elle fut toutefois légèrement embarrassée en entrant dans le bain. Toutes les jeunes femmes étaient à l'intérieur quand Callie, timidement, s'avança dans le bassin avec sa serviette enroulée autour d'elle. Elle jeta un coup d'œil furtif vers elles « *Oh putain ! Elles ne connaissent pas la cire chaude ou le rasoir ?! Je vais les choquer avec mon petit ticket de métro !* » Pouffant discrètement, Callie se moqua de leurs touffes noires, coiffées au carré et frisées. Dès qu'elle enleva sa serviette, en pénétrant dans l'eau claire, les demoiselles d'honneur la dévisagèrent en rougissant, ce qui fit sourire Amane.

— Les filles, arrêtez de la mettre mal à l'aise ! dit Amane. Callie est européenne, c'est la mode chez elle !

Elles finirent par en rire ensemble, et s'excusèrent de l'avoir embarrassée. Les babillages recommencèrent dans la bonne humeur.

— Amane, Yohei sera là ce soir ? demanda toute rougissante l'une des jeunes femmes.

— J'espère que ton frère nous fera l'honneur de venir ! s'excita une autre. Je l'ai vu en première page sur le journal !

— Non, il ne sera pas là ! Et on arrête de parler de lui, c'est moi la star aujourd'hui ! coupa court Amane en souriant largement ce qui fit taire aussitôt les demoiselles d'honneur.

Soudain, une jeune-femme, fronçant les sourcils vers Callie, eut une surprenante réflexion :

— Ça me revient tout à coup, mais j'ai l'impression que je t'ai déjà vue quelque part.

— Ah oui, moi aussi ! dit une autre jeune femme.

— Ah bon ?! s'étonna Callie qui réfléchissait en baissant la tête tandis qu'Amane se crispait en grimaçant vers ses amies. Oh, mais oui, c'est sûrement lors d'un concert en début de mois, vous avez dû me voir sur internet, la vidéo a fait le buzz ! ajouta-t-elle en riant.

— Oui c'est ça ! rit la jeune-femme, embarrassée.

À l'heure de quitter le Ryokan, toutes les jeunes femmes étaient toutes apprêtées et trépignaient d'impatience d'assister à la réception chez les Matsushime. Digne d'un conte de fées, Callie arborait fièrement la robe Junon de chez Dior. Une robe longue blanche scintillante, qui telle une fleur en éclosion, était superposée de pétales aux liserés de sequins argentés et noir. Ses cheveux, tenus en chignon romantique d'où quelques mèches miel retombaient en boucle sur ses épaules nues, encadraient un visage resplendissant de beauté. Toutes les jeunes filles montèrent dans la limousine, sauf Callie. Prétextant qu'il n'y avait pas assez de place dans l'automobile à cause de leurs robes amples, Amane la refoula en lui précisant qu'une autre voiture viendrait la chercher.

Aux alentours de 19 h 30, une limousine blanche vint se poster devant le Ryokan où Callie attendait impatiemment que l'on vienne la récupérer. Un garde du corps lui ouvrit la portière en s'inclinant respectueusement à sa rencontre, puis on l'amena au cœur de Tokyo, dans le quartier de Ginza, où les grandes enseignes et les luxueux hôtels se côtoient autour des panneaux publicitaires accrochés aux immeubles de la ville illuminée. La limousine l'arrêta devant un palace grandiose de plusieurs étages où une immense fontaine lançait ses jets colorés telle une danse féerique. Un steward vint lui ouvrir la portière, en la saluant :

— Mademoiselle Delacourt, dit-il dans un bon anglais, soyez la bienvenue !

— Euh… la réception est ici finalement ?! demanda-t-elle, interloquée.

Le steward acquiesça silencieusement tandis qu'elle sortait de l'auto. Alors qu'elle suivait le steward à l'intérieur de l'hôtel, il la dirigea dans un ascenseur en lui indiquant qu'il l'amènerait à sa destination automatiquement.

À ce moment même, dans la prestigieuse propriété des Matsushime, le père de Ji avait convié la famille Ojiro qui attendait depuis plus d'une heure, son fils et Callie. Ils avaient déjà prononcé une date de mariage et avaient, avec l'aide de leurs avocats, soumis un contrat d'alliance entre leurs deux familles pour la sauvegarde du cube, la protection de Callie et de sa descendance. Il ne manquait plus que leurs signatures, mais les jeunes gens manquaient à l'appel. Soudain, Amane reçut un texto, elle sourit malicieusement et se leva de la table des négociations.

— Allumez la télé, ça commence ! exulta-t-elle sous l'interrogation de sa famille et des Ojiro.

Quand le majordome alluma la télévision à écran plat, ils furent saisis d'effarement, car devant eux se tenait Callie en robe de princesse sur une terrasse surplombant la ville illuminée.

— Qu'est-ce que c'est, elle passe sur la chaîne nationale ?! s'alarma monsieur Matsushime.

— Non, dit Amane, c'est la transmission vidéo en direct, il n'y a que nous qui la voyons !

— Pourquoi est-elle là ? interrogea Shiro, froidement.

— Chuuut, ça commence ! jubila Amane en leur faisant signe de se taire.

Lorsque les portes de l'ascenseur s'ouvrirent, ses yeux découvrirent avec émerveillement une terrasse immense qui culminait la ville de

Tokyo. Devant elle, un tapis rouge indiquait la direction à emprunter vers le centre de la terrasse où un énorme cœur en pétale de rose rouge était dessiné. La décoration était digne d'un conte des mille et une nuits. Des photophores orientaux et des grandes torches en feu ornaient la terrasse d'un joli halo de lumière douce. Des fleurs à profusion avec des plantes exotiques majestueuses et un autel en bois drapé d'un tissu léger orné de gerbes fleuries suspendues.

Sans crier gare, un feu d'artifice éclata avec l'animation holographique d'une danseuse étoile exécutant un solo romantique avec son partenaire. Leur danse évoquait une demande en mariage ; le danseur était agenouillé devant sa dulcinée. Brusquement le ciel s'illumina de nouveau, les danseurs disparurent pour laisser place à une inscription holographique « Marry me » accompagnée par une chanson d'un artiste français dont le titre était « *longtemps* » d'Amir. Emut, Callie écoutait cette chanson qui débutait par les paroles : « Je veux des problèmes, je veux que tes galères deviennent les miennes… » Au même instant, les Matsushime et les Ojiro lisaient les paroles dans leur langue au bas de l'écran.

— Eh bien, il a fait les choses en grand ! s'exclama monsieur Matsushime, impressionné.

— Chuuut ! le fit taire sa fille qui était totalement captivée par les images et la chanson.

La musique résonnait aux quatre coins de la terrasse. A la fin du dernier refrain, le cœur palpitant à tout rompre, Callie vit Ji apparaître. Il portait un costume noir satiné avec une longue veste moulante et un froufrou blanc qui ressortait de son veston. On aurait pu facilement le confondre avec un de ces dandys anglais de l'époque victorienne ; il était superbe. Callie en resta bouche bée d'admiration. Il s'avança vers elle et se plaça au centre du cœur en pétale de rose. Il s'agenouilla tel un brave chevalier ayant vaincu un dragon. Au moment où la chanson se tut, il considérait Callie avec émotion.

— Épouse-moi Kassandra. Je veux que tu sois mienne ! dit-il en tendant un écrin ouvert sur une bague en diamant. Je te promets de te couvrir de baisers et de câlins tout le long de ma vie et nous danserons ensemble sur le fil de notre amour.

Elle se détourna, son cœur dans sa poitrine tambourinait à tout rompre.

— Callie ! Qu'est-ce qui se passe ?! s'affola Ji en se levant.

Elle lui fit signe de rester à sa place et s'en alla vers la balustrade. Elle contempla la Voie Lactée tout en réfléchissant, pesant le pour et le contre. Dans le séjour des Matsushime, la tension était à son comble.

— Elle hésite... dit Hanaé en plein stress en dévisageant discrètement Shiro qui était blanc comme un linge.

Callie semblait paniquée tout à coup ; sa respiration s'accéléra.

— Pourquoi maintenant, pourquoi ne pas attendre encore un peu ?!

— Pourquoi pas ?! Je suis tombé amoureux de toi et c'est la première fois que ça m'arrive. J'ai 24 ans, je ne veux plus perdre mon temps, c'est toi que je veux... ! Nous aurons toute la vie pour apprendre à nous connaître !

— Comment sais-tu que c'est de l'amour ?! On se connaît à peine...

— Je le sais, parce que je pense à toi sans arrêt, je te vois dans mon avenir ! Je veux te donner mon nom et fonder une famille avec toi, j'ai envie de vivre à tes côtés pour le reste de ma vie... et crois-moi... je n'ai jamais ressenti ces sentiments avec personne d'autre que toi ! répondit-il avec passion, les yeux brillants.

Au séjour, ils virent Callie pleurer en silence. Elle s'essuyait les yeux à mesure que les larmes coulaient. Puis la virent quelques minutes plus tard sourire rêveusement. Elle se retourna de nouveau vers lui, affichant un visage grave tandis qu'il la fixait ému en silence.

— Tu me promets qu'il n'y aura aucune fille qui va se ramener un jour avec un bébé sous le bras ou enceinte jusqu'aux yeux pour me voler ma place auprès de toi ?

— Oui, Callie !

— Parce que je crois que je ne pourrais pas supporter une nouvelle fois d'avoir le cœur brisé ! dit-elle fermement, les yeux brillants.

— Personne ne viendra, je te protègerai, un contrat nous liera. Je t'en fais la promesse !

Apaisée, elle s'agenouilla devant lui en le considérant longuement de son regard vert intense, puis lui fit un baiser.

— Oui... dit-elle, je te veux !

Il lui prit la main délicatement et inséra la bague diamantée à son doigt. Au même instant, le ciel s'illumina d'un feu d'artifice grandiose, monté d'un énorme cœur en hologramme où deux alliances se croisant formaient le signe de l'infini, de l'amour éternel. Fou de joie, Ji la souleva dans ses bras en l'embrassant éperdument devant les acclamations de la salle de séjour où les deux familles se serrèrent la main tandis que Shiro quittait la pièce précipitamment.

Aussitôt un hélicoptère surgit dans le ciel et se posa sur la terrasse. Ji aida Callie à y grimper et ils s'envolèrent dans les airs rejoindre un petit aéroport où le jet privé était à quai. Ils s'y installèrent en occupant la partie du fond de l'appareil. Un dîner aux chandelles les attendait dans le petit salon attenant à la chambre à coucher pendant que Tic et Tac s'asseyaient avec deux autres gardes du corps, à l'autre bout de l'avion vers le cockpit.

— Tu m'amènes où cette fois-ci ?!

— En France ! répondit Ji en l'étreignant.

— Mais qui es-tu pour pouvoir faire tous ces voyages ? dit-elle ébahie en écarquillant les yeux. Non, ne dis rien ! rit-elle alors qu'il voulait répondre. J'ai tout mon temps pour le découvrir désormais ! Ji éclata de rire faisant pétiller ses yeux gris clair vers elle, tandis qu'elle s'accrochait à son cou, tout en le dévorant de son regard vert intense.

12 RENTRER CHEZ SOI

Pendant que l'avion suivait sa trajectoire vers la France, à travers la nuit constellée d'étoiles scintillantes, Ji et Callie dînaient à la lueur des chandelles dans le petit salon.

— Vous m'avez bien eue, encore une fois, avec Amane. Il n'y avait pas d'enterrement de vie de jeune fille, alors ?!

— Non, répondit Ji en riant, mais il fallait bien trouver quelque chose qui n'éveille pas ta curiosité ! Les demoiselles d'honneur n'étaient pas non plus au courant ; elles étaient si déçues… s'esclaffa-t-il de plus belle.

— Vous êtes incroyables, tous les deux ! Les pauvres !

Subitement, le portable de Ji sonna. En voyant le destinataire, il s'excusa et sortit de la cabine.

À ce moment même, Callie reçut un message d'Azako : « Félicitations pour tes fiançailles ! » « *Comment est-il au courant, je ne l'ai encore dit à personne ?!* » s'interrogea-t-elle en fronçant les sourcils. « *Ji me cache quelque chose et si Azako est au courant, forcément…* » Elle soupira de dépit et envoya un sms à son ami : « Merci. Shiro est avec toi ?! » Il répondit positivement dans la foulée, elle lui renvoya aussitôt un autre message : « Comment va-t-il ? » « Comment veux-tu qu'il se sente ?! » reçut-elle comme une gifle. Elle soupira de nouveau de dépit, en sentant une douleur l'envahir dans la poitrine. « Dis-lui que je suis désolée… Prenez soin de lui... OK ?! » À l'instant où Ji reprit sa place, quelques minutes plus tard, elle reçut un texto de son ami : « Ne t'inquiète pas Callie, on s'occupe de lui. Excuse-moi d'avoir répondu de la sortes »

— Tout va bien ?! demanda Ji en constatant le visage attristé de Callie.

— Comment se fait-il que mes amis soient au courant de nos fiançailles ?

Ji soupesa ses mots avant de répondre. Il soupira puis se lança aussitôt :

— La demande en mariage a été filmée en direct pour garder un souvenir, mais mes parents étaient, à ce moment-là, en négociation avec la famille Ojiro pour conclure une alliance.

— Quoi ?! Tu veux dire que Shiro m'a vu te dire « Oui » en direct ?! s'affola-t-elle en colère tout à coup. Mais c'est cruel !

— Callie... l'appela Ji doucement, en venant près d'elle tout en lui prenant la main. Je ne savais pas qu'ils étaient là, je te le promets ! Je viens de recevoir un appel de mon père, il pensait que l'on viendrait ce soir...

Elle accusa le coup, posant sa main sur sa bouche et écarquillant les yeux dans le vide.

— Hey, dit Ji en prenant son visage entre ses mains, ne t'inquiète pas pour Shiro... il va s'en remettre Callie.

— Je suis désolée Ji... renifla-t-elle en caressant son visage. C'est juste que...

— Oui je comprends, la coupa-t-il en l'étreignant tout contre lui, arrête de te faire du souci.

— Attends... dit-elle en se dégageant de ses bras et en fronçant les sourcils.

Tout à coup, Ji se raidit.

— Tes parents ont négocié une alliance avec les Ojiro ?! demanda-t-elle complètement sidérée. Dis-moi, tu es au courant depuis quand exactement de mes origines ?!

— Euh... hésita-t-il en esquissant un sourire malicieux tout en faisant une grimace. C'est une des nombreuses raisons pour laquelle je t'aime ! Tu es si futée !

— Tu essaies encore une fois de m'endormir avec de belles paroles... dit-elle en levant les yeux au ciel. Tu n'es qu'un filou !

rit-elle en rougissant tout en lui donnant un baiser.

Il l'étreignit encore plus fort contre lui, puis l'embrassa éperdument en la soulevant dans ses bras.

— Je suis si heureux Callie... murmura-t-il à son oreille tandis qu'il la déposait sur le lit. Bientôt tu seras ma femme et tu feras de moi l'homme le plus chanceux de la planète... ajouta-t-il en dégrafant sa robe.

Callie posa sa main sur sa joue affectueusement, faisant pétiller son regard dans le sien.

— Non, c'est moi la veinarde Ji... tu es parfait ! dit-elle en déboutonnant son veston.

Ils se déshabillèrent mutuellement, mêlant tendresse et empressement, se désirant et s'envoûtant l'un et l'autre par leur regard enflammé. Il l'enlaça, le cœur battant à tout rompre, empli de désir, en s'allongeant à ses côtés.

— J'ai envie de toi... murmura-t-il, j'aime te faire l'amour... j'aime entendre tes petits cris... j'aime quand tu m'embrasses... j'aime ton regard vert et tes lèvres sucrées... j'aime ta peau dorée... ton corps et tes courbes... j'aime ta façon d'être...

Il s'arrêta tout à coup en la considérant les yeux dans les yeux.

— Je t'aime Callie. Je suis fou de toi...

Pour toute réponse à son long intermède, elle se colla tout contre lui en le dévorant de petits baisers tendres le long de sa bouche qu'elle mordilla. Il ne put résister bien longtemps à ses baisers. Il embrassa son cou langoureusement tout en pelotant ses seins rebondis. Puis il descendit plus bas, tout doucement, en embrassant sa poitrine. Il suça ses tétons, la faisant gémir de plaisir, puis lentement, descendit sa main plus bas, insérant ses doigts dans sa cavité humide. Tous ses sens étaient en éveil, Callie haletait, Ji la fit languir en la caressant partout autour de son sexe sans le toucher. Elle trépignait, le suppliait de son regard vert de la prendre, mais Ji jouait avec elle, la faisant frémir d'excitation.

— Tu me veux Callie... ?! chuchota-t-il.

— Oui ! gémit-elle en le serrant tout contre elle, se collant tout contre son corps en ondulant, se cambrant vers son sexe, follement.

— Attends encore un peu... répondit-il, taquin.

— Non ! Arrête de me faire languir, filou ! haleta-t-elle. Dépêche-toi de venir en moi ou je vais te sauter dessus !
Il pouffa contre sa bouche et ne se fit plus prier. Il la pénétra aussitôt en poussant un cri de jouissance. Leurs ébats étaient fougueux et passionnés. Il l'assaillit de coup de reins, encore et encore, jusqu'à ce qu'ils explosent de plaisir ensemble dans un tremblement d'émotion intense. Apaisé et essoufflé, ils s'endormirent tendrement enlacés, après s'être embrassés une dernière fois.

Le lendemain matin, après avoir déposé les bagages à l'hôtel du Palais à Biarritz, Callie fit visiter la ville balnéaire à Ji, sous un ciel bleu magnifique et un soleil resplendissant. En cette saison d'été, fin août, les estivants et les touristes quittent progressivement les plages, délaissant un bel été indien en septembre pour quelques vacanciers voulant profiter du paysage sans cohorte touristique. Les locaux peuvent enfin respirer en profitant encore du soleil et de la plage jusqu'en fin septembre.
— Que c'est bon d'être enfin à la maison ! exulta-t-elle en virevoltant sur elle-même. Je vais te faire goûter des croissants, les meilleurs que tu aies jamais mangés ! s'exclama-t-elle joyeusement. Tandis que Ji riait de sa remarque en lui tendant un billet qu'elle snoba, elle partit aussitôt à la boulangerie, toute guillerette, et revint deux minutes plus tard avec deux croissants tout chauds puis l'entraîna dans un bistro en terrasse face à l'océan. Le scintillement des vagues au soleil, l'air iodé de l'océan et la chaleur de son pays ragaillardirent Callie qui retrouvait enfin les couleurs de chez elle dans son cœur.
— Normalement, Tina nous rejoint, je lui ai envoyé un message ce matin !
— Tu lui as dit que l'on s'était fiancés ? demanda Ji tout sourire.
— Non, je lui ai dit que j'avais une surprise à lui annoncer ! rit Callie tout heureuse.
Ji la contempla avec amour, la trouvant si belle et si pétillante de se retrouver enfin en France. Elle lui rendit son sourire en lui prenant la main. Assis côte à côte, sur des sièges en métal, Ji entoura son bras ses épaules, en savourant cette douce quiétude en sa compagnie. Un jeune serveur déposa sur la table deux expressos avec la note, Ji tendit un billet de deux cents euros. Devant la stupéfaction du jeune

serveur, Callie le devança en tendant un billet de cinq euros qu'il lui prit aussitôt.

— Laisse, c'est pour moi ! lui dit-elle en lui lançant un clin d'œil.

— Je suis ton fiancé, c'est à moi de payer ! Pourquoi il n'a pas pris mon billet ?! s'offusqua-t-il.

— Parce que, premièrement, rendre de la monnaie sur deux cents euros, c'est contraignant pour un petit commerçant et deuxièmement, je n'ai pas été élevée de cette façon, monsieur mon fiancé ! répondit-elle en lui volant un baiser.

— Tu m'auras plus Callie, je dégainerai plus vite que toi la prochaine fois ! C'est la seconde fois que je me fais avoir ! s'exclama-t-il alors qu'elle riait en se moquant de lui.

— Tu me fais tout le temps des cadeaux, laisse-moi au moins te payer des cafés et des croissants ! répondit-elle en faisant-la moue.

Sa petite mine renfrognée fit fondre le cœur de Ji, qui étira un tendre sourire vers elle.

Soudain, Callie se leva brusquement de son siège, en poussant une grande exclamation de joie. Une jeune femme en mini-jupe avec une longue mèche rouge vif sur le côté de sa coiffure s'élança vers Callie en poussant des cris de joie aiguës. Elles sautèrent dans les bras l'une de l'autre, en s'embrassant sur la joue tout en se serrant dans leurs bras. Après les effusions, Callie lui présenta Ji comme il se doit :

— Tina, je te présente Ji, mon fiancé ! jubila-t-elle.

— Non, c'est pas vrai, tu t'es fiancée ?! s'étonna-t-elle en considérant Ji sur toutes les coutures.

— Hier soir, Ji m'a demandé ma main et j'ai dit oui !

— Oh félicitations ma morue ! Je suis trop contente pour toi ! s'excita Tina en la reprenant dans ses bras. Montre-moi ta bague !

Callie lui tendit sa main en rougissant, Tina resta sans voix devant l'anneau serti d'un gros diamant rare. Elle serra la main de Ji en le charmant de son regard noisette puis s'assit en face de lui, pendant que Callie hélait le serveur pour qu'il apporte un autre expresso.

— Callie, l'appela-t-elle tout en fixant Ji tandis que Callie se rasseyait, c'est de lui dont tu me disais que tu avais eu un coup d'un soir en journée ?! Il est vachement canon, tu sais les choisir, ma morue ! Il est encore plus beau que Shiro !

— Haaa... Tina... voulut l'arrêter Callie alors que Tina ne lui laissa pas le temps de finir sa phrase.

— C'est lui dont tu me disais qu'il baisait comme un Dieu ! lâcha-t-elle tout à coup en souriant largement. Il n'a pas l'air d'être trop typé asiate !

— Il comprend le français ! cria Callie rouge de honte n'osant plus croiser le regard de Ji qui riait aux éclats.

— Oh merde ! répondit Tina en éclatant de rire. Désolée !

— Oui, c'est moi ! répondit Ji fièrement en français, tout en entourant Callie dans ses bras. Alors, je baise comme un dieu ?! murmura-t-il à son oreille.

— Euh… je ne l'ai pas dit comme ça, elle en rajoute ! se défendit-elle rougissante en se mordant la lèvre alors qu'il la dévorait des yeux.

La semaine se déroula à merveille, Callie était aux anges et Ji était aux petits soins pour elle, la gâtant de multiples façons. Toutefois, Callie lui fit découvrir des endroits et des petits restaurants, sans prétention aucune qui émoustillèrent ses papilles. Il découvrit à ses côtés la simplicité d'un bon repas du terroir, « sans se ruiner ! » avait-elle dit avec fierté, entourée de Tina et quelques amis. Ils avaient passé ensuite une soirée sur la plage d'Anglet au feu de bois et dansé sur le sable au clair de lune accompagnés par le son mélodieux d'une guitare flamenco, jouée par un de ses amis. Elle lui avait présenté son ancien partenaire de danse, Pedro, et ils avaient interprété ensemble une rumba, rappelant à ses souvenirs tous les concours de danse auxquels ils avaient participé. Puis elle déposa des fleurs sur la tombe de Réjeanne Delacourt, sa mère adoptive, en relatant à Ji ses derniers instants avec elle et quelques épisodes de son enfance.

Avant de partir, la grand-mère de Tina les avait conviés chez elle dans sa maison à la campagne, près d'Ainhoa, où les demeures sont recouvertes de rouge foncé par les piments suspendus au bord des fenêtres. Tina avait raconté à Ji son histoire familiale, lorsque sa grand-mère les avait élevés elle et son frère quand ses parents étaient morts d'une grave maladie. Elle serra dans ses bras Callie qu'elle avait vu grandir avec Tina, lorsqu'elle venait en vacances chez elle. Ji fut touché par leur convivialité, leur grand cœur et la simplicité de leurs gestes.

C'était le samedi vers midi, la température avoisinait les 30 °C. Un grand soleil jaune dardait ses rayons lumineux sur la décapotable de location, pour le plus grand bonheur de nos deux tourtereaux. Quand Callie descendit de l'auto, Mamacita s'élança vers elle en boitant avec sa canne. Un grand sourire étira ses lèvres sous ses grands yeux rieurs, ridés par le temps. Elles se serrèrent dans les bras chaleureusement, Mamacita versa quelques larmes, ce qui émut Ji de tant d'élan de générosité et d'amour. Une grande table était installée sous la véranda ouverte en bois et un bon repas du terroir chantait dans les casseroles de la cuisine, le doux murmure de l'axoa de veau.

Au moment de passer à table, alors que les toasts au foie gras et les verres de vin blanc se passaient de main en main, une voix familière fit hurler de joie Callie. Un grand jeune homme brun d'une vingtaine d'années apparut à leur rencontre, accompagné par sa femme et son enfant, blond comme les blés. Elle sauta dans les bras du jeune homme qui la fit tournoyer dans les airs comme de vieux amants. Tina en face de Ji, lui fit un clin d'œil entendu et rit à gorge déployée lorsqu'elle vit son visage s'assombrir.

— Eh, t'inquiète pas, c'est mon frère ! Il ne s'est jamais rien passé entre eux, le rassura-t-elle. La seule chose qui s'est passée à la limite, c'est qu'elle lui faisait ses devoirs, à ce grand feignant ! rit-elle.

— Toni, je te présente mon fiancé, Ji ! dit Callie, enjouée tandis que les jeunes hommes se saluèrent.

— Callie, tu n'étais pas mariée déjà ? Tina ? c'est bien ce que tu m'avais dit la dernière fois !? s'exclama la grand-mère en s'essuyant les mains sur son tablier à carreaux.

— Mais oui mamie, c'est lui ! répondit-elle en roulant les yeux vers Ji et Callie qui riaient aux éclats.

— Elle devient de plus en plus sénile… ! dit Tina en messe basse.

— Je t'ai entendue Tina, je ne suis pas sourde ! la réprimanda Mamacita sous les rires des jeunes gens.

Callie se tourna vers Toni, tout sourire, en faisant pétiller ses yeux nostalgiquement vers lui.

— Ça fait plaisir de te revoir, alors tu n'es plus Parisien ?!

— Non, j'ai demandé ma mutation et maintenant je suis chef stagiaire du service pédiatrie de l'hôpital de Bayonne.

— Tu peux remercier Callie, feignant, sans elle tu n'aurais même pas eu ton bac ! rit Tina en flanquant une grosse bourrade sur le dos de son frère.

— Arrête, tu vas t'en prendre une ! se rebiffa Toni vers sa sœur.

Callie rit aux éclats tout en prenant le bébé des bras de sa mère.

— Comment tu as pu faire un enfant aussi beau ?! se moqua Callie vers Toni. Il est de toi au moins ?!

— Toi, ne commence pas ! répondit Toni en feignant l'outragé.

Sa femme expliqua en détail ses difficultés à tomber enceinte puis grâce à un traitement adapté, a pu avoir son enfant après deux ans d'incertitude et de souffrance morale. Toni, fier comme un coq, avait narré sa première intervention médicale lors de l'accouchement de sa femme. Malheureusement, l'enfant était né prématurément, deux mois avant terme et avait dû rester en couveuse pendant un mois avant d'être ramené chez eux. Callie était dubitative face à ce récit, la plongeant dans une profonde réflexion.

La journée se passa relativement vite et quand les au revoir furent prononcés, Callie ressentit comme un pincement au cœur. Elle savait qu'elle ne les reverrait plus pendant un long moment. Elle serra une dernière fois Mamacita, qu'elle savait sur le déclin de sa vie, qu'elle ne reverrait pas vivante. À la nuit tombée, ils reprirent la route pour Biarritz rejoindre le Jet privé, et s'envolèrent dans le pays du soleil levant. La sentant mélancolique de repartir loin de la France et de sa meilleure amie, Ji l'entoura de sa bienveillance et de sa tendresse, puis une fois arrivés à destination, l'invita chez Amane passer quelques jours avant de repartir à Kobe.

De retour chez les Matsushime après une semaine en France, Callie se remémora ses vacances dans son pays d'adoption avec une petite pointe de nostalgie. Quand elle se réveilla dans la matinée, Ji avait déserté le lit. Elle trouva sur son oreiller un bout de papier gribouillé : « Je suis au bureau, prends ton temps, je t'aime. » Un sourire se matérialisa sur ses lèvres aussitôt et elle se leva promptement pour se doucher. « *Au bureau ?!* » se dit-elle pensivement « *je ne sais toujours pas qui il est, ni quel métier il fait !* » rit-elle tout à coup.

À ce moment même, dans la propriété, monsieur Matsushime discutait avec sa fille :

— Il ne lui a rien dit ? s'emporta-t-il.

— Papa, ce n'est pas grave, c'est amusant ! le tempéra-t-elle en lui souriant.

— Mais comment allons-nous procéder pour la réception ?!

— On se débrouillera, ne t'inquiète pas ! rit Amane.

Monsieur Matsushime ne l'entendait pas de cette oreille et repartit s'affairer à ses occupations.

Callie se prépara et s'habilla légèrement. Contrairement à la France, le début de mois de septembre au Japon est très chaud. Elle sortit de sa chambre avec son combi short fleuri, dénudé aux épaules et descendit du deuxième étage par l'imposant escalier en pierre blanche. Tandis qu'elle sélectionnait les pistes mp3 sur son portable, elle croisa monsieur Matsushime qui remontait l'étage. Elle se baissa à sa rencontre et le salua respectueusement :

— Bonjour monsieur, je vous remercie de m'accueillir dans votre maison.

— Vous avez fait bon voyage ? s'enquit-il aussitôt en lui rendant son sourire.

— Oui, merci ! Ça fait du bien de revoir son pays et ses amis, répondit-elle intimidée devant la stature imposante de l'homme.

— Vous êtes seule, ou…

— Il est au bureau ! le coupa-t-elle nerveusement. Je ne sais pas quand il rentre, ni où est son bureau.

— Il est ici, vous savez ?! dit-il en la considérant du coin de l'œil. Allez le rejoindre…

Il lui donna la direction à prendre dans la propriété pour se rendre au bureau de Ji, puis la laissa, et monta l'étage d'un pas assuré.

Interrogative, elle se demanda pour quelle raison Ji avait son bureau chez les Matsushime. Elle suivit les instructions du maître des lieux et se faufila à travers les couloirs de la grande propriété. Arrivée au premier étage, elle trouva la porte que monsieur Matsushime lui avait indiquée, face à une petite fenêtre ronde et frappa. Au bout de quelques secondes, elle frappa de nouveau et colla son oreille contre la porte silencieuse. Prise de curiosité, en tournant le loquet, elle se retrouva à l'intérieur d'une grande chambre à coucher. Décrétant qu'elle s'était trompée de porte, au moment où elle voulait s'en aller, ses yeux s'attardèrent sur un imposant tableau posé contre le mur. Tout en s'avançant progressivement vers lui, son cœur battant à tout rompre, elle s'aperçut qu'elle était devant son portrait de la Belle aux yeux émeraude. Pétrifiée en se souvenant de son prix, elle fit un tour d'horizon visuel de la pièce et se dirigea aussitôt vers le lit où des journaux étaient étalés.

« Qui est cette Belle aux yeux émeraude qui a fait chavirer le cœur du milliardaire célibataire Yohei Matsushime. » lut-elle complètement effarée en voyant le visage de Ji lui sourire le soir de l'exposition. Un gros titre en première page d'un autre journal national disait : « Yohei Matsushime, le célèbre milliardaire du groupe Matsushime Corp., s'est fiancé et célèbrera bientôt son mariage prochain avec sa Belle ! » Le journal était daté du lendemain de ses fiançailles. « *J'y crois pas...* » s'affola-t-elle tout à coup en s'asseyant sur le lit, le cœur tambourinant à vive allure dans sa poitrine. « *Les emmerdes vont encore recommencer !* »

Aussitôt elle prit les journaux et s'élança hors de la chambre en dévalant les marches de l'escalier à toute vitesse. Un majordome l'interceptant lui signala que les maîtres de maison l'attendaient pour le déjeuner à la terrasse. Quand elle arriva, les Matsushime levèrent leurs visages souriants vers elle et Ji se leva à sa rencontre.
— Attends ! lui dit-elle en lui faisant signe de se rasseoir. Tu es le petit rondouillard ! Dit-elle vivement en jetant les journaux sur la table, alors que la tablée riait de son intermède. Non, ça ne me fait pas rire ! ajouta-t-elle en enlevant sa bague de fiançailles. Je suis désolée, mais tu es trop riche !
— Depuis quand est-ce un problème ? s'exclama le père de Yohei en riant.
— Je suis désolée Ji... répéta-t-elle, les yeux brillants, en posant la bague sur la table.
Brusquement, elle sortit de la pièce d'un pas pressé en prenant la direction de sa chambre, puis courut quand elle fut sûre de ne plus être en vue de personne.

Alors qu'elle bouclait sa valise en ravalant ses larmes, Ji rentra précipitamment dans sa chambre. Sa valise en main, elle se dirigea vers la porte en évitant de croiser son regard tandis qu'il s'adossait rapidement à la porte pour l'empêcher de partir.

— Callie, ne pars pas… explique-moi au moins la raison ? Pourquoi mon argent est-il un problème pour toi ?! l'interrogea-t-il avec inquiétude. Regarde-moi Callie, je suis toujours le même, c'est moi, Ji !

Sans le regarder, elle essuya une larme de son visage en posant sa valise sur le sol et releva la tête vers lui. Ému, en voyant ses yeux rougis, il s'empressa de venir à elle en l'étreignant tout contre lui.

— Je ne veux pas que tu partes, Callie ! Dis-moi, de quoi as-tu peur ? lui demanda-t-il.

— J'ai trop souffert avec Shiro à cause de ça, je ne veux pas revivre les mêmes choses !

— De quoi tu parles, je ne suis pas Shiro, Callie ?!

— Ji, dit-elle en le fixant, je me suis fait harceler et agresser au lycée par trois pétasses folles dingues, je suis partie à l'hôpital et j'ai failli mourir ! La veille de mon mariage, la cousine de Shiro a tenté de me tuer avec un couteau, elle m'a fracassé le crâne avec un pied de lampe et à l'université, je me suis fait passer à tabac par six amies de Nanami, qui ont sauvagement coupé mes longs cheveux ! Je suis restée muette pendant sept jours tellement j'étais choquée ! Toi, tu es pire que Shiro, tu es milliardaire ! Qui suis-je moi… je suis pauvre, je ne suis rien ! Imagine la cohorte de tes ex qui vont m'en vouloir et la jalousie de toutes les autres !

— Je te promets Callie qu'il ne t'arrivera rien ! répondit-il, prenant son visage entre les mains. Je ne permettrai pas que l'on te fasse du mal. Je ne peux rien contre la jalousie des autres, il y aura toujours des jaloux partout où tu seras, et où je serai, mais il y a une chose dont je suis certain, c'est que je te protègerai de ma vie s'il le faut. Crois-moi Callie, fais-moi confiance… !

Il l'étreignit de nouveau dans ses bras et ils s'assirent ensemble sur le lit.

— Callie, je ne suis pas comme Shiro, je ne suis pas lui et je ne serai jamais lui. Tu le sais ?! demanda-t-il soudainement. Tu regrettes de l'avoir épousé à cause de ce qui t'est arrivé ?

— Non ! dit-elle en se dégageant de ses bras, je ne regrette absolument rien ! Il était parfait aussi… ajouta-t-elle émue. Ce n'était pas lui le problème, c'était les événements malheureux qui en découlaient à cause de ces femmes jalouses ! Et je sais que vous êtes totalement différents tous les deux. Parfait à votre façon. Lui… dit-elle avec tendresse, le regard ailleurs. C'est le calme avant la tempête, c'est l'impétuosité des volcans en éruption et c'est la douceur d'un cocon de chenille. J'étais heureuse à ses côtés…

— Et moi… ? demanda-t-il avec inquiétude.

— Et toi… répondit-elle en le considérant tendrement. C'est le chant des oiseaux au printemps et la fougue des chevaux sauvages dans la plaine. Je suis tombée amoureuse de toi… dit-elle rougissante en se mordant la lèvre. En plus tu es beau, tu es plein d'esprit et tu me fais vibrer...

Il rougit tout à coup et mit son genou à terre en lui tendant la bague de fiançailles.

— Callie, tu veux toujours m'épouser ?! demanda-t-il alors qu'elle acquiesçait. Alors ne me fais plus peur, n'enlève plus jamais ta bague et promets-moi de toujours me parler avant de t'enfuir !

Il lui prit la main et insérant l'anneau à son doigt, y déposa un baiser.

— J'étais déjà au courant pour ton agression à l'université, mais pas pour les autres fois. J'aurais dû t'en parler avant, excuse-moi ! Je sais que tu as beaucoup souffert, mais dis-toi que tout cela est derrière toi maintenant. Je ferai de toi la personne la plus heureuse de la planète !

— Tu sais, je suis une fille simple, avec des besoins simples : des baisers et des câlins, c'est tout ce dont j'ai besoin ! répondit-elle en riant discrètement.

— Et du chocolat ?! répondit-il, taquin.

— Non, c'est toi mon chocolat ! dit-elle les yeux pétillants de malice en s'accrochant à son cou.

Soudain, il fronça les sourcils, en butant sur quelque chose dans ses pensées.

— Dis-moi, comment se fait-il que tu avais les journaux en ta possession ? Je les avais cachés dans mon ancienne chambre.

— Ton père m'a indiqué ton bureau pour que je t'y retrouve, mais… il n'y avait pas de bureau ! répondit-elle en se moquant gentiment tandis qu'il soupira en levant les yeux au ciel. Ce n'est pas grave,

Yohei, il était temps que je le sache... dit-elle en prononçant son prénom d'une façon très sensuelle.

En l'entendant prononcer son prénom de cette manière, il s'allongea près d'elle sur le lit.

— Répète-le encore... quémanda-t-il avidement alors qu'elle s'exécutait de la même façon. Encore... encore...

Alors qu'elle répétait inlassablement son prénom sensuellement, il lui fit l'amour avec tendresse et douceur, en mettant tout son amour dans chaque geste, chaque effleurage, tout en intensité et volupté.

13 LE CHOIX DU LION

Allongés côte à côte dans le lit de leur suite de la propriété des Matsushime, à la nuit tombée Callie questionnait son fiancé.

— Alors tu fais quoi dans la vie ?! dit-elle les yeux pétillants d'espièglerie. Tu vends des boulettes de riz dans les marchés de Tokyo ?!

Yohei éclata d'un grand rire et se tourna vers elle en prenant appui sur son bras tatoué. Son déshabillé en satin vert émeraude mettait en valeur ses grands yeux en amande enjôleurs. Face à lui, elle posa son doigt sur sa bouche et caressa la ligne perlée de ses lèvres.

— Attends ne dis rien, je vais deviner ! Alors… sourit-elle en le considérant du coin de l'œil. Tu es un homme d'affaires, tu joues en bourse ou tu vends ou achètes des biens immobiliers… ou des voitures de sport ! rit-elle alors qu'il acquiesçait.

— Je suis impressionné, ma future épouse ! répondit-il en lui donnant un baiser. C'est presque ça… la société Matsushime Corp. regroupe plusieurs entreprises de divers commerces en Asie et en Amérique et nous, on est la banque. Une grosse banque, tu vois ?

rit-il. On agit comme une entité de surveillance et prêteur de court-terme.

— Donc tu es parti en Amérique pour tes études universitaires ? demanda-t-elle impressionnée. Il acquiesça. Attends, il y a quelque chose qui me revient… mais oui ! cria-t-elle soudain en levant les yeux au ciel. C'était toi, filou ! s'esclaffa-t-elle finalement devant sa mine interrogative. Tu as accompagné Amane à notre premier rendez-vous !

Yohei piqua un fou rire en prenant Callie dans ses bras.

— Tu pianotais sans arrêt sur ton portable et ta casquette cachait ton visage ! Pourquoi tu te cachais d'ailleurs ?!

— Je suis connu Callie, partout où je vais, on me reconnait. Je ne pouvais pas savoir que tu ne saurais pas qui je suis ! Et ce jour-là je jouais au poker en ligne, mais… ça ne m'empêchait pas de te regarder même si la visière était baissée ! rit-il de nouveau.

— Filou ! houspilla Callie en riant et le chahutant. Tu joues au poker comme tu joues dans la vie !

— Il faut bluffer, c'est l'astuce ! Il faut faire croire à tes adversaires que tu es un lion !

Il se plaqua sur elle, et lui retenant les mains, il l'embrassa tendrement, par touches de petits baisers sur ses lèvres charnues.

— Je te l'ai dit, je suis tombé amoureux de toi à ce concert. Amane t'a juste engagée pour servir mes intérêts… avoua-t-il devant la bouche béante de Callie. Ne sois pas fâchée, je voulais te connaître…

— Tu as dû être déçu à notre premier rendez-vous sur la terrasse… sourit-elle.

— Pourquoi tu as refusé de me revoir ? Et pourquoi tu ne m'as pas rappelé ? demanda-t-il faussement suspicieux en la considérant du coin de l'œil.

— Vous posez trop de questions, monsieur mon fiancé ! lança-t-elle en riant.

— Avoue qu'en réalité, tu as trop craqué sur moi et que ça t'a fait peur ! répondit-il malicieusement.

— Je ne dirai rien, même sous la torture ! rit-elle en lui volant un baiser.

En fin de semaine, Callie se prépara pour se rendre à Kobe. Son fiancé l'avait avisée que c'était la dernière fois qu'elle irait. Ses affaires personnelles étaient en transition chez les Matsushime à Tokyo et ce jour-là, ils étaient invités chez les Ojiro pour signer le contrat de mariage. Pendant ces deux derniers jours, Amane avait aidé Callie à choisir sa tenue pour la réception de fiançailles qui avait lieu le surlendemain soir. Un tailleur était venu prendre ses mesures afin de l'habiller avec des vêtements uniques, puis elle avait répété une danse avec Yohei sur une chanson qu'il avait lui-même choisie pour cette occasion-là. Alors que la famille Matsushime s'installait tranquillement dans la limousine après leur vol en jet privé de Tokyo, Yohei scrutait Callie intensément, la sentant un poil nerveuse.

— Tu es triste de ne plus habiter chez les Ojiro ?

— Non… soupira-t-elle les yeux dans le vague. Ça fait bizarre de se dire que c'est la dernière fois que j'y mettrai les pieds, que je n'y croiserai plus Hanaé et Sayuri.

— Et Shiro… affirma Yohei en zyeutant Callie.

— En fait, je suis surtout contente de ne plus voir la tête de Nanami ou de sa sœur ! répondit-elle en lui souriant malicieusement. Et d'Akira aussi ! se moqua-t-elle.

Yohei pouffa avec Callie tandis que la limousine les déposait devant l'entrée de la propriété.

Le temps était au rendez-vous en cette fin de matinée, un grand soleil culminait dans un beau ciel azur, régalant par ses rayons les fleurs et les bourdons qui chantaient sous la tonnelle, à la porte d'entrée. Ce jour-là, Callie portait avec élégance une nouvelle tenue, une robe légère courte et rouge de Pétra Flannery, sans bretelles, mettant en valeur ses épaules nues et dorées. Ses cheveux étaient coiffés d'un chignon bohème, quelques mèches miel ondulées s'échappaient, rendant sa mise en beauté époustouflante. Yohei tenait sa main fièrement quand ils franchirent le séjour. A leur grande surprise, ils furent accueillis par les parents de Nanami. Après les salutations de rigueur, Callie et Yohei signèrent le contrat dans le bureau de Sayuri. Puis, une fois cette formalité accomplie, ils se préparèrent pour le bain avant de passer à table.

Callie attendait patiemment que tout le monde soit entré dans l'Onsen, pour enfin faire ce qu'elle avait derrière la tête depuis son retour de France. Ses pas la dirigèrent à la nurserie, elle préleva la bave de Tenshi avec un coton-tige puis l'inséra dans une petite pochette plastique qu'elle rangea soigneusement dans son sac. Ensuite elle alla rapidement à la suite de Nanami et Shiro. À l'intérieur de la salle de bain, elle préleva de fines mèches de cheveux sur une brosse. Avant de partir, toutefois, elle s'attarda, se remémorant les doux souvenirs de son premier mois de mariage, lorsque Shiro lui donnait des baisers incognito quand elle dormait. « *Il croyait que je dormais ce filou !* » se dit-elle les yeux dans le vague « *Je dormais la plupart du temps… mais les rares fois où je m'en rendais compte, c'était comme si je rêvais… un doux rêve éveillé…* »

Elle appuya sur un bouton contre le mur et la porte s'ouvrit sur le dressing. En y pénétrant, elle se souvint de sa vive réaction à la vue des vêtements rétros et vieillots qui s'y trouvaient. Elle se posta devant le dressing de Shiro, effleura du bout des doigts ses habits, son pull émeraude qu'elle avait porté à son premier jour et son costume Armani bleu roi qui lui allait si bien. Sans s'en apercevoir, elle glissa son nez dans le vêtement et respira son parfum. « *Si Yohei me voyait, je crois qu'il ne serait pas content… mais, je veux juste une dernière fois, puisque c'est ma dernière fois ici, sentir son odeur et me rappeler combien c'était bon d'être avec lui…* » Une larmichette roula le long de sa joue, elle sentit sa gorge se serrer douloureusement, malgré elle. Elle s'essuya les yeux en vitesse et sortit aussitôt de la suite pour aller voir Tenshi, tout en sortant son portable de son sac à main.

Pendant ce temps dans l'Onsen, côté masculin monsieur Suzuki et Akira parlaient finance avec monsieur Matsushime, ils furent délaissés par Yohei qui s'était retiré avec Shiro pour bavarder un peu plus loin. Au bout d'un laps de temps, monsieur Suzuki qui observait Yohei en train de discuter gaiement avec Shiro étira un sourire machiavélique. Il s'avança, l'air de rien, à leur rencontre :

— Je n'ai pas eu l'occasion de vous féliciter pour vos fiançailles ! dit-il doucereusement en tapant sur le dos de Yohei tandis que celui-ci acquiesçait d'un sourire. Sincèrement, je compatis avec vous !

— Pourquoi ?! demanda Yohei.

— Eh bien, je me dis que cela ne doit pas être facile pour vous d'être le second choix de votre fiancée !

Shiro soupira en levant les yeux au ciel et se détourna.

— Je ne suis pas son second choix ! répondit Yohei froidement.

— Ma foi, si vous le dites ! rit monsieur Suzuki. Cependant… si

Shiro était, par le plus pur des hasards, libre de tout engagement avec ma fille, je me demande qui de vous deux votre fiancée choisirait !

Devant le silence du jeune-homme, monsieur Suzuki frappa de nouveau sur son dos en s'esclaffant, puis il s'en alla une fois semé le trouble dans son cœur et celui de Shiro. Il s'ébroua et sortit de l'Onsen avec le père de Yohei et d'Akira tandis que les femmes sorties depuis quelques minutes se préparaient dans leur suite pour passer à table.

Alors que tout le monde s'installait dans le séjour pour déjeuner, ils surprirent Callie à la terrasse en train de cajoler le bébé et furent, pour la plupart, attendris. Tenshi poussait des cris de joie et gazouillait quand Callie mangeait sa menotte ou qu'elle jouait avec lui.

— Elle est si maternelle… sourit Hanaé tendrement. Elle va beaucoup me manquer !

Madame Ojiro posa sa main sur l'épaule d'Hanaé en esquissant un sourire compatissant.

— Elle va nous manquer à tous… ! reprit Sayuri en considérant Callie fièrement.

— Vous l'aimez vraiment beaucoup, dit madame Matsushime. Ne vous inquiétez pas, elle sera heureuse avec nous ! Et puis, vous serez les bienvenus chez nous, à chaque fois que le cœur vous en dira !

— Yohei, je pense qu'il serait temps que tu nous donnes un petit fils ! rit son père.

Callie leva les yeux vers le séjour en entendant la voix forte et grave de monsieur Matsushime.

— Et si c'est une petite-fille ?! répondit-elle du tac au tac, faisant rire toute la tablée.

— Elle sera comme sa mère : magnifique et intelligente ! répondit Yohei fièrement.

— Oui, mais bon… pas pour tout de suite, hein, on fait comme on a dit ?! rit-elle en venant vers lui.

— Pourquoi tu n'es pas venue dans le bain, questionna Nanami innocemment, tu avais peur de nous montrer ta ligne large ?

— Non, j'avais juste peur de te voir avec ta touffe noire… répondit-elle dans le même ton, faisant se tordre sur leur siège Yohei, Shiro et Akira qui étaient rouges tant ils se retenaient de rire aux éclats.

— Qu'est-ce que tu as fait pendant tout ce temps ? demanda doucereusement Arisa. Tu as vérifié que toutes tes affaires étaient bien parties de ta suite ?

— Oui c'est ça, répondit-elle dans le même ton, j'ai laissé mon parfum traîner un peu partout dans la maison pour que vous puissiez penser à moi, lorsque je ne serai plus là !

Au même moment son regard croisa celui de Shiro. Elle lui envoya un tendre sourire qu'il lui rendait discrètement. Alors que madame Matsushime parlait « bébé » avec madame Ojiro et Hanaé, en racontant qu'il fallait s'y mettre assez tôt, Callie déposa Tenshi dans la nurserie. Elle fut rejointe par monsieur Suzuki qui attendait impatiemment de se retrouver seul avec elle pour lui soumettre une proposition.

— Que me voulez-vous ? demanda-t-elle froidement.

— Je veux vous entretenir d'une affaire en privé, dit-il posément.

Callie l'inspecta avec ironie en plissant un sourire moqueur.

— Qu'est-ce que vous voulez, encore ? M'humilier ? Me traîner dans la boue ?

— Je sais que l'on ne se porte pas sur le cœur tous les deux, mais j'ai une proposition à vous faire. Que diriez-vous de nous rencontrer demain matin ?!

— Non ! J'accepte de vous parler, mais seulement aujourd'hui et après le déjeuner.

Dès qu'il acquiesça, elle rejoignait le séjour en attrapant son portable. « *Qu'est-ce qu'il me veut ce vieux grippe-sou ! Il veut me proposer quoi ?* » réfléchissait-elle.

S'installant à côté de son fiancé, elle envoya un texto à madame Ojiro : « Monsieur Suzuki veut me parler en privé après manger, est-ce que vous êtes au courant de quelque chose ? » Callie fixait Sayuri au moment où elle lisait son message. Quand elle releva la tête vers elle, elle leva aussitôt les yeux au ciel d'un air dépité. « Va dans mon bureau et attends-moi ! » reçut-elle. Elle s'excusa auprès de la tablée et partit de ce pas.

Au bout de cinq bonnes minutes, Sayuri la rejoignit dans le bureau et lui révéla l'ultimatum de monsieur Suzuki lorsque monsieur Matsushime avait refusé la main de sa fille, le soir de l'exposition. Callie comprit immédiatement la fuite de Yohei le soir même et elle eut une vague idée de la proposition que pourrait lui soumettre monsieur Suzuki.

— Callie, tu viendras dans mon bureau pour lui parler pendant que je serai au sous-sol. Si tu as un problème quelconque, que tu ne sais pas comment lui répondre ou quoi que ce soit, tu me fais un signe discret et j'arrive !

Elle lui indiqua les boutons sous son bureau, des caméras de surveillance.

— Sayuri, durant mon entretien, je tiens à ce que vous soyez seule en bas. Connaissant ce vieux bougre, il va sûrement me balancer quelques piques bien senties. Je ne veux en aucun cas que Shiro assiste à cet entretien !

— Qu'est-ce qu'il va te proposer à ton avis, Callie, rompre tes fiançailles pour sauver ma société ?! interrogea-t-elle.

— Oh non, c'est trop facile Sayuri… c'est un malin, il a sûrement une autre chose plus conséquente à me proposer. Il a essayé avec vous et ça n'a pas marché donc il va me proposer quelque chose… réfléchissait-elle à voix haute. Qui a un rapport avec Shiro !

Callie et Sayuri se dévisagèrent profondément puis soufflèrent de dépit quasiment ensemble.

— Si c'est le cas, Sayuri, promettez-moi que Shiro ne sera pas là…

Sayuri repartit, laissant Callie en pleine réflexion intérieure, puis descendit au bout de quinze minutes rejoindre Yohei. « *Il faut que je me prépare, il va sûrement me demander de choisir entre la liberté de Shiro contre Yohei, mon milliardaire de fiancé ! Mais c'est trop facile encore… Qu'est-ce qu'il a derrière la tête ? Il sait très bien que je peux choisir Yohei et tout avoir ! De plus, sa fille n'acceptera jamais qu'ils divorcent… Qu'est-ce qu'il mijote ce vieux con ?*».

Après le déjeuner, Callie invita monsieur Suzuki dans le bureau de madame Ojiro. Elle s'installa sur le siège de Sayuri tandis que monsieur Suzuki s'assayait en face d'elle, affichant un petit air suffisant. Pendant ce temps, madame Ojiro prenait un siège dans la salle des caméras de surveillance. Monsieur Suzuki considéra Callie avec outrecuidance pendant quelques minutes puis s'élança aussitôt quand elle le regarda à son tour, en lui faisant signe impatiemment de parler.

— Et si… je vous rendais Shiro ! Vous l'aimez toujours, n'est-ce pas ?! jeta-t-il tout à trac en la fixant de son regard vaniteux.

« *Nous y voilà ! Bien sûr que je l'aime toujours, connard !* » pensa-t-elle tout en affichant un visage impassible.

— Vous voulez négocier, c'est bien cela ? dit-elle froidement.

— Votre fiancé contre Shiro, qu'en dites-vous ? lança-t-il directement avec un sourire satisfait.

— Comment procèderiez-vous pour me le rendre ? répondit-elle, sceptique. Votre fille n'acceptera jamais un divorce !

— Ma fille n'a pas son mot à dire pour les affaires ! Votre réponse ? demanda-t-il en levant un œil présomptueux vers elle.

— Si je refuse, vous les ruinez complètement c'est bien cela ?!

— Non, ce n'est pas mon but ! répondit-il dans un rire sarcastique. Dans une semaine, leur côte sera tellement basse que je pourrai les racheter pour une bouchée de pain !

— C'était donc ça depuis le début ! Votre fille est tombée enceinte et vous en avez profité pour les déposséder petit à petit jusqu'à arriver à cette conclusion !

— Comment bâtissons-nous des empires si nous n'écrasons pas quelques obstacles en chemin ! ironisa-t-il férocement.

— Donc si j'ai bien compris, vous voulez négocier un homme ruiné contre un milliardaire, c'est bien cela ?! se moqua-t-elle. Je suis navrée, mais ça ne pèse pas lourd dans la balance ! C'est étonnant pour un opportuniste de votre ressort, c'est tout ce que vous me proposez ? Qu'est-ce qui pourrait m'empêcher de tout avoir avec mon milliardaire, monsieur Suzuki ?! Je rachète l'entreprise des Ojiro et Shiro divorce ! J'aurais tout gagné !

Soudainement monsieur Suzuki se mit à rire à gorge déployée en se tapant sur la cuisse. Il était tout rouge tant il riait de bon cœur. Une fois calmé, il considéra Callie avec ironie pendant quelques secondes en affichant un sourire narquois.

— On m'avait dit que vous étiez dure en affaire, malheureusement pour vous, j'ai des années et des années de pratique en négociation et plus d'une corde à mon arc ! Je ne voulais pas en arriver là, mais je n'ai plus d'autre choix à présent, répondit-il en soupirant, feignant l'homme contrit.

— Que voulez-vous dire ?! demanda Callie, sentant que le pire arrivait à pleine puissance.

Il prit tout son temps avant de répondre, se carrant plus confortablement sur son siège, il leva vers elle un regard diabolique.

— Vous croyez que votre fiancé acceptera de les racheter avec la réputation de Shiro ?

— Comment ça ?! interrogea-t-elle, les sourcils froncés d'incompréhension.

— J'ai en ma possession une preuve tangible de violence conjugale envers ma fille, dit-il en agitant une photo devant elle. S'il divorce, les retombées seront désastreuses pour lui et sa famille. Non seulement il sera discrédité auprès de votre fiancé, mais il sera passible de prison !

Callie devint blanche comme neige, la photo était datée du jour où Nanami avait brûlé sa robe de mariée.

— En d'autres termes, poursuivit-il en esquissant un large sourire satisfait, vous n'avez pas le choix !

— Donc, si je refuse de rompre mes fiançailles, vous les rachèterez et plaiderez la cour pour violence conjugale avec les photos à l'appui et le témoignage de votre fille ?

— Vous comprenez vite, mademoiselle Delacourt, dit-il en se moquant.

Callie était abasourdi. La tête baissée, elle soupira longuement. En un instant, elle releva son regard impassible vers lui en fronçant les sourcils.

— Qu'est-ce qui me prouve qu'une fois mes fiançailles rompues, vous ne mettrez pas votre plan à exécution, ou que Shiro ne divorcera pas avec votre fille ? Je veux une garantie, un document signé de votre part qui accrédite notre accord.

— Je crois que vous n'avez pas très bien saisi, mademoiselle Delacourt ! répondit-il avec raillerie. Vous n'avez pas le choix, ceci n'est plus une négociation, vous devez annuler vos fiançailles ou j'envoie Shiro en prison ! C'est ce que vous voulez ?!

Callie accusa le coup, se rendant compte de la situation catastrophique où elle n'avait plus aucune prise. Blême, elle fixait monsieur Suzuki qui jubilait de sa victoire prochaine.

— Laissez-moi un peu de temps pour rompre proprement avec Yohei. Je vais briser son cœur, j'ai besoin de me préparer psychologiquement, dit-elle tristement.

— Oh juste une dernière chose… dit-il avec suffisance en se levant de sa chaise. Vous devrez annuler vos fiançailles publiquement à la soirée de réception !

Alors qu'il quittait la pièce, Callie restait interdite, les yeux dans le vide et le visage crispé de colère. Sayuri la rejoignit dans le bureau une fois que monsieur Suzuki n'était plus en vue. Elle était dans un état pitoyable, sentant son monde s'écrouler sous ses pieds. Elle prit le siège en face de Callie et la considéra longuement en silence.

— On a deux jours pour trouver une solution pour tous vous tirer de ce piège ! déclara Callie. Et je sais ce qu'il me reste à faire…

— Qu'est-ce que tu comptes faire Callie, comment nous sauver ?! Il nous tient, c'est fini ! ragea Sayuri désespérément.

— Sayuri… il y a quelque chose qu'il faut que je vous dise… hésita-t-elle gravement. Depuis quelques jours, j'ai des doutes sérieux sur Tenshi et j'en ai eu une bribe de confirmation avec un ami qui est médecin en France.

Madame Ojiro blêmit tout à coup et ne tint plus sur ses jambes, elle vacilla sur la chaise en s'asseyant lourdement dessus.

— Qu'as-tu découvert Callie ?

Callie pesa ses mots en constatant ses yeux ulcérés et ses mains tremblantes. Elle s'assit juste à côté d'elle en la fixant avec bienveillance.

— Les bébés prématurés restent au moins un mois en couveuse ou en soins intensifs. Nanami, lorsqu'elle a accouché, est revenue avec le bébé le lendemain. Et ça, c'est impossible pour un enfant né prématurément ! Ils sont trop fragiles !

— Mais alors, cela voudrait dire que…

Émue, elle regarda Callie, les yeux brillants de larmes :

— L'enfant de Shiro est mort à la naissance… mais si Tenshi n'est pas son fils, alors Shiro peut divorcer… et toi tu pourras… répondit Sayuri avec émotion n'arrivant pas à formuler correctement sa phrase.

— Non, c'est plus possible maintenant… cet enfoiré de Suzuki vient de nous couper l'herbe sous le pied, il tient Shiro ! Même si on prouve que Tenshi n'est pas son fils, il restera toujours marié avec Nanami, sinon il ira en prison ! dit-elle les yeux remplis de larmes.

Je n'ai pas le choix, dans tous les cas je suis perdante, je les perds tous les deux et vous, vous perdez votre société !

Callie se leva de son siège et se tint devant madame Ojiro qui se leva aussi à sa rencontre.

— Je m'en occupe et je vous tiendrai au courant. Mais surtout Sayuri, jurez-moi, promettez-moi que tout cela restera entre nous ! N'en parlez jamais à Shiro ! dit-elle fermement en ravalant ses larmes tandis que Sayuri acquiesçait gravement. Ça l'anéantirait et je veux le sauver… ! craqua-t-elle alors que sa voix se brisait.

De retour chez les Matsushime, après sa journée à Kobe, Callie restait silencieuse dans sa suite, pesant chaque fait et chaque conclusion dans sa tête, se torturant l'esprit pour trouver une alternative à sa situation et à celle des Ojiro. « *S'il m'avait seulement demandé de choisir entre Shiro et Yohei, cela aurait été difficile, mais j'aurais fait un choix. J'aurais choisi Shiro. Je suis amoureuse de Yohei, mais j'aime profondément Shiro… Mais je me questionne, aurais-je été heureuse avec lui alors que mon cœur est partagé ?! Alors que je commençais à délaisser mon passé, pour enfin vivre mon présent avec Yohei, voilà que je dois faire des choix avec lesquels je les perds tous les deux ! Je vais briser le cœur de Yohei… Je me déteste !*

De plus, je n'ai aucune garantie que le père Suzuki va honorer sa parole ! Il a refusé un accord signé prétextant que ce n'était pas une négociation donc je n'ai rien pour faire valoir mon droit. Quelle ordure, j'aurais pu le coincer avec ça ! Même si je demande à Yohei de racheter les Ojiro, il se posera toujours le problème de Shiro… » Elle soupira en sentant le désespoir la consumer. « *Comment le sauver ? Si mes doutes sur la petite saucisse sont fondés, il faudrait que je prouve que le père Suzuki est mêlé, d'une façon ou d'une autre, à une histoire de vol de bébé ! À moins que…* » Une lueur d'espoir soudainement vint éclairer son visage. « *Il faut que je demande de l'aide à Yohei !* »

Avant de passer à table pour le dîner, Yohei la rejoignit dans la suite. Pendant tout l'après-midi, il l'avait trouvé distante et soucieuse malgré ses sourires de circonstance. Dès qu'elle le vit, elle l'attira dans ses bras et le serra tout contre elle, en respirant l'odeur rassurante de son cou.

— Qu'est-ce que tu as Callie, tu es différente… s'inquiéta-t-il tandis qu'elle le relâchait et repartait s'asseoir tristement contre la tête de lit.

— Il faut que je te parle, dit-elle gravement, les yeux brillants.

Yohei sentit soudainement son cœur se serrer n'en sachant pas réellement la raison. Mais en constatant son visage attristé et son comportement inhabituel de la journée, il se posa mille et une questions.

— Je t'écoute, répondit-il en s'asseyant à côté d'elle.

— J'ai besoin de ton aide, dit-elle en soupirant. Je n'en demande jamais normalement, mais là je n'ai pas le choix… la société des Ojiro va se faire racheter par Atsuji Suzuki. Depuis le début, il manigance pour les ruiner. Mais en réalité il va attendre patiemment la semaine prochaine que les taux soient au plus bas pour les racheter pour presque rien !

— Tu as découvert ça aussi ?! demanda-t-il excité. Comme la dernière fois quand tu étais dans le bureau de madame Ojiro.

Elle fronça des sourcils en le considérant avec suspicion. Il lui dévoila qu'il était présent avec Shiro à la salle des caméras de surveillance, il rit, mais Callie resta silencieuse et ne le chahuta pas.

— Il y a autre chose, n'est-ce pas ?! demanda-t-il soucieusement alors qu'elle acquiesçait.

— Shiro a de graves problèmes, monsieur Suzuki veut le mettre en prison, il a des photos compromettantes de Nanami le jour où elle a brûlé ma robe.

— Comment sais-tu tout cela, Callie ? l'interrogea-t-il vivement.

— Je le sais parce que j'ai eu un entretien avec monsieur Suzuki après manger. Sayuri est au courant... elle était au sous-sol pendant notre conversation.

Yohei sortit du lit aussitôt et fit les cent pas dans la chambre en grommelant dans sa barbe, se souvenant des paroles blessantes à son encontre à l'Onsen.

— Ce n'est pas tout, Yohei... dit-elle désolée alors qu'il levait son visage vers elle. La solution au problème de Shiro, c'est... que je dois rompre avec toi.

— Nooon ! cria-t-il en la prenant dans ses bras. Je ne veux pas, il n'a pas le droit de te menacer en te faisant du chantage !

— Mais j'ai un plan... dit-elle en le dévisageant profondément. C'est pour cette raison que j'ai besoin de toi.

— Dis-le-moi mon petit génie, répondit-il en la considérant amoureusement.

— Aide-moi à devenir un lion !

14 INVESTIGATION

Ce soir-là Yohei et Callie débattirent sur l'avenir des Ojiro. Callie raconta en détail sa conversation avec monsieur Suzuki ainsi que ce qu'elle avait découvert sur le fils de Shiro. Elle lui apprit également qu'elle avait appelé Tony, le frère de Tina, pour avoir une confirmation visuelle de Tenshi. D'après lui l'enfant ne serait pas prématuré et n'aurait pas non plus cinq semaines, mais plutôt trois ou quatre mois et que si c'était bien le cas, il faudrait agir vite, car il pourrait présenter de graves séquelles alimentaires. En entendant cela Yohei lui ouvrit son cœur, en lui mentionnant sa discussion au matin de l'Onsen avec monsieur Suzuki qui l'avait troublé, en se demandant réellement qui de Shiro ou de lui-même, elle choisirait. Il lui avoua ses craintes et ses doutes sur les sentiments qu'elle entretenait encore pour Shiro et souhaitait plus que tout qu'elle soit sûre de ses choix de vie avec lui.

— Tu es sûre de toi ? demanda-t-il avec inquiétude. Si Shiro divorce… tu es sûre que tu ne le regretteras pas… ?!

— Crois-tu que je serais vraiment heureuse avec lui alors que je suis amoureuse de toi ?! répondit-elle en le considérant tendrement. Tu me manquerais à chaque instant… c'est trop tard maintenant ! Je te choisis Yohei, mais je veux sauver Shiro ! Je veux le sortir de là, il mérite lui aussi de trouver le bonheur…

Rassuré, il l'étreignit dans ses bras et l'embrassa avec fougue. Ensuite, il passa plusieurs coups de fil et demanda une réunion extraordinaire avec ses avocats et ses actionnaires pour le soir même. Entre-temps Callie avait envoyé les pochettes plastifiées à l'hôpital de Tokyo. Il appela son réseau de détectives afin qu'ils mènent une enquête discrète à la clinique de Kobe. Enfin, ils passèrent la nuit à rechercher la meilleure stratégie pour contrer monsieur Suzuki.

Alors qu'ils étaient en pleine réflexion dans le petit salon de leur suite, à noter sur de grands blocs de papier les possibles solutions pour contrecarrer monsieur Suzuki, Callie semblait ailleurs. Elle soupira bruyamment en envoyant valser une boule de papier dans la corbeille, qu'elle rata. Yohei leva un œil vers elle et lança à son tour une boule de papier griffonné en l'air qui arriva directement sans encombre dans la poubelle. Puis il leva les bras en l'air en mimant un joueur de basket victorieux, Callie ne put s'empêcher de pouffer en levant les yeux au ciel. Soudain, une idée lui traversa l'esprit, elle resta figée un moment jusqu'à ce que son fiancé passe sa main devant ses yeux en l'agitant pour la taquiner.

— Je pense à quelque chose… dit-elle en le considérant avec un petit sourire en coin. Si monsieur Suzuki croît que l'on rompt nos fiançailles, je devrais revenir à Kobe et qui d'après toi, serait dégoûté de me revoir ?!

— Nanami ! répondit-il en pouffant.

— Et si au lieu de s'acharner sur le père Suzuki alors qu'on n'est pas sûrs d'avoir ses aveux, on ne se dirigeait pas plutôt sur sa fille ? On n'a toujours pas la preuve, mais supposons que le fils de Shiro soit mort à la naissance, elle sait que Tenshi n'est pas son fils et elle n'est pas du tout maternelle, tu crois qu'elle réagirait comment si elle savait que je connaissais la vérité ?

— Comment tu la ferais craquer, alors ? demanda-t-il soudainement intéressé en mâchonnant le bouchon d'un stylo à bille.

— En attaquant très fort ! Lança-t-elle, déterminée.

Le lendemain matin elle s'éveilla aux côtés de son fiancé endormi, elle scruta son visage avec attention, remarquant des cernes grisâtres sous ses yeux. Lentement, elle caressa son visage du bout des doigts et l'embrassa délicatement sur ses yeux fatigués, puis fit un baiser sur ses lèvres clauses. « *Quel remue-ménage cette nuit...* » songea-t-elle en soupirant. « *On a passé la nuit à manigancer plusieurs scénarios plausibles afin de trouver des portes de sortie, au cas où mon idée ne marcherait pas. Je sais maintenant que je mets un point final à mon histoire avec Shiro. Ça fait mal... mais c'est la meilleure solution que j'ai trouvée pour rassurer Yohei et il est si heureux ! Maintenant que la société des Ojiro est sauvée, il ne me reste plus que Shiro à sortir de ce guet-apens !* »

Alors qu'elle rêvassait, Yohei s'éveilla à son tour et la considéra longuement à son insu. Il posa sa main sur sa joue et embrassa ses lèvres.

— Tu as bien dormi ? dit-elle en lui souriant.

— Oui, répondit-il en bâillant, aujourd'hui est un grand jour ! Tu vas devenir officiellement madame Callie Matsushime et je suis le plus heureux des hommes ! ajouta-t-il en l'enlaçant dans ses bras tout en refermant les yeux. Je t'aime tant...

— Ne t'endors pas mon futur époux, on a du pain sur la planche, ce matin ! Viens, on va se doucher...

— Tu commences déjà à me commander ?! dit-il en feignant

l'indigné tout en se levant du lit. Alors pour te faire plaisir, je vais m'exécuter et te faire l'amour…

Il l'entraîna avec lui sous les jets d'eau chaude de la douche italienne. La salle de bain s'emplissait de vapeur d'eau. Il la souleva par les cuisses et la pénétra aussitôt en poussant un grognement de plaisir. Plaquée contre le mur en marbre, elle se laissa prendre ardemment par son fiancé. Ses coups de reins la firent jouir bruyamment, excitant encore plus Yohei. Il accéléra la cadence en haletant fiévreusement contre sa bouche et en l'embrassant passionnément, dévoré par un appétit monstre de son corps. Quand Callie poussa son cri ultime de jouissance, il éjacula à son tour en tremblant de plaisir. Ils restèrent enlacés jusqu'à ce qu'ils reprennent leur souffle.

À 10 h tapantes, un grand ciel bleu inondait la métropole tokyoïte, laissant présager une journée chaude et ensoleillée. Madame Ojiro, en ensemble tailleur des plus sobres, marchait d'un pas vif vers l'édifice le plus prestigieux du quartier de Ginza, la Matsushime Corp. où on l'avait conviée. Quand on la fit entrer dans le spacieux bureau de Yohei, il l'accueillit respectueusement et Callie l'invita à s'asseoir sur un siège, en face d'une grande table en verre moderne, entourée d'avocats en costard cravate. Elle était nerveuse, ne connaissant pas la raison exacte de sa venue, mais Callie lui fit un sourire rassurant pour la détendre. Alors qu'ils étaient tous installés, Yohei donna la parole à Callie, signifiant à la tablée que c'était grâce à elle que cette réunion avait lieu. Elle considéra Sayuri longuement avant de se prononcer, en lui tendant son plus beau sourire.

— Sayuri, si vous êtes là aujourd'hui c'est pour deux raisons. La première, c'est pour signer un document pour mon changement de nom de famille. Et la seconde, c'est pour que vous soyez témoin de mon mariage secret, aujourd'hui, avec Yohei !

Madame Ojiro se relâcha aussitôt en entendant cela. Son visage crispé et soucieux du matin, fit place à un grand sourire.

— Je te félicite Callie pour ton mariage, mais je ne comprends pas tes raisons pour ton changement de nom. Te connaissant, je sens que tu as une idée derrière la tête !

– En effet Sayuri. Je vais changer mon nom actuel par le vôtre, sans passer par l'adoption, c'est juste un petit changement de nom d'emprunt. Ainsi vous allez me céder à titre gratuit votre entreprise. En France, il y a une expression pour cela : vous allez me la vendre « pour un euro symbolique », c'est-à-dire pour rien ! En faisant cela, je deviens propriétaire de votre entreprise en faillite, qui gardera le nom « Ojiro ». Ensuite, en épousant mon milliardaire de fiancé, dit-elle en riant avec Yohei, l'entreprise retrouvera son prestige d'antan. On dissout les actionnaires actuels, et on en met de nouveaux à la place, ceux de la société Matsushime Corp. De cette façon, on élimine la taupe de votre entreprise. En outre, en combinant nos forces avec la Matsushime Corp., la côte de la société sera tellement élevée que monsieur Suzuki ne pourra ni la racheter, ni faire pression ! Vous voyez ce que je veux dire ? dit-elle avec un large sourire satisfait. Alors, voulez-vous me donner votre nom ?

En entendant cela, madame Ojiro qui d'habitude présentait un visage froid et peu enclin à baisser sa garde, fut si émue que son menton se mit à trembler. Elle se cacha subitement le visage entre ses mains et versa des larmes silencieuses, en hoquetant. Le poids de son fardeau de ces quelques mois, qui l'écrasait de chagrin, s'évapora en un instant, la délestant et la rendant libre, comme délivrée de la main d'un tyran. Callie, émue par ses pleurs de soulagement, regarda Yohei en lui tendant sa main, qu'il lui prit en souriant de satisfaction. Un des avocats assis à côté de Sayuri lui tendit un mouchoir, elle se moucha discrètement en essuyant les gouttes d'eau de son visage et de ses yeux.

— Merci, dit-elle en reniflant en regardant Yohei.

Puis elle reporta son regard vers Callie avec reconnaissance.

— J'accepte avec plaisir Callie, je te cède ma société pour un yen symbolique ! dit-elle soulagée.
— En revanche, madame Ojiro… une fois votre signature apposée sur les documents, vous ne devrez en parler à personne encore, même pas à votre famille. On compte créer la surprise un peu plus tard pour discréditer monsieur Suzuki, répondit Yohei Matsushime.

Au bout d'une heure, le document et le contrat signés, les avocats sortirent du bureau, ainsi que Yohei qui en profita pour récupérer un document très important de la main de son avocat dont Callie aurait besoin plus tard. Laissée seule dans le bureau, Callie se leva de son siège en lissant sa robe Dior, de fine mousseline blanche, et alla se planter devant l'immense baie vitrée qui surplombait la cité tokyoïte, considérant gravement la vue devant elle. Madame Ojiro la rejoignit et se tint à ses côtés en silence, fixant son regard sur la ville.

— Tu sauves ma vie Callie et tu as ma reconnaissance éternelle, mais… je sais ce qu'il t'en coûte d'avoir pris cette décision… soupira-t-elle.

Émue, elle s'arrêta de parler et considéra Callie qui avait les larmes aux yeux. Callie acquiesça en s'essuyant les yeux.

— Oui c'est vrai Sayuri, il sera bientôt libre et je serai mariée. Bientôt Shiro divorcera…

Sayuri posa sa main compatissante sur son épaule, l'encourageant de son regard bienveillant.

— Je sais Callie… un jour, il comprendra tous les sacrifices que tu as faits pour tous nous sauver !

— Non Sayuri, il ne devra jamais le savoir ! Sinon il sera encore plus malheureux, il ne refera jamais sa vie… renifla-t-elle. Et je ne veux pas être égoïste en l'emprisonnant à vie avec mon souvenir ! Je veux qu'il soit heureux, même si c'est sans moi…

Elle s'arrêta soudainement de parler, sentant l'émotion la submerger. Elle tenta de ravaler ses larmes qui lui comprimaient la gorge. Sayuri, bouleversée par son amour si pur envers son fils, regretta amèrement qu'il en soit ainsi.

— Je ne veux pas pleurer parce que sinon Yohei va croire que je ne l'ai pas choisi sincèrement. Je sais que j'ai pris la bonne décision, même si ça me fait mal pour Shiro. Je tourne la page définitivement sur mon passé et Yohei est la nouvelle page blanche de ma vie. Je sais que je serai heureuse à ses côtés… ajouta-t-elle en souriant à Sayuri qui lui rendit son sourire en retour.

— Qu'est-ce que tu comptes faire alors, pour sauver la mise à Shiro ? Quand Atsuji va apprendre qu'il a perdu mon entreprise et que tu ne romps pas avec Yohei, il va mettre son plan à exécution pour le faire tomber !

— Pour cela, j'ai besoin de votre aide ! dit-elle avec un sourire en coin. À partir d'aujourd'hui, je reviens à Kobe !

— Je ne sais pas ce que tu mijotes Callie, mais j'ai entièrement confiance en ton intelligence ! répondit Sayuri fièrement.

Le mariage se fit dans la plus totale des intimités et en toute discrétion à la mairie de Tokyo. Ce n'était qu'une simple formalité d'échange d'anneaux devant l'officier d'état civil japonais, puisque le Konin Todoke, le dossier de mariage avait déjà été signé lors de l'alliance familiale. En dix minutes, tout était réglé, Callie et Yohei étaient officiellement mari et femme, dans le plus grand des secrets.

Aux alentours de 15 h, dans la propriété des Ojiro, Callie avec l'aide d'Hanaé mise dans la confidence de son plan, déménageait les vêtements et les effets personnels de Nanami dans son ancienne suite tandis que madame Ojiro prétendait avoir un rendez-vous urgent à Kobe en amenant sa belle-fille avec elle. Une fois leur besogne accomplie, Callie installa avec son ex-belle-sœur quelques vêtements de sa valise dans le dressing de la suite de Shiro, puis elles décorèrent la chambre en installant des cadres photos de son mariage avec Shiro et ceux au fusain de Mamoru Sato. Quand tout fut en place, elles exultèrent de joie en se topant la main joyeusement, retrouvant leur tendre complicité. Entre-temps, Yohei avait invité en toute amitié Shiro à Tokyo pour passer la soirée, et Akira était relégué au sous-sol de la salle des caméras de surveillance de sa propriété, afin de récolter les images du jour où Nanami avait provoqué son éventuelle interruption de grossesse.

En fin d'après-midi, les détectives privés chargés d'enquêter à la clinique de Kobe s'étaient cachés dans la buanderie du service pédiatrie, attendant impatiemment la fin du service des médecins de jour pour se faufiler incognito dans leurs bureaux de l'étage. Dans la matinée, ils avaient interrogé les infirmières et les médecins sur un éventuel vol de bébé, mais personne ne souhaitait se prononcer, prétextant le secret médical. Toutefois pendant tout l'après-midi, ils avaient consulté les journaux de la région à la recherche d'un article ou d'une annonce d'enlèvement de nourrisson, puis avaient piraté des informations numériques de la clinique pour interroger les patientes qui avaient rendez-vous ce jour-là et celles dont les bébés étaient hospitalisés. Leur flair de fin limier avait déniché une piste, ils attendaient donc que l'infirmière du service du soir commence son travail pour poursuivre leurs investigations.

Au même moment, madame Ojiro revint avec sa belle-fille. Celle-ci en montant à l'étage pour changer de vêtements et se rafraîchir de cette chaude journée fut effarée en entrant dans sa suite. Des photos de couple ainsi que des gravures de Callie étaient accrochées aux murs du petit salon et dans la chambre à coucher. Allongée sur le lit en petite tenue, un déshabillé noir des plus sexy, Callie regardait la télé tranquillement en semblant attendre quelqu'un.

— Qu'est-ce que tu fais dans ma suite dans cette tenue ! cria Nanami en allant à sa rencontre.

— Oh, tu n'es pas au courant ? répondit nonchalamment Callie en s'étirant. À partir de demain soir, je reviens ici.

— Ce n'est pas ta suite, dégage de là !

Sans se presser Callie se carra contre la tête de lit, tout en l'aspectant l'air de rien.

— Ton père ne t'a pas mise au courant Nanami ? dit-elle calmement en feignant l'ignorance. Je reprends ma place auprès de Shiro, d'ailleurs j'attends qu'il rentre…

— Tu n'as vraiment rien compris ?!

Son ton changea, Nanami ne cria plus, elle toisa Callie d'une moue moqueuse, en croisant ses bras sur sa poitrine.

— Je ne divorcerai pas, mon père me l'a promis !

Callie se mit à rire tout à coup, se tapant la cuisse, tout comme monsieur Suzuki lors de son entretien de la veille. Une fois calmée, elle le considérait d'un sourire en coin.

— Je suis désolée de te contredire, mais ton père m'a dit que tu n'avais pas ton mot à dire pour les affaires ! De plus, maintenant qu'il va racheter la société des Ojiro, il ne peut plus faire pression sur Shiro. Il n'a donc plus aucune obligation à rester avec toi dans sa suite !

Nanami, comme électrocutée en reconnaissant le langage de son paternel, devint blanche en un instant.

— Non… blêmit-elle d'une petite voix hagarde en regardant le vide. Il m'a promis qu'il me laisserait Shiro…

Aussitôt, elle reprit contenance, en fusillant Callie du regard.

— Tu mens ! Tu veux me voler mon mari !
— Non Nanami, souviens-toi, c'est toi qui l'as fait en premier, répondit Callie calmement en fronçant les sourcils. Ton père a menacé de rompre mes fiançailles contre Shiro. Alors je prends Shiro ! D'ailleurs, si tu cherches tes affaires, je te les ai mises dans mon ancienne suite, au fond du couloir, ajouta-t-elle en tournant son regard vers la télévision.

Prise d'une rage folle, Nanami s'élança sur elle, toutes griffes dehors. Sentant le coup venir, Callie se retira illico du lit.

— Pourquoi tu m'attaques, je ne t'ai rien fait ?! surenchérit Callie doucereusement en esquivant Nanami. Faut dire que ça m'arrange finalement cette histoire, je vais retrouver mon ancienne vie avec Shiro !

— Tais-toi, tais-toi ! hurla-t-elle en venant vers elle.

— Je crois qu'on va rattraper le temps perdu et faire l'amour pendant des jours, voire des mois !

— Je t'ai dit de te taire, salope ! vociféra Nanami en pleurs.

Elle avait arrêté de la poursuivre dans la chambre et s'était accroupie par terre contre le mur de la salle d'eau, entourant ses genoux et pleurant de rage. Callie sentit que c'était le moment d'agir et d'exécuter son plan.

— Et dire que tu as fait tout ça pour rien… ! s'esclaffa-t-elle en attrapant son portable qui émit un son d'envoi de message.

En le lisant, elle sentit son cœur s'emballer dans sa poitrine. Le texto venait de Yohei, il lui révélait la découverte salvatrice des détectives privés à la clinique de Kobe.

— Tu as provoqué ton accouchement pour rien et ton bébé est mort ! Comment tu peux vivre avec ça ?! se moqua-t-elle en riant, tout en dissimulant du mieux qu'elle pouvait son indignation et sa tristesse.

Nanami releva la tête vers elle, un rictus mauvais balafra son visage blanc et baigné de larmes.

— Il n'est pas mort ! brailla-t-elle de toutes ses forces. Il n'est pas mort !

— Tu l'as tué et tu as volé Tenshi à sa vraie mère pour retenir Shiro ! cria Callie pleine de hargne en s'approchant d'elle.

— Nooon ! s'égosilla-t-elle les yeux ulcérés. Je ne l'ai pas tué, il était déjà mort quand ils me l'ont sorti ! craqua-t-elle en s'agrippant les cheveux hystériquement comme possédée.

Prise d'un sursaut, elle se leva promptement et sortit de la suite en courant vers la nurserie. Callie s'élança à sa poursuite.

— Tu ne me prendras pas Tenshi, il est à moi ! s'écria-t-elle en prenant le bébé dans ses bras.

L'enfant, réveillé par les éclats de voix, se mit à pousser des hurlements de détresse. Les Ojiro, qui jusqu'à présent regardaient la scène au sous-sol, montèrent comme des dératés les marches jusqu'à l'étage, complètement affolés devant la folie de Nanami.

— Nanami, pose le bébé, je ne vais pas le prendre… dit doucement Callie en essayant de la tempérer.

— Tu veux me le voler pour être avec Shiro ! cria-t-elle hors d'elle.

— Non, je veux juste le rendre à sa vraie mère. Nanami, regarde-moi… insista-t-elle doucement en s'approchant progressivement.

— Non, il est à moi ! s'époumona-t-elle en le serrant un peu trop fort contre elle.

— Donne-moi ton bébé, Nanami… il a peur et il a faim, dit Sayuri en douceur tout en se rapprochant lentement vers elle.

Le regard hébété, Nanami dodelinait la tête de gauche à droite, comme égarée, cherchant une issue pour s'échapper de la main de ces gens qui ne comprenaient pas ses choix et voulaient lui ravir son enfant. Sans se rendre compte de son état de démence, elle resserra encore plus fort son étreinte. Tenshi qui se débattait et devenait de plus en plus rouge, suffoquait dans ses bras. Brusquement les cris cessèrent, l'enfant ne bougeait plus.

— Tu es en train de le tuer, Nanami ! cria Sayuri en larmes en attachant ses mains sur l'enfant.

— Lâche-le ! s'écria Akira en s'élançant vers elle.

Elle relâcha lentement ses bras. Sayuri saisit l'enfant juste à temps et l'amena dans la suite de Shiro avec Hanaé. En pleine crise de surréalisme, Nanami s'écroula à terre, comme si le poids du monde était sur ses épaules. Dans un état second, le regard fixe et le teint blafard, elle bredouillait des phrases incohérentes.

— Mort, il est mort… Shiro est mort… Le bébé…

Akira souleva Nanami dans ses bras et l'installa dans la suite du fond. Il l'allongea sur la couette du lit et lui administra un sédatif pour la calmer.

Aux alentours de 18 heures, après s'être assurés que Nanami se reposait dans sa chambre avec Tic et Tac en alerte auprès d'elle, et que l'enfant était sain et sauf dans son berceau, les Ojiro et Callie faisaient un point sur ce qui s'était passé. Encore sous le choc de ces révélations et de l'état hystérique de Nanami, la famille Ojiro accusait lentement le coup autour d'une bonne tasse de thé dans le séjour.

— Avec les aveux de Nanami et la trouvaille des détectives privés à la clinique, on a maintenant toutes les pièces en main pour coincer monsieur Suzuki. Toutefois, on ne sait toujours pas qui, du père ou de la fille, a volé Tenshi ce jour-là… dit Callie en soupirant.

— Moi je pencherais pour la fille ! répondit Akira en portant à ses lèvres sa tasse de thé.

— Peu importe, les deux vont avoir de sérieux problèmes avec la justice ! répondit madame Ojiro. Ce qui m'inquiète, c'est Shiro… il s'est attaché à cet enfant…

— Les détectives ont prévenu les parents de Tenshi ? demanda Hanaé.

— Non pas encore, mais une fois que ce sera fait il va y avoir une enquête judiciaire, répondit Callie les yeux dans le vide. Si tout se passe bien, les Suzuki encourent de la prison et la disgrâce de leur nom. En plus, les parents de Tenshi, en portant plainte, pourront s'attribuer un bon pactole ! Par contre Atsuji détient toujours les pièces compromettantes contre Shiro, mais je n'en ai pas fini avec Nanami ! ajouta-t-elle avec un sourire malin.

— Il faut qu'on appelle Shiro, il doit être tenu au courant ! s'exclama vivement Akira.

— Non ! répondit catégoriquement Callie. Il faut profiter qu'il n'est pas là pour en finir avec cette histoire une bonne fois pour toutes ! On va appeler monsieur Suzuki pour qu'il vienne en urgence ce soir.

— Mais Callie, Shiro…

— Tu veux qu'il y ait un meurtre, Akira ! le coupa-t-elle aussitôt en le fixant droit dans les yeux. Si Shiro apprend la vérité, sachant comment il peut être violent, comment crois-tu qu'il va réagir ?!

Akira se carra dans son siège, stupéfait de la vive réaction de Callie et impressionné par sa maîtrise à rester objective et lucide face à cette situation délicate. Hanaé posa sa main sur son bras en acquiesçant tandis que madame Ojiro donnait son accord.

— Je vais appeler Yohei pour le prévenir, dit-elle en prenant son portable et en partant du séjour.

Au bout de quelques minutes, elle revint avec le sourire aux lèvres.

— Au moins, y en a un qui s'amuse ce soir ! rit-elle. Yohei s'occupe de Shiro avec Rama le fiancé de sa petite sœur, et là ils sont en train de boire des coups en refaisant le monde ! Ce qui veut dire que Shiro ne rentrera pas ce soir, ça nous laisse donc le champ libre pour exécuter mon plan final. Alors, écoutez, voilà comment on va procéder…

15 LA FIN D'UN TYRAN

À 19 h, les deux détectives privés chargés de l'enquête à la clinique de Kobe débarquèrent à la propriété des Ojiro avec un inspecteur de police. Ami de longue date de monsieur Matsushime, l'inspecteur Kawasaki exerçait ses fonctions depuis 30 ans dans le commissariat de Tokyo et il était réputé pour résoudre les affaires difficiles. Pendant qu'ils se restauraient légèrement, les détectives firent le point sur leur enquête à la clinique. Madame Ojiro leur fit part des aveux de sa belle-fille un peu plus tôt.

— Vous savez que les images vidéo sont recevables devant un tribunal ? dit l'inspecteur.

— Euh… je suis en nuisette dans cette vidéo, je n'ai pas très envie que tout un tribunal me voie ! ironisa Callie en riant.

— Ne vous inquiétez pas, madame Matsushime, si l'affaire se porte jusqu'au tribunal, seuls le juge et les avocats la verront ! répondit-il aussitôt d'un ton professionnel.

— Hein ?! dirent ensemble Hanaé et Akira interloqué. Tu t'es mariée, Callie ? l'interrogea vivement Hanaé, complètement dépité.

– Oui… aujourd'hui. Mais pas un mot à quiconque encore,

compris ?! intima-t-elle, embarrassée.

Un petit silence gênant fit soudainement place, l'inspecteur le rompit comprenant qu'il avait fait une gaffe.

— Je suis navré, madame…

— Appelez-moi Callie, d'accord ? lui sourit-elle pour couper court.

— Alors, où en sommes-nous réellement ? demanda Sayuri nerveusement aux détectives.

— On sait maintenant que le bébé a bien été volé à madame Takahashi. Elle était en rendez-vous pour une visite de routine, ce jour-là, à 18 h. D'après les registres de la clinique, Nanami Ojiro a accouché à 17 h 45 et à 19 h, madame Takahashi signalait la disparition de son fils au commissariat de Kobe.

— Que s'est-il passé à la clinique d'après vous ? demanda Callie aussitôt.

— Je pense que le père de Nanami Ojiro a soudoyé un médecin ou une infirmière pour qu'il taise l'affaire. Demain matin, je mènerai l'enquête avec mon équipe ! répondit l'inspecteur.

— Ce serait bien le style de monsieur Suzuki de faire cela, avec sa manie de tout acheter ! ironisa Callie, amèrement. Excusez-moi de vous presser, mais l'heure tourne et on a encore des choses à accomplir pour rétablir la vérité ! ajouta-t-elle en se levant de table. Akira, tu vas montrer à l'inspecteur la vidéo des aveux de Nanami et moi, je vais essayer de lui faire entendre raison afin qu'elle signe la décharge pour disculper Shiro. Quand ce sera fait, Sayuri vous appellerez son père pour qu'il vienne en urgence ce soir et on lui fera cracher le morceau !

L'inspecteur lui jeta un œil admiratif tout en se levant de table, avec les détectives.

— Si un jour, vous souhaitez changer de métier, je vous engagerais volontiers dans mon équipe ! dit-il en riant. Si vous arrivez à lui faire dire la vérité…

— Vous me promettez qu'il sera enfermé dans une cellule pour le restant de ses jours ?! le coupa-t-elle vivement.

Il acquiesça silencieusement, puis ils partirent au sous-sol immédiatement avec Akira. Au moment où ils descendirent dans la salle des caméras de surveillance, Hanaé prit soudainement Callie dans ses bras sans qu'elle s'y attende.

— Merci Callie… grâce à toi nous serons bientôt sortis d'affaire et Shiro pourra divorcer ! Mais… renifla-t-elle.

— Hanaé, ce soir on n'a pas le temps de se lamenter ! Alors, garde tes larmes pour plus tard, il faut qu'on en finisse au plus vite de toute cette histoire ! dit-elle fermement.

Elle saisit l'enveloppe que Yohei lui avait donnée et monta à l'étage retrouver Nanami dans sa chambre. Elle la trouva assise contre la tête de lit, le regard tourné dans le vague, en train de se ronger les ongles. Callie s'assit à bonne distance d'elle sur le lit et la regarda pensivement. Des sentiments mêlés de tristesse et de ressentiment traversèrent son esprit rendant sa tâche difficile. Elle se tenait devant cette personne qui depuis le début, avait tout tenté pour la séparer de Shiro et qui d'une certaine manière... avait réussi. Elle repensa au baiser sur la terrasse quand tout a commencé, à son agression à l'université puis à sa fuite avec Shiro le premier jour où elle était revenue. « *Si seulement, on avait su à ce moment-là que son bébé était mort, on serait encore ensemble avec Shiro...* » pensa-t-elle tristement.

— Nanami, Shiro a de graves problèmes, tu es au courant ? Les photos que tu as prises le jour où tu as brûlé ma robe de mariée, ton père veut s'en servir pour le mettre en prison !

Soudain en entendant le mot prison son visage devint blême et elle considéra longuement Callie. Les calmants avaient agi dans le bon sens, la rendant plus douce sans masque de mesquinerie, mais telle qu'elle était réellement.

— Callie… mon père ne ferait jamais ça, il sait que j'aime Shiro, répondit-elle calmement en fixant un point invisible devant elle.

— Nanami, si tu aimes Shiro comme tu le prétends, alors signe ce papier ! insista Callie en lui tendant le stylo. C'est une décharge qui stipule noir sur blanc que tu ne porteras jamais plainte contre lui. C'est seulement pour le protéger, tu comprends ?!

— Je ne suis pas une menteuse ! s'emporta-t-elle tout à coup. Mon père m'a promis que je ne divorcerai pas et que Shiro restera toujours avec moi !

— Nanami… tu le sais que ce n'est plus possible maintenant, avec ce que tu as fait ?! Je suis désolée que ton bébé soit mort…

— Il n'est pas…

Submergée par le chagrin Nanami craqua de nouveau, versant de grosses larmes. Son teint était rougi par tant d'émotion et de douleur. Elle se cacha le visage entre ses mains et sanglota tout son saoul. Malgré la haine qu'elle éprouvait et qu'elle avait emmagasinée sous fond de vengeance personnelle depuis le tout début de cette histoire, Callie se laissait émouvoir par son abattement. Elle se rapprocha vers elle, et tout doucement la prit dans ses bras en la serrant très fort.

— Ça va aller… la berça-t-elle en lui prodiguant des mots apaisants, tout en lui caressant les cheveux.

Devant ce geste de compassion, Nanami craqua de plus belle, en pleurant bruyamment, comme se libérant d'un poids qui la consumait de jour en jour. Son malheur en elle, qui la faisait devenir méchante et aigrie, causé par la cupidité de son paternel et la défaveur de son mari se déversa dans tout son être. Elle se soulagea complètement de sa frustration, de son manque d'amour, de tout ce qu'elle avait enfoui au plus profond d'elle-même. Tout ce cumul de sentiments négatifs tapis tout au fond de ses entrailles depuis tout ce temps, explosait enfin dans ses larmes et son lâcher-prise. Petit à petit, ses nerfs se relâchèrent, et une nouvelle Nanami refit surface. Quand au bout de trente bonnes minutes Callie relâcha son étreinte, elle se retrouva devant une tout autre personne. Nanami signa le document puis considéra Callie longuement en silence.

— J'ai été cruelle avec toi, je n'irai pas jusqu'à m'excuser, mais… merci pour ton épaule, dit-elle, les yeux brillants.

— Nanami, j'ai une dernière question qui me taraude depuis un moment… à l'université, quand je me suis fait agresser, c'est Akira qui était derrière tout ça ou…

— Callie, toi qui es si intelligente, tu ne t'es jamais posé la question de savoir pourquoi j'étais sur la terrasse avec Shiro, ce soir-là ?! Ou à la boîte de nuit…

Devant sa réflexion, Callie restait silencieuse, son regard était plongé dans le vide.

— Mon portable était pisté aussi ! dit-elle tout à coup. C'est pour cette raison que je ne le retrouve plus ?! Mais qui… Akira, n'est-ce pas ?!

Sans répondre à sa question, Nanami s'était allongée sur le lit en se recroquevillant dans les couvertures. Callie n'insista pas davantage, demanda à Tic et Tac de veiller sur elle, puis redescendit l'étage. Elle avisa Sayuri d'appeler monsieur Suzuki et lui remit le document signé pour la culpabilité de son fils.

Aux alentours de 21 h, monsieur Suzuki était reçu à la propriété des Ojiro par Callie, qui l'attendait de pied ferme, tandis que la famille Ojiro et l'inspecteur Kawasaki se trouvaient dans la salle des caméras de surveillance. Confortablement installé, avec un bloc note et son portable devant lui, l'inspecteur jeta un regard amusé vers Callie. Pendant la soirée ils s'étaient entretenus pour son interrogatoire avec quelques idées de questions, mais en entendant ces propres réflexions sur son prochain entretien, il la considéra avec égards.

— Où est ma fille ? s'enquit monsieur Suzuki en pinçant ses lèvres. Et où est Sayuri ?

— Votre fille se repose dans sa suite et madame Ojiro est partie se coucher, répondit calmement Callie. Elle vous a appelé à ma demande en réalité.

Interloqué, il la toisa sévèrement, mais elle n'y fit pas attention. Elle le dirigea dans le séjour et lui demanda de prendre place en face d'elle pendant que le majordome servait le thé.

— Je n'ai pas été assez clair, mademoiselle Delacourt, voulez-vous que je vous rafraîchisse la mémoire ? Si vous pensez que vous pouvez encore négocier, vous perdez votre temps ! s'énerva-t-il en soupirant bruyamment.

— Si je vous ai convoqué, c'est pour vous dire que je ne vais pas annuler mes fiançailles.

— Quoi ?! Je crois avoir été assez clair pourtant ou vous devez être très bête, se moqua-t-il. Vous voulez que Shiro aille en prison, c'est cela ?!

— J'ai ici, dit-elle calmement, agitant une grande enveloppe marron devant ses yeux, une décharge signée par votre fille qui disculpe Shiro de toute responsabilité de violence conjugale. Donc, vous n'avez plus aucun moyen de pression sur moi ! ajouta-t-elle en lui souriant largement.

Un grand silence se fit soudainement. Monsieur Suzuki exigea que Callie lui montre le document, elle s'exécuta aussitôt, mais en lui montrant de loin, pour ne pas qu'il le détruise. Contrarié, il leva vers elle un regard noir, néanmoins il se ressaisit en observant son regard pétillant de malice.

— Que voulez-vous dans ce cas ? Vous ne m'avez pas fait venir de Tokyo seulement pour m'offrir votre refus ? demanda-t-il en fronçant les sourcils.

— En effet, je veux négocier le divorce de Shiro.

— Ah nous y voilà ! dit-il dans un rire sarcastique. Vous voulez un accord signé, c'est bien cela ?

— Oui, d'ailleurs, tenez… répondit-elle en lui tendant une feuille de papier.

— Donc, votre fiancé contre le divorce de Shiro ? dit-il avec satisfaction.

— Oui, je veux que Shiro divorce. La sentence doit être prononcée demain soir, avant la réception des fiançailles.

— Comment ?! Mais c'est impossible, voyons ! s'offusqua-t-il en crachant de rage.

— Vous avez bien réussi à faire gommer mon nom de l'acte de mariage, n'est-ce pas ? Je pense que vous avez le bras assez long pour faire pression auprès d'un juge. C'est à prendre ou à laisser !

Monsieur Suzuki respirait comme un bœuf qu'on veut égorger, en saccade et bruyamment ; il enrageait. Callie le considéra avec un grand sourire narquois.

— Je n'ai peut-être pas des années et des années de pratique en négociation, mais on dit de moi que je suis plutôt douée pour les affaires ! ajouta-t-elle, amusée.

— C'est entendu ! cria-t-il en postillonnant.

— Oh, autre chose... en repartant tout à l'heure, reprenez votre fille avec vous. Elle a assez causé de tort à ma famille. Ne vous inquiétez pas pour ses effets personnels, ils seront expédiés dès que Shiro sera libre ! dit-elle innocemment, alors qu'il acquiesçait, rouge de colère. Oh, encore une chose... le bâtard reste aussi !

— Vous voulez que le bébé reste ici ? demanda-t-il avec effarement.

— Monsieur Suzuki, voyons... dit-elle d'une petite moue ironique. Nous savons tous les deux que ce n'est ni l'enfant de Shiro ni celui de votre fille !

— Comment osez-vous ! cria-t-il hors de lui en tapant du poing la table.

— Arrêtez de mentir... dit-elle en soupirant bruyamment, agitant une grande enveloppe. J'ai reçu les résultats d'ADN que j'ai fait refaire il n'y a pas longtemps. Rien qu'avec ça, je vous ruine en deux secondes ! ajouta-t-elle avec un grand sourire.

Subitement son visage changea, du rouge il passa au violet. La haine était lisible dans son regard fusillant tourné vers elle. Devant son silence, elle en rajouta une bonne couche bien tassée.

— J'imagine les gros titres dans les journaux du matin... dit-elle rêveusement.

Elle étira un sourire sardonique er poursuivit son allocution :

— Votre réputation va méchamment s'en ressentir et je doute fort que les Matsushime vous offrent leurs faveurs !

— Vous ne pourrez jamais prouver que cela vient de moi ! cria-t-il perdant toute contenance en se levant de sa chaise.

— Que vous avez volé un bébé pour satisfaire vos ambitions vénales ? se moqua-t-elle en riant.

Alors qu'il hurlait de fureur en tapant du poing la table, elle le nargua encore plus, en se levant à son tour de sa chaise.

— Je vous tiens par les couilles monsieur Suce kiki ! Je vous avais prévenu de vous méfier d'une femme en colère ! cria-t-elle froidement en se rapprochant de lui. On va bien voir si vos petits billets verts vont vous sauver !

— Je vais vous massacrer ! hurla-t-il en s'élançant vers son cou.

Il resserra ses doigts autour de son cou. Elle vacilla contre la table. Suffocante et rouge, elle essaya de se débattre tandis que les hommes sortaient comme des fous de la salle des caméras de surveillance. Soudainement, Atsuji Suzuki, remplit par tant de fureur, pesa de tout son poids sur elle, en commençant à l'allonger sur la table. « *C'est comme ça que je vais mourir avec ce gros sac sur moi ?! Ah non !! Que me disait Colleen en Irlande, si quelqu'un m'attaque de cette façon...* » Prise d'un sursaut, elle se débattit comme une tigresse, avec une soif de vivre phénoménale. Elle lui envoya de toutes ses forces, son genou entre les jambes. Il hurla de douleur en se pliant en deux, tout en se tenant les parties intimes.

— Ça, c'est pour Shiro ! cria-t-elle la voix éraflée.

Puis lui assena un grand coup de poing dans les côtes qui lui fit plier les genoux à terre, tandis qu'Akira arrivait en trombe dans le séjour.

— Et ça, c'est pour la vie que je n'aurai jamais plus avec Shiro ! s'époumona-t-elle en s'égosillant la voix.

— Callie, calme-toi ! cria Akira en lui retenant les bras, tandis qu'elle se débattait pleine de rage.

— Si tu n'avais pas foutu la merde Akira, on n'en serait pas là aujourd'hui ! lui cria-t-elle en larmes. N'oublie pas que tu as ta propre responsabilité dans toute cette affaire !

Après cette altercation, l'inspecteur Kawasaki passa les menottes à monsieur Suzuki et emmena Nanami. Il avait entre ses mains suffisamment d'arguments pour le clouer en cellule en attendant de réunir toutes les preuves de sa culpabilité pour le garder à l'ombre pendant un long moment. La procédure de divorce fut prononcée le soir même, car au Japon une loi stipule qu'en cas de faute sérieuse, comme l'adultère où tout autre fait jugé gravissime, le divorce est automatique. Devant cette ironie du sort, Callie accusa le coup. Elle récupéra ses affaires dans la suite de Shiro. Juste avant de s'en aller, elle conféra ses dernières recommandations à madame Ojiro et repartit en limousine vers le jet privé en partance pour Tokyo.

Aux alentours de minuit, alors qu'elle rêvassait dans l'Audi qui la ramenait à la majestueuse propriété des Matsushime, elle eut une pensée pour l'enfant de Shiro. « *Demain, la petite saucisse va retrouver ses parents. Quel soulagement pour eux, les pauvres, restés sans nouvelles pendant 5 semaines. Je n'imagine même pas le calvaire qu'ils ont dû endurer ! Il va me manquer ce petit saucisson... !* »

Soudain son esprit s'éclaira en pensant à sa propre vie avec Yohei. « *Je suis mariée... ! Heureusement que ce ne fut pas totalement un sacrifice comme l'a prétendu Sayuri. Oui certes, une part de moi regrettera toujours Shiro parce que je l'aime encore... profondément et pour toujours... mais j'aime aussi Yohei. Et je sais que l'on sera heureux ensemble et qu'on aura des enfants, des petites saucisses comme Tenshi...* » Elle esquissa un tendre sourire en songeant à cette perspective. « *Mais je ne veux pas qu'ils vivent dans l'ombre de la Confrérie ! Je veux qu'ils soient heureux, qu'ils fassent le métier de leur rêve tout comme moi, qu'ils voyagent sans garde du corps et qu'à leur tour, quand ils seront parents, ils ne soient pas inquiets du lendemain... Il serait peut-être temps que je m'investisse davantage dans cette quête. Je suis douée en langues étrangères, ce n'est peut-être pas un hasard ! Qui a dit que le hasard n'existait pas, hein ?! Je dois en parler à Yohei et à Colleen. Ensuite, j'étudierai le cube, qui est à la propriété des Ojiro, normalement les carnets de notes de mon arrière-grand-père sont en Irlande. Ce qui serait bien, ce serait une année sabbatique, comme ça je partirai avec mon mari... et des amis... tiens, pourquoi pas ?!* » Elle envoya un message à Yohei : « Tu me manques. Je veux tes bras et tes câlins... » Mais elle ne reçut aucun message en retour, ce qui l'étonna.

En arrivant à la propriété, elle déposa ses affaires dans sa suite et se mit en quête de Yohei. Bientôt au rez-de-chaussée, elle croisa Amane qui lui indiqua malicieusement la pièce où son mari et Shiro se trouvaient. Quelle ne fut pas sa surprise en découvrant avec éclats de rire le drôle de spectacle qui s'offrait devant ses yeux. Dans la grande salle de réception, assis sur un grand canapé confortable, Shiro et Yohei dormaient côte à côte devant son grand portrait de la Belle aux yeux émeraude. « *Les deux hommes de ma vie sont des potes ! C'est amusant* » se dit-elle en les contemplant tendrement. « *Ils ont dû bien picoler !* » Callie remarqua à côté d'eux des cadavres de bouteilles millésimées, de grands vins français. Amane s'approcha d'elle en riant discrètement tout en lui tenant le bras.

— Oh j'ai une idée ! dit Callie en lui faisant un clin d'œil. Et si on leur jouait un petit tour ?!

Cinq minutes plus tard, Callie revint avec son nécessaire et s'exécuta devant les rires d'Amane qui prenait des photos souvenirs avec son portable. Callie menotta le poignet de Shiro avec celui de Yohei, et maquilla leurs lèvres d'un rouge vif waterproof, puis leur fit des baisers à chacun sur le front et la joue en leur laissant des empreintes de rouge à lèvres. Ensuite, pour le fun et devant leur fou rire, Amane et Callie firent des selfies en posant avec chacun des jeunes hommes.

Shiro se réveilla en premier, alors que les jeunes filles s'étaient cachées. Il s'étira en levant les bras en l'air. Sa main menottée tira furieusement sur le poignet de Yohei et il s'en rendit compte aussitôt. Scrutant le visage de son ami, il fit des yeux ronds de stupéfaction. Ne pouvant plus se retenir, les filles éclatèrent de rire à gorge déployée en se levant de leur cachette, ce qui fit se réveiller Yohei à son tour. Après cette franche rigolade, ils supplièrent Callie de leur enlever les menottes, mais elle n'en fit rien et leur souhaita une bonne nuit. En repartant vers sa suite, elle confia la clé à Amane pour qu'elle aille les délivrer puis se prit une douche relaxante et se coucha aussitôt, exténuée par cette folle journée. Peu de temps après cependant, alors qu'elle dormait à poings fermés, Yohei la rejoignit et l'enlaça tout contre lui. Il s'endormit à son tour en lui murmurant : « Tu m'as manqué aussi. Dors bien, madame Callie Matsushime... »

Le lendemain matin, en fin de matinée, madame Ojiro convoqua Akira et Hanaé dans son bureau. Elle prépara des tasses de thé qu'elle déposa devant eux puis s'assit sur son siège, en croisant ses mains sur la table. Elle paraissait fatiguée, ses traits étaient tirés, malgré tout elle leur tendit un sourire ému.

— Ce matin, monsieur et madame Takahashi vont venir chercher Tenshi avec l'inspecteur Kawasaki. Son équipe est à ce moment même en train de mener l'enquête à la clinique. Nous allons passer par des moments difficiles encore, les journaux vont s'abattre sur la famille Suzuki et nous éclabousser au passage...

— Et la société va encore perdre des actionnaires ! surenchérit Akira en soufflant de dépit.

— Non. J'ai cédé la société à Callie...

— Hein ?! dirent ensemble Akira et Hanaé, les yeux exorbités.

Madame Ojiro se leva de sa chaise et se planta devant la fenêtre un instant. Hanaé mit ses mains sur sa bouche en écarquillant ses yeux remplis de larmes.

— C'est pour cette raison que Callie a épousé Yohei, hier ?! dit-elle émue.

Madame Ojiro se retourna aussitôt et frappa d'un coup sec sa main sur le bureau.

— J'ai donné ma parole à Callie ! Elle m'a fait promettre de ne jamais révéler la vérité à Shiro, alors je vous interdis de lui en parler ! C'est bien compris ?! Callie nous a tous sauvés, nous lui devons notre reconnaissance, alors respectons son choix ! C'est grâce aux soutiens des Matsushime que notre société va retrouver ses forces vitales. Si Shiro apprend qu'elle a choisi Yohei pour le sauver…

Elle s'arrêta, émue, en considérant Akira et Hanaé qui acquiesçaient gravement en baissant la tête.

— Il a assez souffert lui aussi dans cette histoire ! On est une famille, on se doit de veiller les uns sur les autres. Il est de notre devoir de le ménager, tu as compris Akira ?! lui lança-t-elle en pinçant ses lèvres. Il serait temps que tu assumes tes obligations de grand frère !

— Qu'est-ce qu'on va lui dire alors, quand il va se rendre compte qu'il n'y a plus Tenshi ou Nanami ? demanda Hanaé.

— À la demande des Matsushime, c'est l'inspecteur Kawasaki qui va s'en attribuer tout le mérite, en ne mentionnant nullement que la vérité a été découverte par Callie. Ainsi, Shiro ne saura jamais qu'elle a joué un rôle majeur dans cette affaire et les journaux n'en feront aucune mention. On lui dira seulement que l'inspecteur faisait une enquête sur la disparition d'un nourrisson !

— Il va encore recevoir une médaille du ministre avec cette victoire ! s'esclaffa Akira tandis que Sayuri levait les yeux au ciel.

Au moment où Hanaé et Akira prenaient congé, Sayuri les rappela à l'ordre.

— Oh j'oubliais, la réception de ce soir est annulée puisque Callie et Yohei sont mariés. Ils partent aujourd'hui célébrer leur mariage en Italie en toute intimité. Callie... ne souhaite pas notre présence, dit-elle peinée. Nous la reverrons pour le mariage d'Amane Matsushime à la fin du mois !

— Sayuri... c'est Shiro qu'elle ne veut pas voir à son mariage, rectifia Hanaé comprenant les raisons de Callie.

— Oui, je m'en suis doutée... dit-elle tristement.

À l'heure du déjeuner, toute la famille Ojiro était réunie autour du repas. Sayuri fit un signe discret à Hanaé et Akira, puis une fois le silence obtenu, elle révéla à Shiro la découverte de l'inspecteur Kawasaki sur les Suzuki. Il fut affecté moralement quand il comprit que son enfant était mort et qu'il ne reverrait plus Tenshi. Toutefois, à la fin du repas, sa mère l'informa que son divorce était prononcé et que désormais il était libre de tout engagement envers Nanami.

— Je suis libre... dit-il, n'y croyant pas. Je ne suis plus marié à Nanami ?! ajouta-t-il en levant vers sa mère un regard brillant.

Soudain, il fronça les sourcils en réalisant sa chance.

— Callie ! cria-t-il tout à coup en se levant de sa chaise, fou de joie. Je dois lui dire de ne plus l'épouser !

— Shiro… cria sa mère en se levant aussi de table.

Mais avant que sa mère ne puisse l'arrêter, ils entendirent la Bugatti vrombir en dehors de la propriété.

— Hanaé, appelle Callie pour l'avertir, qu'elle puisse se préparer ! dit-elle en se rasseyant, complètement dépitée.

16 TOURNEE LA PAGE

En fin d'après-midi, la famille Matsushime montait dans le jet privé en destination de l'Italie. Ils allaient célébrer les épousailles de leur fils sur un yacht qui ferait le tour de la botte en mer Méditerranée pendant deux semaines. Lorsque les parents furent montés avec Amane et son fiancé, Callie et Yohei étaient encore à quai. Yohei discutait avec le pilote et réglait les dernières formalités pour le voyage. Dès l'instant où ils s'apprêtaient à monter dans l'avion, une Bugatti vrombissant vers la piste d'atterrissage se gara en trombe à côté de l'appareil. Shiro en descendit et se rua sur la piste à toutes jambes.

— Callie ! cria-t-il en s'élançant vers elle. Callie !

Pendant qu'elle marchait vers le jet privé avec Yohei, il lui saisit sa main au vol. Il l'attira à lui d'un même geste et ils se fixèrent droit dans les yeux.

— Je ne suis plus marié à Nanami, Callie ! dit-il excité. On va pouvoir se remarier et vivre de nouveau ensemble !

Callie resta silencieuse. Elle le considérait gravement, son cœur battait à tout rompre dans sa poitrine. Tous ses sentiments refirent surface en un instant, tout son amour et toute sa peine en même temps. Mais elle n'en fit rien voir. Elle resta totalement impassible face à lui, alors qu'il la dévisageait, complètement désemparé.

— Je suis désolée Shiro, mais c'est trop tard, dit-elle calmement en le fixant avec intensité. J'aime Yohei et je vais l'épouser.

— Non… c'est moi que tu aimes Callie… tu me l'as dit que tu m'aimerais toujours ! dit-il complètement déboussolé.

— Il faut que j'y aille, Yohei m'attend avec sa famille. Je suis contente pour toi Shiro. Et je te souhaite d'être heureux ! répondit-elle d'un sourire tranquille.

Elle se détourna aussitôt de son regard empli d'incompréhension et partit d'un pas pressé rejoindre Yohei qui l'attendait un peu plus loin. Son cœur était prêt à exploser en sentant Shiro si démuni et si malheureux, mais elle n'avait pas d'autre choix. C'est avec le cœur au bord des larmes qu'elle s'installa aux côtés de son époux. Alors que l'avion prenait de la vitesse et s'envolait vers le ciel, elle regardait Shiro au bas de la piste devenir de plus en plus petit. Son cœur se serra, mais elle ravala les larmes qui lui piquaient les yeux et lui comprimaient la gorge. Une hôtesse passa de siège en siège et déposa un rafraîchissement sur la table pour Callie et des verres de champagne pour le reste de la famille. Silencieuse depuis son entrevue avec Shiro, Yohei la prit à part dans le petit salon de la chambre à coucher.

— Pourquoi tu ne lui as pas dit que l'on était déjà mariés ?

— Pour qu'il puisse tourner la page plus vite… dit-elle d'une voix enrouée par l'émotion.

Comme elle baissait la tête tristement, Yohei la serra tout contre lui en respirant son parfum dans son cou.

— Tu es sûre que tu ne regrettes pas de m'avoir épousé ?

— Non, je t'aime aussi ! répondit-elle un peu trop rapidement. « *Oups... !* »

Yohei relâcha son éteinte en la fixant profondément

— Tu m'aimes aussi ?

Elle éclata de rire tout en rougissant devant son air interloqué et l'embrassa aussitôt en l'étreignant tout contre son corps. Il se laissa étreindre et câliner par ses baisers tendres sur son visage, ses yeux, sa joue.

— Je t'aime Yohei... si je n'éprouvais pas de sentiments amoureux, je ne t'aurais jamais épousé.

— C'est le aussi qui me dérange, mais... ça ne fait rien, je ferai avec ! dit-il avec humour, alors qu'elle éclatait une nouvelle fois de rire.

— Alors, je te prouverai chaque jour de ma vie que c'est toi que j'aime... répondit-elle en lui volant un baiser.

— Et comment tu vas t'y prendre ?! demanda-t-il malicieusement.

— Secret d'épouse, monsieur Matsushime ! répondit-elle en le considérant follement.

Sondant ses yeux verts profondément, il craqua complètement devant son minois à couper le souffle et l'embrassa de plus belle, intensément de toute sa fougue et son amour.

Pendant le voyage, tard dans la nuit alors que tout le monde dormait, Callie ne trouvait pas le sommeil. Elle repensait à cette fin d'après-midi, au dénouement de la veille avec les Suzuki et à Shiro. Elle profita que Yohei dormait paisiblement à côté d'elle pour aller à la salle d'eau. Elle laissa sa peine se déverser dans ses larmes silencieuses. Elle savait qu'elle avait volontairement brisé le cœur de Shiro ce soir-là, Hanaé l'avait avertie un peu plus tôt de sa venue. Elle s'était préparée mentalement à le voir et lui dire ces paroles tranchantes. Elle se fit une promesse intérieure cette nuit-là : ne plus verser de larmes sur son passé, aller de l'avant et être heureuse avec Yohei. Elle estimait qu'elle avait assez pleuré sur sa vie, sur Shiro, qu'elle méritait maintenant d'avoir la paix en son cœur. Le destin lui donnait une nouvelle chance d'être heureuse et elle voulait, de toutes ses forces, saisir cette opportunité coûte que coûte. Elle s'essuya les yeux et repartit rejoindre son époux qu'elle enlaça en reposant sa tête tout contre son cœur.

Le lendemain matin, un soleil splendide sillonnait un ciel sans nuages tandis que la limousine amenait les Matsushime à Positano, la résidence de Lucia Amarelli, la mère de Yohei. Callie avait accepté sa proposition et avait réglé avec elle, en secret, sa cérémonie de mariage, voulant offrir à Yohei un moment inoubliable. Pour l'occasion, la cérémonie se tiendrait à la chapelle de Santa Maria puis se poursuivrait sur les hauteurs du rocher, dans un hôtel en terrasse surplombant la mer turquoise de la cité amalfitaine. Callie pianotait sur son portable durant les trente kilomètres qui la séparaient de la ville toscane.

— Que fais-tu petite cachotière ? demanda Yohei tout sourire.

— C'est une surprise monsieur mon mari ! rit-elle en lui volant un baiser.

Quand ils arrivèrent enfin, Lucia serra son fils dans ses bras et salua poliment madame Matsushime et sa fille. Son regard s'illumina lorsqu'elle aperçut son ex-mari. Comme de vieux amis, elle l'entoura dans ses bras chaleureusement. Un parfum de nostalgie flottait dans leur étreinte, une complicité emplie de tendresse émanait de tous ses gestes. Puis elle enlaça tendrement sa belle-fille en lui faisant la bise et l'amena à l'intérieur de sa villa.

— Elle est prête ! Je l'ai modifiée comme tu me l'as demandé.

Callie regarda avec fascination la robe en tutu de plumes blanches, avec sa traîne et son bustier diamanté. La mère de Yohei lui avait proposé son ancien costume de ballerine mythique, celui avec lequel elle avait dansé étant jeune le fameux lac des cygnes, et qui l'avait propulsée en haut de l'affiche. C'est dans ce costume qu'elle avait rencontré pour la première fois Chigiru Matsushime, le père de Yohei et Callie voulait, en la portant, lui rendre hommage.

Aux alentours de 15 h 30, la place de l'église était remplie de journalistes venus du monde entier. Monsieur Matsushime pestait comme un beau diable dans sa barbe.

— Comment ont-ils été mis au courant ?! enrageait-il en sortant de la limousine avec son fils.

Des gardes du corps escortèrent la famille à l'intérieur de l'église sous les flashs des photographes. Petit à petit, la famille Amarelli et les amis de Lucia prirent place sur les bancs en bois de la chapelle. Tous attendaient avec grande impatience la venue de la Belle aux yeux émeraude, s'assurant d'avoir le meilleur angle de vue pour la mettre en première page de leur magazine. Tel un conte de fées, Callie arriva en carrosse tiré par quatre chevaux blancs. Un tapis rouge fut aussitôt étalé au bas de la marche de l'escabeau jusqu'au pas de l'église. Les gardes du corps firent place immédiatement en repoussant les journalistes et la foule de curieux amassée autour du cortège.

À l'intérieur du carrosse, Callie envoya un sms à son époux : « Je te dédie la chanson de ma marche vers toi. Attends-moi, j'arrive… ! » Elle était nerveuse et souhaitait lui faire bonne impression. Au moment d'ouvrir la portière du carrosse, elle reçut sa réponse « Je t'attends, je me tiendrai au bout de l'allée… ! » Dès qu'elle posa son pied à terre, une aura scintillante de flash s'abattit sur elle, des exclamations bruyantes l'appelaient de part et d'autre de la place. « Belle ! » « Bella ! » entendait-elle tandis que les bodyguards se pressaient à ses côtés.

Quand les portes de l'église se refermèrent, la musique d'Éros Ramazzotti et d'Anastacia résonna dans les airs sous le titre romantique « *I belong to you* ». Tous les convives se levèrent. Callie, seule au bout de l'allée, fixait de son regard ému Yohei qui lui souriait. Elle s'avança lentement quand la chanteuse entonna : « Chaque fois que je regarde dans tes yeux, tu me fais t'aimer ». En allant vers lui elle sentait son cœur s'emballer dans sa poitrine. L'émotion s'empara de tout son être lorsque les paroles entonnèrent : « je t'appartiens, tu m'appartiens… » Les yeux brillants, la voix nouée, elle s'avançait vers son époux pendant qu'il la contemplait dans sa robe de plumes blanches, tel un ange descendu du ciel apportant la paix et les beaux présages d'une vie merveilleuse.

À la fin de la cérémonie, Yohei et Callie s'élancèrent hors de l'église en courant. Une Ferrari décapotable les attendait à l'entrée de la chapelle. Il aida Callie à y grimper et ils filèrent à vive allure, en haut de la colline, à la terrasse de leur réception.

les invités trinquaient de table en table, la fête se poursuivit toute la nuit sur la terrasse surplombant la mer Méditerranée. À la fin du repas, un grand gâteau à étages fit son entrée sous les applaudissements des convives et un feu d'artifice grandiose éclata. On invita les jeunes mariés à couper la première part du gâteau. Callie se proposa sous l'œil amoureux de son époux. Quand elle goûta la crème du fraisier, son visage grimaça.

— Qu'est-ce qu'il y a, il n'est pas bon ?! interrogea Yohei en fronçant les sourcils.

— Non, c'est bizarre... il a un drôle de goût.

Dès qu'il approcha ses lèvres du gâteau, elle l'écrasa contre sa bouche aussitôt. Prise d'un fou rire, elle lui essuya délicatement les lèvres avec son doigt d'une façon très sensuelle et le porta à sa bouche.

— C'est meilleur sur tes lèvres, je trouve ! dit-elle les yeux pétillants

— Ah oui... ? Alors je vais essayer moi aussi sur... laissa-t-il planer en regardant son décolleté.

Ils éclatèrent de rire en s'étreignant, leur joie était parfaite.

Pendant la soirée, ils dansèrent une bachata de John Legend – « *All of Me* », la chanson que Yohei avait choisie pour la réception de fiançailles. Un peu plus tard dans la nuit ils quittèrent la fête. Yohei l'amena sur le yacht, savourer un peu d'intimité en tête à tête sous les étoiles scintillantes de cette nuit magique. Ils dansèrent sur le pont et firent l'amour tendrement. Alors qu'ils contemplaient les étoiles, allongés à moitié nus sur le divan à méridienne, leurs esprits vagabondaient en rêvant de leur futur.

— Tu sais, j'ai réfléchi à notre avenir, à ce qu'on deviendrait plus tard et... à nos enfants, dit-elle en fixant une étoile dans le ciel.

— Tu veux un bébé tout de suite ? demanda-t-il en lui caressant les cheveux.

— Non ! On a dit qu'on allait s'entraîner avant !

Yohei pouffa en lui volant un baiser, ses yeux gris clair pétillaient à la perspective d'avoir des enfants avec elle.

— Ça ne me dérangerait pas, tu sais, d'être papa l'année prochaine !

— Je t'ai dit que non ! pouffa-t-elle en l'enlaçant. Mais j'aimerais percer le mystère du cube et sauver nos enfants de cette malédiction. J'aimerais qu'ils aient une belle vie, sans se cacher continuellement de la Confrérie.

— Comment vas-tu t'y prendre pour déchiffrer ce dialecte ?

— Je ne sais pas encore, mais j'ai envie qu'on le fasse ensemble, qu'on s'y consacre pendant une année entière ! On partirait en Irlande étudier les écrits de mon arrière-grand-père et puis…

— Laisse-moi du temps pour me retourner Callie, dit-il en se carrant contre le dossier de la méridienne. Il faut que je sois à jour dans mon travail et ensuite… asta la vista baby ! ajouta-t-il avec humour.

Les deux semaines passèrent assez vite, gonflant à bloc leur cœur et leur complicité, renforçant leur amour. Le yacht fit tout le tour de la botte avec quelques escales, leur laissant des souvenirs plein la tête. Yohei cependant, quand Callie avait le dos tourné, continuait à distance de s'informer sur les nouvelles du Japon et à travailler pour sa société. Puis ce fut l'heure des adieux et leur retour pour Tokyo. Cette semaine, allait être mouvementée par l'arrivée de la famille de Rama, car le week-end suivant ils allaient célébrer les noces d'Amane. Callie et Yohei changèrent de chambre et prirent la suite du bas, juste en face de la piscine à débordement et de la terrasse. Callie était aux anges, elle avait l'impression d'avoir un appartement avec un espace rien qu'à eux à l'extérieur. Leur lune de miel se prolongea jusqu'aux festivités qui approchaient à grands pas.

Pendant ces deux semaines l'ambiance était morose chez les Ojiro. Malgré qu'ils se soient libérés de l'emprise des Suzuki, les journaux traçant leur enquête sur les événements passés, passèrent au crible leur famille. Après son entrevue avec Callie sur la piste de l'aérodrome, Shiro accusait lourdement le coup. Sa famille ne savait plus comment faire pour l'aider à passer le cap. Il sortait pratiquement tous les soirs et revenait dans des états pas possibles, accusant la terre entière de tous ses malheurs. Son visage trahissait les nuits blanches à se tourmenter, à détruire tout sur son passage. De plus en plus violent, se bagarrant dans les bars, Shiro était l'ombre de lui-même durant ces deux semaines. Même Nao et Azako, ses deux meilleurs amis, ne savaient plus comment le tempérer. À tel point, qu'Hanaé et Akira s'interrogeaient en se demandant s'il ne fallait pas lui dire la vérité. Mais Sayuri n'en démordait pas, leur interdisant de lui en parler. Alors qu'ils étaient à table pour le déjeuner, n'y tenant plus, Akira reposa ses baguettes sur son bol.

— On devrait peut-être appeler Callie et lui en parler ? se hasarda-t-il en zieutant sa mère.

— Non, il est hors de question de la mêler à tout cela ! cria soudainement Sayuri. Elle en a assez fait, non ?! Laissons-la tranquille !

Devant l'autorité maternelle les questions cessèrent et les choses empirèrent de jour en jour pour Shiro. Sans s'en rendre compte, il sombrait de plus en plus dans ses vieux travers, passant d'une fille à l'autre, se moquant des états d'âme et s'engouffrant plus profondément dans l'alcool et les idées noires.

Un soir en début de semaine, il quitta le bar de la rue de Shibuya complètement saoul. Il prit le volant de sa Bugatti et le pire se produisit au détour d'un virage. La voiture roulant à vive allure manqua le virage à droite et fonça dans un train d'enfer tout droit sur les barrières de sécurité routière. Pris de lucidité à ce moment-là, il fit une embardée sur la droite et la gauche, il loupa de peu une voiture qui arrivait plein phares droit devant. Aveuglée par les lumières vives, la Bugatti fut stoppée brutalement par les barrières de sécurité tandis que Shiro s'évanouissait par le coup porté des airbags sur sa tête.

À 3 h du matin le portable de Callie se mit à sonner bruyamment, réveillant en sursaut Yohei qui répondit au téléphone. En entendant les propos de son interlocutrice, il réveilla Callie sur-le-champ :

— Callie, réveille-toi, Shiro a eu un grave accident de la route !

— Quoi ?! dit-elle en se levant aussitôt du lit, réveillée pour de bon. Shiro ! cria-t-elle en panique.

Elle sauta du lit et s'habilla en vitesse avec un jean et mit ses baskets, sans se coiffer ni se maquiller. Ils partirent immédiatement de la propriété. Sur le chemin de l'hôpital, Yohei s'inquiétait de l'état émotionnel de sa femme, et observait sa mine défaite et ses yeux larmoyants.

— Ne t'inquiète pas Callie, il n'est pas mort ! Hanaé m'a dit qu'il était en soins intensifs, ses jours ne sont pas en danger, dit-il en lui prenant la main.

Tout en accélérant sur la pédale de sa Lamborghini Aventador Roadster, reçue en cadeau de mariage par son père, il rassurait sa femme. Ils débouchèrent bientôt à l'entrée des urgences de l'hôpital. Il gara la sportive sur le parking visiteurs et ils coururent jusqu'à l'étage du service des soins intensifs où se trouvaient Nao et Azako. Quand Callie s'élança vers eux, complètement affolée pour leur demander des nouvelles, ils restèrent de marbre, la considérant d'un air glacial.

— Comment va-t-il ? Répondez ! cria-t-elle devant leurs visages fermés.

— Il n'a presque rien, répondit Nao sèchement. Quelques côtes cassées et un traumatisme crânien.

— Merci… dit-elle, affectée par leur froidure, je vais le voir !

— Seule la famille le peut, Callie ! répondit durement Azako.

— Dans ce cas, je peux le voir ! Je suis une Ojiro ! déclara-t-elle vivement sur le même ton, lui clouant le bec.

Elle avisa une infirmière et pénétra dans la chambre, sous la stupéfaction de ses amis qui avaient été refoulés un peu plus tôt par cette même infirmière autoritaire. Yohei restait dans la salle d'attente avec eux.

Dès qu'elle le vit avec ses bandages sur le torse et le visage tuméfié par le coup porté à la tête, son cœur se déchira de douleur. Elle pleura à chaudes larmes en prenant sa main qu'elle plaça sur sa joue. Shiro dormait. Il ne sentit rien et ne la vit pas non plus sangloter et embrasser doucement ses lèvres closes. Elle resta encore quelques minutes à ses côtés, à lui parler à voix basse. Elle l'embrassa une dernière fois et repartit de la chambre au moment où l'infirmière revenait. Quand elle rejoignit son mari à la salle d'attente, elle s'essuya les yeux. Ils s'en retournèrent chez eux main dans la main, sans un autre mot à Nao et Azako.

Le lendemain, en fin de matinée, Callie se réveilla dans un lit vide. Yohei lui avait déposé sur l'oreiller une note lui indiquant qu'il était parti au bureau. Elle se leva au radar et s'engouffra sous la douche afin de se réveiller totalement de cette triste nuit. Une fois propre et plus en forme, elle s'habilla en casual chic avec un ensemble tailleur pantalon bleu roi, un tee-shirt blanc et des baskets assorties. Elle laissa ses cheveux lâches et décida de faire une surprise à son mari au travail. Sur le chemin, elle reçut un sms d'Hanaé lui mentionnant que Shiro s'était réveillé. « *Il est bientôt midi, je fais un saut à l'hôpital et après je passe voir Yohei !* » se dit-elle tandis qu'elle en avisait son chauffeur.

La journée en cette fin septembre était à l'orage, le soleil s'était caché derrière de gros nuages blancs, mais il ne faisait pas froid au contraire, la température était satisfaisante en cette saison. Quand elle monta à l'étage des soins intensifs et vit que la chambre était vide, elle paniqua tout à coup et appela une infirmière. Celle-ci l'informa que l'état de Shiro ne nécessitait plus de soins spécifiques, elle lui donna le numéro de sa nouvelle chambre. Soulagée, elle monta un autre étage et frappa à sa porte. Lorsque Hanaé la fit entrer, Azako et Nao ne se levèrent pas à sa rencontre et Shiro, le visage crispé et froid, la toisait.

— Salut ! dit-elle en s'avançant timidement vers lui. Je suis venue prendre de tes nouvelles…

— Je vais bien merci, maintenant tu peux t'en aller ! répondit-il aussitôt en détournant la tête.

— Oh… tant mieux pour toi, dit-elle en douceur en sentant un coup de poignard lui transpercer le cœur. Tu as besoin…

— Va-t'en je te dis ! cracha-t-il entre ses dents. Tu n'es plus la bienvenue !

Elle tourna son visage vers Azako et Nao. Ils baissèrent les yeux, évitant sciemment son regard tout en pinçant leurs lèvres.

— D'accord je m'en vais, répondit-elle doucement. Prends soin de toi, Shiro !

Bouleversée par les paroles de Shiro et l'attitude de ses amis, elle essaya de se contenir et s'en alla aussitôt de la chambre tandis qu'Hanaé sortait précipitamment à sa rencontre.

— Je suis désolée, Callie…

— Non, ce n'est pas grave, je comprends, répondit-elle en ravalant ses larmes. Tout le monde réagit à sa façon face à la douleur. Je lui ai brisé le cœur et c'est sa façon à lui de se protéger. Que s'est-il passé hier soir, pourquoi a-t-il eu cet accident ?

— Callie... soupira-t-elle en hésitant. Il ne va pas fort depuis que tu es partie. Il sort, il boit...

— Hier soir, il a pris le volant alors qu'il avait bu ? Et Azako et Nao n'étaient pas avec lui, il était seul ?!

Devant son silence, Callie souffla de dépit en crispant ses mâchoires de colère et repartit vers la chambre de Shiro immédiatement. En ouvrant la porte, Shiro et ses amis levèrent leurs yeux vers elle avec antipathie.

— Qu'est-ce que tu fais là, je t'ai dit de partir ! dit Shiro en haussant le ton.

— Tais-toi ! cria-t-elle. Azako, Nao venez, j'ai à vous parler.

Ils regardèrent Shiro qui leur disait non du regard.

— Tout de suite ! cria-t-elle en leur faisant un signe du bras vers la porte. Je m'en fous que vous m'en vouliez d'avoir épousé Yohei, mais venez, j'ai deux mots à vous dire !

Devant son ton sans ménagement, Azako et Nao se levèrent de leur siège et suivirent Callie dans le couloir.

— Qu'est-ce que tu veux ?! demanda Nao inamicalement.

— Ce soir il a pris le volant alors qu'il avait bu et vous le laissez tout seul ?! Vous êtes ses amis, bordel ! Où étiez-vous ?!

— Et toi tu étais où quand pendant ces deux semaines il a perdu pied, qu'il a totalement disjoncté et qu'il est devenu incontrôlable ! cria Azako en la considérant avec animosité.

Devant la violence de ses paroles lancées comme une gifle, Callie resta silencieuse en accusant le coup.

— J'ai fait ce que je devais faire… balbutia-t-elle baissant les yeux et retenant ses larmes.

Puis portant son regard de nouveau sur eux, elle déclara rudement :

— Maintenant, c'est à votre tour de vous occuper de Shiro, c'est votre rôle !
Elle serra brièvement Hanaé dans ses bras et s'en alla, s'essuyant les larmes sur ses joues.

— Qu'est-ce qu'elle a voulu insinuer par là ?! demanda Azako à Hanaé.

— Je ne peux rien vous dire… répondit-elle émue en s'essuyant les yeux.

Une fois sortie de l'hôpital, Callie s'assit un instant sur les marches afin de calmer ses nerfs et son cœur palpitant. Elle rejoignit sa voiture et demanda au chauffeur de la conduire au bureau de Yohei. Arrivée au pied de son immeuble, elle hésitait à y pénétrer, se sentant encore fragile et troublée par le comportement de Shiro. Elle respira un bon coup et prenant sur elle, monta à l'étage de son bureau.

La secrétaire l'avisa qu'il était en réunion, mais elle partit tout de même à sa rencontre. En longeant le couloir elle l'aperçut à travers la baie vitrée. Elle le contemplait dans la pièce dans son costume de bureaucrate sombre. Un doux sourire remplaça sa grise mine, enlevant un peu de sa peine en son cœur. Elle composa un message en l'observant sous cape : « Je te manque ? » Discrètement, pendant qu'un client lui parlait, elle le vit jeter un coup d'œil à son portable et sourire malgré lui. Elle décida de lui envoyer un autre message : « Tu veux un câlin ? » Quand il le lut, ses yeux pétillèrent et son visage s'empourpra légèrement tandis que les clients étaient interrogatifs. Elle lui envoya son dernier message, similaire à celui

qu'elle avait reçu un mois plus tôt quand elle l'appelait encore Ji :
« Tu es beau dans ton costume… », lut-il alors qu'il levait les yeux
à sa rencontre. Elle souriait en se mordillant la lèvre. Les clients se
retournèrent et furent subjugués par sa beauté, reconnaissant le
visage du tableau de la Belle aux yeux émeraude. Yohei s'excusa
auprès de la tablée et sortit de la salle de réunion.

— La réunion touche à sa fin, attends-moi dans mon bureau, dit-il
en lui donnant un baiser.

Quand elle arriva dans la vaste pièce, des tas de magazines
jonchaient son bureau. Curieuse, elle s'installa sur le haut siège en
cuir et y jeta un coup d'œil. « *Hein ?!* » Elle n'en croyait pas ses
yeux. Elle était en première page dans des tas de magazines de mode
et de journaux avec des titres effarants.

« La Belle aux yeux émeraude s'est mariée en secret avec son
milliardaire » le journal datait du lendemain de son mariage civil à
la mairie de Tokyo. Puis elle vit sur d'autres magazines
internationaux sa photo en robe de mariée avant de rentrer à l'église
de Positano et de ses vacances avec Yohei. « *Comment se fait-il que
je sois autant médiatisée ?! Et comment se fait-il que l'info de mon
mariage ait pu être découverte ?! Ce n'est pas bon pour moi tout
cela ! Et si la confrérie me retrouve, Yohei et moi serons en
danger !* »

17 FESTIVITE TENDUE

Dix minutes plus tard, Yohei revint dans son bureau. Il retrouva sa femme en pleine lecture, assise confortablement dans son siège de ministre. Il la considéra longuement à son insu, alors qu'elle était concentrée par ce qu'elle lisait, et la détailla en mesurant sa chance d'être avec elle. Soudain sentant qu'on l'observait, elle releva son joli minois vers son mari qui la contemplait transi d'amour. Son regard pétilla et un sourire rougissant étira ses lèvres.

— Bonjour monsieur Matsushime, vous êtes en retard de cinq minutes ! Asseyez-vous, nous allons commencer notre entretien d'embauche ! dit-elle avec un large sourire.

— Vous êtes la directrice, c'est bien cela ?! répondit-il en s'asseyant en face d'elle.

Elle éclata de rire en hochant la tête. Elle se leva de son siège et s'assit à califourchon sur ses genoux.

— Vous comptez m'entretenir en essayant de me séduire ou est-ce un test pour…

Pour toute réponse, elle l'entoura dans ses bras en l'embrassant fougueusement.

— Je ne te laisserai jamais faire les entretiens d'embauche… ! rit-il en dégageant ses cheveux sur sa nuque. Ils seraient trop intimidés par ton charme fou… les pauvres !

— Arrête de dire des bêtises ! dit-elle en le charmant de son regard vert intense.

— Si tu continues, madame Matsushime, tu vas m'exciter et je vais devoir te faire l'amour tout de suite… !

— Ah bon… répondit-elle innocemment. Comme ça… ajouta-t-elle en lui caressant son bas ventre lentement.

Yohei la regarda intensément tandis qu'elle descendait sa main un peu plus bas, caressant langoureusement ses parties intimes.
Bientôt il haleta et pris de désir embrassa sa poitrine à travers son tee-shirt. Callie tout en se cambrant en arrière, lui déboutonna son pantalon et glissa sa main dans son boxer.

— Tu n'es qu'une coquine… ! murmura-t-il haletant alors qu'elle gloussait.

N'y tenant plus, au bout de quelques minutes il lui dégrafa son pantalon et glissa ses doigts dans sa fente humide.

— Humm… Yohei… gémit-elle, l'excitant encore plus par sa voix suave.

— Enlève ton pantalon… chuchota-t-il à son oreille.

Elle se déshabilla à la hâte. Yohei se leva vers elle, la saisit dans ses bras et l'allongea sur son bureau recouvert de journaux. Il la pénétra profondément en se positionnant entre ses cuisses et en la soulevant par les hanches tandis qu'elle croisait ses jambes en ciseaux contre son torse.

Il y alla en douceur, la faisant gémir de plaisir. Excité par ses bruissements, il accéléra son rythme fiévreusement. Le bureau trembla et couina atrocement par les coups portés des va-et-vient. Yohei éjacula lorsque Callie poussa un ultime cri de jouissance. Il l'aida à se relever et ils s'embrassèrent tendrement en s'enlaçant avec tendresse.

Pendant qu'ils se rhabillaient, Callie lui parla des journaux et de ses inquiétudes vis-à-vis de la Confrérie qui était à sa recherche. Il la rassura en lui mentionnant qu'il avait déjà pris contact avec les éditeurs pour stopper les commérages et les fauteurs de troubles.

— Pourquoi tu es si célèbre ? Enfin, je veux dire mis à part que tu es milliardaire, qu'est-ce que tu as fait de si extraordinaire pour que tu sois si connu ?!

— Quand j'étais à New York pour mes études, j'ai beaucoup joué en bourse pour me faire la main et j'ai gagné pas mal d'argent, répondit-il en souriant malicieusement.

Callie le jaugea un instant en sondant son regard gris clair intensément.

— Tu ne me dis pas tout on dirait… j'ai le sentiment qu'il y a autre chose, monsieur Matsushime ! dit-elle alors qu'il pouffait.

— Je ne peux rien te cacher… ! répondit-il en la prenant dans ses bras. C'est une des raisons pour lesquelles je…

— T'aime ! Oui, tu me l'as déjà sortie celle-là, dit-elle en lui volant un baiser. Arrête de me balader, Yohei, dis-moi exactement ce qui t'a rendu si célèbre. S'il te plaît ! ajouta-t-elle en faisant une petite moue renfrognée.

Il éclata de rire en faisant pétiller son regard clair vers elle.

— Comment veux-tu que je ne craque pas, quand tu me fais cette petite tête ! Bon très bien, je vais tout te dire.

Il s'installa sur son haut siège en cuir, invitant Callie à s'asseoir sur ses genoux, puis lui narra son histoire. À la fin de son speech, Callie était ébahie et inquiète à la fois.

— Tu as complètement ruiné une grosse firme américaine ?! En fait, tu es un génie de la finance ?! Tu n'as pas peur, enfin je veux dire, tous les fous ne sont pas enfermés…

— Ne t'inquiète pas Callie, il ne peut rien nous arriver. On est protégés par une équipe de gardes du corps en permanence, même s'ils ne sont pas apparents ! Tiens, regarde… dit-il en prenant son portable. Ce matin par exemple, avant de venir ici tu étais… à l'hôpital ?! lut-il étonné en reposant son portable.

— Je suis impressionnée, monsieur Matsushime ! Tu me fais suivre ?! dit-elle faussement suspicieuse en le regardant du coin de l'œil. J'ai intérêt à être prudente, la prochaine fois que j'irai voir mes amants !

Ils éclatèrent de rire et elle l'embrassa tendrement en le considérant intensément.

— Je ne permettrai pas qu'il t'arrive quoi que ce soit, dit-il en l'étreignant.

— Moi non plus, je ne veux pas qu'il t'arrive malheur ! répondit-elle vivement le cœur battant en le serrant tout contre elle.

— Il s'est remis alors… ?! demanda-t-il avec hésitation.

— Oui… répondit-elle en pinçant les lèvres. Il va mieux !

— Qu'est-ce qu'il y a, il t'a dit quelque chose de désagréable ?!

— Il est blessé… dit-elle le regard fuyant. Je crois que j'ai perdu mes amis aussi, mais ce n'est pas grave ! soupira-t-elle en le considérant. Je t'aime et c'est tout ce qui compte !

Il se releva de sa chaise et la reprit dans ses bras en la serrant très fort contre lui.

— Je t'aime aussi ! Il faut que j'y retourne… Je rentre ce soir pour le dîner !

Quand elle fut partie, Yohei rangea son bureau et jeta tous les magazines et les journaux dans la poubelle, puis il appela son service de sécurité et son agence de détectives privés.

La fin de la semaine arriva enfin et le mariage de Rama et d'Amane était enfin là. Tôt le matin, la propriété des Matsushime était dans l'effervescence des derniers préparatifs avant l'arrivée des invités. Trois cents personnes étaient attendues ce jour-là et tout le monde mit la main à la patte pour aider la famille des mariés à préparer les festivités, tous, sauf Callie et Yohei qui se prélassaient paresseusement dans leur lit.

À la fin de la matinée, la famille de Rama et les Ojiro prenaient place sur la grande terrasse surplombant la piscine à débordement. Une douce musique de Omi y Leoni Torres — « *Sabanas Blancas* » résonna sur la terrasse du bas. Les sœurs de Rama, plus belles les unes que les autres, se pressèrent à la balustrade pour observer les tourtereaux paresseux. Nao et Azako qui avaient accompagné Shiro à la fête se tinrent près des jeunes filles. Subitement leurs regards se figèrent sur Callie qui sortait de sa suite en petite tenue. Elle portait une robe chemise blanche ajourée sur son maillot de bain deux pièces qui ressortait sur sa peau légèrement dorée. Sans se soucier des invités de la terrasse, elle s'installa tranquillement à la petite table et se servit une tasse de café. En mordant son croissant Yohei apparut derrière elle, en jean et chemise ouverte sur son corps splendide. Il lui vola un baiser dans le cou tout en l'étreignant. Il faisait un temps superbe, le soleil était radieux tout comme leurs cœurs et leurs visages illuminés.

— Hey, laisse-moi manger filou ! rit-elle alors qu'il bougeait derrière elle sur le rythme de la musique et posait ses lèvres sur son épaule nue.

Il pouffa contre son cou en la retournant vers lui et l'enlaça fougueusement. Quand la chanson arriva au refrain des « hou… hou… », ils fredonnèrent ensemble la mélodie tout en dansant. Collés-serrés, leurs yeux enflammés et leurs bouches à quelques centimètres l'une de l'autre, ils bougèrent en mêlant sensualité et tendresse dans tous leurs gestes avec ravissement. Callie caressait son torse tendrement tandis que Yohei, suivant ses mouvements avec amour, lui volait des baisers à chaque rapprochement. Ils étaient dans un tel état de bien-être amoureux qu'ils ne s'aperçurent pas que sur la terrasse du haut, tout le monde n'avait d'yeux que pour eux. La plus jeune des sœurs de Rama, Achara, les filmait avec son portable. Elle s'était prise d'affection pour Callie, ainsi que ses autres sœurs qui avaient passé la semaine à lui demander des cours de danse.

— Tu ne peux pas me résister… dit Yohei.

— Ah bon, c'est ce que tu crois ! répondit-elle du coin de l'œil.

— C'est toi la première qui craquerait…

— Ah oui… eh bien lançons le pari de qui craquera en premier, répondit-elle en le charmant de ses yeux verts pétillants.

Alors qu'il riait en craquant complètement devant ses yeux de chenapan, il avança ses lèvres sur les siennes.

— Le pari commence, maintenant ! lui souffla-t-elle taquine en posant son index sur ses lèvres.

Elle se dégagea de ses bras et cambra sensuellement ses reins sur la table pour prendre son croissant, sous les yeux voraces de son époux qui avait droit à une pose des plus sexy. Tandis qu'il prenait un siège, en souriant de son manège à le séduire pour lui faire perdre son pari, Callie le charmait de mille et une façons. Elle lui tournait autour, le frôlant de son corps tout en lui servant innocemment une tasse de café.

— Achara, arrête de les filmer ! dit Rama qui s'était jointe avec Amane au reste des invités de la balustrade.

— Amane, dis-leur de se changer et de venir nous rejoindre ! la commanda monsieur Matsushime.

— C'est leur petit rituel du matin, laisse-les ! C'est leur petit moment à eux, insista-t-elle.

Son père capitula en soupirant face à la réprimande de sa fille.

— Leur petit moment qui va vite déraper… ! surenchérit Rama.

Azako et Nao, reluquant discrètement Shiro fixer Callie à la terrasse, ne pipèrent mot et s'inquiétaient pour leur ami pendant qu'Amane et son fiancé riaient sous cape du jeu de séduction entre Callie et Yohei.

— C'est quoi aujourd'hui leur petit jeu ? demanda Rama vers ses jeunes sœurs.

Achara éclata de rire en se cachant la bouche avec sa main et leur narra la matinée de la veille du jeune couple, pendant qu'Akira se joignait à eux.

— Avant-hier, Callie m'a volé mon feutre magique. Je l'ai cherché partout et voilà que ce matin-là, on a surpris Yohei et Callie dans un drôle d'état ! s'esclaffa-t-elle de plus belle ne pouvant plus finir son histoire.

— Qu'est-ce qui s'est passé ? demanda Akira, très intéressé.

— Yohei est apparu avec un smiley sur le ventre et un cœur dessiné sur son œil en guise de binocle et Callie avait des moustaches de Hello Kitty sur le visage, répondit Rama en riant. Ils étaient beaux à voir !

— Surtout que ni l'un ni l'autre ne s'était aperçu de rien ! Ils pensaient qu'ils avaient joué un tour à l'autre, alors qu'en réalité…

Achara riait tellement que des larmes sortirent de ses yeux et qu'elle ne put finir sa phrase, faisant rire aux éclats ses autres sœurs.

— C'est dommage que Yohei soit marié ! s'exclama boudeuse une des sœurs qui se tenait à côté d'Azako.

— En tout cas, ils nous ont bien eus, ils ont tout fait en cachette ! s'exclama une autre en riant.

— Comment ça ? demanda Azako, interloqué.

— Vous n'avez pas lu les journaux ?! L'info a fuité. Quelqu'un a découvert qu'ils s'étaient mariés deux jours avant de s'envoler à Positano !

— Ah ces cachotiers ! soupira une autre sœur. J'aimerais bien être à la place de Callie… Yohei est si beau !

Toutes les jeunes sœurs soupirèrent de dépit quasiment en même temps, faisant lever les yeux au ciel aux garçons, tandis que Shiro se crispa. La musique changea et une autre résonna sur la terrasse de notes de samba. Les jeunes filles trépignèrent de joie, faisant sursauter les garçons à côté d'eux.

— Qu'est-ce qui se passe ?! demanda Nao.

— C'est notre chanson ! s'exclama folle de joie Achara en entraînant ses sœurs hors de la terrasse.

Callie exécuta un solo de samba sur la musique de Claudia Leitte, dont le titre « *Corazón* » entonnait des notes chaudes aux consonances latines de salsa. Tout en sensualité, elle bougea son corps gracieusement pendant que les jeunes filles la rejoignirent en exécutant les mêmes pas dans la joie et les rires. Callie resplendissait de bonheur, elle se sentait libre et en adéquation avec la musique. Elle se déhanchait en jouant de son corps tout en volupté, en bougeant son bassin. Yohei se joignit à elle, en mimant le rappeur avec un croissant en guise de micro. Callie piqua un tel fou rire qu'elle dut s'arrêter de danser. Soudain son regard se leva sur la terrasse du haut. Sans le vouloir, elle croisa le regard impénétrable de Shiro rivé sur elle. Elle s'arrêta net de rire, son sourire se fana tandis qu'ils se fixaient gravement, les yeux dans les yeux. Son cœur s'emballa dans sa poitrine et une boule se forma dans sa gorge. Brusquement elle quitta la cour en s'enfuyant dans sa suite, pendant que la musique et les rires continuaient de chanter sur la terrasse.

Essoufflée par tant d'émoi, elle s'engouffra dans la salle d'eau. Sous la douche, les jets d'eau chaude coulaient sur sa joue entraînant sur leur passage des larmes silencieuses. « *Merde ! Je lui brise le cœur et je le nargue en plus ! Je suis cruelle... Je me déteste !* » Elle souffla un coup et sortit de la douche « *Je suis mariée, je vis juste ma vie ! Pourquoi je culpabilise comme ça ?! J'ai fait le bon choix, il n'y avait pas d'autre moyen de le sauver !* » s'énerva-t-elle tout à coup en s'habillant. « *Et puis maintenant, je me suis attachée à Yohei, je suis heureuse avec lui, même si quand je le vois...* » Elle chassa ces pensées négatives et relativisa en se coiffant « *J'ai fait ce que je devais faire pour tous les sortir de là, maintenant tant pis, je veux être heureuse !* »

Pendant qu'elle se maquillait, Yohei la rejoignit et s'extasia sur sa tenue. Elle portait avec élégance une robe longue, fendue en haut de la cuisse en gris bleu argenté de Versace, qui lui moulait le corps avec sensualité et sublimait son teint. Yohei était contemplatif devant elle.

— Tu es magnifique... ! dit-il dans un souffle, les yeux brillants. Je suis si fier d'être ton mari !

Émue, elle l'embrassa aussitôt en l'entourant dans ses bras.

Quelques minutes plus tôt, au moment où Callie s'enfuyait de la terrasse, Azako interrogatif se retourna sur Shiro. Celui-ci affichait un sourire moqueur.

— Tu ne trouves pas que le comportement de Callie est bizarre ? On aurait dit qu'elle allait pleurer !

— Elle a tellement joué la comédie des sentiments avec moi que là, quand elle m'a vu, elle a dû se sentir très bête !

— Shiro... je n'en suis plus si sûr, maintenant. Quand elle est venue la dernière fois, elle a dit quelque chose qui me trotte dans la tête sans arrêt et je ne sais pas pourquoi !

— La nuit de ton accident, elle s'est fait passer pour une Ojiro, dit Nao. L'infirmière l'a laissée passer, alors que nous, elle nous a jetés !

— C'est vrai j'avais oublié ! s'exclama Azako tout à coup. Et pourquoi elle t'aurait menti sur son mariage ?

— Arrêtez avec ça, je m'en fous de toute façon ! lança Shiro froidement. Elle l'a choisi, elle m'a menti et je ne veux plus en entendre parler !

Quand Yohei fut prêt, en costume griffé bleu foncé et sa coupe en pétard de mauvais garçon, il prit le bras de sa femme et l'amena fièrement sur la terrasse du haut. Ils saluèrent les convives cérémonieusement puis Callie embrassa Hanaé et salua le reste de la famille Ojiro d'un hochement de tête tout en évitant soigneusement Shiro du regard. Le déjeuner de la terrasse était un grand buffet où tous les convives les plus fatigués ou les parents puissent s'asseoir pour manger. Yohei et Callie s'avancèrent dans le groupe des jeunes qui s'étaient regroupés en cercle pour échanger et lier connaissance. Callie aperçut Nao et Azako en pleine discussion avec les sœurs de Rama qui resplendissaient de beauté. Elle remarqua leurs sourires charmeurs et leurs yeux pétillants. Malgré la rancune qu'elle éprouvait, un tendre sourire fendit ses lèvres en les considérant avec sympathie. L'ambiance était joyeuse, tout le monde était vraiment heureux d'assister à ces festivités en famille.

Dans l'après-midi la fête se poursuivit dans le parc, où une grande scène était montée pour la soirée avec un emplacement pour le repas et la cérémonie. Tout était grandiose et féerique. Les trois cents personnes commençaient à affluer et à remplir l'espace. Des personnalités et des stars étaient invitées et paradaient dans des vêtements sublimes, cependant lorsque Callie passait près d'eux, leurs visages se tournaient vers elle avec admiration. « *Voilà ce que c'est que la célébrité ! Je suis une star maintenant !* » ironisa-t-elle.

À 16 h la cérémonie de mariage débuta par un groupe venu spécialement pour ce jour. Tous les invités se levèrent de leur chaise lorsque Amane, resplendissante en robe de mariée à l'occidentale, s'avança vers Rama. Quand les mariés prononcèrent leurs vœux solennels et que les convives applaudirent, il s'était écoulé deux bonnes heures et c'était déjà l'heure du dîner en plein air.

La nuit était déjà tombée, le parc scintillait de lumière avec des torches de feu et des bougeoirs romantiques. Les couleurs à l'honneur étaient les mêmes que celle de Callie et Shiro pour leur mariage, du rouge et du blanc. Elle considéra avec émotion la décoration des bougeoirs et des roses blanches et rouge, en se rappelant malgré elle sa propre cérémonie de mariage, la toute première, celle qui faisait encore battre son cœur. « *En un an, je me serais mariée deux fois. Qui fait ça, hein ?!* »

Pendant la soirée, quelques esprits s'échauffèrent, l'alcool qui coulait à flot rendait guillerets quelques invités, notamment Shiro qui buvait verre sur verre. Il s'afficha avec une fille en la draguant outrancièrement et s'installa en face de Callie et Yohei. Azako et Nao s'invitèrent aussi avec deux des sœurs de Rama ainsi qu'Akira et Hanaé. La jeune fille se présenta à la tablée ; elle se prénommait Ako. Shiro la serrait dans ses bras et rapprochait son visage du sien en la charmant. Elle rougissait de plaisir tandis que Callie se crispait instinctivement. Ako qui scrutait Callie depuis un moment la reconnut.

— Tu es la Belle aux yeux émeraude ?! s'exclama-t-elle avec admiration. Et toi, tu es son milliardaire ?! dit-elle en désignant Yohei.

Callie acquiesça d'un sourire de circonstance en se tournant vers l'oreille de son mari : « Je ne sais pas si Shiro va conclure ce soir, vu comment elle te regarde ! » lui murmura-t-elle. Ils éclatèrent de rire en se regardant malicieusement.

— Oui c'est mon petit rondouillard ! dit-elle en se tournant vers son mari.

Ils rirent ensemble de sa remarque avec Hanaé et Akira, se souvenant de sa réflexion lors d'un repas chez eux.

— Je suis curieuse, mais j'aimerais savoir comment vous vous êtes rencontrés, demanda Ako.

— À un rendez-vous matrimonial, répondit Callie.

— Et dire qu'elle n'a pas voulu me revoir ! se moqua gentiment

Yohei, éméché. Je lui ai envoyé des tas de cadeaux et elle ne m'a même pas appelé !

— C'est vrai, tu as fait ça Callie ?! s'étonna Achara.

— Si tu m'avais rencontré avant, j'aurais voulu te revoir ! dit soudainement Ako en rougissant.

Callie la toisa froidement.

— Tu dragues mon mari, là ?! Tiens-toi tranquille, je ne vais pas me le faire voler celui-là ! répondit-elle rudement. Fais gaffe, j'ai des griffes bien acérées ! Occupe-toi de ton mec à côté de toi au lieu de baver sur le mien !

— Attention, elle mord ! dit Yohei fièrement en entourant Callie dans ses bras. De toute façon, tu ne m'aurais pas intéressé !

Piquée au vif, la jeune fille quitta la table immédiatement, tandis que Shiro fixant Callie durement se resservit un autre verre.

— Shiro arrête de boire, tu as assez bu ! dit Callie en le considérant.

— Qui es-tu, tu n'es plus rien pour moi, répondit-il froidement. On n'est plus mariés Callie, tu n'as rien à me dire !

Tout en la regardant avec ironie, il se resservit un verre en affichant un sourire moqueur. Callie bouillonnait à l'intérieur.

Pour détendre l'atmosphère, Hanaé engagea la conversation. Elle lui demanda comment s'étaient passées ses dernières vacances en France. Yohei émit un grand rire, ses yeux pétillèrent par l'alcool.

— Tu as rencontré Tina ? lui demanda Nao, un tantinet éméché.

— Elle croyait que je ne comprenais pas le français alors elle s'est un peu lâchée ! répondit-il en regardant Callie.

— Chut Yohei… ! dit Callie, rougissante.

— Qu'est-ce qui s'est passé ?! demanda Akira.

— Toi, tu ne la connais pas, mais vous autres, vous savez comment elle est ! Elle n'a pas de filtre quand elle parle, elle est brute de décoffrage ! s'esclaffa Callie.

— Bah alors, raconte ! insista Akira, alors que Callie répondait par la négative.

— Elle m'a sorti tout ce que Callie lui avait dit en confidence ! dit Yohei en riant tandis que Callie lui disait de se taire. Elle a dit à Callie : « C'est lui ton coup d'un soir en journée ! » « C'est lui dont tu me disais qu'il baisait comme un Dieu ! »

Callie était aussi rouge qu'une pivoine, tous riaient à gorge déployée de sa tirade. Azako et Nao se tordaient de rire en se moquant de sa phrase à propos du coup en journée.

— Et c'est quoi cette histoire du coup d'un soir en journée ? demanda Akira en riant.

— Oh, vous n'êtes pas au courant ?! On s'est revus avec Callie, je suis passé chez vous à l'improviste un week-end.

Soudain Akira éclata d'un grand rire à n'en plus finir.

— C'est ce fameux week-end, Callie, où tu as effacé la bande enregistrée de toute la propriété ?!

Yohei se joignit à son rire tout en considérant malicieusement sa femme qui piquait un fard.

— Oh… je me suis trompée, j'ai fait une mauvaise manipulation, je ne l'ai pas fait exprès ! mentit-elle en riant nerveusement.

— Ouais bon, tu as baisé pendant tout le week-end ! coupa court Shiro d'un air blasé.

Callie le toisait sévèrement alors que tous se dévisageaient en silence, choqués par ces paroles crues.

— Ouais c'est ça, ne se démonta pas Callie, je me suis bien éclatée ! D'ailleurs, je crois que je n'ai jamais été aussi bien baisée !

Le silence tomba lourdement, Shiro et Callie se dévisageaient, se lançant des éclairs noirs.   Brusquement, Shiro se leva de table, la chaise se renversa dans un fracas.

— J'aurais dû en profiter avec toi et te baiser plus tôt, au lieu de tomber amoureux et de t'attendre ! lâcha-t-il d'une manière cinglante.

— Ouais, et d'être le salaud que tu as toujours été ?! répondit-elle du tac au tac dans le même ton, le fixant durement.

Vexé par son ton, il frappa du poing la table. La tablée sursauta, complètement hébétée par la tournure que prenait la conversation

— J'aurais dû me pendre le jour où l'on s'est mariés ! Tu t'es bien foutue de moi ! Mon ex-beau-père avait raison quand il te traitait de traînée, parce que tu en es bien une ! Une pute ! cracha-t-il en se penchant vers elle.

— Et toi, tu n'es qu'un salaud ! cria-t-elle en se levant de table.

— Non, c'est toi… ! répondit-il dans un rire moqueur.

Une gifle fusa immédiatement, rendant la joue de Shiro cramoisie. Choqués l'un et l'autre par leurs mots brutaux et la gifle, ils se dévisagèrent en silence un instant. Tout à coup, elle mit ses mains sur sa bouche et éclata en sanglot.

— Je te déteste ! cria-t-elle en larmes.

Brusquement, elle quitta la table pendant que Yohei agrippait Shiro au collet.

— Shiro, si tu es là aujourd'hui à te promener librement avec ta famille, c'est grâce à elle ! Alors à ta place, je lui montrerais un peu plus de reconnaissance ! pesta-t-il en le fusillant du regard. Si tu lui reparles encore une fois comme tu l'as fait, je te jure que je te pète la gueule !

Il le relâcha vivement et partit rejoindre Callie. Azako et Nao étaient dubitatifs devant ces propos. Pétrifié, Shiro demeura figé sur place.

— Shiro, ta famille te cache quelque chose à propos de Callie !
lança vivement Azako en venant à lui.

18 RETOUR A KOBE

Encore sous le choc des dernières paroles de Yohei, Shiro, releva
ses yeux noirs sur Azako en acquiesçant, puis vissa aussitôt son
regard sur son frère. Akira et Hanaé baissèrent leurs yeux à sa
rencontre.
— Dites-moi la vérité, qu'est-ce qu'il a voulu dire ?!

— On ne peut rien te dire Shiro, maman nous l'a fait promettre…
murmura Akira confusément.

En entendant cela, Shiro devint fou en un instant. Il agrippa
fermement les épaules de son frère.

— Maintenant, tu vas me dire la vérité, où je te préviens, je casse
tout ici !

— Shiro, calme-toi, le tempéra Hanaé en retenant son bras. On a
juré de ne rien te dire ! Mais si tu veux vraiment savoir sans qu'on
se compromette, alors dans ce cas, tu devrais regarder les vidéos
des caméras de surveillance depuis le début où cela a commencé.
Et tu comprendras tout…

À ses mots, il quitta le banquet avec Azako et Nao et ils repartirent
ensemble à Kobe immédiatement.

Au bout d'une heure de trajet, ils arrivèrent à la propriété et descendirent aussitôt au sous-sol de la salle des caméras de surveillance. Un peu plus tôt, Hanaé lui avait donné par téléphone la date de l'Onsen, là où tout avait débuté. Shiro fit défiler en avance rapide sur l'écran les images de la journée quand Azako, apercevant Callie dans la nurserie, lui demanda d'arrêter. Shiro remontant ses souvenirs à cette date se rappela que Callie n'avait pas participé à l'Onsen ce jour-là.

— Qu'est-ce qu'elle fait avec Tenshi ? demanda Nao.

— Elle prélève de l'ADN... répondit Azako, devenant blême.

Ils virent ensuite Callie, dans la salle d'eau, prélever des cheveux sur la brosse de Nanami.

— Elle savait ! cria Azako tout à coup.

Quand Shiro la vit dans son dressing caresser ses vêtements tendrement et verser des larmes sur son costume Armani en respirant son odeur, il fut profondément attristé. Azako et Nao se sentirent mal à l'aise aussi vis-à-vis de Callie, qu'ils avaient jugée un peu trop rapidement. Shiro avança une nouvelle fois, jusqu'à son entretien avec monsieur Suzuki et sa mère. Il fut sous le choc d'apprendre que son ex-beau-père avait menacé Callie de l'envoyer en prison et fut bouleversé par ses larmes à vouloir le sauver. Ils visionnèrent toute la journée de la fin, avec les inspecteurs, les détectives, Nanami dans sa suite avec Callie en nuisette et regardèrent aussi son dernier entretien avec monsieur Suzuki. À la fin de l'entrevue avec monsieur Suzuki et en découvrant la fureur de Callie avec son frère, Shiro arrêta la bande un moment pour se remettre de ses émotions.

— Elle s'est mariée ce matin-là... dit Azako tristement.

— Dès que mon frère rentre, j'aurai une petite discussion avec lui ! ragea Shiro en essuyant une larme de sa joue.

— Elle te l'a bien démonté le père Suce kiki ! C'est une battante

Callie, elle ne lâche rien ! C'est nous qui l'avons lâchée… dit Nao, émotionné.

Alors qu'ils restèrent silencieux en accusant le coup, Shiro relança la bande et ils virent Callie remonter dans la suite.

Ce soir-là Callie était malheureuse, son visage était empli de souffrance. Elle remballa ses affaires dans la valise, décrocha les photos du mur et ouvrit le dressing une dernière fois. Face au costume Armani bleu roi, elle se couvrit les épaules avec les manches, comme si Shiro l'entourait de ses bras. Elle engouffra son visage à l'intérieur de la veste et sanglota amèrement.

Quand elle sortit du dressing, elle posa son portable sur la tour mp3 en lançant la chanson « Addiction » de Kim Jongkook et Lee Suhyun et s'assit tristement sur le lit. Tout en écoutant cette douce chanson d'adieu, elle s'allongea sur le lit du côté de Shiro en posant un cadre photo de son mariage tout contre son cœur et laissa aller ses sentiments. Lorsque la musique s'arrêta, elle contempla tendrement la photo de Shiro et lui parla :

— Adieu mon amour… dit-elle la voix enrouée par l'émotion. J'aurais tellement voulu rester auprès de toi… mais ce n'est plus possible ! craqua-t-elle alors que sa voix se brisait dans ses sanglots. Si j'avais dû choisir, c'est toi que j'aurais pris ! Merci de m'avoir aimée, sois heureux maintenant que tu es libre, je te souhaite la plus belle des vies !

Elle caressa son visage sur la photo en y déposant un doux baiser mouillé de larmes.

— J'ai fait tout ce que je devais faire pour tous vous sortir de là. J'ai épousé Yohei et je referme maintenant le livre de ma vie à tes côtés, pour commencer une nouvelle vie avec lui. J'espère qu'un jour tu me pardonneras, mon amour. Tu resteras à jamais dans mon cœur et je t'aimerai toujours… pour l'éternité.

Dès l'instant où elle eut fini de parler, elle se releva en s'essuyant les yeux et s'en alla.

La bande enregistrée envoya les images de sa dernière entrevue avec madame Ojiro, où elle lui mentionnait qu'elle ne souhaitait pas leur présence à son mariage en Italie le lendemain, puis lui redemanda d'honorer sa promesse, de ne jamais révéler à Shiro la vérité, au risque de le rendre encore plus malheureux.

Shiro et ses amis étaient dans tous leurs états. La tristesse se lisait sur leur visage et les larmes ruisselaient sur leurs joues. Shiro craqua complètement, il sanglota éperdument. Durant ces trois semaines de souffrance, à maudire la terre entière et en se détruisant moralement et physiquement, par ses débordements, ses débauches et l'alcool, il accusa le coup lourdement une nouvelle fois. Mais cette fois-ci, pour des raisons différentes : Il avait blessé la seule personne au monde qui voulait son bonheur au détriment du sien, et il le regrettait du plus profond de son être. Il était tellement blessé qu'il voulait qu'elle souffre, et qu'elle soit aussi mal que lui. Mais il se rendit compte, à ce moment précis, qu'il s'était libéré de sa haine, tandis que Callie allait souffrir de ses paroles pendant longtemps.

— J'ai été injuste avec elle ! Elle ne méritait pas que je la traite comme je l'ai fait ! pesta Shiro en ravalant ses larmes.

— Nous aussi, on n'a pas été sympa avec elle, dit Azako en baissant la tête. Je comprends maintenant ses paroles à l'hôpital. Par contre, qu'elle ait dit que son nom était Ojiro, ça je ne comprends pas.

— Vous croyez qu'elle l'aime ? demanda Nao pensivement, Yohei…

Azako lança, par son regard noisette, des éclairs dans sa direction. Nao se tut immédiatement.

— Oui… maintenant oui ! répondit Shiro en crispant ses mâchoires. Avec mon comportement d'aujourd'hui, elle va l'aimer encore plus ! Je sais qu'elle en était amoureuse, je l'ai entendue parler un soir avec Tenshi et Hanaé m'avait dit qu'elle hésitait entre nous deux.

— Elle vous aimait tous les deux, c'est possible ça ?! s'interrogea Nao.

— Si le père Suce kiki ne l'avait pas menacée, elle aurait prouvé que Tenshi n'était pas ton fils, tu aurais divorcé et revenir avec elle. C'est ce qu'elle voulait dire quand elle disait que monsieur Suzuki lui coupait l'herbe sous les pieds. Je pense qu'avant de savoir que tu serais libre, elle entretenait toujours l'espoir de revenir avec toi, répondit Azako en soupirant de dépit.

— Maintenant qu'elle est mariée, c'est fini, je ne la reverrai plus ! ragea Shiro en larmes.

Le lendemain matin, madame Ojiro était de très mauvaise humeur. Elle était revenue du mariage en fin de matinée avec Akira et Hanaé, et avait pesté son mécontentement contre son jeune fils pendant tout le trajet. De retour dans sa propriété, elle le convoqua immédiatement à son bureau. Face à elle, elle lui commanda de s'asseoir et avant qu'il ne prononce une parole, le toisa durement en pinçant ses lèvres fines.

— Hier soir, tu as eu une très mauvaise conduite au mariage. Les échos de tes excès sont venus jusqu'à mes oreilles. Tu m'as fait honte ! cria-t-elle en tapant sa main sur le bureau. Je te préviens Shiro, tu as tout intérêt à te ressaisir ou je vais finir par en arriver aux grands moyens !

Elle essaya de se radoucir tout en se concentrant pour rester calme ; ses nerfs étaient à vif.

— Si tu n'arrêtes pas tout de suite ton mauvais comportement, je te coupe les vivres ! Tu m'entends ?! cria-t-elle tout à coup, rouge de colère. À partir de demain, tu reviens au bureau !

Elle se calma un peu en découvrant sur le visage blême de son fils qu'elle s'était bien fait comprendre et poursuivit aussitôt :

— Je t'avertis que je vais te passer l'envie de détruire ta vie ! Si tu as envie de te défouler, je vais exaucer ton vœu ! Tu vas t'atteler au travail de toutes tes forces et me donner de bons résultats, c'est bien clair ?!

Shiro ne pipa mot devant l'autorité de sa mère et hocha la tête en signe d'accord, puis sortit de son bureau la queue entre les jambes. Dès que son fils quitta les lieux, son téléphone se mit à résonner bruyamment dans la pièce. Quand elle décrocha, son visage pâlit et tout en acquiesçant, elle accepta la proposition de son interlocuteur.

Après son altercation avec Shiro, Callie accusa le coup péniblement. Son esclandre au mariage l'avait profondément blessée et les paroles pleines de ressentiment de Shiro la firent souffrir énormément. Mais elle trouva refuge auprès de son mari. Sa tendresse bienveillante, son amour infaillible la firent remonter la pente, en s'attachant à lui plus intensément.

Un soir en fin de semaine, elle rejoignit son mari à l'étage de son bureau de la propriété, pour lui apporter une tasse de thé. Durant toute la semaine, Yohei passait toutes ses journées à travailler et Callie ne le voyait plus que le soir. De plus, son activité était en baisse, remarqua-t-elle, elle recevait de moins en moins de demandes de contrat de danse. Toutefois, ce soir-là, elle avait une bonne nouvelle à lui annoncer. En entrant en douce dans son bureau, un doux sourire se dessina sur ses lèvres, son mari était en pleine lecture et semblait concentré par ce qu'il lisait. Ses sourcils étaient froncés et son teint était un peu plus pâle que d'habitude. En s'approchant en douceur, ses yeux s'accrochèrent sur le nom du journal, le New York Times.

— L'Amérique te manque ?!

Il leva aussitôt son regard gris clair vers elle et son sourire éclaira de nouveau son visage. Il plia le journal en quatre et le rangea dans son tiroir immédiatement.

— Je m'informe, c'est tout, dit-il en l'attirant à lui.

Elle posa le plateau de thé sur la table de bureau et s'assit sur ses genoux.

— J'ai une bonne nouvelle à t'annoncer ! dit-elle toute joyeuse en l'enlaçant.

— C'est quoi ma petite épouse d'amour ?! demanda-t-il en lui donnant un baiser.

— Figure-toi que j'ai reçu une demande d'interview pour un magazine très célèbre ! répondit-elle en cranant tout en faisant un clin d'œil malicieux. Devine ?!

Devant son impatience à ne pas jouer le jeu, elle poursuivit aussitôt en soupirant :

— La rédactrice de Vogue à New York ! s'exclama-t-elle vivement en levant les bras en l'air. Tu te rends compte la pub que cela va me faire ?!

— Euh… tu devrais refuser.

— Quoi ?! Mais c'est une chance en or, Yohei ! Pourquoi je devrais refuser ?!

Yohei se gratta la tête en faisant une petite grimace tout en la considérant gravement.

— Oh… j'ai compris. C'est une ex, c'est ça ?! demanda-t-elle, horrifiée.

— Euh… oui ! C'est ça ! Je suis désolé, mais je préfère que tu n'y ailles pas.

Elle souffla bruyamment en faisant elle aussi la moue. Yohei pouffa malgré lui en la reprenant dans ses bras.

— Je n'en ai pas pour longtemps encore, tu me réchauffes la place dans le lit ?! lui dit-il l'air taquin en l'embrassant.

— Ouais… Monsieur mon mari, le tombeur ! le chahuta-t-elle, faussement fâchée.

À peine fut-elle sortie de son bureau qu'il composa un numéro sur son portable en crispant les mâchoires, puis une fois sa tâche accomplie, la rejoignit dans la chambre. Il prit sa douche, enfila son bas de pyjama et l'attendit sur le lit en allumant la télévision. Callie prit tout son temps, elle se préparait dans la salle de bain, se parant d'une somptueuse nuisette noire, quand ses yeux s'attardèrent sur son étui à pilule. Elle fureta dans son placard, son sac à main, mais en vain. Soufflant de dépit, elle retrouva son mari allongé sur les draps. Dès que Yohei leva ses yeux vers elle, il la contempla sous toutes les coutures avec envie puis l'enlaça en l'embrassant fougueusement tout en la caressant. Il entreprit de lui enlever sa nuisette quand Callie l'arrêta.

— Euh… pas ce soir, Yohei, dit-elle en le retenant.

— Pourquoi tu es réglée ?! demanda-t-il les sourcils froncés.

— Non, mais j'ai oublié de prendre rendez-vous chez le médecin, j'ai plus de pilules !

Voyant son air déçu, elle éclata de rire en le taquinant tout en montant à califourchon sur lui.

— On peut le faire, mais tu devras te retirer au moment de lancer la sauce ! dit-elle malicieusement. Tu sauras te retenir jusque-là ?!

Pour toute réponse, il l'embrassa de plus belle avec ardeur. Il lui caressa les seins à travers la nuisette en descendant sa bouche plus bas sur son ventre, la faisant frissonner de plaisir. En lui écartant les cuisses, il frôla lentement sa fente avec sa langue, la faisant gémir de délice. Puis progressivement accéléra son rythme en lui titillant le clitoris, alternant ses coups de langue avec sa bouche, suçant et aspirant sa vulve. Prise de vertige par tant d'enivrement, elle cambra son corps sensuellement en poussant un long cri de jouissance suave. Quand il s'assura que sa femme avait pris son plaisir, il enfonça sa verge dure dans son sexe profondément en lui soulevant les hanches. Entre ses cuisses, il la pilonna fiévreusement tout en l'étreignant dans ses bras, lui donnant des coups de reins fougueux. Haletant et enflammé, il se laissa complètement abandonner par les petits cris de sa femme, qui l'excitait follement et éjacula aussitôt. Après leurs ébats, ils se reprirent une autre douche ensemble et refirent l'amour plus tendrement sous les jets d'eau chaude, assouvissant totalement l'envie de leurs corps, de leur être tout entier avec volupté et sensualité.

Un mois plus tard, les journaux firent étalage du procès de la famille Suzuki qui était passé en jugement final. Atsuji Suzuki écopa de dix ans de prison fermes et Nanami de deux ans dans un hôpital psychiatrique. Les parents de Tenshi se virent offrir une compensation des dommages occasionnés pour leur enfant, d'une valeur considérable et l'inspecteur Kawasaki reçut du ministre du Japon, tous les lauriers pour le succès de son enquête. Il n'en fut pas moins reconnaissant à Callie. Il lui envoya sa médaille d'honneur avec une note écrite, lui mentionnant qu'il aimerait trouver à l'avenir une personne avec autant de talent en négociation.

Les Ojiro quant à eux ne furent pas blâmés par cette histoire et l'entreprise familiale fleurissait derechef les fleurs du renouveau en remontant la société au sommet. Pendant ce temps, la propriété des Matsushime était bien calme. Amane était partie avec son mari pour s'installer dans sa nouvelle maison en Thaïlande. Ses parents accusaient petit à petit le coup et les longues soirées en duo étaient maussades sans leur petit rejeton, parti du cocon familial. Callie quant à elle essayait de relancer sa carrière de chorégraphe sans succès. Depuis quelque temps, elle avait remarqué qu'elle ne recevait plus aucun appel de client ou de ses amis et son blog semblait déserté de commentaires ou d'abonnés.

— C'est bizarre Yohei, dit-elle en se coiffant, je ne reçois plus de contrat de danse et plus personne ne m'appelle !

Allongé contre la tête de lit, en bas de pyjama et torse nu, il pianotait sur son ordinateur portable et leva son visage vers elle.

— Ah bon ?! répondit-il l'air de rien, tout en fixant son regard sur ses courbes. De toute façon, tu ne vas plus avoir beaucoup de temps pour danser, puisqu'à partir de demain tu pars à Kobe.

— Quoi ?! dit-elle en se retournant tout à coup, complètement effarée. Pourquoi ?!

— J'ai oublié de t'en parler, je suis désolé ! soupira-t-il. J'ai trop de travail en ce moment, je ne pourrai pas t'y accompagner. Mais tu dois y aller à ma place, demain c'est la réunion trimestrielle avec les actionnaires de la société et maintenant que c'est toi la propriétaire, tu dois les présider !

Elle se précipita vers lui en sautant sur le lit.

— Mais je n'ai jamais fait ça et je ne sais pas comment faire ?! s'alarma-t-elle.

— Ne t'inquiète pas, répondit-il en posant son ordinateur sur le chevet et en la prenant dans ses bras. Tu n'auras simplement qu'à te présenter et madame Ojiro fera le reste ! Tu devras y rester pendant quelques jours, il y aura des remaniements du personnel et des gros clients qui doivent venir. Sayuri a besoin de tes talents linguistiques.

— Pff… souffla-t-elle de dépit en faisant la moue.

— Je dois m'absenter cette semaine, je suis désolé Callie… !

— Pourquoi tu ne me le dis que maintenant ?! À peine marié, tu m'abandonnes déjà ?! Et où pars-tu, avec qui ?!

Il la cala contre lui en la serrant dans ses bras tendrement.

— Pardon, Callie… ! Excuse-moi, j'aurai dû t'en parler avant. Ça n'est seulement qu'une semaine et après je serai tout le temps avec toi, je te le promets !

— Qu'est-ce que je vais faire pendant toute une semaine sans toi ?

— Tu auras du travail au bureau chez les Ojiro et tu pourras en profiter pour déchiffrer le cube ! répondit-il en lui lançant un clin d'œil.

— Mais oui, tu as raison ! dit-elle, conquise. Et toi, tu vas où, monsieur mon mari ?!

— Je repars à New York, j'ai des petites choses à régler et après… je suis à toi pour toute la vie ! répondit-il en se retournant vers elle, tout en lui chatouillant les côtes.

— Tu n'aurais pas par hasard des problèmes dont tu ne veux pas me parler ?! demanda-t-elle tout à coup, suspicieuse.

Il éclata de rire, levant ses yeux gris clair au ciel.

— Non, madame Matsushime. Je te promets que tout va bien, tu n'as pas à t'en faire !

— Je veux venir avec toi ! S'il te plaît… insista-t-elle en faisant la moue

— Écoute, soupira-t-il en lui dégageant une mèche de cheveux sur le front, dès que je rentre, on part en voyage très loin ! Que dirais-tu du Kenya ou de l'Afrique du Sud ?! Par contre, faut que tu sois à jour de tes vaccins… réfléchissait-il en fronçant les sourcils.

— Yohei, je ne suis pas une enfant ! On dirait que tu essaies de m'endormir…

Il éclata de rire une nouvelle fois, en lui volant un baiser, puis l'allongea tout contre lui et l'embrassa éperdument, tout en lui caressant les fesses et le dos. Petit à petit, leurs embrassades devinrent de plus en plus passionnées, à tel point qu'il se plaça entre ses cuisses, tout en enlevant son bas de pyjama. Il lui fit l'amour tendrement avec passion et hardiesse, Callie s'adonna entièrement à ses caresses et ses baisers.

Le lendemain tôt dans la matinée, Yohei Matsushime embrassa sa femme avant de s'envoler pour New York. Le temps était dégagé en ce mois de novembre, les températures étaient agréables. Callie était impressionnée par la météo à cette époque-ci au Japon, totalement différente de la France, lorsque l'automne habille de jaune et de rouge, les feuilles mortes balayées par le vent et la grisaille. Sur le pas de la suite, Yohei enlaça tendrement Callie dans ses bras.

— Que veux-tu que je te rapporte de New York, un bijou, une robe… ?

— Non, je ne veux rien de tout cela, dit-elle en le fixant de son regard vert intense, je veux toi, seulement toi !

Il l'étreignit encore plus fort contre lui en respirant dans son cou son parfum.

— Tu vas me manquer… dit-il doucement les yeux brillants.

— Tu vas me manquer aussi monsieur Matsushime, surenchérit Callie en le dévisageant tendrement.

Lorsque la porte se referma sur son mari, elle ressentit une pointe lui serrer le cœur et soupirant de regret, elle organisa son voyage à Kobe. Elle prépara sa valise en décidant de passer à la clinique juste avant d'aller au bureau des Ojiro, puis s'habilla en jupe crayon crème avec un haut noir subtilement coquin. Il était à manches longues avec un dos fendu, ce qui rendait à sa tenue une petite touche de sensualité tout en finesse. Quand elle se mira dans la glace, elle fut assez satisfaite du résultat. Ses cheveux étaient montés d'un chignon haut, étirant davantage ses yeux verts en amande. Un petit coup de rouge sur les lèvres, du parfum sur ses poignets et dans le cou, et elle fut prête à passer à l'action dans la peau d'un PDG.

Après son vol, elle alla avec Tic et Tac à la clinique qui surplombe la cité kobéenne. Le médecin lui fit une prise de sang pour son bilan annuel et un check-up pour être à jour de ses vaccins afin de partir en Afrique. Il lui offrit des sucettes qu'on offre aux enfants sages, afin de la récompenser de son courage pour la piqûre et joyeusement elle prit le chemin du bureau des Ojiro. Quand elle pénétra dans le grand hall d'accueil, la standardiste la reconnut immédiatement et leva vers elle un regard malin.

— Bonjour, vous avez rendez-vous ?

— Non, mais je connais le chemin, merci ! répondit Callie avec un demi-sourire.

— Vous n'êtes plus mariée à monsieur Ojiro, alors vous devez patienter avant de monter ! l'intima-t-elle d'un sourire sardonique.

« *Elle veut se venger de mon doigt d'honneur de la dernière fois cette pétasse ?! Très bien, souris tant que tu peux encore le faire... !* » Callie s'avança vers elle d'un pas assuré avec un grand sourire aux lèvres.

— Qu'est-ce que je fais Tic, je la vire tout de suite ou j'attends encore un peu ?!

Tic pouffa malgré lui, tandis que Tac affichait un visage froid. Il se pencha à son oreille pour lui murmurer.

— Commencez par préparer vos affaires, parce que demain, vous serez renvoyée ! annonça-t-elle d'un sourire moqueur. Oh, j'ai oublié de me présenter mademoiselle, je suis votre nouveau patron, Callie Matsushime !

À ses mots, la standardiste devint toute rouge, et se confondit en excuses tandis que Callie lui tournait le dos et montait dans l'ascenseur.

— Alors j'ai été comment ?! demanda-t-elle en riant à ses gardes du corps. Impressionnante, hein ?!

Ils acquiescèrent d'un fier sourire. « *Je l'ai bien mouchée ! Et toc !* »

À son arrivée, elle alla directement dans le bureau de Sayuri puis sur ses recommandations s'installa dans la grande salle de réunion, en prenant le grand siège en bout-de-table. Elle tourna son siège de sorte d'être de dos à la grande table et prit ses aises. Elle posa ses jambes galbées sur l'accoudoir, en attendant que tout le monde soit présent. Comme elle trouvait le temps long, elle décidait de goûter une sucette à la fraise et d'enfiler ses oreillettes.

Petit à petit les actionnaires en costard cravate sombre prirent place dans les sièges de la salle de réunion. Ils furent stupéfaits en entrant, de voir des jambes féminines dépasser du siège du PDG et au fur à mesure tout le monde fut là, à considérer les talons aiguilles bouger en rythme sur l'accoudoir. Shiro, qui n'était au courant de rien, observa les jambes en fronçant les sourcils tandis qu'Hanaé et Akira se retenaient de rire. Sayuri s'avança vers le siège et murmura à l'oreille de Callie puis alla s'asseoir. Quand

Callie enleva ses oreillettes, elle était aussi rouge qu'une pivoine « *bonne grosse gêne là, tout le monde est là et tous ont vu mes jambes et mes pieds bouger.* » Elle se retint de rire, puis se calma et se prépara mentalement à les affronter. Sayuri lui avait murmuré de prendre son temps avant de se retourner, la sentant un poil nerveuse.

Dans un silence mortuaire, Callie retourna sa chaise et tous furent stupéfaits de voir une splendide Européenne leur sourire avec une sucette dans la bouche. Elle se leva de son siège et s'asseyant de moitié sur la table se présenta :

— Bonjour à tous, dit-elle en enlevant la sucette de sa bouche, je suis Callie Ojiro Matsushime !

Tout le monde l'applaudit tandis que Shiro la fixait, les yeux ronds, la bouche béante de stupéfaction. Elle croisa son regard à ce moment précis et s'en détourna aussitôt en se pinçant les lèvres.

— Oh… vous voulez un café avant de commencer la réunion ?! demanda-t-elle.

Ils acquiescèrent d'un sourire alors qu'elle se tournait en attrapant le téléphone. Son petit haut noir s'ouvrit entièrement en se penchant, offrant une vue intégrale de sa magnifique colonne vertébrale. Elle commanda à une secrétaire d'amener les plateaux café et une collation. Quand elle se retourna, elle vit trente personnes rouges comme des tomates la dévisager.

— Qu'est-ce qui se passe, tout va bien ?! demanda-t-elle.

Ils acquiescèrent tous la bouche fermée en marmonnant.

— Très bien, alors commençons ! Sayuri, à vous l'honneur ! lui dit-elle tout sourire en se rasseyant et en engageant sensuellement la sucette dans sa bouche.

La réunion avait déjà débuté depuis une heure, Callie écoutant à moitié les discussions, s'ennuyait à mourir en lorgnant le plateau de pâtisseries sur la table. « *J'ai faim ! Pourtant j'ai bien déjeuné ce matin, ou serait-ce de la gourmandise ?! Depuis tout à l'heure, ces gâteaux n'arrêtent pas de me fixer ! Mange-moi, mange-moi, Callie ! C'est presque du harcèlement !*» Prise de gourmandise aiguë, elle étira son bras jusqu'au plateau posé trop loin, et dut quasiment s'allonger de tout son long sur la table pour juste parvenir à effleurer une douceur. Un raclement de gorge, suivi par des coups d'œil en sa direction, accompagnés par des rires sous cape de la famille Ojiro, fit lever les yeux de tous les actionnaires sur toute sa petite personne. Confuse et rouge de honte, elle se rassit sur sa chaise aussitôt. Un actionnaire d'une cinquantaine d'années lui avança le plateau en lui souriant gentiment. Callie, reconnaissante, pouffa en faisant briller son regard malicieux vers lui et piocha un chou à la crème.

Une fois son petit gâteau englouti, elle soupira longuement en regardant le temps qui s'était assombri dehors. Elle se leva tranquillement et alla se planter devant l'immense baie vitrée. « *C'est quoi cette mascarade, qu'est-ce que je fous là ? Je m'emmerde putain ! Qu'est-ce que je vais faire ici pendant une semaine ? Pourquoi Yohei est parti sans moi à New York ?! Pff... »* Elle soupira encore une fois « *Il ne faut pas que j'oublie de remplacer la standardiste au fait... ! Je sais ce que je vais faire : entretien d'embauche ! Ça va être plus amusant que leur discussion d'argent ! »* Alors qu'elle somnolait devant la baie en penchant la tête du côté droit, elle n'entendit pas qu'on lui demandait son avis sur un sujet bien précis. L'interlocuteur dut s'y reprendre à deux fois, jusqu'à ce que Shiro se lève et lui tope l'épaule. Elle sursauta tout à coup en levant un visage fermé vers lui.

— Qu'est-ce que tu veux ?! demanda-t-elle froidement.

— On te pose une question, dit-il aussitôt en affichant un tendre sourire.

— Oh… désolée ! dit-elle en se mordant la lèvre tout en se retournant vers la tablée. J'étais ailleurs !

Tout le monde se mit à glousser subitement, attendri par cette jeune femme qui connaissait strictement rien à leurs affaires et qui avait complètement décroché de leur barbante discussion de finance. Soudain, un élancement au ventre la fit grimacer de douleur et une envie de vomir lui tirailla les tripes de dégoût. Elle sortit précipitamment de la salle de réunion se soulager dans les toilettes pour dame et vomit tout son petit-déjeuner ainsi que sa collation. Quand elle revint en salle de réunion au bout de trente bonnes minutes, son visage était livide et une grande fatigue la submergea.

— Tout va bien, Callie ?! demanda Hanaé en fixant son regard sur ses yeux larmoyants.

— Oui, ça va. J'ai peut-être attrapé un virus… dit-elle en refrénant un bâillement.

Un frisson lui parcourut l'échine et la fit tressaillir aussitôt. Shiro enleva sa veste de costume Armani bleu roi et lui couvrit immédiatement les épaules.

— Tu es malade, viens, je te ramène à la propriété, dit-il avec douceur.

— Non, ça va merci. Je vais y aller seule, répondit-elle sans le regarder.

Il en avisa sa mère sur-le-champ et sans redemander l'avis de Callie, la saisit par la main en la tirant hors de la salle de réunion.

— Qu'est-ce que tu fais, lâche-moi ! le somma-t-elle en arrêtant sa marche.

— Je suis désolé Callie pour tout ce que je t'ai dit la dernière fois. Pardon, dit-il en se rapprochant d'elle. Je suis allé trop loin. Allez viens, rentrons !

Sans dire un mot, elle le suivit. Il la fit monter dans sa voiture avec chauffeur et ils filèrent ensemble dans la propriété familiale. Sur le trajet cependant, la somnolence la gagna et elle s'endormit. Tout doucement, avec tendresse, Shiro l'attira à lui et l'enlaça en respirant dans son cou comme autrefois son parfum vanillé.

19 NAUSEE ET TALONS AIGUILLE

Une douce clarté filtrait à travers les persiennes de sa chambre, elle se réveilla enveloppée dans les bras de son époux. Shiro dormait à ses côtés, son visage à quelques centimètres du sien. Elle le contemplait avec amour en s'extasiant sur sa beauté asiatique. Ses yeux légèrement bridés, sa bouche charnue aux baisers tendres, ses bras forts et son parfum dans son cou tout doux. Elle l'embrassa furtivement sur les lèvres, sur ses joues, ses yeux…

— Humm… Shiro, mon amour… murmura-t-elle. Je t'aime…

Soudainement, la lumière devint plus aveuglante, les bras de Shiro la serrèrent plus fermement, lui comprimant l'estomac et une nausée lancinante surgit. « *Shiro, serre-moi moins fort, voyons ! Shiro… Shiro ?! Je suis encore mariée à Shiro ?! Yohei… »*

Prise d'un sursaut, elle découvrit avec effarement Shiro, lui sourire tendrement, allongé tout contre elle dans ses bras.

— Qu'est-ce que tu fais dans mon lit ?! On… on n'est plus mariés, Shiro ! balbutia-t-elle, rougissante.

— Tu as bien dormi ? demanda-t-il, le regard pétillant.

Elle sortit d'un bond du lit, complètement affolée et s'aperçut qu'elle n'avait plus sa jupe crayon, mais seulement un grand tee-shirt lui arrivant au ras des fesses.

— Tu m'as déshabillée ?! cria-t-elle, paniquée. Mais de quel droit, Shiro !

— Callie, calme-toi... il ne s'est rien passé de grave, ne t'inquiète pas.

Elle regarda autour d'elle et découvrit qu'elle était dans sa suite. Une grande colère s'empara d'elle aussitôt ; elle quitta la chambre immédiatement. Shiro sauta du lit en caleçon torse nu, et accourut dans le couloir pour la retenir, manquant de bousculer sa mère au passage.

— Callie, il ne s'est rien passé ! dit-il en lui agrippant la main.

Elle se retourna vers lui, rouge de colère en le fusillant du regard.

— Tu as un toupet monstre Shiro ! Non, seulement tu t'excuses au bout d'un mois, mais en plus dès que j'arrive tu me mets dans ton lit ?! Je suis mariée, tu l'as oublié ?!

— Je suis désolé Callie... tu dormais si bien dans la voiture que je n'ai pas osé te réveiller... ! Ensuite, je me suis endormi près de toi...

— Ne joue pas à ça Shiro ! dit-elle en haussant le ton. Tu faisais la même chose au début de notre mariage, me bécoter en douce et je sais que tu en as profité tout à l'heure !

Soudain, il se mit à glousser en faisant briller ses yeux de chenapan.

— Tu le savais ?! Tu ne me l'as jamais dit pourtant...

Pour toute réponse, elle fit la moue en croisant ses bras sur sa poitrine et en pinçant les lèvres.

— Callie, je t'ai appelée plusieurs fois, il y a un mois, mais ton téléphone était continuellement en dérangement.

Elle mit soudain un temps d'arrêt, semblant réfléchir, les yeux perdus dans le vague. Sayuri s'avança près d'elle et posa sa main sur son épaule.

— Ah bon ?! dit Callie en fronçant les sourcils.

— Viens Callie, ta chambre est prête, je t'y conduis ! dit madame Ogiro en la dirigeant vers son bureau. Tu vas mieux ?! Demain matin, tu passeras voir le médecin, j'ai pris rendez-vous pour toi.

Sa valise était défaite et les habits déjà installés dans le dressing. Callie découvrit sa nouvelle suite, large et spacieuse avec une grande salle de bain et un lit en baldaquin romantique. Elle se doucha, s'habilla confortablement avec son pyjama homewear gris anthracite et consulta l'heure sur son portable. Son ventre gargouilla atrocement « *tu m'étonnes, j'ai pratiquement dormi toute la journée, il est 19 h ! Comment se fait-il que je sois si fatiguée, qu'est-ce que j'ai choppé encore ?! Je vais appeler Yohei, il doit être arrivé à New York maintenant...* » Elle appela plusieurs fois, mais sans succès, elle tombait sans arrêt sur la messagerie. Elle lui laissa un message et descendit à la salle de séjour pour le dîner. Tout le monde était heureux de la revoir et de pouvoir rire à nouveau avec elle. Un mois s'était écoulé depuis le mariage d'Amane et le matin à la salle de réunion, elle n'avait pas eu l'occasion de discuter avec Hanaé. Alors que tous se restauraient dans la bonne humeur, Hanaé regardait Callie se resservir en gyozas, des minis raviolis à la crevette et de yakitoris de saumon.

— Tu as bon appétit, Callie ?! On dirait que tu manges un peu plus qu'avant ? s'étonna Hanaé.

— Je ne sais pas ce que j'ai en ce moment, mais j'ai trop faim ! C'est sûrement le temps… ! J'ai intérêt à me remettre au jogging, je n'ai pas envie d'avoir des fesses de dinosaure cet hiver !

Sur quoi tout le monde se mit à rire.

— Tu as vomi encore ce soir, Callie ? demanda Sayuri alors que Callie répondait dans la négative. Ton rendez-vous est à neuf heures à la clinique, ensuite tu passeras au bureau, il y a des clients brésiliens qui passent, j'aurai besoin de toi.

— Brésiliens, vraiment ?!

Un sourire éclaira soudainement son visage, faisant rire discrètement Hanaé.

— C'est vrai, tu as des origines brésiliennes, Callie ?!

— Oui, par ma mère et mon arrière-grand-père, d'ailleurs cette semaine, j'ai le projet d'étudier le cube. Il est toujours ici, n'est-ce pas ?!

– Non Callie. J'ai oublié de t'en parler, mais il est reparti en Irlande, répondit Sayuri.

— Mais comment je vais faire pour étudier les phrases alors ?!

Un raclement de gorge se fit entendre.

— Eh bien, tu pourras les étudier sur moi ! répondit Shiro en souriant largement.

— Ah oui… j'y pensais plus ! dit-elle en pinçant les lèvres tout en rougissant. Ce soir, tu te mettras torse nu et je les recopierai sur mon carnet, comme ça je serai quitte de t'embêter les autres fois.

Il acquiesça d'un sourire entendu, ce qui fit rougir encore plus Callie.

Après le repas, Callie remonta dans sa suite, elle se brossa les dents et entreprit de rappeler Yohei, mais encore une fois en vain. Elle commençait à s'inquiéter sérieusement quand on frappa à sa porte. Shiro lui proposa d'un sourire charmeur de se déshabiller afin qu'elle puisse étudier les phrases sur son torse. Elle acquiesça en le laissant entrer, puis le regarda enlever son pull discrètement du coin de l'œil. Il se fit désirer en la considérant de tout le long, en remarquant ses coups d'œil furtifs puis s'allongea sur le lit.

— Ne t'allonge pas sur le lit ! Assois-toi plutôt.

Il s'exécuta aussitôt en se carrant contre la tête de lit, tandis qu'elle prenait un bloc de papier et un stylo à bille. Au moment, où elle montait sur le lit, il écarta les jambes sous son regard malicieux, ce qui la fit rougir instantanément.

— Assois-toi entre mes jambes, ce sera beaucoup plus facile pour toi !

— Si tu tentes quoi que ce soit, gare à toi, Shiro ! dit-elle en se pinçant les lèvres.

Il acquiesça d'un hochement de tête et s'amusait discrètement de son attitude. Elle s'agenouilla entre ses jambes, un tantinet embarrassée devant son regard de braise, et posa sa main sur son torse, en suivant les lignes des phrases et des signes, tout en les recopiant sur son bloc note. Son front à quelques centimètres de sa bouche, Shiro avait du mal à garder son self contrôle. Alors qu'elle caressait son tatouage, il tressaillit et l'excitation de son alchimie avec elle réveilla follement ses envies, à tel point qu'il bandait furieusement.

Callie, quant à elle, était concentrée sur son ouvrage. Elle recopiait les minuscules phrases et les signes consciencieusement dans son calepin. Toutefois, elle remarqua, par les battements de son cœur et sa respiration saccadée, que Shiro était dans tous ses états. Bientôt, elle leva son regard vers lui. Il la fixait atrocement, la faisant rougir éperdument. Elle baissa aussitôt les yeux, tout en se mordant la lèvre et continua sa besogne. Au bout de trente bonnes minutes, après deux vérifications, elle avait fini son ouvrage, mais fit comme si ce n'était pas le cas, et en profita pour faire une troisième inspection tout en caressant cette peau qu'elle connaissait si bien.

— Tu as fini depuis longtemps Callie, non ?! dit Shiro, pas dupe. Tu ne le ferais pas exprès pour abuser de moi, par hasard ?!

— Mais pas du tout ! s'offusqua-t-elle en levant son visage vers lui.

Il lui envoya un de ses sourires ravageurs faisant briller ses yeux malicieux qui la fit rougir aussitôt.

— J'ai fini ! dit-elle en se détournant.

Il la saisit immédiatement dans ses bras en tombant de tout son poids sur elle. Bloquée par son corps, elle ne pouvait se dégager, elle le houspilla tandis qu'il gloussait. Alors qu'il levait son visage vers elle, elle sentit son érection entre ses cuisses.

— Shiro, voyou ! le rouspéta-t-elle rouge comme une pivoine. Sors de là tout de suite !

Pour toute réponse, il plaqua sa bouche sur ses lèvres en lui faisant un baiser sulfureux, puis s'enleva de dessus d'elle. Elle resta allongée et muette sur le lit. Quand elle tourna la tête de son côté, il se rhabillait de son pull, tout en gloussant, avec malice. Il s'en alla en lui lançant un clin d'œil et lui souhaita une bonne nuit, d'une façon très homme fatal.

« *Il m'a joué le grand jeu ce chenapan !* » pesta-t-elle, se sentant encore émoustillée par son baiser. En se rasseyant sur le lit, elle se concentra sur les phrases aux caractères mystérieux et sur les quatre symboles au bas des phrases. « *Qu'est-ce qu'il a fabriqué mon arrière-grand-père ? On dirait des caractères de différentes langues qu'il a savamment mélangées… Et les symboles, on dirait des dessins à eux tout seuls. Fascinant !* »

Le lendemain matin, un élancement au ventre la fit tressaillir, une soudaine envie de vomir la tenailla. Sans plus attendre une seconde, elle sauta hors du lit et vomit tout son saoul dans la cuvette des toilettes. Elle se brossa les dents et s'habilla plus chaudement que la veille, en pantalon tailleur bleu roi et un col roulé noir avec la veste assortie. Le temps s'était gâté, une pluie torrentielle s'abattit contre les persiennes de sa chambre et ce temps gris plomba son moral. « *Qu'est-ce qui m'a pris hier avec Shiro ? Bon, en même temps, c'est lui qui m'a embrassée, il m'a prise par surprise, le filou !* » rit-elle, puis se ravisa aussitôt. « *Qu'est-ce qu'il en penserait Yohei ?! Et s'il faisait pareil avec une ex… la rédactrice de Vogue par exemple ?!* » Elle décida de renouveler son appel, mais encore une fois tomba sur la messagerie. « *Qu'est-ce qu'il fabrique bordel, pourquoi je n'arrive pas à le joindre et pourquoi il ne m'appelle pas non plus ?!* » s'énerva-t-elle tout à coup en versant une larme de rage. « *Je ne sais pas ce que j'ai en ce moment, mais j'ai les nerfs à vif.* » Une fois prête, elle descendit au séjour pour le petit-déjeuner familial, et prit seulement un café. Sa petite mine blanche et ses yeux brillants ne passèrent pas inaperçus cependant.

— Tout va bien, Callie ?! demanda Sayuri avec inquiétude tandis que la principale intéressée haussait les épaules. Tu as été malade encore ce matin ?

— Oui, mais ça doit être une gastro-entérite, ne vous inquiétez pas ! sourit-elle essayant de cacher son dépit. Bon, je vais y aller ! Les Brésiliens arrivent à quelle heure ?!

— Dix heures, répondit Shiro en l'observant, inquiet.

La voiture l'amena jusqu'à la clinique. La pluie avait cessé et avait cédé la place à un grand soleil magnifique, monté d'un majestueux arc-en-ciel, annonçant de jolies promesses à l'horizon. Lorsqu'elle donna son nom à l'accueil, la secrétaire l'avisa qu'on avait essayé de la joindre la veille, mais sans succès. Elle lui tendit les résultats de sa prise de sang en lui notifiant de regarder au bas de la feuille. Étonnée, Callie considéra le papier en fronçant les sourcils un instant, puis relevant les yeux vers la dame, devint toute blanche.

— Félicitations ! lui dit-elle avec un grand sourire.

Sans demander son reste, Callie quitta la clinique aussitôt. Elle n'en croyait pas ses yeux. Elle regarda de nouveau fois la feuille, la relut plusieurs fois de suite. Elle ne savait pas comment réagir, si elle devait sauter de joie ou pleurer. Finalement, elle lâcha quelques larmes en rangeant soigneusement la feuille dans sa pochette et appela son mari sur-le-champ. Malheureusement, elle tomba une nouvelle fois sur la messagerie, ce qui relança ses larmes. « *Maintenant, je suis sûre de deux choses : premièrement, je ne suis pas malade et deuxièmement, mon téléphone a vraiment un problème ! »*

Quand elle arriva à la société, tous les Ojiro étaient dans la salle de réunion, attendant les clients brésiliens. Elle s'asseya à côté de Sayuri et d'Hanaé, juste en face de Shiro avec Akira. Soudain, Sayuri manifesta son mécontentement en raccrochant le téléphone.

— Mais où donc est la standardiste ?!

« Oups ! Mince, j'ai oublié de la remplacer avec tout ça ! »

— C'est bizarre, Myoki aurait averti si elle était malade ! répondit Shiro en prenant son portable.

— Oh… je l'ai renvoyée hier. Elle m'a encore manqué de respect, tu sais comme la dernière fois, Shiro ?! Cela t'embête tant que ça qu'elle soit partie ? demanda-t-elle innocemment en faisant la moue.

— Euh…

— Tu te l'es tapée c'est ça ?! répondit-elle aussitôt avec un sourire narquois.

Tout le monde la considéra, bouche bée de stupéfaction, en remarquant ses yeux rougis et sa petite mine défaite.

— Je vais de ce pas avertir une secrétaire qu'elle passe une annonce pour la place vacante. Je m'en occupe Sayuri, je vais passer les entretiens d'embauche.

— Euh… non ça ira Callie, ce n'est pas ton travail, je vais demander au directeur des ressources humaines de s'en charger. Tout va bien, Callie ? lui demanda-t-elle tout à coup.

Callie acquiesça la bouche fermée en marmonnant tandis que Shiro la dévisageait.

— Shiro, juste pour faire un test, appelle sur mon portable, s'il te plaît.

Il s'exécuta sur-le-champ en réglant le son sur la fonction haut-parleur. Elle entendit le téléphone de Shiro appeler, mais son portable n'émit aucune sonnerie.

— Bon, c'est clair maintenant ! Quelqu'un a encore piraté mon téléphone ! souffla-t-elle de dépit, puis se tourna vers Akira avec un sourire sardonique. C'est encore toi ?!

— Non, Callie, ce n'est pas moi ! se défendit-il tout à coup, apeuré en regardant tantôt Callie, tantôt son frère le toiser.

— Je comprends pourquoi plus personne ne m'appelait depuis tout ce temps maintenant et surtout pourquoi Yohei ne répond pas au téléphone, ni ne m'appelle ! ragea-t-elle tout à coup.

Elle demanda à Sayuri si elle pouvait utiliser le téléphone de la société afin de l'appeler tout de suite. Elle se mit à rire en disant qu'elle n'avait pas besoin de demander la permission, puisqu'elle était la PDG de la société. En composant le numéro, une voix féminine répondit. Elle raccrocha aussitôt puis réitéra une nouvelle fois, en composant le numéro tout en faisant attention de ne pas se tromper. La voix féminine résonna de nouveau dans le combiné. Son cœur s'emballa dans sa poitrine, elle se revoyait sept mois plus tôt, au bas de l'immeuble à Tokyo avec sa valise à roulettes, en train de voir Shiro sur la terrasse avec Nanami.

— Madame Matsushime à l'appareil, je voudrais parler à mon mari, s'il vous plaît ! dit-elle en anglais.

— Il n'est pas disponible pour le moment.

— Comment se fait-il que vous répondiez à sa place, qui êtes-vous ?!

Des bruits intempestifs résonnèrent dans l'appareil, puis un grand silence suivi du raccrochement du téléphone. Folle de rage, Callie recommença son opération une nouvelle fois.

— Tout va bien, Callie ? demanda Hanaé, en considérant son visage rougi et ses mâchoires crispées.

Elle lui lança un regard noir en respirant par saccades tandis qu'au même moment la voix féminine répondit une nouvelle fois.

— Écoutez sale pute, vous allez me passer mon mari tout de suite, sinon je me déplace et je vous défonce la gueule ! Est-ce que c'est clair ! vociféra-t-elle en tapant sa main sur la table, faisant sursauter tous les Ojiro.

Elle entendit la voix féminine se gratter la gorge.

— Je vous le passe… dit la voix d'un ton blasé.

— Callie… je suis désolé, je…

— Qui est cette fille Yohei, et pourquoi tu ne m'as pas appelé hier soir ?! dit-elle en haussant le ton de sa voix éraflée, tout en essuyant les larmes sur ses joues.

— Callie, ne te mets pas dans des états pareils, tout va bien, ne t'inquiète pas. Je te rappelle demain soir, d'accord ? J'ai…

Elle entendit, en fond, de la musique, et quelqu'un l'appeler au loin.

— … beaucoup de travail ! Je dois y allez, je t'aime, répondit-il plus expéditivement.

Yohei avait raccroché, laissant Callie tremblante de rage et en larmes.

— Qu'est-ce qui se passe Callie ?! s'alarma Shiro en la dévisageant.

Au moment où elle levait son regard vers lui, elle fut prise de nausée. Elle se leva de son siège immédiatement et quitta la pièce en courant jusqu'aux toilettes pour dames. Elle se vida totalement et vomit ses tripes avec des spasmes et des soubresauts. Quand elle sortit des toilettes, blême et en larmes, Hanaé l'attendait juste derrière la porte. Elle se jeta directement dans ses bras et éclata en sanglots aussitôt. Hanaé, comme une grande sœur, berça Callie tout contre elle, en lui murmurant des paroles apaisantes pour la calmer. Au bout de quelques minutes, Hanaé lui prit les mains et de son regard compatissant lui demanda ce qui lui arrivait.

— Je suis enceinte, renifla-t-elle. Mais ne le dis à personne, d'accord ?

— Je suis si heureuse Callie ! lui sourit-elle en lui caressant la joue.

— Yohei, il me cache quelque chose Hanaé ! Une fille a répondu à sa place au téléphone et je l'ai senti distant… tu crois qu'il me trompe ? dit-elle d'une toute petite voix.

— Mais non, Callie ! Yohei t'aime sincèrement. Je suis sûre qu'il y a une autre explication.

Tout en la rassurant, Hanaé la ramena en salle de réunion.

Pendant ce temps, les clients brésiliens étaient arrivés et prenaient place sur des sièges. C'était un couple, une magnifique dame au teint foncé avec des cheveux frisés noirs comme le jais et l'homme à côté d'elle était son mari, d'une stature imposante. Malgré qu'elle soit triste, Callie prit sur elle ses soucis et les mit de côté pour accomplir son travail d'interprète. Shiro l'écoutait parler dans cette douce langue mélodieuse et suave, il était conquis par son charme et son aisance avec les clients. Alors qu'elle traduisait, son regard se porta sur le pendentif de la dame, il lui semblait qu'il ressemblait au symbole du cube. À la fin de la réunion, la dame semblant remarquer l'attitude de Callie à fixer son bijou, s'arrêta de parler finance et lui tendit sa chaîne.

— Venez regarder d'un peu plus près si vous le souhaitez ? lui dit-elle d'un sourire resplendissant.

Callie scruta le signe avec intérêt en fronçant les sourcils.

— Qu'est-ce que ça représente ?

— Vous aimez ? demanda la dame tout sourire. C'est le symbole de l'amour.

— Vraiment ?

Callie fut stupéfaite et se demanda pour quelle raison son arrière-grand-père aurait inscrit ce signe sur le cube.

— C'est un symbole de votre pays ? demanda-t-elle alors que la dame acquiesçait.

Lorsque les clients furent partis avec les Ojiro, elle resta quelques minutes les yeux dans le vague, à réfléchir. « *Yohei me cache quelque chose, j'en suis sûre maintenant ! Je le sens tout au fond de moi, mon intuition m'a rarement trompée et si je le sens aussi fort, il ne faut pas que je lâche prise ni que je me voile la face ! J'irai chercher cette vérité, coûte que coûte ! Je ne suis plus toute seule maintenant, j'attends un bébé ! Oh mon dieu... !* » Tout à coup, elle se cacha le visage entre les mains et pleura. Elle sentit une main délicate se poser sur son épaule. Alors qu'elle levait son regard, Shiro prit une chaise à côté d'elle.

— Qu'est-ce qui t'arrive, Callie ? demanda-t-il en douceur.

Devant son silence, il insista, en entourant son bras autour de ses épaules tout en l'attirant à lui.

— Allez, soulage-toi… et après on rentre !

Elle acquiesça en ravalant ses larmes « *il faut que je sois forte pour deux. Mon bébé a besoin d'avoir une maman qui se bat sans jamais baisser les bras. Et puis… je ne suis pas vraiment seule. Mais...* » Elle considéra Shiro longuement en reniflant, il lui tendit un sourire tendre et lui prenant la main, la ramena à la propriété.

Elle passa l'après-midi à se reposer dans sa suite. « *Il y a dix heures de décalage entre le Japon et New York, donc ce matin à 10 h, il était minuit ?! Il travaille si tard que ça ?!* » ragea-t-elle tout à coup « *il me trompe, alors ?! Attends, réfléchis Callie, depuis quand ton téléphone est en dérangement... un mois environ d'après Shiro. Que s'est-il passé avant...* » Soudain, sa mâchoire s'ouvrit de stupéfaction et son visage devint blême. « *La rédactrice de Vogue, c'est mon dernier appel ! J'en ai parlé à Yohei ce soir-là, il était dans son bureau...* »

En fin d'après-midi, Shiro frappa à sa porte, en apportant une collation et un plateau de thé avec une rose dans un petit vase. Callie rit discrètement de son attention et l'invita à entrer. Ils burent le thé en allumant la télé, en s'allongeant côte à côte sur le lit comme de vieux amis.

— Tu veux regarder un film d'action ? demanda-t-il l'air de rien.

— Attends, je vais rappeler Yohei avant, dit-elle en prenant le téléphone de la maison.

Shiro patienta tandis qu'elle composait le numéro. « *Donc là, il est dix-sept heures, ça veut dire qu'il est 3 h là-bas, je risque de le réveiller, mais tant pis !* » Quand la tonalité s'arrêta, la voix féminine ensommeillée répondit, son cœur battit la chamade, rendant son visage aussi blanc que la neige.

— Qui êtes-vous ? demanda Callie alors que le silence retombait. Passez-moi mon mari ! demanda-t-elle en haussant le ton.

La voix raccrocha le téléphone sans un autre mot, rendant Callie muette d'effarement. Elle souffla pour ne pas inquiéter Shiro qui la considérait profondément.

— À qui parlais-tu ? demanda-t-il.

— Sa secrétaire… il n'était pas là, répondit-elle en essayant de sourire alors qu'il lançait le film.

— Tu es heureuse avec lui ? demanda-t-il l'air de rien en fixant son regard sur la télé.

Elle pivota vers lui en reposant sa tête sur le dossier du lit, l'observant silencieusement. Sentant son regard, il en fit de même en la fixant éperdument.

— Oui, répondit-elle, les yeux brillants. Shiro… ne te fais pas de mal pour moi. Vis ta vie, tu es libre maintenant. Un jour, tu rencontreras…

— Non Callie ! la coupa-t-il soudainement. Je ne referai jamais ma vie, parce que ma vie c'était toi !

L'émotion submergea Callie à ce moment-là. Elle écarquilla ses grands yeux verts larmoyants vers lui.

— Tu te fais du mal Shiro… répondit-elle, émue, dans un souffle.

Il rapprocha son visage du sien et lui caressa la joue.

— Je t'aime Callie… tu ne pourras jamais m'empêcher de t'aimer…

Leur visage se touchant, front contre front, il frôla ses lèvres avec les siennes, tout doucement. Elle ferma un instant les yeux tandis qu'il embrassait sa bouche.

— Non Shiro… je suis mariée… je…

Elle se leva du lit brusquement.

— Je suis désolée, je ne peux pas lui faire ça et je ne veux pas que tu entretiennes des sentiments pour moi !

Il se leva à son tour et la saisit dans ses bras fougueusement en respirant son parfum dans son cou.

— Ne me demande pas de renoncer à toi. Je ne pourrais jamais m'y résoudre…

Il relâcha son étreinte tout doucement et plaqua sa bouche sur la sienne immédiatement. Ils s'embrassèrent avec ardeur et intensité, comme dévorés par un feu ardent. Elle réussit toutefois à retenir ses élans, en le stoppant aussitôt de ses mains sur son torse. Le menton tremblant, elle essuya d'un revers de manche une larme qui coulait le long de sa joue.

— Je vais rester dans ma chambre pour dîner… à demain Shiro, dit-elle en le priant de s'en aller.

Dès qu'il quitta sa chambre, elle remballa ses affaires à la hâte dans sa valise avec une idée bien précise en tête, puis, doucement, descendit les marches de l'étage vers la porte d'entrée.

— Où vas-tu ?!

— Je pars retrouver Yohei à New York, dit-elle sans se retourner.

— Il sait que tu pars le rejoindre ?

— Non… répondit-elle dans un souffle en baissant la tête.

— D'accord, je pars avec toi !

Quand elle se retourna, elle vit Shiro lui sourire en attrapant sa veste.

20 LA BELLE A NEW-YORK

Sur le chemin de l'aérodrome, Callie, silencieuse depuis leur départ de Kobe, regardait la lune à travers la vitre de l'Audi. À 18 h, la soirée était tombée sous une lune cachée par le brouillard, elle tressaillit en sentant l'humidité de l'air parcourir son échine.
— Tu as froid, dit Shiro, je vais monter le chauffage. On est bientôt arrivés !
— Merci, répondit-elle, le regard ailleurs. Shiro… ce ne sera pas une partie de plaisir ce voyage, ni pour toi ni pour moi. Tu es sûr que tu veux partir avec moi ? Je ne vais pas être de très bonne compagnie.
— Je ne te laisserai pas tomber, Callie. Peu importe où ce voyage

nous mènera ! répondit-il en caressant sa main sur ses genoux.

Le jet les attendait sur le tarmac, Callie et Shiro y grimpèrent et s'installèrent côte à côte sur les sièges crème. En trente minutes, ils arrivèrent à Tokyo et Callie demanda au chauffeur de les conduire à la propriété des Matsushime.

— On ne va pas à l'aéroport ?

— Pas encore Shiro, il y a quelque chose que je dois vérifier dans le bureau de Yohei, dit-elle pensivement. Et surtout, il faut que je demande à son père s'il est au courant de quelque chose. Tu m'attends là, je n'en ai pas pour longtemps.

Tandis qu'il acquiesçait et qu'elle repartait vers la propriété, il attrapa son téléphone dans sa poche. Pendant ce temps Callie pénétrait dans un manoir silencieux et sombre. Le majordome anglais, paraissant ennuyé, vint à sa rencontre aussitôt.

— Bonsoir Lyvius, monsieur Matsushime est-il là ?

— Euh… non, madame. Il est parti avec madame en Thaïlande.

— Ils sont partis rejoindre Amane ?! Ils sont fous de leur fille ces deux-là ! sourit tendrement Callie.

Comme il repartait, elle en profita pour monter dans le bureau de son mari au 2e étage. Elle fouilla sans vergogne la pièce, à la recherche d'un indice quelconque, puis porta sa vue sur son secrétaire, là où un mois auparavant, elle l'avait vu ranger son journal.

Quand elle ouvrit le tiroir, elle remarqua une pile de journaux du New York Times. Dubitative, elle posa les journaux sur la table et entreprit de les lire. « *Ce soir-là, quand j'étais venue lui apporter son thé, il paraissait contrarié. Voyons voir par quoi… rien de particulier on dirait…* » Soudain, en prenant un autre journal son regard s'écarquilla sur une photo en première page. Frénétiquement, comme avidement, elle parcourut les autres journaux et sortit du bureau en les emportant sous le bras. Elle refit sa valise et s'habilla plus simplement, en jean, baskets et elle amena la casquette de son mari, celle avec le J. Avant de rejoindre Shiro dans la voiture, elle emporta son passeport dans le coffre avec une bonne liasse de billets américains.

— Qu'est-ce que tu fais habillée comme ça ?! demanda-t-il en la regardant de haut en bas.

— Shiro, partons à l'aéroport, on n'a pas de temps à perdre ! répondit-elle expressément.

Alors qu'il roulait à vive allure sur l'autoroute, il se gratta la gorge en baissant le volume du poste radio.

— Euh… j'ai appelé Nao et Azako pour les avertir qu'on partait.

— Ah cool ! dit-elle en suivant la route des yeux.

Il se gratta de nouveau la gorge en la regardant du coin de l'œil.

— Ils viennent avec nous !

— Quoi ?! répondit-elle vivement en se tournant vers lui. Ils sont au courant que ce ne sont pas des vacances ?!

— Te fâche pas Callie, rit-il. Ils ne te laisseront pas tomber eux non plus !

— Ok… de toute façon, je n'ai pas le choix… soupira-t-elle en roulant des yeux. Mais je te préviens, on fait à ma façon !

Tandis qu'il acquiesçait, il gara la voiture dans le parking visiteur. À cette heure-ci de la nuit, l'aéroport était encore bondé de voyageurs et les restaurants rapides regorgeaient de clients qui venaient se rassasier après leur voyage. Ils prirent leurs valises à roulettes et furent bientôt rejoints par leurs amis qui les attendaient derrière un distributeur à boisson. Après les embrassades et leurs plus plates excuses, Callie les briefa sur leur périple.

— Écoutez, je ne vais pas pouvoir tout vous expliquer maintenant, mais il faut que l'on se fasse très discrets. Personne ne doit savoir que je débarque en Amérique.

Callie crispa ses mâchoires, tout en regardant les alentours à l'affût d'un danger et les entourant de ses bras comme sous la confidence.

— Alors Shiro, j'ai une idée pour ne pas me faire repérer ! dit-elle en le regardant gravement. On a le même nom de famille, alors soit je dis que je suis ta sœur, soit qu'on est de jeunes mariés !

— Que tu es sa sœur ! répondirent ensemble Nao et Azako en se tordant de rire tandis que Shiro les toisait.

— On se fera passer pour de jeunes mariés en lune de miel ! Mais il faudra que tu joues le jeu ! ajouta-t-il en lui lançant un clin d'œil malicieux.

— Tu n'es qu'un voyou, Shiro ! répondit-elle en pouffant tout en levant les yeux en l'air.

Ils s'installèrent tous ensemble dans un compartiment réservé en première classe. L'Airbus décolla sur la piste de l'aéroport à grande vitesse. Callie s'agrippa à l'accoudoir de son siège en s'efforçant de ne pas vomir, sentant la nausée lui tenailler les tripes. Blanche comme un linge, elle essaya de se détendre en respirant longuement une fois l'avion stabilisé. Le compartiment était confortable et spacieux avec deux grands sièges en vis-à-vis et une table au milieu. Une hôtesse servait des boissons avec un plateau-repas tandis que Shiro répondait au téléphone. Callie calculait mentalement le trajet tout en piochant dans son assiette un sushi qu'elle enfourna dans sa bouche. Soudain, se souvenant d'un détail important, elle recracha le sushi dans son assiette. « *Mince, j'avais oublié, il faut que je fasse attention à ce que je mange maintenant ! Pas de poisson cru, pas de café... zut, j'en ai bu un ce matin !* »

— Qu'est-ce qui se passe, ils ne sont pas bons ? demanda Nao en hésitant à manger le sien.

— Non, enfin oui, tu peux les manger Nao ! Tenez, quelqu'un veut les miens ? dit-elle en leur tendant son assiette.

Azako et Nao éclatèrent de rire en refusant les sushis abîmés par son crachat. Elle les houspilla en leur disant qu'elle n'avait pas la galle. Sur quoi Shiro poussa son sushi à moitié mangé et lui prit tous les autres, lui offrant à la place ses yakitoris à la viande.

— Oh merci Shiro ! lui dit-elle reconnaissante, tandis qu'il raccrochait son portable.

— Tu es ma femme, c'est normal de partager ! répondit-il malicieusement alors qu'elle éclatait de rire. Ma mère m'a appelé, elle s'inquiétait de ne pas nous voir...

— Et tu lui as dit ?!

— Callie, il faut que je te dise quelque chose... hésita-t-il en se tournant vers elle sur son siège. Il y a un mois de cela, Yohei a appelé ma mère pour lui demander de te garder chez nous pendant quelques jours.

— Quoi ?! Je ne suis pas une gosse ! s'énerva-t-elle en reposant sa brochette.

— C'est ma mère qui me l'a appris quand je lui ai dit que tu partais à New York.

— Et c'est tout ce qu'il a dit, il n'a pas donné d'autres explications ? demanda-t-elle, effarée.

— Il a dit qu'il avait une affaire urgente à régler pour ta propre sécurité, c'est tout !

— Donc, il prévoyait de partir depuis longtemps… réfléchissait-elle à haute voix les yeux dans le vide. Pourquoi il ne m'a rien dit… ?

Elle se crispa tout à coup en fronçant les sourcils sur son assiette. « *Il m'a menti, mais pourquoi ? Ce n'est pas à cause des journaux, puisqu'il n'y a presque rien sur moi. Il y a une raison, mais laquelle ? Ou a-t-il donné une fausse excuse pour se barrer sans moi…* » Sa gorge se serra douloureusement et une larme de frustration roula sur sa joue. « *Pour être avec cette fille…* »

— Callie, ça va ?! demanda soucieusement Shiro en posant sa main sur son épaule.

— Ça ira quand je retrouverai Yohei ! répondit-elle en pinçant ses lèvres.

— Qu'est-ce que tu as découvert, Callie ? demanda Azako.

— Je suis en première page du New York Times…

Elle sortit les journaux de son sac et les déposa sur la table.

— Mais ça n'explique pas pourquoi il est parti… Il y a forcément autre chose…

— « Le jeune prodige de la finance a épousé sa Belle en Italie » lut Azako admiratif en contemplant le visage de Callie en robe de mariée. Le journal date du lendemain de ton mariage en Italie !

— Et cette fille qui répond à la place de Yohei… ? demanda Shiro en fixant Callie.

— Comment le sais-tu ? dit-elle interloquée, elle souffla de dépit aussitôt. C'est vrai tu comprends l'anglais ! Je ne sais pas… répondit-elle en pinçant les lèvres. Cette pute me raccroche au nez chaque fois que j'appelle ! Et ce matin à 3 h, elle a répondu aussi… je vais le massacrer ! cria-t-elle tout à coup en larmes.

La nausée la prit de nouveau, elle déguerpit aussitôt de son siège pour aller aux toilettes juste à côté. Les garçons l'entendirent vider son estomac en faisant la grimace pendant que Shiro s'inquiétait de son état, puis ils l'entendirent sangloter. Shiro se leva de son siège et frappa doucement à la porte de la petite salle d'eau.

— Callie, ouvre-moi… ! murmura-t-il.

Il entendit le cliquetis de la porte et ouvrant le battant, il s'engouffra à l'intérieur en refermant le loquet.

— Callie, tu n'aurais pas dû partir, tu es malade ! dit-il en lui prenant la main.

Elle s'essuya les yeux avec un mouchoir et renifla en secouant la tête dans la négative.

— Je ne suis pas malade Shiro, répondit-elle, la voix enrouée.

Il la fixa gravement en fronçant les sourcils.

— Qu'est-ce que tu as alors, c'est les nerfs ?

— Non… hésita-t-elle en le considérant gravement en silence.

— Callie, dis-moi… ? insista-t-il en posant son regard inquiet sur elle.

— J'ai une petite saucisse qui pousse dans mon ventre, Shiro.

— Callie… souffla-t-il n'y croyant pas ses oreilles en la fixant profondément.

— N'en parle à personne, Yohei n'est pas encore au courant…

Soudain, il la saisit dans ses bras et la serra tout contre lui. Il était ému et triste à la fois, mais il ravala sa fierté. Il était en colère contre Yohei, contre la vie qui lui prenait son droit d'être un bon mari pour elle. Il aurait donné n'importe quoi pour être le père de cet enfant.

— Je prendrais soin de toi et du bébé, Callie, si tu revenais avec moi !

— Shiro… je sais que tu ferais un bon père, comme tu as été un bon mari pour moi. Mais je ne sais pas encore ce qu'a fait mon mari. Je veux lui donner une chance de s'expliquer, tu comprends ?!

Il acquiesça en prenant son visage entre ses mains, puis embrassa son front et la ramena à son siège.

En Silence, elle entreprit de lire les journaux, cherchant un indice, une faille quelconque qui expliquerait le comportement de son mari. « *Ce soir-là, il paraissait contrarié, mais par quoi ? Sur tous les journaux, à part celui où ils parlent de notre mariage, il n'y a que des gros titres sur une affaire en cours de jugement. Je ne vois rien de particulier.* » Après cette lecture, Callie se sentit terrassée par la fatigue, elle inclina le siège, souhaita une bonne nuit à ses amis et s'endormit aussitôt.

Pendant ce temps, Azako, Nao et Shiro se concertaient sur l'avenir de Callie et de Yohei.

— Si j'apprends qu'il l'a trompée, je lui fais manger mon poing ! pesta doucement Shiro, pour ne pas réveiller Callie.

— Remarque, c'est mieux pour tes affaires, Shiro ! s'esclaffa Nao.

— De quoi Nao, qu'elle souffre encore ?! répondit Azako. Elle est tellement malheureuse qu'elle vomit ses boyaux !

Shiro se gratta la gorge en regardant discrètement Callie avant de reporter à nouveau le regard vers ses amis.

— Quoi, qu'est-ce qu'il y a ? demanda Azako, intrigué.

— Je ne sais pas si je dois vous le dire, mais…

Il hésita un instant en considérant gravement leurs faciès interloqués.

— Bon, je vous le dis, mais ne dites pas à Callie que je vous l'ai dit !

Alors qu'ils acquiesçaient, Shiro leur dévoila l'état de Callie. Ils soufflèrent de dépit en la considérant tristement, alors qu'elle dormait à poings fermés. Shiro la couvrit avec une petite couverture, caressa son front tendrement, puis se rapprocha d'elle en embrassant furtivement ses lèvres closes.

— Yohei… murmura-t-elle, endormie.

Shiro pinça les lèvres en faisant la moue. Nao et Azako se regardaient entre eux en faisant la grimace et en se retenant de rire devant sa tête déconfite. Voyant leurs mimiques, il s'offusqua en les toisant :

— Hier je l'ai embrassée alors qu'elle dormait et c'est mon nom qu'elle a prononcé en me disant je t'aime !

— Mais hier, elle n'était pas au courant qu'elle était enceinte… répondit Azako en soupirant.

« Bienvenue à New York, il est 10 h et ce matin les températures seront comprises entre 10 et 11 degrés avec un grand soleil… »
Callie se réveilla doucement à l'annonce du commandant de bord dans l'appareil en s'étirant de tout son long. Les garçons étaient réveillés depuis longtemps et lui offrirent leurs plus beaux sourires quand elle se tourna vers eux, les yeux encore ensommeillés.

— Tu as toujours autant de mal à te réveiller ! dit Azako en se levant de son siège.

Elle lui tendit un tendre sourire en se levant à son tour et le prit aussitôt dans ses bras en l'embrassant sur la joue, puis fit la même chose à Nao et Shiro. Ensuite, ils descendirent de l'avion, prirent leurs bagages dans la salle d'embarcation et hélèrent un taxi.

Les rues de New York à cette heure-ci étaient encombrées d'automobiles et de passants sur les trottoirs, sacoche à la main. Toute cette effervescence réveilla complètement Callie, émerveillée par cette ambiance citadine, où les grands magasins et les hauts buildings se côtoient autour de l'océan Pacifique. Bientôt le taxi jaune bifurqua dans une rue des plus passantes et s'arrêta devant un luxueux hôtel de plusieurs étages, le Chilton.

— On a dit qu'on se ferait discrets ! C'est quoi cet hôtel luxueux, Shiro ! lui souffla-t-elle en entrant dans le palace.

— Chut, fais-moi confiance, Callie ! lui murmura-t-il alors qu'ils se dirigeaient vers le comptoir.

Une jeune femme blonde avec un uniforme bleu foncé leur souhaita la bienvenue en demandant s'ils avaient une réservation.

— Monsieur et Madame Ojiro, j'ai réservé hier soir, dit Shiro fièrement, en lançant au passage un clin d'œil à Callie.

— Oui je vois en effet, vous avez pris la suite matrimoniale, répondit-elle d'un sourire satisfait. On s'occupe tout de suite de vos bagages.

— Shiro tu es fou ! sermonna doucement Callie en le prenant à part.

— Ne t'inquiète pas, Nao et Azako seront avec nous ! dit-il en la prenant par la taille. Allez viens, tu vas te rafraîchir et ensuite tu nous diras ton plan d'attaque.

Elle leva les yeux au ciel tandis qu'elle suivait le steward dans l'ascenseur.

La suite spacieuse était joliment décorée avec un lit des plus romantiques où des pétales de rose rouge étaient éparpillés en cœur sur la couette du lit. Nao, surexcité par cette ambiance tamisée, sauta dans le lit à la renverse, faisant s'envoler les pétales de rose. Azako éclata de rire et sauta sur Nao tandis que Shiro les rouspétait d'avoir gâché son moment romanesque avec Callie. Celle-ci, amusée par leurs gamineries, se joignit à eux en sautant aussi dans le lit. Shiro capitula et plongea à son tour. Ils rirent ensemble en se chahutant comme des enfants, tels de vieux amis d'enfance. La tristesse de Callie fut dissipée en un instant.

Une fois sa douche prise, elle s'habilla chaudement en préparant son plan mentalement. Elle se vêtit d'un pantalon carotte en tweed gris foncé avec un pull et chaussa ses bottines. Elle enfila une écharpe et un bonnet en grosses boucles shetland blanc cassé avec son manteau de la même couleur et fut prête à affronter sa journée d'investigation. Ils partirent en centre-ville à pied et s'arrêtèrent dans un coffee bar très cosy, juste en face d'une armurerie. Alors qu'elle commandait pour tout le monde des expressos en s'installant dans les sièges capitonnés, Nao se retourna vers elle, complètement effaré.

— Tu ne devrais pas boire de café, Callie !

Elle toisa Shiro sur-le-champ en pinçant les lèvres, il baissa la tête en grimaçant. Elle soupira, affichant un visage blasé vers ses amis.

— Vous êtes au courant alors... répondit-elle dépitée tandis qu'ils acquiesçaient. Je vous préviens, pas un mot à mon mari ni à qui que ce soit d'autre !

— Félicitations Callie ! dit Azako.

— Merci... dit-elle en lui rendant son sourire.

— Bon c'est quoi ton plan, alors ? demanda Shiro.

— Je dois aller à Vogue pour rencontrer la rédactrice.

— Pourquoi ?! demanda Shiro interloqué.

— C'est le dernier appel que j'ai reçu avant que Yohei ou qui que ce soit m'ait coupé ma ligne. Apparemment, c'est une ex de Yohei... il faut que je sache ce qu'elle me veut et si c'est elle qui me raccrochait au nez !

— Tu veux dire le magazine Vogue ?! répondit Nao, les yeux rêveurs. D'accord, on vient avec toi !

— Ça m'étonnerait que tu croises des mannequins là-bas, Nao ! rit-elle en lui donnant une pichenette sur le front.

Tout en se frottant le front, il tourna la tête vers l'armurerie où des pistolets et des couteaux tranchants étaient présentés en vitrine.

— Il faut qu'on achète une arme pour se protéger ! annonça-t-il tout à coup.

— Mais ça ne va pas non ! répondit Callie en soupirant. Et tu sais t'en servir au moins ?!

— Non, mais on est aux USA ! s'esclaffa-t-il, les yeux brillants par l'excitation. Ici, c'est les flingues, les cow-boys et Elvis Presley !

Tout le monde éclata de rire devant sa remarque si cliché et caractéristique de l'Amérique.

— Achète-toi un hamburger, plutôt ! lança Azako taquin.

— Oh j'ai faim tout à coup ! répondit-il aussitôt.

Alors qu'ils riaient tous ensemble en buvant leur café, le portable de Shiro sonna dans sa poche. En répondant, il tendit son téléphone à Callie en lui précisant que l'interlocutrice était sa mère.

— Allô Sayuri ?! Quoi ?! la coupa-t-elle énervée. Mais il vous prend pour sa nounou ou quoi ?! Vous lui avez dit que je suis à New York ? Demanda-t-elle, fronçant les sourcils. Et alors ?! s'impatienta-t-elle, crispant les mâchoires. C'est tout ?!

Une fois sa discussion terminée, elle resta pensive un instant « *pourquoi il ne m'en parle pas, il me fuit ? J'ai l'impression d'être une enfant de 4 ans, pourquoi il me fait ça ?!* »

— Alors ?! demandèrent ses amis, dévisageant son visage contrarié.

— Yohei a appelé Sayuri pour lui demander de me garder une semaine de plus. Et quand elle a demandé la raison et le fond du problème, il n'a presque rien dit ou juste stipulé qu'il avait beaucoup de travail !

— C'est peut-être vrai, Callie, répondit Azako.

— Alors pourquoi il ne m'appelle pas Azako ? Et pourquoi c'est cette fille qui répond à sa place et qui me raccroche au nez ?!

— Tu as raison, il y a vraiment quelque chose qui ne tourne pas rond dans cette histoire ! déclara Shiro.

— Bon, vous avez fini vos cafés, on y va ?! dit-elle déterminée, en se levant de sa chaise.

La rédaction du mensuel, comme tant d'autres de ce milieu, était installée dans un quartier des plus chics de New York, au One World Trade Center, le gratte-ciel qui a remplacé les tours jumelles. Ce temple du glamour avait à sa tête une rédactrice à la poigne de fer identique à celle de Sayuri Ojiro. Quand un mois plus tôt, elle avait reçu son appel, ce fut madame Karolyne Sheffield, la rédactrice en personne qui l'avait conviée dans ses locaux. Avant de savoir que c'était une ex de son mari, elle se demandait comment une dame aussi distinguée avec un magazine aussi célèbre, avait pu la contacter. Un poil nerveuse, elle vissa convenablement son bonnet sur la tête et s'avança d'un pas assuré vers la porte vitrée du standing, laissant ses amis dehors. À son arrivée, elle prévint la secrétaire de sa présence et celle-ci accourut vers sa patronne aussitôt puis l'accompagna jusqu'à son bureau.

Une grande dame d'une cinquantaine d'années se leva à sa rencontre, elle était d'une élégance rare, en vêtements griffés de Chanel. « *Oh putain ! Yohei se tape des vieilles maintenant. Bon en même temps, pour son âge, elle est hyper bien conservée et super belle !* » Tandis que la dame la saluait en la détaillant de long en large, Callie en venait à se demander si son mari ne lui avait pas encore menti.
— Madame Matsushime, la Belle aux yeux émeraude ! annonça-t-elle en fixant ses grands yeux verts intenses et en l'invitant à s'asseoir.
— Bonjour madame, la salua-t-elle, je m'excuse de venir à l'improviste, je…
— Non, que nenni madame Matsushime, la coupa-t-elle, vous êtes la bienvenue dans mon magazine à l'heure et au jour qui vous chante !

À son ton condensé, Callie se demandait si son allocution était sincère ou non. Les yeux de lynx de Karolyne Sheffield rivés sur elle la mettaient un poil mal à l'aise. « *Elle me détaille comme si elle pesait et soupesait une volaille qu'elle va cuisiner dans sa marmite. Elle me ferait presque peur !* »
— Alors, dois-je prévenir une assistante pour votre mise en beauté pour les photos maintenant…
— Non, je ne suis pas venue pour votre interview, déclara Callie devant le regard amusé de la rédactrice. Je me posais la question du pourquoi vous voulez cette interview. Des rumeurs courent au Japon, sur le fait que vous avez eu une aventure avec mon mari.

À cette annonce, la rédactrice éclata d'un grand rire à gorge déployée. Elle renversa sa tête blond cendré en arrière. Une fois calmée, elle donna sa réponse en hoquetant :
— Les rumeurs vont bon train au pays du soleil levant ! Et que vous a dit votre mari sur notre interview et nos soi-disant rapports ?!
Callie resta silencieuse ne sachant que dire, baissant les yeux.
— Que les rumeurs étaient fausses. En revanche, pour l'interview, il

m'a dit de ne pas le faire et j'aimerais en connaître la raison, avoua-t-elle.

La rédactrice fixa son regard sur Callie et la jaugea un petit moment.

— Votre mari est à New York depuis le début de la semaine, pourquoi n'êtes-vous pas venue avec lui ?

Callie écarquilla ses yeux en amande, sidérée qu'elle soit au courant.

— Comment êtes-vous au courant ?! balbutia-t-elle, blême.

— On est à New York, ma chère ! s'esclaffa-t-elle de sa voix aigüe. Tous les journaux en parlent !

— Ils parlent de quoi… ? bredouilla Callie de plus en plus mal à l'aise.

— Vous n'êtes vraiment au courant de rien ? se moqua-t-elle. Si je vous le dis, vous accepterez ma proposition d'interview ?

— Tout dépend de ce que vous me révèlerez, répondit-elle calmement.

— Donc rien n'est sûr ?! dit-elle en faisant une petite moue moqueuse.

— Ce qui l'est en revanche, c'est que je vous demande une faveur d'humain à humain ! répondit Callie fermement en la fixant à son tour.

— Rien n'est gratuit, madame Matsushime, dans ma vie ! dit la rédactrice en prenant appui son visage entre ses mains.

— Je pense qu'au contraire, il y a des valeurs qui sont gratuites. Je suis quelqu'un de simple, je n'ai pas grandi dans l'aisance, mais cela ne m'a pas empêchée d'être heureuse !

— Une roturière qui épouse un milliardaire, que c'est drôle ! Éclata de rire la rédactrice.

Contrarié par son ton et sa condescendance depuis le début de l'entretien, Callie sentait la bile lui monter à la gorge. Une fulgurante crampe à l'estomac lui donna soudain la nausée tandis que la rédactrice la dévisageait éperdument. Ne pouvant plus se retenir, elle se jeta à genoux dans la corbeille à papier, à côté de son imposant bureau et vomit tout son saoul. Blanche comme un linge, elle se confondit en excuses tandis que la rédactrice lui tendait un mouchoir en papier.

— Vous êtes enceinte de combien de semaines ? lui demanda-t-elle en se rasseyant sur son siège.

Devant son silence et son teint blême, elle se radoucit en considérant Callie plus pacifiquement.

— Je suis maman, je sais comment cela se passe.

— Cinq ou six semaines, je n'en suis pas sûre… répondit Callie en se rasseyant.

— Je vous donne un indice à votre enquête, dit-elle en gribouillant un bout de papier, si vous cherchez votre mari, il pourrait bien se trouver là demain soir !

— Merci ! répondit Callie en prenant le papier. Euh… personne n'est au courant pour moi…

— Je suis peut-être une journaliste de renom qui a su parler d'elle, mais pas une journaliste véreuse. Je suis comme vous, une humaine avant tout ! déclara-t-elle en lui tendant sa main.

En sortant de l'immeuble, elle avisa ses amis de sa discussion avec la rédactrice et de sa petite mésaventure dans la corbeille à papier. Azako et Nao rirent de bon cœur, Shiro, quant à lui, crispait les mâchoires furieusement. Alors qu'ils s'en retournaient en ville pour déjeuner dans un fast food, Shiro n'y tenant plus, pesta contre Yohei.

— Ton mari te cache des choses Callie, comment tu peux rester aussi calme ! Tu te mines, je le sais ! Quitte-le une bonne fois pour toutes, il t'a menti et en plus, il ne s'inquiète pas de ce que tu ressens en n'appelant pas !

— Je sais Shiro… soupira-t-elle. Mais je ne suis sûre de rien encore ! Je veux savoir la vérité et demain soir, on ira à cette soirée !

— Callie… hésita Azako en la considérant avec tendresse. Tu es sûre que tu es préparée à voir des choses qui peut-être ne te plairont pas ?!

— On verra bien ! Bon, j'ai faim avec tout ça, vous savez ce que vous allez manger ? répondit-elle en coupant court à la discussion.

« La rédactrice m'a dit que tous les journaux en parlent, mais j'ai vu nulle part le nom de Yohei dans ses journaux. De quoi voulait-elle parler ? À ses dires, tout le monde est au courant à part moi ! »

Après le déjeuner, ils passèrent l'après-midi à se promener et à visiter quelques rues célèbres comme Upper East Side en passant par Times Square. Puis dans la soirée ils allèrent dans Manhattan en sortant dans le quartier du Meatpacking, là où les restaurants, les bars et les clubs branchés sont à foison.

21 ASTA LA VISTA BABY

Le lendemain matin, un rayon de soleil malicieux vint titiller le bout du nez de Callie qui éternua. Elle défit tout doucement les bras de Shiro autour d'elle et sortit du lit en catimini vers la salle d'eau. Pendant qu'elle se douchait, elle se préparait mentalement pour sa journée. « *Je m'endors seule et je me réveille avec ce filou dans mes bras ! Pff... Il ne changera jamais Shiro !* » soupira-t-elle en prenant son savon. « *Apparemment, la rédactrice de Vogue n'est pas son ex. Pourquoi m'avoir menti dans ce cas ? Pour ne pas me révéler la véritable raison ! Il a profité de ma naïveté pour m'endormir encore une fois. Qu'est-ce que tu me caches Yohei ?* » En sortant de la salle de bain, elle enfila ses habits de la veille et s'en alla en ayant pris soin de laisser un message aux garçons pour ne pas les inquiéter.

À 8 h, la rue était noire de monde, les bureaucrates en costumes partaient au travail, les enfants en habit d'écolier attendaient leur bus, Callie héla un taxi jaune et donna l'adresse de la Matsushime Corp. au chauffeur. Au bout de quelques embouteillages, en passant par différentes routes cabossées, la voiture l'arrêta devant un petit immeuble sans aucune prétention. « *Tiens ça change de celui de Tokyo !* » se dit-elle en s'avançant vers la porte vitrée. « *Tiens, on dirait que c'est fermé. Mais c'est bien fermé !* » se dit-elle en regardant à travers la porte vitrée une pièce déserte avec des documents chiffonnés sur le sol. « *Qu'est-ce que ça veut dire ? Pourtant en venant j'aurais cru que c'était ouvert avec cette camionnette garée juste à côté. Il a déménagé ses bureaux ailleurs ou… Il n'y a pas de Matsushime Corp. à New York ?!* » Face à ce coup du sort, elle rebroussa chemin en parcourant la rue vers une route plus passante afin de héler un taxi. Bientôt, elle déboucha dans un quartier un peu plus fréquenté, regorgeant de magasins et d'échoppes populaires et décida de s'arrêter boire une tisane.

Alors qu'elle s'aventurait dans la rue en regardant les vitrines, un passant pressé la bouscula vivement. Elle se retourna pour l'interpeller afin qu'il s'excuse, elle tomba nez à nez devant un petit kiosque à journaux, rempli de divers magazines de mode et de potins en tout genre. Guidée par un instinct inné, elle s'avança aussitôt en furetant dans les gros titres une piste quelconque qui la renverrait vers son mari. Soudain, ses yeux s'attachèrent à une image qui rendit son visage blême et les mains tremblantes. Elle paya le magazine et s'enfuit précipitamment du kiosque dans un coffee shop, un peu plus loin.

La revue montrait en gros plan Yohei avec une ravissante jeune femme blonde lui tenir la main en tenue de soirée. Le titre effarant comprima la gorge de Callie, lui donnant la nausée et des larmes aux

yeux : « Le milliardaire se serait-il lassé de sa Belle ?! »
« *J'ai l'impression d'aller de désillusion en désillusion… !* » Callie
essaya de se calmer, s'essuyant les yeux, sentant qu'on la
dévisageait dans le bar « *Mince, il faut que je me fasse discrète, je
suis sûre que ces gens se disent que c'est moi la Belle.* » Elle régla
sa note et s'en alla au pas de course, rangeant le magazine dans son
sac. « *Il ne faut surtout pas que les garçons voient ça, surtout Shiro !
Je vais aller à cette soirée et je vais lui défoncer sa gueule à ce
connard !* » En partant de la rue, elle s'arrêta dans un magasin de
coiffure et de déguisement, avec des perruques en tout genre pour
femmes et des accessoires pour hommes. Elle eut soudain une idée.
« *Ce soir, on va vraiment passer incognito à cette soirée !* »

À l'hôtel, les garçons l'attendaient dans la suite, ils étaient encore
en caleçon et tee-shirt en train de regarder la télé. Elle alla
directement dans la salle d'eau, ouvrit le robinet de la baignoire afin
de relâcher ses nerfs et préparer un plan de vengeance parfait au
calme. Quand son bain fut à bonne température, elle s'y laissa glisser
en déversant complètement ses larmes sur son cœur meurtri. « *Cette
fois-ci, je ne me laisserai pas faire, je vais me battre et lui en mettre
plein la gueule !* »
Shiro et ses amis froncèrent les sourcils avec interrogation en
lorgnant le sac de courses de Callie. Ils sortirent les accessoires, des
fausses moustaches, des fausses lunettes et une perruque rousse aux
cheveux longs, puis virent dans le fond du sac le magazine. La porte
de la salle de bain s'ouvrit en grand sur ses trois amis qui la
dévisagèrent en silence.
— Oust bande de pervers ! les houspilla-t-elle en les éclaboussant
d'eau. Allez-vous-en !
— Callie ! s'exclama Shiro en se retenant de crier. Qu'est-ce que tu
comptes faire ce soir pour faire payer ton salaud de mari ?
En l'entendant parler de cette façon si brutale sur Yohei, elle éclata
en sanglot.
— Je t'interdis de parler de lui comme ça ! lui cria-t-elle tout à coup,
la voix éraflée. Si quelqu'un doit lui en vouloir, c'est moi…
Ému par son ton et ses larmes, Shiro s'excusa aussitôt. Il referma la
porte de la salle d'eau. Il resta auprès d'elle, s'asseyant par terre à
côté de la baignoire, lui prenant sa main dans le bain. Au bout d'un

moment, il embrassa son front et s'en alla, la laissant se détendre les nerfs.

Quand elle se calma, elle sécha doucement son corps avec une serviette moelleuse en se regardant dans le miroir vertical. Elle caressa son bas ventre lentement, en se scrutant tantôt de face et tantôt de profil, afin d'apercevoir un infime renflement. « *Il est trop petit encore mon bébé pour que ça soit apparent. D'ici deux mois, mon ventre se verra davantage. Et où serai-je dans deux mois, à Kobe, retour à la case départ ? Non, je dois penser à l'avenir de mon bébé et le protéger de la Confrérie, c'est ça le plus important dans ma vie. Je dois trouver des réponses et je sais où j'irai après New York !* »

Une fois sa décision prise, elle sortit de la salle de bain en sous-vêtements. Les garçons se retournèrent rouges comme des tomates. Elle s'habilla rapidement en jean et prépara ses affaires pour la soirée, en silence.

— Callie, tu as lu l'article ? demanda doucement Shiro tandis qu'elle répondait par la négative. Il y est marqué, qu'ils se fréquentent depuis un mois et la photo a été prise lors d'une soirée avant-hier soir…

Il hésita soudain en constatant son visage devenir blême.

— Le jour où tu l'as eu au téléphone en salle de réunion, quand il t'a dit de ne pas t'inquiéter…

— Et que j'ai traité sa copine de sale pute et que si je me déplaçais je lui défonçais sa gueule ?! Ce jour-là, Shiro ? dit-elle en affichant un visage noir de haine.

— Oui…

Azako se retourna vers elle, le visage grave.

— Callie, n'y allons pas, tu te fais du mal !

— Non, j'irai seule, ce n'est pas grave, restez là si vous voulez ! répondit-elle en croisant les bras sous sa poitrine.

— Non, on viendra avec toi, on ne te laissera pas, on te l'a dit ! dit Nao en la prenant par les épaules.

— Oké… dans ce cas, voilà mon plan…

À 20 h, le rendez-vous à ne pas manquer pour tous les nantis américains et les célébrités les plus connues étaient conviés à la soirée la plus huppée de l'état de New York. Une file de voitures luxueuses déposait les invités devant l'entrée du standing sous les flashs des journalistes. Dans une ruelle peu éclairée, jouxtant la grande rue passante, une camionnette noire était stationnée devant l'entrée de service de la fête battant son plein. Cachée derrière un conteneur de poubelle, Callie, en tenue de soirée glamour, réajustait sa perruque rousse sur sa tête. Elle appuya sur la fausse moustache d'Azako afin de bien la coller, mit des lunettes à grosse armature sur le nez de Nao et pria Shiro d'enfiler une perruque blonde. Celui-ci pestait comme un beau diable son mécontentement.

— Pourquoi je ne mettrais pas plutôt la moustache d'Azako ?

— Tu as perdu aux fléchettes, Shiro ! s'esclaffa Azako en tapant sur son dos.

— Je ne mettrai pas cette horreur sur la tête ! cria-t-il en s'enlevant la perruque.

— Chut Shiro ! le rabroua Callie en lui remettant la perruque en place. Moins fort, tu vas nous faire repérer !

Elle souffla de dépit en croisant ses mains sous la poitrine.

— Bon tant pis, ne la met pas, capitula-t-elle. Mais tu ne viens pas avec moi !

— Quoi ! articula-t-il furieusement.

— Chut ! dit-elle en lui donnant une tape sur le torse. Reste là avec Nao dans ce cas, je vais y aller avec Azako. Ça ne sera pas long de toute façon !

Elle rajusta sa perruque une dernière fois en lissant sa robe de bal et se retourna vers eux.

— Je suis comment, on me reconnaît ? demanda-t-elle soucieusement.

— Tu es très belle, Callie ! s'exclama Shiro. Cette couleur de cheveux rehausse tes beaux yeux verts.

— Normalement, ton mari devrait te reconnaître au premier coup d'œil. Les autres n'y verront que du feu, mais lui… il saura que c'est toi ! surenchérit Nao.

— Oké, merci, les gars ! Répondit-elle soulagée.

— Tu es prête ?! demanda Azako en lui tendant son bras.

— Yes, souffla-t-elle en sentant son cœur s'emballer, on y va !

Ils sortirent de la ruelle tranquillement et virèrent sur la droite, dans la grande rue passante où des vigiles en costard noir scrutaient les alentours à l'affût d'un inconvenu. À l'entrée du standing, un portier avec un calepin les reçut poliment.

— Bonsoir, vous avez votre carton d'invitation ? demanda-t-il d'un sourire circonspect.

— Euh… chéri, donne ton carton mon amour ! répondit Callie en se tournant sur un Azako complètement à l'Ouest.

— Mon carton… ?! bredouilla-t-il en lui faisant de gros yeux.

— Ne me dis pas que tu l'as oublié dans le vestibule de la maison ! rouspéta-t-elle. Je t'ai dit pourtant de ne pas l'oublier !

— Oh désolé ma chérie ! répondit Azako, rougissant et se retenant de rire.

Callie se retourna sur le portier en faisant la moue.

— On ne va pas repartir alors qu'on est déjà là, monsieur ?!

— Ce n'est pas moi qui dicte les règles, madame, répondit le portier. Je suis navré, mais sans invitation, je ne peux pas vous laisser entrer !

Des invités de marque derrière Callie et Azako s'impatientaient en poussant des grattements de gorge compulsifs.

— Écoutez monsieur, on a été invités par Yohei Matsushime en personne ! déclara Callie fermement. S'il apprend que vous n'avez pas voulu nous laisser passer… vous risquez gros !

Le portier les considéra longuement en réfléchissant puis se décida rapidement quand les personnes derrière Callie soufflèrent leur impatience.

— Restez là, je vais l'aviser votre présence, dit-il en partant au pas de course.

— Callie, tu es sûre que ça va aller… demanda Azako en scrutant le visage inquiet de son amie.

— J'en aurai le cœur net quand il me verra… répondit Callie en fixant son regard dans la pièce.

Sa vue se porta vers la salle de réception clinquante où les personnes en habits griffés déambulaient avec leur coupe de champagne à la main, bavardant gaiement les uns avec les autres. Des serveuses élégantes, en robes noires, offraient des amuse-gueules raffinés ou des coupes de champagne aux invités. Soudain, son mari apparu, accompagné par sa ravissante copine en tenue des plus sophistiquées, une robe saillante moulante à paillettes rouge vif. La blonde lui souriait le regard pétillant tandis qu'il s'avançait à son bras en costume bleu nuit. Le cœur tambourinant dans sa poitrine, Callie sentit ses jambes se dérober sous elle, mais elle se retint, sentant une colère grandissante inonder tout son être. Au moment où Yohei levait son visage à sa rencontre, il stoppa net sa marche. Elle le vit blêmir sur-le-champ. Se retournant vivement vers la blonde, il murmura à son oreille. Elle porta immédiatement son regard sur Callie, pinçant les lèvres. Entre l'entrée du vestibule de la fête et celle d'où se trouvaient Callie, Azako et les gens impatients derrière eux, elle entendit le portier parler à son mari.

— Vous la connaissez ? Elle a dit que vous l'aviez invitée.

Yohei fixait son regard gris clair sur sa perruque rousse, Callie le dévisageait intensément de son regard vert étincelant. Il détourna aussitôt les yeux sur le portier en pinçant les lèvres.

— Non, je ne sais pas qui elle est ! répondit-il froidement.

Immobile, comme pétrifié sur place, Callie accusa douloureusement ce coup de poignard en plein cœur. Elle suivit des yeux Yohei lui tourner le dos en repartant retrouver sa petite amie. Azako à ses côtés fulminait de rage, il saisit sa main.

— Viens Callie, on s'en va ! dit-il en la considérant tristement.

Elle leva vers lui un visage tiraillé par la douleur, des larmes de frustrations coulaient silencieusement sur ses joues.

— Non ! répondit-elle catégoriquement la voix enrouée par l'émotion. Il ne va pas s'en tirer comme ça !

Au moment où le portier revenait sur ses pas, Azako tira la main de Callie dans la rue au pas de course. Dès qu'elle fut à l'abri des regards indiscrets des journalistes, elle se jeta sur l'épaule d'Azako et pleura amèrement. Il la serra tendrement contre lui tout en crispant ses mâchoires furieusement. Il la laissa quelques instants se remettre de ses émotions en silence puis ils longèrent le bâtiment et tournèrent dans la ruelle pour rejoindre Nao et Shiro cachés derrière le conteneur à poubelle.

À leur arrivée, ils n'eurent nul besoin de connaître les détails de son entrevue avec son mari, le visage de Callie et ses larmes témoignaient à eux seuls de la souffrance qu'elle éprouvait. Shiro la saisit aussitôt dans ses bras tandis que Nao et Azako posaient leurs mains compatissantes sur son épaule.

— Repartons à l'hôtel, Callie, dit doucement Shiro en la relâchant.

— Non, je n'en ai pas fini avec lui ! répondit-elle vivement en s'essuyant les yeux. Il ne sait pas encore qui il a épousé et je compte bien lui faire payer !

— Qu'est-ce que tu vas faire ?! s'exclama Nao, la dévisageant gravement.

— J'ai une idée, répondit-elle, les considérant. Vous n'êtes pas obligés de me suivre, je me vengerai toute seule…

— Non, il est hors de question de te laisser toute seule ! s'exclama vivement Shiro. C'est quoi ton plan ?!

Alors qu'elle leur expliquait la marche à suivre, ils pouffèrent de son audace en se demandant où elle pouvait dénicher toutes ces idées. Ils la suivirent donc dans la ruelle en contournant la camionnette noire vers la porte de service du building. En snipers expérimentés, ils se faufilèrent à l'intérieur en longeant les cuisines où des cuistots s'affairaient devant leurs marmites fumantes et des serveurs emportaient leurs plateaux remplis de victuailles succulentes en salle. Dans le couloir, Callie ouvrit une par une les portes en cherchant les vestiaires des serveurs quand Nao lui révéla où il se trouvait.

— Comment tu le sais ? demanda Callie, interloqué.

— J'ai demandé ! dit-il en lui adressant un clin d'œil malicieux.

— Filou ! rit-elle en le chahutant.

La jeune fille que Nao avait charmée leur montra le vestiaire avec des tenues de service puis s'en alla s'agiter dans la cuisine. Callie se désapa immédiatement en enlevant sa robe de soirée sous les yeux de ses amis.

— Ben quoi, vous n'avez jamais vu une fille en sous-vêtements ?! se moqua-t-elle les voyant rouges comme des écrevisses. Je vous ai bien vus en caleçon ce matin et ça ne vous a pas gêné ?!

Shiro se gratta la gorge en faisant signe à ses amis de se retourner et ils enfilèrent leur tenue de serveur. Une fois vêtus, ils repartirent en cuisine et revinrent chacun avec un plateau de champagne, sauf Callie qui emporta celui avec des verres de vin rouge. Alors qu'ils arrivaient en salle de réception, elle scruta les alentours à la recherche de Yohei tout en visualisant la pièce.

La salle était assez grande et rectangulaire, avec une mezzanine reliée par deux grands escaliers de part et d'autre du mur. Elle avisa les garçons de monter à l'étage pour avoir une vue d'ensemble de la pièce et pouvoir observer Yohei en secret. En montant les marches en catimini, elle aperçut sur une table un sceau rempli de glaçons qui lui faisait de l'œil. Avec malice, elle posa son plateau et emporta à la place le sceau, puis se posta avec les garçons en haut de la mezzanine.

Assis derrière la balustrade, ils scrutaient à travers les barreaux l'emplacement de Yohei quand Nao fit un signe discret.
— Là, Callie, désigna-t-il juste en face d'elle, il est avec elle et un autre gars, on dirait.
Callie vissa sa tête et l'aperçut en pleine discussion avec un homme d'une trentaine d'années, brun aux yeux bleus. La blonde tenait le bras de son mari pendant qu'il bavardait tranquillement avec une coupe de champagne à la main. « *Regarde ce salaud Callie, regarde-le bien ! C'est ton mari, celui qui t'a juré fidélité à ton mariage et qui t'a dit il n'y a pas longtemps combien il était fier d'être marié avec toi. Qu'il t'a promis de t'aider avec le cube, qui t'a vendu du rêve en t'endormant avec de belles promesses d'avenir.* » Azako la sortit de sa rêverie en lui demandant pourquoi elle avait apporté un sceau à glaçon. Elle se retourna vers lui, souriant largement.
— J'ai des munitions ! dit-elle enjouée, en portant un regard malicieux vers ses amis. Vas-y Azako, je sais que tu vises bien !
Ils éclatèrent de rire, se regardant les uns les autres avec espièglerie comme de bons petits diables.
— À toi l'honneur Callie, répondit Shiro en lui tendant un glaçon, fais-toi plaisir !

Elle se leva de sa cachette et lança le glaçon de toutes ses forces vers Yohei en se baissant aussitôt. Le glaçon vola et atterrit sur le crâne d'un monsieur tout chauve qui s'exclama vivement en se frottant la tête. « *Oups trop loin ! Pardon monsieur !* » s'esclaffa-t-elle. Pris d'un fou rire contagieux, ils se tordirent en gesticulant sur place, riant à gorge déployée tout en se tenant les côtes.

— Tu ne sais vraiment pas viser, Callie ! s'esclaffa Nao en se tapant l'échine.

À tour de rôle, comme un jeu de cache-cache, les garçons lancèrent les glaçons en direction de Yohei et de son amie tout en buvant leur coupe de champagne. Des têtes se levèrent en recevant les glaçons dans le dos ou dans les décolletés pour les femmes, sans toucher leur cible principale. Soudain, un glaçon s'envola et se fixa sauvagement sous l'œil de la blonde. À son cri strident de douleur où une tache rouge violet apparut sur sa pommette, ils éclatèrent de rire. Yohei prit le visage de la jeune femme entre ses mains en semblant scruter son œil.

— Punaise, tu as failli lui crever l'œil, Nao ! s'exclama-t-elle en pouffant de rire.

Quand elle se retourna vers les garçons, ils étaient écroulés sous la rambarde du balcon à se tordre de rire.

— C'est bon, tu t'es assez vengé ?! dit Shiro en hoquetant.

Elle se mit à rire tellement qu'elle se tenait les côtes puis soudainement son rire se transforma en larmes. Elle sanglota, se cachant la bouche tandis que Yohei frottait la joue de son amie tendrement.

— Callie… rentrons maintenant, dit Azako en venant vers elle.

— Non, je n'ai pas encore eu l'occasion de lui parler, renifla-t-elle, s'essuyant les yeux.

— D'accord, vas-y et après on y va ! répondit Shiro en lui prenant la main. Fais ce que tu as à faire !

— Oui, dit-elle avec un sourire sardonique en portant son regard sur Yohei, je n'en ai pas encore fini avec lui !

Avant de partir de la mezzanine, elle leur recommanda de l'attendre dans la cuisine, mais ils refusèrent catégoriquement, préférant se changer et aller la rejoindre dans la salle ultérieurement. Quand elle descendit les marches, elle souffla un coup et prépara sa dernière petite vengeance personnelle en prenant le plateau de vin rouge.

« *Après ça, je divorce et je me barre très loin de tout avec mon bébé. Marre de ces histoires, marre que l'on me prenne pour une conne. C'est décidé, ce soir c'est le moment ou jamais !* »

Yohei Matsushime debout face à Callie prenait appui sur un divan derrière lui, en parlant finance avec un homme d'une trentaine d'années. Son amie lui tenait le bras sagement, en essayant de sourire à son interlocuteur tout en se touchant douloureusement sa pommette violacée. Callie avait enlevé sa perruque, elle s'était recoiffée en queue de cheval, étirant davantage ses yeux en amande, portant avec classe la petite robe noire des serveuses qui moulait ses formes avec sensualité. Elle posa sur sa tête une petite toque blanche, puis fut prête à l'affronter directement. Quand elle vint à sa rencontre, elle accrocha un sourire resplendissant à ses lèvres et renversa maladroitement le verre de vin rouge sur sa chemise blanche.

— Oh pardon monsieur ! dit-elle faussement contrite en faisant la moue. Je n'ai pas fait exprès !

Alors qu'il essayait de se contenir tout en essuyant avec une serviette sa tache de vin, Callie lui écrasa le pied avec son talon aiguille.

— Aïe ! cria-t-il de douleur en se baissant.

— Surprise, surprise mon amour ! lui chuchota Callie en faisant semblant de l'aider.

— Ça va, Yohei ? dit la blonde en passant devant Callie sans la reconnaître.

— Euh… oui ! répondit-il en se relevant tout en fixant sa femme.

Se tournant en reprenant son plateau, Callie trébucha faussement et envoya tous les verres de vin rouge sur la fille. Les verres explosèrent par terre, dans un vacarme assourdissant, faisant se retourner tous les invités de la salle de réception. Les éclaboussures de vin tachèrent la robe de la blonde et le costume bleu nuit de son mari. Il lui envoya un regard sombre rendant ses yeux glacés.

— Oups ! dit-elle en mettant sa main devant sa bouche. Que je suis maladroite, ce soir !

Yohei se rapprocha d'elle assez près pour murmurer, mais en reprenant son plateau Callie se retournant vivement, lui flanqua un grand coup brusque dans l'estomac.

— Oh je ne vous avais pas vu, désolé monsieur ! dit-elle avec une petite moue tandis qu'il se tenait le ventre en grimaçant de douleur.

Les gardes du corps accoururent aussitôt, reconnaissant Callie, ils aidèrent Yohei à se relever. La blonde la dévisageait la bouche béante de stupéfaction. Le jeune homme brun aux yeux bleu reconnaissant la Belle aux yeux émeraude porta un regard fasciné sur elle.

— Dis-moi, dit-elle fortement en captant l'intérêt de tous les invités amassés autour d'eux, les papiers du divorce, je te les envoie à quelle adresse… au Japon ou à ton bureau inexistant de New York ?!

– Callie…

— Regarde-moi bien sale menteur ! cria-t-elle en le fixant droit dans les yeux. Parce que c'est la dernière fois que tu me vois, je vais partir tellement loin, que tu ne me retrouveras plus jamais de ta vie !

Elle enleva son alliance et sa bague de fiançailles qu'elle jeta à sa figure blême et s'en alla dignement de la salle en ondulant ses hanches gracieuses.

— Je suis un lion, Callie ! cria-t-il, les yeux brillants.

Elle eut un temps d'arrêt en entendant sa réplique, mais continua sur sa lancée, animée par tant d'animosité et de déception.

– Asta la Vista Baby ! lança-t-elle en levant sa main en l'air avec un splendide doigt d'honneur.

En sortant de la salle de réception, elle croisa la rédactrice du magazine Vogue. Elle lui tendit un fier sourire en mimant un bravo de ses mains. Pendant que les garçons suivaient Callie hors de la salle, Shiro se retourna une dernière fois sur Yohei qui le fixait de son regard affolé. Il lui envoya un grand sourire resplendissant tandis que Yohei attrapait son téléphone.

22 L'ECHAPEE BELLE

À peine fut-elle sortie dans la rue qu'une aura scintillante de flash fondit en un instant sur elle. Des journalistes, micros à la main, lui posaient des questions tandis que Shiro hélait un taxi. « Madame Matsushime, vous demandez le divorce ? » « Quels sont vos projets ? » Un taxi jaune s'arrêta brusquement sur le bas-côté, Shiro agrippa Callie et l'engouffra à l'intérieur en donnant l'adresse de l'hôtel au chauffeur.

— Callie, attends-nous à l'hôtel, j'ai une chose à régler, dit-il en refermant la porte.
— Shiro, cria Callie en ouvrant la portière, ne le frappe pas !
Shiro se retourna vivement vers elle, crispant ses mâchoires, il referma la portière, faisant signe au chauffeur de filer.

Au moment où Callie sortait de la salle de réception, Yohei attrapant son portable s'en alla un peu plus en retrait du jeune homme brun.
— Opération annulée, je répète, opération annulée !
— Mais pourquoi Yohei ?
— Mon mariage est plus important que toutes ses conneries ! rugit-il fou de rage.
Il avisa ses gardes du corps et leur dicta ses ordres puis s'excusa auprès du jeune homme brun et s'en alla avec sa petite amie. Lorsqu'il longea la grande rue passante, suivi de ses gardes du corps qui faisaient écran contre les journalistes, il pénétra dans la ruelle, zyeutant les alentours. Aussitôt, Shiro qui l'avait pris en filature se jeta sur lui férocement, il le plaqua contre le mur du standing.
— Je ne sais pas ce qui me retient de te fracasser la gueule ! cracha Shiro en l'empoignant par le collet.
– Callie ?! lança Yohei taquin, fixant son regard gris clair sur lui.
Les gardes du corps encerclèrent la ruelle, faisant barrage de leur corps contre les curieux et les photographes.
— Monsieur, on attend vos ordres ?
— Shiro lâche-moi, on est beaucoup plus nombreux que toi et tes amis.
Au moment, où il le relâchait, Yohei rit de sa lâcheté en faisant un peu d'humour.
— Elle t'en voudrait si tu me frappais Shiro et elle ne te le pardonnerait pas !
— Tant pis ! répondit-il en lui envoyant un crochet du droit en pleine face. Elle me pardonnera plus rapidement que toi ! Et devine qui va la consoler ?! se moqua Shiro.
À ses mots, Yohei riposta vigoureusement, en lui mettant une droite tout en faisant signe à ses gardes du corps de ne pas intervenir.
— Je ne signerai pas les papiers du divorce, Shiro, si c'est ça que tu attends !

— Pas grave, elle sera bientôt à moi ! Elle ne te pardonnera jamais !
— Elle me pardonnera, elle m'aime ! cria Yohei, lui donnant un grand coup à l'estomac.
— Non, c'est moi qu'elle aime ! riposta Shiro, le frappant à son tour. Ils se bagarrèrent comme des chiffonniers, se martelant de coups jusqu'à ce qu'ils s'effondrent tous les deux en même temps par terre, terrassés de fatigue. Azako et Nao comptaient les points, tandis que la blonde s'impatientait en montant dans la fourgonnette noire.
— Bon, c'est fini ! Enragea-t-elle, fusillant Yohei du regard.
Yohei affalé contre le mur de l'immeuble avec Shiro à ses côtés se tourna vers lui, étirant un grand sourire.
— Vous êtes à quel Hôtel ?
— Je ne te le dirai pas ! s'offusqua Shiro.
— Shiro… tout ça… dit-il en faisant de grands gestes. C'est un coup monté ! Je n'ai pas trompé Callie !
Shiro le dévisagea, scrutant profondément son regard clair.
— Quoi ? Et c'est maintenant que tu me le dis ?!
— Mmm, j'avais juste envie depuis longtemps de t'en foutre une ! s'esclaffa Yohei en se relevant.
Il tendit sa main à Shiro et l'aida à se relever à son tour.
— Où est Callie, Shiro ?

La fourgonnette noire filait à toute allure dans les rues de New York, traversant des quartiers tels que Soho et Manhattan avant de se garer devant l'imposant hôtel du Chilton. À cette heure-ci de la nuit la rue était animée, des gens se baladaient main dans la main pour les amoureux ou seuls avec des amis dans les restaurants et les bars branchés de la city. Shiro et Yohei sortirent de la camionnette avec un garde du corps tandis que la blonde et les garçons les attendaient à l'intérieur. La suite matrimoniale était plongée dans le noir. Shiro ouvrit la lumière du petit salon et se dirigea à pas feutrés vers la chambre. Tout à coup, il alluma le chevet en fouillant la pièce du regard complètement affolé.
— Où est-elle ? pesta-t-il en constatant que sa valise et ses effets personnels avaient disparu de la pièce.

Une note sur la table du salon attira son attention. Yohei suivant son regard l'intercepta deux secondes avant lui.

« J'ai des choses importantes à faire pour l'avenir de mon enfant et toutes ces conneries n'en font plus partie. C'est fini, j'en peux plus de toutes ces histoires ! Ne vous inquiétez pas et n'essayez pas de me retrouver. Je m'envole très loin d'ici, j'ai besoin de faire le point au calme… je vous aime, prenez soin de vous ! Callie. P.S. N'en parlez jamais à Yohei. »

— Son enfant ? blêmit-il en tendant la note à Shiro. Elle est enceinte… ?

Shiro lut la note. Paniqué, il sortit de la chambre aussitôt avec Yohei à ses trousses. Yohei appela de toute urgence son équipe de gardes du corps en donnant ses ordres puis ils remontèrent dans la fourgonnette en direction de l'aéroport.

* * *

Le taxi jaune arrêta son compteur devant les portes coulissantes de l'aéroport de New York John Fitzgerald Kennedy, situé dans le quartier du Queens. Callie régla sa note de trente dollars puis descendit de l'auto en réajustant son bonnet en laine sur sa tête et en entourant largement son cou et son visage de son écharpe assortie. L'air glacial de la nuit lui chatouilla les narines, elle éternua en s'engouffrant vivement à l'intérieur des portes de l'aéroport. À cette heure tardive, l'immense aérogare était pratiquement déserte, seuls quelques vigiles et hôtesses traînaient dans les allées, prenant des poses café et bavardant entre collègues. Callie leva son visage vers la grande horlogerie qui affichait 23 h et se dirigea vers une borne de billetterie. Elle régla sa facture en insérant sa carte bancaire et prenant ses billets, elle s'installa dans la salle d'embarcation.

Pendant qu'elle rêvassait sur son prochain voyage, un homme en costume noir se présenta devant elle :

— Madame Matsushime, venez, votre mari vous attend.

Surprise, elle sursauta sur son siège en scrutant un des gardes du corps de Yohei.

— Vous perdez votre temps, je ne bougerai pas d'ici. Allez-vous-en !

— J'insiste, lui répondit-il fermement en lui prenant son bras, il vous expliquera tout ce que vous devez savoir.

Elle se leva de son siège en le considérant férocement droit dans les yeux.

— Foutez-moi la paix ou je crie au viol ! lui intimida-t-elle en articulant chaque mot.

Le garde du corps comprit à sa détermination qu'il ne pourrait rien en tirer. Il entreprit d'appeler sur-le-champ son patron en se tournant en retrait vers la baie vitrée de la piste d'atterrissage.

— Allô, monsieur, votre femme refuse catégoriquement de me suivre, j'attends vos instructions.

— Prenez-la de force s'il le faut, mais je ne veux pas qu'elle parte ! répondit Yohei.

— Euh… elle m'a menacé de crier au viol si je tentais quoi que ce soit, monsieur !

Il entendit son patron soupirer bruyamment son mécontentement.

— Dites-lui que je suis un lion au poker.

— Pardon monsieur ?! s'exclama le garde ne comprenant pas le sens de sa phrase.

— Dites-le-lui ! s'impatienta Yohei. Elle comprendra !

Lorsque le garde se retourna vers Callie pour lui parler, elle n'était plus sur son siège.

— Elle a disparu monsieur ! paniqua tout à coup le garde.

— Comment ça elle a disparu, elle était bien avec vous, non ?!

— Euh… oui ! Mais le temps que je vous appelle, je me suis détourné…

— Quoi, le coupa Yohei fou de rage, dites-moi pourquoi je vous paie, vous êtes un incapable ! Retrouvez-la, déployez-vous dans tout l'aéroport, ma femme ne doit pas quitter le sol américain, c'est compris ! Je fais au plus vite !

Callie s'était cachée derrière un distributeur à boisson, elle buvait sa tisane tranquillement en regardant les lumières des avions dans le ciel. « *Je vais rester sagement ici, pendant que l'autre idiot me cherche. Dans une heure, mon vol pour le Brésil décollera et je pourrais enfin me détendre en recommençant une nouvelle vie !* » songea-t-elle rêveusement, son visage s'assombrit en repensant à sa soirée et une grosse boule dans le fond de sa gorge se forma en la comprimant douloureusement. « *Mon enfant vivra sans père, mais ce n'est pas grave, j'ai bien grandi sans et j'en suis pas morte !*

Maman a fait ce qu'elle a pu pour bien m'élever même s'il y avait quelques clashs entre nous. Yohei, pourquoi as-tu fait ça, détruire notre si beau mariage ? » Soudain son esprit revint à ses dernières paroles dans la salle de réception. « *Pourquoi m'a-t-il dit qu'il était un lion ? Un lion...* » Son cœur battit la chamade dans sa poitrine, se posant des tonnes de questions en repensant à tout ce qui s'était passé depuis un mois. « *La dernière fois qu'il m'a dit qu'il était un lion, c'est quand il me parlait de son jeu au poker...* »

Au bout de trente bonnes minutes, une grande agitation survint dans l'aérogare. Des gardes du corps ainsi que des vigiles en très grand nombre vinrent sillonner de long en large les allées à sa recherche. Les caméras de surveillance firent leur introspection quand finalement l'employé de service la trouva. Ils se regroupèrent silencieusement autour du distributeur en bloquant tous les accès vers les pistes d'atterrissage. Yohei, dans son costume bleu nuit taché de vin, s'avança doucement derrière le distributeur à boisson. Son regard attendri se riva sur sa femme qui somnolait doucement en prenant appui sur ses genoux.

— Callie, dit-il tendrement en s'agenouillant à côté d'elle, viens avec moi !

Elle tourna lentement son visage vers lui, reniflant son odeur de vin. Ils se fixèrent un instant droit dans les yeux.

— Qu'est-ce que tu veux Yohei, dit-elle le menton tremblant, va-t'en !

— Non... répondit-il en secouant la tête dans la négative. Je t'aime Callie !

En entendant cela, la colère s'empara de nouveau d'elle. Elle se leva aussitôt en prenant sa valise à roulettes.

Debout face à elle, une trentaine de gardes du corps l'entouraient de part et d'autre de la machine à boisson.

— Laisse-moi partir Yohei, mon avion décolle bientôt !

— Non, tu restes avec moi ! répondit-il fermement.

À ces mots, elle se retourna vivement vers lui, crispant ses mâchoires.

— Tu me mens depuis un mois ! Tu bloques mon téléphone et par-dessus cela, tu me trompes avec cette pute qui me raccroche au nez chaque fois que je t'appelle ! cria-t-elle hors d'elle. Tu me prends pour qui, Yohei ? Tu as cru que tu pouvais m'endormir éternellement ?! ragea-t-elle en pointant son doigt sur son torse alors que Yohei reculait à mesure qu'elle le poussait.

— Callie, écoute-moi, il n'y a rien avec elle ! répondit-il en attrapant sa main.

Elle recula aussitôt en dégageant sa main comme si son mari avait attrapé une maladie contagieuse.

— Ne me touche pas, menteur ! cria-t-elle, les yeux larmoyants. Je t'ai appelé à 3 h du matin et c'est elle qui a répondu ! Elle m'a raccroché au nez quand je lui ai demandé à te parler !

Yohei resta bouche bée en entendant cela, il crispa ses mâchoires en fronçant les sourcils.

— Comment tu as pu me faire ça ?! Tu crois que je n'ai pas assez souffert avec Nanami ? cria-t-elle en larmes. C'est fini nous deux ! Va la rejoindre, je ne veux pas partager mon lit avec un hypocrite !

Elle s'en retourna, mais les gardes resserrèrent leur rang autour d'elle.

— Callie, regarde-moi ! Je te jure que je ne couche pas avec elle ! s'insurgea-t-il.

— Alors pourquoi tu ne m'appelais pas et pourquoi m'as-tu tourné le dos à la réception ? répondit-elle sans se détourner.

Il attacha ses bras autour d'elle, la serra très fort contre lui. Il céda à ses larmes et posa son visage dans son cou.

— Je prépare un coup contre quelqu'un, renifla-t-il. Je ne t'en ai pas parlé parce que je ne voulais pas te mêler à cette histoire, ce sont des gens dangereux ! Mais j'ai eu tort, je le sais maintenant…

— Je viens à une condition, annonça-t-elle froidement, tu as intérêt à être très persuasif, sinon je repars et je ne ferai pas marche arrière !

— D'accord ! acquiesça-t-il avec soulagement en la retournant vers lui. Je te dirai tout, mais surtout Callie ne me quitte pas !

Émue par ses larmes, elle acquiesça silencieusement et le suivit à travers l'aéroport vers la sortie des taxis. Il la dépêcha dans une voiture et ils prirent la direction de sa planque où ses amis l'attendaient avec la fille.

En parcourant les quartiers de la city-ville, Callie reconnut la rue du local de sa société avec une fourgonnette noire stationnée à côté. La planque de Yohei était située au-dessus de son ancien local de la Matsushime Corp, reconvertit en un immense loft avec de grandes baies vitrées et un sol en parquet ciré. De l'extérieur, la firme paraissait abandonnée et désuète, mais une fois à l'intérieur en montant un étage, tout était chaleureux et convivial. En ouvrant la porte coulissante en métal, elle aperçut ses amis installés confortablement dans un grand sofa à méridienne avec la fille. Dès qu'ils la virent avec Yohei, ils accoururent vers elle et la prirent dans leur bras, apaisés de la retrouver pendant que la blonde se tenait à l'écart. Yohei lui fit signe de loin de se rapprocher afin de faire les présentations :

— Callie, je te présente l'inspecteur Shelsea Davis !

Callie s'avança assez près d'elle en lui souriant. Soudain, elle lui flanqua une gifle monumentale, empourprant d'un rouge vif sa joue blanche.

— Enchantée sale pute ! répondit Callie âprement. C'est ton ex ?! demanda-t-elle en fixant son mari bouche bée de stupéfaction. Parce que ça pourrait expliquer bien des choses… !

— Oui ! répondit Shelsea vivement en pinçant les lèvres. On a déjà couché ensemble !

— Et la dernière fois où tu as répondu à 3 h du mat aussi ? demanda doucereusement Callie. Tu sais, quand tu m'as raccroché au nez ?! L'inspecteur se tourna furieusement vers Yohei.

— Dis-lui Shelsea ! tonna Yohei les yeux ulcérés par la colère.

— Non ! On était rentrés tard d'une soirée, j'ai essayé de le séduire, mais…

Elle regarda Callie droit dans les yeux :

— Il tient à toi ! Il a changé.

Soulagé par cette réponse sincère, Callie craqua complètement en se jetant dans les bras de son mari. Elle sanglota en le serrant très fort tout contre elle tandis qu'il respirait fougueusement son parfum dans son cou.

— Je t'aime Callie !

— Je t'aime aussi mon amour ! répondit-elle en pleurs.

Les jeunes gens s'en retournèrent dans le fond du loft pour laisser au jeune couple un peu d'intimité à leurs retrouvailles passionnées. Yohei l'emmena dans la salle de bain où une grande baignoire ronde et une douche à l'italienne ornaient le lieu. Il lança les jets de la douche en entreprenant de la déshabiller tout en l'embrassant ardemment tandis qu'elle faisait la même chose en le dévêtant de sa chemise tachée de rouge. Nus sous un nuage blanc et humide, ils firent l'amour avec volupté et tendresse, avec une douceur emplie de tous les sentiments amoureux qu'ils avaient l'un pour l'autre. Yohei chuchotait des « je t'aime » tout en la couvrant de baisers tandis qu'il lui soulevait les fesses contre le mur. Ils jouirent intensément en se retenant de pousser des gémissements trop forts pour ne pas gêner leurs invités, mais la tâche fut difficile pour Callie qui, au moment fatidique, poussa un long son sensuel qui finit par les faire rire aux éclats. Les jeunes gens sur le canapé n'étaient pas dupes surtout en entendant le cri de Callie. Nao et Azako se regardaient malicieusement en riant tout en montant le son de la télévision, tandis que Shiro et Shelsea boudaient tout en se zyeutant l'un l'autre.

Quand ils sortirent de la douche, frais et détendus, leurs visages resplendissaient de béatitude. Ils riaient pour un rien, s'embrassaient à tout bout de champ, se sentant seuls au monde, amoureux plus que jamais. Yohei pria les jeunes gens de prendre congé et leur donna rendez-vous le lendemain matin pour le petit déjeuner. Dès que la porte coulissante en métal se referma, il s'élança fou de joie vers Callie qui riait aux éclats de sa filouterie et la transporta dans ses bras. Il éteignit la télé en lançant de la douce musique par les enceintes de sa chaîne hifi puis ils dansèrent tendrement. Ils s'endormirent tard dans la nuit, enlacés amoureusement après avoir refait l'amour plusieurs fois, assoiffés l'un de l'autre, de leurs corps contre leurs corps, de leur étreinte enfin retrouvée. Callie réalisa ce soir-là les pleins sentiments d'amour qu'elle entretenait pour son mari. Cette histoire avec Shelsea lui fit comprendre que son passé était bien passé et que son avenir tout comme son présent s'appelait Yohei.

Le lendemain matin, la luminosité du jour reflétée par les grandes baies vitrées du loft réveilla en douceur Callie, lovée dans les bras tendres et chauds de son époux. Il était réveillé depuis longtemps et regardait avec tendresse sa femme dormir contre lui.

— Hey bonjour mon amour… le salua Callie, les yeux pétillants.

— Bonjour madame Matsushime… répondit Yohei en lui donnant un baiser et lui caressant la joue.

— J'ai quelque chose à te dire, dit-elle en se mordant la lèvre, tu te souviens quand j'avais plus de pilules et que…

Elle le considéra du coin de l'oeil.

— … tu devais te retirer au moment de lancer ta substance blanche ?!

— Euh… oui… rit-il, grimaçant.

— Filou ! le rouspéta-t-elle faussement. Tu ne t'es pas retiré !

Yohei rit aux éclats en la prenant dans ses bras tout en se plaçant entre ses cuisses.

— On va avoir un bébé ? dit-il, feignant l'ignorance.

– Oui. Un petit bout de toi et moi.

Il enleva la couette et regardait son ventre plat qu'il caressa en déposant un baiser puis y colla son oreille. Callie lui caressait la tête en riant tendrement.

— Il est trop petit encore, tu n'entendras rien mon amour.

— Chut ! dit-il en écoutant son ventre. Il vient de me dire qu'il est heureux d'avoir une si jolie maman.

— Ah bon ?! rit Callie.

— Attends, ne bouge pas, il me parle encore ! dit Yohei en souriant rêveusement. Il dit qu'il lui tarde de naître et de nous rencontrer.

Il remonta vers elle et l'enlaça tendrement en posant son front tout contre son front.

— Je suis heureux Callie, tu me fais don du plus beau et du plus doux des cadeaux, dit-il avec émotion.

— Tu ne diras pas ça quand il te réveillera toutes les nuits pour réclamer son biberon ! répondit-elle en le considérant tendrement.

— Je t'aime tellement mon épouse d'amour, nous serons de bons parents.

*
*
*

Deux ans plus tard…

Dans une chambre d'hôpital, une jeune femme brune reposait sur un lit blanc. Des tuyaux sortaient de sa bouche, son visage blême révélait des traces de coups. Le moniteur cardiaque traçait sur l'écran les lents battements de son cœur. Assis sur un siège, un homme en pleurs lui tenait la main.

— Callie, non ! Ne me quitte pas !

Soudain le moniteur cardiaque émit un long son aigu. Effondré sur le lit, Shiro hurla en larmes en frappant de toutes ses forces sur le cœur de Callie.

— Tu dois vivre, tu dois vivre, tu dois vivre… !

À suivre...

À PROPOS DE L'AUTEUR

Ce livre est une romance principalement avec en fond une grande part de mystère, le tout relevé avec un zeste d'humour à la façon des manga japonais. Mais surtout c'est une invitation au voyage, à la découverte d'un Japon de nos jours et des relations humaines, totalement autre que ce que nous connaissons. Les Asiatiques ont une approche tout à fait différente de la romance. Ils ont une façon de « draguer » emplie de respect tout comme l'était votre grand-père avec votre grand-mère.
Mon héroïne, Callie, est passionnée de danse latine, c'est une Française habitant dans le sud-ouest de la France, plus précisément à Bayonne. Elle a toutes les manières d'une fille du Sud ! Néanmoins, toutes les jeunes femmes pourront s'identifier à elle, car elle traversera pas mal d'épreuves dans sa vie. Au fond, elle est comme toutes les jeunes femmes : sensible et forte à la fois !
Mon livre n'est pas seulement une histoire, il est également une quête vers le bonheur, qui traite aussi bien les épreuves d'une vie que ses victoires, et tout ceci avec humour, justesse. Ce qui rend ce livre rafraîchissant !

Crystina CAOMBO est née dans le Sud-ouest de la France. Voyageuse dans l'âme, éternelle rêveuse et épicurienne de la vie. Elle croit en l'amour et en sa bonne étoile !

« Quand on remplit sa tête de positif, les choses positives arrivent ! »
Crystina CAOMBO

Printed in Great Britain
by Amazon